© Charles Grantham

C. R. Grey wuchs in Memphis, Tennessee, auf und studierte später Theaterwissenschaften und Creative Writing. Sie lebt heute mit einer schwarzen und einer weißen Katze und ihrem Hund Trudy in Poughkeepsie, New York. Mit ›Animas Academy‹ legt die Autorin ihr Debüt vor.

Stefanie Mierswa wurde 1972 im Ruhrgebiet geboren und hat Literaturübersetzen in Düsseldorf, Literaturwissenschaft in Avignon und Buchwissenschaft in München studiert. Seit 1996 übersetzt sie aus dem Englischen und Französischen, vor allem Titel im Kinder- und Jugendbuchbereich. Sie lebt mit ihrer Familie in Augsburg.

C. R. Grey

ANIMAS ACADEMY

Die verschollene Prophezeiung

Aus dem amerikanischen Englisch
von Stefanie Mierswa

dtv

Ausführliche Informationen über
unsere Autoren und Bücher
www.dtv.de

MIX
Papier aus verantwortungsvollen Quellen
FSC® C019821
FSC www.fsc.org

Deutsche Erstausgabe
2017 dtv Verlagsgesellschaft mbH & Co. KG, München

Titel der amerikanischen Originalausgabe: ›Animas – Legacy of the Claw‹,
2014 erschienen bei Disney · Hyperion,
an imprint of Disney Book Group, New York, New York, USA

Umschlaggestaltung: Marci Senders
Umschlagbild: James Madsen
Lektorat: Ulrike Hauswaldt
Gesetzt aus der Dante MT Pro 11,75 / 14,5
Satz: Fotosatz Amann, Memmingen
Druck und Bindung: Druckerei C.H.Beck, Nördlingen
Printed in Germany · ISBN 978-3-423-76167-3

Für Aaron

ALDEMAR
Rote Hügel
Irrgarten
GRAUE STADT
Wald von Roanoa
Statue der Zwillinge
Tal
der Seher
FAIRMOUNT
Dunkle Wälder
Fluvian
Walkers Farm
Velyn-Gebirge

Bucht von Braour
Staubige Ebene
Königliche Rigimotive-Linie
Tiefland
N
W
O
S
K LEFAIVER

Prolog

Eine einzelne Karawane rumpelte über das flache braune Land der Staubigen Ebene. Auf der Ladefläche eines Wagens, der von zwei krumm sitzenden Männern gelenkt wurde, lag eine Fülle von Diebesgut unter einer Plane verborgen: geplünderter Schmuck aus Geschäften der Grauen Stadt, zwei Fässer mit bestem Parlament-Grog und ein Mädchen mit violetten Augen.

Die Außenseite der Plane, die über ihr ausgebreitet war, wurde vom Sonnenlicht erhellt und ein Schatten streifte darüber. Das Mädchen hörte ein vertrautes Kreischen. Eine schwarze Aaskrähe, die der Truppe folgte, kehrte vom Erkundungsflug zurück. Der Vogel war der Seelenfreund des Fuhrmanns, also des Mannes, von dem das Mädchen annahm, dass er der Anführer dieser Diebesbande war.

Bald hielt der Wagen an und das Mädchen hörte die Geräusche einer belebten Straße. Die Holzräder knarrten unter ihr, als der Mann und sein Gefährte vom Wagen stiegen. Plötzlich wurde die Plane abrupt weggezogen und alles war in grelles Licht getaucht. Das Mädchen schirmte mit der Hand die Augen ab.

»Hoch mit dir!«, knurrte der Mann. Er packte sie am Arm, zerrte sie durch eine Menschenmenge und schubste sie mitten auf ein wackliges Podium. D

ort stellte er sich hinter sie und legte ihr seine riesige Hand auf die Schulter. Es war keine freundliche oder tröstende Hand. Der Griff diente allein dazu, das Mädchen am Weglaufen zu hindern.

Sie dachte an die beruhigenden Hände ihres Vaters. Sie wusste noch, wie sie sich bewegten, wenn er ihr oder seinen Beratern im Parlament etwas erklärte. Zum Beispiel das Anima-Band. Dazu legte er sich eine Hand auf die eigene Brust und zog mit der anderen eine Linie von seinem Herzen zu ihrem. *Es ist eine Schwingung, eine Art Wissen. Es bedeutet, nicht nur mit einem Tier verbunden zu sein, sondern mit der Natur und mit der Welt. Das Anima-Band ist eine Kraft, die alle Lebewesen miteinander verknüpft. Ein edler Mensch – und ein edler Herrscher erst recht – setzt diese Kraft für einen guten Zweck ein.*

»Wer will sie haben?«, brüllte der Mann in die versammelte Menge. »Nur zwanzig Schneckenrücken!«

Am liebsten hätte sie geschrien und jedem gesagt, wer sie war, aber sie fürchtete sich zu sehr. Ihr Vater war der König von ganz Aldemar. Aber der König war tot.

Sie war allein.

»Achtzehn Schneckenrücken!«, brüllte der Mann in die Stille hinein. Schließlich hob jemand in der Menge die Hand. Auf einmal kamen von überall Gebote. Die Auktion hatte begonnen.

Das Mädchen ballte die Hände zu Fäusten. Sie würde nicht weinen. Ihr Blick fiel auf die Krähe, die sich am Rand des hölzernen Podiums niedergelassen hatte und mit kalten schwarzen Augen zu ihr hinüberblinzelte. Es war ungerecht. Der Anführer der Diebe hatte einen Seelenfreund hier, an diesem schrecklichen Ort, und sie nicht. Es war ihr immer peinlich gewesen, Anima Schwein zu sein. Aber in diesem Moment hätte sie alles für die tröstliche Anwesenheit ihres eigenen Seelenfreundes gegeben. Selbst die Diebe in der Menge hatten ihre hundeähnlichen Begleiter bei sich. Kojoten durchkämmten den Mob und stahlen Schneckenrücken aus ahnungslosen Taschen. Nur sie war ganz allein. Die Krähe krächzte und lachte sie aus.

Der Zorn brannte heiß in ihr, bis sie glaubte, schreien zu müssen. Eine schreckliche Kraft durchlief ihren Körper wie ein elektrischer Strom. Sie packte ihren Schmerz und ihre Angst und schleuderte sie weit von sich, nach außen auf den Seelenfreund eines anderen.

Das Krächzen der Krähe wurde lauter und schriller, als sich zwei Kojoten aus der Menge auf sie stürzten, sie zu Boden zerrten und sich in das Gefieder und Fleisch des wild kreischenden und flatternden Vogels verbissen. Die Hände des Mädchens zitterten, denn sie begriff, dass sie es war, die das verursacht hatte. Sie hatte eine Gewalt wie die geschaffen, die in ihrem Herzen brodelte.

Eine solche Macht hatte sie noch nie erlebt. Sie spürte das Band, das nicht nur eine Verknüpfung zwischen ihr und ihrem eigenen Seelenfreund herstellte, sondern zwischen ihr und *allen* Lebewesen, genau wie ihr Vater gesagt hatte. Und sie konnte es unter ihre Kontrolle bringen. Sie konnte es benutzen.

Während die Menge entsetzt zurückwich und der Anführer

der Diebesbande nach seinen Kameraden brüllte, damit sie ihm halfen, die Vierbeiner von seinem Seelenfreund wegzuziehen, blieb das Mädchen mit den violetten Augen ganz still stehen. Ihre Gedanken wanderten zu ihrem Vater und ihrem kleinen Bruder, die beide tot waren.

Warum unsere Verbindung mit der Natur für etwas Gutes einsetzen?, dachte sie, während die Zähne zubissen und die Klauen zupackten. Das hatte ihre Angehörigen nicht gerettet. Diese neue Art, das Band zu benutzen, gab ihr ein Gefühl von Macht, und in einer Welt, in der niemand, den sie liebte, noch am Leben war, brauchte sie jedes Fünkchen Kraft, das sie erlangen konnte.

1

SIEBENUNDZWANZIG JAHRE SPÄTER

Der zwölfjährige Ben Walker duckte sich, als eine riesige braune Gans direkt über seinen Kopf hinwegflog und sich auf der Markise über dem Bahnsteig der Rigimotive niederließ. Die dunkle Schildpattkatze, die den Vogel kurz zuvor aufgescheucht hatte, schlängelte sich zwischen den Beinen ihrer menschlichen Begleiter hindurch und miaute zufrieden. Ben strich sich das unordentliche strohblonde Haar glatt und vergewisserte sich, dass keine Federn darin hängen geblieben waren.

»Bist du bereit, Ben?«, fragte seine Mutter Emily. Sie drückte leicht seine Schultern und wischte dann ein Staubkörnchen von seinem besten Hemd. »Denk nur immer daran – egal, was andere über dich sagen, du bist in Ordnung. Mehr als das. Du bist außergewöhnlich.«

Ja. Außergewöhnlich seltsam vielleicht, dachte Ben. Der Gedanke versetzte ihm einen Stich, trotzdem nickte und lächelte er. Er verließ das Goldene Tiefland und seine hübsch aussehenden Farmen, sanft geschwungenen Hügel und verschlafenen, verstreuten Städtchen – er verließ seine *Eltern* –, um die Fairmount Academy zu besuchen, die angesehenste Schule von ganz Aldemar.

Wo man ihn schon bald zum ausgemachten Sonderling abstempeln würde.

»Hör auf deine Mutter, Ben.« Bens Vater, ein schlaksiger Mann mit dunklem, lockigem Haar, hatte sich extra seine beste Hose angezogen und eine Schiebermütze aus steifer Wolle aufgesetzt, um Ben zum Bahnhof zu bringen. Herman Walker hatte schon tagelang von der Gelegenheit gesprochen, die gigantische, vier Stockwerke hohe Rigimotive zu sehen (die größte im Tiefland!), mit der Ben nach Fairmount fahren würde. Für Fernreisen gab es kein anderes Verkehrsmittel als die Rigimotive, aber da weder Ben noch seine Eltern das Tiefland je verlassen hatten, hatte sich für sie noch nie die Möglichkeit ergeben, einen Blick darauf zu erhaschen.

Ben konnte es kaum erwarten einzusteigen. Die beiden Waggons der Rigimotive sahen aus wie riesige rote Häuser aus Metall und hatten vier Reihen von Fenstern mit Kupferrahmen und Blick auf die Ebene. Im Innern jedes Wagens führte eine in Gold gestrichene Wendeltreppe bis ganz oben. Das gelbe Luftschiff, ein mächtiger ovaler Ballon, schwebte über der Rigimotive.

Bens Vater hatte ihm erklärt, wie das schwebende Luftschiff dabei helfen würde, die Rigimotive über eventuell kaputte Gleise zu steuern und die schweren Waggons anzutreiben. Seine Begeisterung für die Technik des Zeitalters der Erfindungen war ansteckend. Er hatte Ben alles über die Königlichen Tüftler erzählt – eine Gruppe von Professoren und Ingenieuren, die die Rigimotive noch vor Bens Geburt erfunden hatten. Herman sagte, dass sie sicher noch einen schnelleren, effizienteren Zug gebaut hätten – aber wie so viele andere Vorhaben, die es vor der Ermordung König Melores gegeben hatte, war auch dieses mit ihm zu Grabe getragen worden. Ben fragte sich oft, ob sein Vater wohl selbst Tüftler geworden wäre, wenn er nicht wie schon sein Vater zuvor den Beruf des Bauern ergriffen hätte. Bens Mutter trug heute ihren besten Hut, einen Glockenhut aus purpurfarbenem Filz mit einer leuchtend gelben Blume an der Krempe, und dazu hochhackige, klackernde braune Schuhe, um Ben zum Bahnhof zu begleiten. Auch Langfuß, der auf Lebenszeit mit Bens Vater verbundene Hase, war aufgeregt. Ben sah zu, wie er nach der Schildpattkatze schlug.

»Lass die Vergangenheit hinter dir«, riet ihm sein Vater und riss Ben aus seinen Gedanken. »Und mach dir keine Gedanken darüber, was deine Schulkameraden sagen. Es ist alles in Ordnung mit dir. Jeder bewegt sich in seinem eigenen Tempo. Du wirst ihnen schon zeigen, aus welchem Holz du geschnitzt bist.«

Diesen Vortrag oder eine Variante davon hatte Ben schon hundertmal gehört. Trotzdem nickte er. »Danke, Vater«, sagte er und meinte es auch so.

Er würde seine Eltern schrecklich vermissen. Emily und Herman Walker hatten ihn adoptiert, als er noch ein Baby gewesen war. Herman hatte ihn gefunden, nackt und schreiend unter einem Himbeerstrauch, gefährlich nah am Rand der Dunklen Wälder. Er war unterernährt und sehr klein gewesen. Niemand wusste, wo er herkam oder wie er es geschafft hatte, ohne fremde Hilfe zu überleben.

Natürlich konnte sich Ben nicht daran erinnern, gefunden worden zu sein. Seit frühester Kindheit, wusste er nur, dass er der Adoptivsohn einer Anima Hase und einer Anima Pferd war. Beide waren fleißig, gutherzig, hilfsbereit … und im Gegensatz zu Ben vollkommen normal. Sie bauten Weizen an und erzogen ihren Sohn dazu, hart zu arbeiten und niemals eine Gelegenheit zum Lernen auszuschlagen. Er würde ihnen immer dankbar sein. Sie hatten stets Geduld gezeigt und ihn ermutigt – auch als es bei Ben Anzeichen dafür gab, dass er … *anders* war.

»Pass gut auf dich auf, mein Liebling!« Seine Mutter tupfte sich die Augen. Oh nein. Sie würde jeden Moment zu weinen anfangen. Schnell nahm Ben sie in den Arm, bevor sie Aufmerksamkeit erregen oder ihn noch mal »Liebling« nennen konnte.

»Mach ich.« Er machte sich von ihr los und drückte seinen Vater kurz an sich. Sein Vater zerzauste ihm das blonde Haar, worauf seine Mutter auf ihn zustürzte, um es wieder glatt zu kämmen. Langfuß hoppelte herüber und Ben wich rasch zurück, damit er ihm nicht auf den Leinenschuh pinkeln konnte, was bei ihm Ausdruck größter Zuneigung war. »Tschüs, Mom. Tschüs, Dad. Tschüs, Langfuß.«

»Vergiss nicht, dein Getreide zu essen!«, rief ihm seine Mom nach, als er sich durch die Menge schlängelte. Ein paar ältere Schüler, die vor ihm in die Rigimotive stiegen, lachten. Seine Ohren wurden rot und er senkte den Kopf. Vielleicht merkte niemand, dass sie mit ihm redete.

Ben spürte den wachsamen, sorgenvollen Blick seiner Mutter im Nacken. Er wusste, warum sie sich Sorgen machte – er war zum ersten Mal von zu Hause fort. Er selbst war ebenfalls besorgt.

Aber auch aufgeregt. Falls er, Ben Walker, überhaupt die Hoffnung haben konnte, an irgendeinem Ort endlich normal zu sein, dann war es die Fairmount Academy mit dem Anima-Ausbilder, der vielleicht genau die Antworten hatte, die er brauchte: ein Mann namens Tremelo Loren. Als Ben an der Fairmount angenommen worden war, hatte sein Vater gleich in der örtlichen Tiefland-Bücherei nach Werken über die Geschichte der Schule gestöbert. In einer Broschüre, die schon ein paar Jahre zuvor veröffentlicht worden war, wurde der junge Lehrer Mr Loren erwähnt. Er hatte sich in der Grauen Stadt einen Namen gemacht, indem er gewöhnliche Leute darin ausbildete, eine engere Bindung zu ihren tierischen Seelenfreunden zu erlangen. Ben wollte ihn gleich nach seiner Ankunft ausfindig machen.

Eine lange Schlange wartete darauf, in die Rigimotive einzusteigen. Das Tiefland bestand aus kleinen Bauerndörfern, und obwohl es sich über mehr als ein Drittel der Fläche von Aldemar erstreckte, war dieser Bahnsteig eine der wenigen Haltestellen in der ganzen Region. Einige Schüler in der Schlange waren bereits viele Kilometer mit zwei- oder vierrädrigen Karren angereist.

Die Treppe hatte früher einmal in strahlendem Gold geglänzt, doch jetzt sah alles am Waggon abgenutzt aus. Die Farbe war an vielen Stellen abgeblättert, sodass das stumpfe, kahle Metall darunter zum Vorschein kam. Die Stufen knarrten unter dem Gewicht der Schüler, die zwischen den Geschossen hin- und herstiegen. Ben betrat das unterste Geschoss des zweiten Waggons, wo zwei Träger gerade seinen Koffer und die der anderen Passagiere auf Gepäckständer wuchteten, und kletterte weiter. Seine erste Reise fort von zu Hause würde er sicher nicht damit verschwenden, im Erdgeschoss aus dem Fenster zu schauen.

Durch das Gewusel arbeitete er sich in den zweiten Stock hinauf, trat in den Gang und suchte die Holzbänke nach einem freien Platz ab. Im vorderen Teil saßen mehrere ältere Jungen und Mädchen, die alle die gleichen locker gebundenen blau-goldenen Halstücher unter dem Kragen trugen. Auf einmal fühlte er sich in seinem Leinenhemd und seiner besten Baumwoll-Arbeitshose sehr unsicher. Er war eindeutig ein Bauernjunge, zumindest bis zur Ankunft in Fairmount, wo er seinen Koffer mit lauter neuer Schulkleidung und seinem offiziellen Fairmount-Blazer endlich auspacken konnte. Ben wollte sich gerade unauffällig auf einem Sitz im hinteren Teil des Wagens niederlassen, wo ihn niemand sehen konnte, als er hörte, wie jemand seinen Namen sagte.

»Du bist doch Ben, stimmt's?«

Die Stimme gehörte einem vertraut aussehenden dunkelhaarigen Jungen mit Brille, der allein auf einer Bank saß und ein dickes Buch auf dem Schoß liegen hatte.

»Hal. Hal Quindley.«

Ben kannte Hal aus seiner alten Schule, aber sie hatten nie zusammen Unterricht gehabt. Er trug eine dunkle, förmlich aussehende Weste mit einem Muster auf den Schultern, das nach Flügeln mit Flughäuten aussah. Sie schien neu und ein bisschen zu groß für ihn zu sein. Statt des mit den Fairmount-Farben bedruckten Halstuches trug er ein kastanienbraunes Seidentuch, das aussah, als hätte es jemand anders für ihn gebunden.

»Hi«, antwortete Ben. Erleichtert, wenigstens ein halbwegs bekanntes Gesicht zu sehen, glitt er auf den Platz gegenüber und verstaute seinen Rucksack unter der Bank.

Hal hielt ihm die Hand hin.

»Gut, dass ich dich entdeckt habe«, sagte er. »Ich habe die Liste aller Schulanfänger im *Fairmount Flyer* gelesen und außer dir kannte ich niemanden. Fairmount nimmt jedes Jahr hundert neue Schüler auf und aus unserer Stadt kriegen nur sehr wenige einen Platz. Baut ganz schön Druck auf, was?«

»Ja«, murmelte Ben beeindruckt. »Wow.«

Er warf einen Blick aus dem Fenster. Seine Eltern standen immer noch da und warteten darauf, dass die Rigimotive losfuhr. Plötzlich überkam ihn ein schmerzhafter Anflug von Heimweh.

»Das ist schon etwas mehr als ›wow‹«, entgegnete Hal und rückte die dicken, in Kupfer eingefassten Brillengläser auf seiner Nase zurecht. »Angeblich muss man ziemlich außergewöhnlich sein, um eine Zusage zu bekommen. Deshalb frag ich mich, wie ich mich da reinschmuggeln konnte!«

Ben lächelte. Er hörte in Gedanken die Stimme seiner Mutter – *Du bist in Ordnung. Mehr als das. Du bist außergewöhnlich* – und das kurzzeitige Heimweh verwandelte sich wieder in aufgeregte Spannung.

Bevor er jedoch etwas darauf sagen konnte, ließ sich ein stämmiger Mann in einem vorgewölbten Mantel laut keuchend auf den Platz neben Hal fallen. Der Mantel hatte vorn und an den Seiten mehrere Taschen, aus denen verschiedene Pflanzenproben hervorquollen. Ein dicker Dachs trottete hinter dem Mann in die Reihe und machte es sich unter der Bank gemütlich. Seine feuchte Schnauze lugte zwischen den Mantelfalten hervor.

»Musste es unbedingt der zweite Stock sein, Hal?«, fragte der Mann außer Atem. »Hättest du Dillkraut heute Morgen nicht ein wenig Ruhe gönnen können?«

Hal lief sofort rot an. »Das ist mein Onkel Roger. Er ist Apotheker. Und das hier ist Dillkraut«, erklärte er und zeigte auf die Schnauze am Boden. »Sie haben etwas in der Grauen Stadt zu erledigen und Fairmount liegt auf dem Weg. Onkel Roger, das ist Ben. Er ist auf meiner Schule – ich meine, er *war* auf meiner Schule. Ich meine … er geht mit mir auf die Fairmount.«

Roger drehte sich mit weit geöffneten, interessierten Augen zu Ben um – die Brillengläser davor waren genauso dick wie die seines Neffen.

»So, so! Na, da habt ihr euch ja schnell gefunden!«, rief er. Dillkrauts hervorschauende Nase schnaubte unter dem Mantel. »Besser geht's nicht. Bis Fairmount habt ihr noch reichlich Zeit zum Quatschen. Zwei volle Tage in einer Rigimotive! Wenn man bedenkt, dass wir nur einen halben Tag bräuchten, wenn wir durch die Wälder fahren dürften …« Roger schlug theatralisch die Hände über dem Kopf zusammen. »Tja, wir müssen es uns wohl einfach bequem machen.« Er richtete seine Aufmerksamkeit wieder auf Hal. »Du hast nicht zufällig schon deinen Bruder gesehen, oder?«

Hal verzog das Gesicht und deutete über die Schulter auf eine Gruppe älterer Schüler, die Ben schon zuvor bemerkt hatte. Sie lachten und applaudierten lautstark einem Jungen, der so dunkles Haar wie Hal hatte und Neckball mit dem Rucksack eines anderen spielte. Die Schildpattkatze vom Bahnsteig hatte sich in die Gepäckablage darüber gekuschelt und schlug nach dem Rucksack, wann immer er vorbeiflog. Roger erhob sich mit einem wütenden Seufzen und watschelte hinüber, um dem Spiel ein Ende zu setzen.

»Das ist dein Bruder?«, fragte Ben. Hal nickte mit sichtlichem Verdruss.

»Taylor. Er ist schon im dritten Jahr an der Fairmount, der Natur sei Dank, also muss ich ihn dort nur zwei Jahre ertragen. Er spielt Scavage«, erklärte Hal nüchtern. Scavage – ein Spiel, in dem die Mitglieder zweier gegnerischer Mannschaften mithilfe ihrer tierischen Seelenfreunde die Fahne der jeweils anderen Mannschaft finden und erobern mussten – war der beliebteste Sport im Königreich. Ben hatte ein paar Scavage-Spiele in der Schule gesehen und sein Vater hörte sich gern die großen Turniere im Radio an.

»Er ist überhaupt nur in Fairmount angenommen worden, weil er so gut Scavage spielt«, fuhr Hal fort. »Taylor besitzt nur ein anderes Talent, und zwar, ein Blödmann zu sein.« Er setzte die Brille ab und rieb kräftig die Gläser. Ohne sie sah er fast aus, als würde er schielen. »Ich bin Anima Fledermaus wie mein Großvater. Und Taylor ist Katze, daher kommen wir nicht gerade gut miteinander aus. Sie sind *alle* Anima Katze« – Ben vermutete, dass Hal seine Familie meinte –, »deshalb wohne ich bei Roger.«

Ben nickte. Es war nicht ungewöhnlich, dass es in Familien mit verschiedenen Arten von Animas Schwierigkeiten gab, vor allem wenn eine aggressiver war als die andere. Jetzt fiel Ben wieder ein, warum er Hal so selten in der Schule gesehen hatte. Sein wohlhabender Onkel wohnte am Rand der Dunklen Wälder und Hal war immer gleich nach der letzten Stunde abgeholt worden, damit sie vor Einbruch der Dunkelheit zu Hause ankamen.

Wenn er sich Hal jetzt ansah – die dünnen Arme, den altmodischen Haarschnitt, die förmliche Kleidung –, konnte Ben kam glauben, dass er so nah an den Dunklen Wäldern lebte. Den meisten Bürgern von Aldemar waren die Dunklen Wälder verboten und nur Animas Bär oder Wolf wagten es, in ihrem Schatten zu leben.

Das Luftschiff, das über dem Waggon schwebte, wurde von einem Windstoß erfasst und zog die Rigimotive mit einem Ruck vorwärts. Ben winkte seinen Eltern. Roger lehnte sich schnaufend auf seinem Sitz zurück. Hinter ihm setzten Taylor und seine Freunde fast augenblicklich ihr Spiel fort.

»Das müssen deine Eltern gewesen sein, mit denen ich da draußen gesprochen habe«, sagte Roger zu Ben, als er an seinen Platz zurückkehrte. »Nette Leute.«

»Danke«, antwortete Ben.

»Welches von beiden bist du denn«, fragte Roger, »Pferd oder Hase?«

Das war sie: die eine Frage, vor der sich Ben gefürchtet hatte. Nach seiner Anima. Die meisten Menschen kamen nach dem einen oder anderen Elternteil, wobei manchmal auch eine Generation übersprungen wurde. Roger wusste offensichtlich nicht, dass Ben adoptiert war, denn dies bedeutete, dass er weder Pferd noch Hase als Anima hatte.

Und das war noch nicht das Schlimmste. Er hatte sogar in Erwägung gezogen, eine Lüge zu erzählen und jedem, der ihn in Fairmount sicherlich fragen würde, zu antworten, dass er Bär oder Schlange sei – oder sogar Beutelratte. Alles war besser als die Wahrheit.

»Ich …« Ben spürte, wie seine Handflächen schwitzig wurden.

»Du musst es nicht sagen, Ben«, mischte sich Hal schnell ein.

»Was sagen?«, fragte Roger sichtlich verwirrt. »Ich wollte doch nur wissen –«

»Roger, er ist …«, begann Hal. Roger schaute von Hal zu Ben und machte ein verständnisloses Gesicht. »Er ist der Adoptierte«, erklärte Hal und blickte auf seine Schuhe hinunter.

Ben spürte, wie er rot anlief. Etwas an der verstohlenen Art, wie Hal »der Adoptierte« gesagt hatte, brachte ihn auf den Gedanken, dass Hal mehr wusste, als er ausgesprochen hatte. Das war eigentlich nicht überraschend. Die Gerüchte und Sticheleien auf dem Schulhof musste Hal einfach mitbekommen haben. Er hoffte nur, dass Hal anständig genug war, es nicht gleich auszuposaunen, wenn sie in Fairmount ankamen. Zumindest bis Ben die Gelegenheit hatte, Mr Loren um Hilfe zu bitten – den Ausbilder, von dem er gelesen hatte.

»Ah ...« Rogers Augen wurden hinter seinen dicken Brillengläsern noch größer und er suchte in einer Manteltasche nach einem Taschentuch. Offenbar hatte er das gleiche Getuschel gehört. Er beugte sich vor und tätschelte Ben die Hand. Ben widerstand dem Drang, sie wegzuziehen. »Tut mir leid, Junge«, sagte Roger. »Das war taktlos von mir.«

In diesem Moment flog der Rucksack, den Taylor und seine Freunde herumgeworfen hatten, an Rogers Kopf vorbei.

»'tschuldigung!«, rief einer von Taylors Freunden.

»Flegel!«, brüllte Roger und schnappte sich den Rucksack. Dann marschierte er zum vorderen Ende des Waggons und begann Taylor auszuschimpfen, der allerdings keinen besonders reumütigen Eindruck machte. Dillkraut zog sich in den dunklen Winkel unter Rogers leerem Platz zurück und begann leise zu schnarchen. Die beiden Jungen schwiegen einen Moment lang, während Roger die Schüler vorn darüber belehrte, wie man sich in einer Rigimotive benahm.

Hal sagte als Erster etwas.

»Hör mal, falls ich lieber nichts hätte sagen sollen ...« Er zögerte. »Ich dachte bloß, *alle* wüssten es.«

»Nee, alle nicht.« Ben wandte sich ab, betrachtete die vorbeiziehenden Felder und Weiden des Goldenen Tieflands und hoffte, Hal würde den Wink verstehen: Er wollte nicht darüber reden.

Die Fahrt mit der Rigimotive erwies sich als seltsamer, als Ben sie sich vorgestellt hatte. Manchmal, wenn der Wind stark wehte, bewegte sich das Luftschiff schneller als die Wagenräder auf den Schienen, sodass die Rigimotive schwankte und ruckte und Ben ein wenig übel wurde.

Außerdem hatte Roger recht gehabt, was die Dauer der Reise betraf. Die Aussicht, die Nacht an Bord zu verbringen, war nicht gerade verlockend, obwohl unter den Bänken schmale, ausklappbare Betten für Nachtfahrten verstaut waren. Viele der Ablagefächer unter der Decke, die für mitreisende Tiere gedacht waren, wurden für Gepäck benutzt. Deshalb waren die Waschbären, die eine Familie im ersten Stock begleiteten, in den zweiten heraufgekommen und verstopften die Gänge. Der an den Schienen erzeugte Strom lief nur unregelmäßig, daher hatte man noch zusätzlich zum flackernden elektrischen Licht in kleinen Abständen Gaslampen im Mittelgang der beiden Wagen aufgehängt. Die Fahrgäste mussten sich beim Gehen ducken, um nicht von ihnen getroffen zu werden.

In einem Essbereich im Erdgeschoss wurden abgepackte Sandwiches verkauft – mit Gurke und Zwiebel, Spinat und Käse oder Forelle und Tomate für die Fischesser. Aber die Rigimotive schwankte bei jeder Windbö so sehr, dass Ben schon den Gedanken an Essen kaum ertrug.

Bei Sonnenuntergang hatten die meisten Passagiere die höflichen Unterhaltungen eingestellt und belegten stattdessen Bänke und Betten, auf denen man eindösen konnte. Ben brachte schließlich ein Forellensandwich hinunter und klappte dann das Bett gegenüber von Hal auf. Roger, der behauptete, nicht müde zu sein, schritt in den Gängen auf und ab. Dillkraut war aus seinem Nickerchen erwacht, setzte sich ganz in der Nähe auf den Boden und kratzte sich an verschiedenen Stellen. Ben drehte sich auf die Seite, schloss die Augen und versuchte trotz des Flackerns der Gaslampen und des Summens des riesigen Luftschiffes über ihnen zu schlafen.

Endlich gelang es ihm und er träumte, dass er sich zuerst in einen Vogel verwandelte, dann in einen Fuchs und schließlich war er eine Ameise, die im Schatten eines gewaltigen Berges kroch.

Ben wachte auf, als irgendetwas gegen die Fensterscheibe flatterte. Das Licht der Gaslampen war gedämpft und überall im Waggon war leises Schnarchen zu hören.

»Was ist los?« Er setzte sich auf und rieb sich die Augen mit den Fäusten. Roger saß nicht auf seinem Platz. Hal starrte aus dem Fenster.

»Nur eine Fledermaus«, antwortete Hal. »Ich konnte nicht schlafen. Ist allerdings nichts Neues für mich.« Er senkte die Stimme zu einem Flüstern und beugte sich zu Ben hinüber. »Wir kommen jetzt in die Berge. Die Velyn-Gipfel.«

Ben schüttelte die trübe Erinnerung an seinen Traum ab. Er spähte aus dem Fenster. Hinter der Scheibe ragten die mächtigen Bäume der Dunklen Wälder vor ihnen auf. Der Mond stand hoch über den Wipfeln. Durch die hohen Äste erkannte Ben die höchsten Spitzen des legendären Velyn-Gebirges, weiß und schimmernd in nicht allzu großer Entfernung. Kurz darauf war der Waldstreifen unterbrochen und Ben hatte freie Sicht auf die Gebirgskette, die sich vor ihnen gegen den pechschwarzen Nachthimmel abzeichnete. Sie sah kahl und lebensfeindlich aus.

Ben schauderte. Die Velyn-Gipfel erstreckten sich quer durch das Königreich – vom Süden des Tieflands bis hoch zu den Klippen von Fairmount im Westen. Im Tiefland lebte man in der Vorstellung, das Velyn-Gebirge sei ganz weit weg.

Als sie dichter an das Internat herankamen, ließ sich die bedrohliche, unheilvolle Nähe der Berge jedoch nicht mehr leugnen. Schreckgestalten gingen darin um. Geister und Mörder wanderten auf den weißen Gipfeln umher – zumindest wurde das allgemein behauptet.

»Glaubst du die ganzen Geschichten über die verlorenen Velyn-Stämme?«, wollte Ben von Hal wissen. Gemäß diesen Geschichten waren die Velyn eine geheimnisvolle Gruppe von Männern und Frauen, die hart genug gewesen waren, um oben in den Bergen zu leben, vor allem weil sie das Anima-Band mit mächtigen Raubtieren wie Grizzlybären, Wölfen und riesigen Bergkatzen teilten.

Hal zuckte die Achseln. »Du erinnerst dich doch noch an unseren Geschichtslehrer, Mr Elliot«, sagte er fragend. »Er hat uns immer erzählt, dass die Velyn echte Menschen seien – die meisten davon entflohene Verbrecher, Leute, die vor dem Gesetz davongelaufen sind. Aber ich weiß nicht. Meine Mutter wollte mir weismachen, dass sich die Velyn in Tiere verwandeln können und unartige Kinder entführen. Allerdings nur wenn ich meinen Rosenkohl nicht gegessen habe.«

»Das hat mir meine auch erzählt«, antwortete Ben lächelnd. Er wandte sich wieder dem Fenster zu. Als er zu den Bergen hinaufsah, regte sich etwas in seinem Unterbewusstsein – eine Art Flügelschlag.

Er versuchte, das Tuckern der Rigimotive auszublenden und sich auf die Stille in den Bäumen, das kaum hörbare Raunen des Windes zu konzentrieren. Sein Vater hatte so oft versucht ihm beizubringen, wie man mit den Tieren um sich herum in Verbindung trat, aber nie mit großem Erfolg. *Du bist gar nicht so anders*, hatte er während dieser Unterrichtsstunden gesagt. *Du musst dich nur ein bisschen konzentrieren*.

Ben hörte, wie die Äste der Bäume in der Brise aneinanderschabten, und dahinter ein Rascheln wie das Erzittern trockenen Laubs. Er war sicher, dass er dieses Geräusch vorher nicht durch das Fenster gehört hatte. Es schien direkt in seinen Ohren zu summen, als säße er nicht im Waggon der Rigimotive, sondern stünde still und lauschend da draußen zwischen den Bäumen. Plötzlich war er ganz aufgeregt.

»Da draußen ist etwas«, wisperte er und öffnete die Augen. Sofort erstarb das Geräusch in seinen Ohren. »Ich kann es fühlen.«

»Was meinst du?«, fragte Hal. »Ist dir das schon mal passiert?«

Ben stand auf. Er musste näher heran. Er durchschritt den Waggon der Rigimotive bis zum hinteren Ende. Hal folgte ihm.

Er hatte tatsächlich etwas Unbekanntes gespürt, eine leichte Bewegung, was nie vorgekommen war, wenn er mit seinem Vater geübt hatte. Könnte er doch nur irgendwie nach draußen – vielleicht würde das Gefühl dann zurückkommen … Er erreichte das Ende des Wagens und umfasste den Messinggriff, mit dem man die Tür öffnen konnte.

»Ben!«, flüsterte Hal eindringlich. »Wir dürfen nicht nach draußen!«

Einige Fahrgäste rührten sich und ein Waschbär mit leuchtenden Augen reckte sich auf einer Decke empor und schaute ihn verständnislos an. Ben achtete nicht auf Hal und öffnete die Tür. Der Wind draußen blies ihm das Haar aus der Stirn und das tuckernde Triebwerk unter ihm hallte ihm in den Ohren wider.

Wenn ich mich doch nur konzentrieren könnte, dachte Ben.

Wenn ich doch nur näher heran könnte. Er trat auf die Plattform hinaus. Die Baumwipfel waren von silbernem Mondschein erhellt; Schatten rasten und glitten über den Boden. Nur wenige Meter von den Gleisen entfernt vereinten sich die Bäume zu einer dichten Blätterwand – den Dunklen Wäldern. Zwischen den Bäumen sah Ben etwas Weißes aufblitzen. Er stutzte. Spielte ihm der Mondschein einen Streich?

Nein. Es war ein Tier.

Zumindest hielt Ben es für ein Tier, aber es glich keinem Tier, das er jemals gesehen hatte. Es war riesig, tauchte nur hin und wieder in den Lücken zwischen den Bäumen auf und schimmerte im Mondschein. Wie ein Gespenst, dachte er. Es schien neben der Rigimotive herzulaufen, während sie am Wald entlangfuhr. Ben spürte, wie ihm das Blut in den Adern gefror. Kurz darauf verschwand der leuchtende weiße Fleck ganz.

»Was in aller Natur machst du da?«, brüllte ein Mann.

Eine Hand packte Ben an der Schulter und zog ihn durch die Tür ins trübe Licht des Waggons zurück. Sie gehörte einem Schaffner mit stechend blauen Augen und abgetragener Uniform. Hinter ihm stand Roger und direkt neben ihm Hals älterer Bruder Taylor. Dillkraut, der Dachs, und Taylors dunkler, geschmeidiger Kater kamen hinter ihnen den Gang entlanggehuscht.

»Du kannst dabei umkommen, wenn du während der Fahrt nach draußen gehst!«, sagte der Schaffner und zog mit einem lauten Wumm die Tür zu. Ben hörte das ungehaltene Murmeln anderer Fahrgäste, denen es nicht gefiel, geweckt zu werden.

»Schon in Schwierigkeiten, und wir sind noch nicht mal angekommen«, höhnte Taylor und blickte mit einem spöttischen Grinsen auf Ben hinab. »Musst du irgendwas beweisen?«

»Halt den Mund, Taylor«, sagte Hal, der hinter seinem Bruder im Gang erschien.

Aber Ben schwirrte immer noch der Kopf von dem, was er gesehen hatte. Das Tier, das er entdeckt hatte, kam ihm vor wie ein Wesen aus dem Jenseits, das den Zug beobachtete ...

»Alles in Ordnung, Junge?«, erkundigte sich Roger.

»Ich – ich hab da draußen etwas *Riesiges* gesehen«, platzte er heraus.

Roger sah Ben mit zusammengekniffenen Augen an. Taylor, der jetzt hinter ihm stand, lachte schnaubend auf.

»Einen Wolf?«, fragte er. »In den Dunklen Wäldern wimmelt es von Wölfen.«

»Nein, keinen Wolf«, antwortete Ben. »Es war ganz weiß ...«

»Klingt nicht nach einem Tier hier aus der Gegend«, sagte der Schaffner ungerührt. »Manchmal kommen Bären in die Nähe der Gleise, aber die haben eine ganz normale braune oder schwarze Farbe.«

»Stimmt genau«, pflichtete ihm Roger bei und legte seine schwere Hand auf Bens Schulter. »War bestimmt nur eine Sinnestäuschung.«

»Es war da«, beteuerte Ben. »Es war viel größer als ein Bär – und so hell. Es leuchtete fast ...«

»War es ein G-G-Gespenst?«, fragte Taylor und wackelte spöttisch mit den Fingern.

»Geh wieder nach vorn, Taylor, du raubst mir noch den letzten Nerv«, ermahnte ihn Roger. »Und du, Ben, setzt dich wieder hin und beruhigst dich. Du hast nur einen Wolf oder Kojoten gesehen, sonst nichts. Schluss jetzt mit diesen Geschichten.«

Ben blieb stehen, wütend und bloßgestellt, während Roger und Taylor an ihre Plätze zurückkehrten. Andere Fahrgäste im

Waggon blickten ihn an. Seine Ohren glühten. Er wusste doch, dass er etwas gesehen hatte – oder nicht? Einen Moment lang fragte er sich, ob Roger vielleicht recht hatte und er nur einen Wolf für etwas anderes gehalten hatte. Nein. Das Wesen, das er gesehen hatte, war viel größer als ein Wolf und es war von Kopf bis Fuß schneeweiß gewesen.

»Ich weiß, was ich gesehen habe«, sagte Ben leise zu Hal.

»Klar, ich glaube dir.« Hal setzte sich auf sein Klappbett, legte sich aber nicht sofort hin, sondern knetete und rieb sich die Hände. Ben merkte ihm an, dass er noch etwas sagen wollte.

Um sie herum hatte sich die Aufregung um Bens Zurechtweisung gelegt und das Gemurmel der anderen Passagiere war wieder von leisen Atemzügen, Schnarchen und gelegentlich raschelndem Gefieder oder Fell abgelöst worden.

»Sieh mal«, begann Hal. »Du sollst nur wissen … Ich werde niemandem erzählen, dass … du weißt schon. Wenn du es in Fairmount geheim halten willst, kannst du auf mich zählen.«

»Was geheim halten?«, fragte Ben, obwohl er bereits wusste, wovon Hal redete. Aber er wollte sich vergewissern, wie viel Hal über ihn wusste. »Was hast du gehört?«

Hal atmete tief ein, als wollte er sich gegen die Worte wappnen. Er beugte sich dicht zu Bens Ohr hinüber.

Dann sprach er sie aus, die Worte, die Ben wie ein physischer Schlag verletzten, so wie es nur die Wahrheit konnte:

»Dass du keine Anima hast.«

2

Weit vom Tiefland und den trüben Gaslampen der Rigimotive entfernt umkreiste eine kleine, dunkle Gestalt die rußigen Fabriken der Grauen Stadt und flog in hohem Bogen über einen Strom aus beißendem Rauch hinweg. Sie sank unter die fernen Spitzen der Stadtsilhouette, zog die Flügel näher an den Körper, um in Schräglage über die Dächer zu gleiten, und breitete sie wieder aus, als sie schließlich in Sichtweite der kupfernen Palastdächer kam, unter denen das Parlament beherbergt war. Sie ließ sich von den Luftströmungen direkt zu einem Fenstersims tragen, das auf halber Höhe in der Wand eines baufälligen Turmes auf der Westseite des Palastes eingelassen war. Schwarze Rauchspuren des Feuers, bei dem das Gebäude vor fast dreißig Jahren zur Hälfte niedergebrannt war, waren immer noch an der Außenmauer zu erkennen.

Die Eule ließ sich auf der Bank eines offenen Fensters nieder, das den Blick auf eine schmale Wendeltreppe freigab. Am unteren Ende der Treppe fiel durch einen Torbogen ein Lichtstrahl herein. Dahinter lag ein breiter Flur, in dem gleich um die Ecke eine Gruppe von Beamten laut über Parlamentsangelegenheiten redete. In einem Moment, der so kurz war, dass ihn nur die Eule bemerkte, erschien im Lichtstrahl an der Türöffnung ein Fuß in einem Leinenschuh und wurde dann wieder in den Schatten gezogen.

Das dreizehnjährige Mädchen namens Gwen, dem dieser Fuß gehörte, stand mucksmäuschenstill in der dunklen Ecke am Bogen und wartete mit angehaltenem Atem darauf, dass die Parlamentsmitglieder weitergingen. Die Eule auf der Fensterbank neigte den Kopf zur Seite, gab aber kein Geräusch von sich. Schließlich schlenderten die Beamten weiter.

Zum ersten Mal seit ganzen Minuten – so kam es ihr zumindest vor – atmete Gwen aus. Die Parlamentsmitglieder waren an Gwen gewöhnt – sie war Lehrling des Ältesten, der schon seit der Zeit König Melores dem Parlament angehörte. Aber heute Abend durfte sie nicht gesehen werden. Der Älteste ging mit einem Geheimauftrag fort und Gwen war entschlossen, ihn zu begleiten. Sie schulterte ihren Rucksack und fuhr sich mit den blassen Fingern durch das kurze feuerrote Haar. Schon hundertmal hatte sie versucht, sich diese Geste abzugewöhnen, aber es gelang ihr nicht. Sie fühlte sich ganz zittrig, als würden in ihrem Bauch Federn rascheln.

Die Eule machte auf dem Fensterbrett einen kleinen Hüpfer, als Gwen auf dem Weg nach oben an ihr vorbeiging, und flog dann wieder fort in die Nacht. Dennoch spürte Gwen, dass sie sich nicht weit entfernt hatte. Ganz allmählich lernte sie, einzelne Tiere zu unterscheiden, wenn mehrere ihrer Seelenfreunde in der Nähe waren, ja, sie konnte fast ihre Namen erahnen. Sie fühlte eine Wärme, eine Art Summen im Brustkorb, als sie die Gruppe von Eulen im Turmzimmer über sich spürte, von denen eine in diesem Moment nach draußen flog, getragen vom Wind.

Am oberen Ende der Treppe blieb Gwen im Dunkeln an der offenen Turmzimmertür stehen. Tatsächlich hockte eine Gruppe Eulen in den Dachbalken zusammen und blickte auf die verstaubten Bücher in den unzähligen Regalen und den einzigen Menschen im Raum hinunter: den Ältesten, einen Greis mit wirrem grauem Haar und klugen Augen. Er war damit beschäftigt, Dinge in einen Segeltuchsack zu stecken. Seine abgetragene Jacke und Weste waren früher einmal sorgfältig mit Flügelmustern bestickt gewesen, aber von diesen Mustern war inzwischen nur noch ein fast nicht mehr zu deutendes Gewirr loser brauner und silberner Fäden übrig.

Der Älteste kannte Gwen, seit sie nur eines der vielen verlotterten Waisenkinder der Grauen Stadt gewesen war. Genau wie sie war er Anima Eule, und als er sie eines Tages in den Bolzen, einem schmutzigen, von Verbrechen zersetzten Elendsviertel der Grauen Stadt, dabei erwischt hatte, wie sie ihn bestehlen wollte, war er nicht wütend geworden. Stattdessen hatte er Mitleid mit ihr gehabt und sie als seinen Lehrling im Palast aufgenommen. Lehrlinge schliefen in sauberen, warmen Zimmern unten bei der Küche und hatten vormittags Unterricht, bis sie zwölf Jahre alt waren. Danach bestand ihre einzige Aufgabe darin, einem Parlamentsmitglied zu dienen. Doch Lehrlinge waren seit Melores Zeiten aus der Mode gekommen und außer Gwen hatte es nur ab und zu mal einen weiteren gegeben. Das meiste lernte sie vom Ältesten selbst. Bevor er sie in den Palast geholt hatte, war sie schmutzig, auf sich gestellt und halb verhungert gewesen und hatte außer einer kleinen Bande anderer Kinderdiebe keine Gefährten gehabt. Zwar hatte sie damals schon gewusst, dass sie Anima Eule war, aber nicht, wie man mit ihren Verwandten Kontakt aufnahm, wie man langsamer atmete und einen klaren Kopf bekam, um sie zu spüren und von ihnen zu lernen. Das hatte ihr der Älteste beigebracht. Falls sie überhaupt so etwas wie eine Vaterfigur hatte, dann war er es. Wenn er ging, würde sie auch gehen, auch wenn das bedeutete, ihm heimlich aus dem Palast zu folgen.

Der Älteste seufzte. »Gwendolyn«, sagte er leise und ohne sich umzudrehen, »wenn ich ein Paar robuste Stiefel wäre, wo in diesem Arbeitszimmer würde ich mich dann verstecken?«

Gwen atmete aus. Wie hatte sie nur annehmen können, dass sie unentdeckt bleiben würde? Der Älteste hatte sicher schon gewusst, dass sie kam, sobald die Eulen sie bemerkt hatten.

Sie trat aus dem Dunkeln in das überfüllte, vollgestopfte Zimmer. Zwischen dem klauenfüßigen Schreibtisch des Ältesten und den vielen Bücherregalen, die die sechseckig angeordneten Wände säumten, blieb kaum genug Platz, dass man zu zweit dort stehen konnte.

»Haben Sie im Schrank nachgesehen?«, fragte sie.

Der Älteste schüttelte den Kopf. »Man mag es kaum glauben, aber da sind noch mehr Bücher drin.«

Normalerweise hätte Gwen gelacht. Stattdessen umklammerte sie den Tragegurt ihres Rucksacks ganz fest und bündelte ihre Kräfte für das, was jetzt kommen würde.

»Ich begleite Sie zum Land der Seher.«

Der Älteste packte weiter. Er sah sie nicht einmal an.

»Mein Regencape ist anscheinend auch verschwunden …«, murmelte er.

Gwen entfernte sich von der Tür und entdeckte das Cape, das aus irgendeinem Grund zusammengeknüllt unter dem Bett des Ältesten lag. Sie stopfte es für ihn in den Reisesack auf dem Tisch.

»Ich mache mir Sorgen um Sie«, platzte Gwen unwillkürlich heraus, obwohl sie wusste, dass sie nichts sagen konnte, was ihn daran hindern würde, den Palast zu verlassen. »Sie brauchen mich bei sich.«

Der Älteste sah sie einen Moment lang an. »Du hast recht, Kind. Ich brauche dich tatsächlich. Aber ich brauche dich *hier*. Du musst für mich das Parlament im Auge behalten, während ich fort bin. Ich hege keinen Zweifel mehr daran, dass Viviana Schritte unternimmt, um die Regierung zu stürzen.« Er senkte die Stimme. »Ihre Dominae-Partei wächst mit jedem Tag.«

Der Älteste ging den zusammengewürfelten Haufen von Gegenständen durch, die er aus einem Schrank unter den Bücherregalen gefischt hatte: einen Schuhlöffel, einige mit Schnur zusammengebundene Karten und schließlich –

»Aha!«, rief er zufrieden und warf die Stiefel Gwen zu, die sie auffing und neben seinen Reisesack stellte.

»Seit Viviana wieder hier in der Stadt aufgetaucht ist, hat sie sich nur von ihrem Zorn und ihrem Starrsinn leiten lassen. Dabei ist sie Melores Tochter. Ich hatte ein wenig gehofft, dass mit ihrem Erscheinen nach der jahrelangen Regierung des Schakals der Wohlstand nach Aldemar zurückkehren würde. Das Parlament hat recht daran getan, den Schakal von der Macht zu verdrängen, aber es ist vom Weg abgekommen. Als Melore den Vorsitz hatte, war das Parlament noch arbeitsam und gerecht.

Jetzt gibt es so viel Korruption. Wir schröpfen die Menschen und stellen trotzdem nichts auf die Beine, nichts kommt voran … Wir brauchen einen richtigen Anführer.« Er richtete sich auf und ging zu den Regalen hinüber. In einem davon stand ein seidenes Spielzeugschweinchen, das so aussah, als wäre es früher einmal innig geliebt worden. Der Älteste nahm es und fuhr mit dem Finger über die Naht auf dem Rücken.

»Das waren bessere Zeiten«, sagte er leise und Gwen wusste, dass er an Viviana als Kind dachte. Er hatte ihr von Viviana erzählt – sie war schön und eigensinnig gewesen und hatte unbezähmbares schwarzes Haar und neugierige violette Augen. Gwen konnte sich die kleine Prinzessin gut vorstellen, wie sie vor der Ermordung ihres Vaters durch die Säle des Palastes rannte und dabei ihr Seidentierchen an sich drückte.

Der Älteste seufzte. »Die Menschen haben so lange an die halbgare Prophezeiung über die Rückkehr eines wahren Anführers geglaubt – und ich gebe zu, als Viviana ursprünglich angekündigt hat, in die Stadt zurückkehren zu wollen, habe auch ich diesen Gerüchten fast Glauben geschenkt. Aber ihr Verhalten, ihre grausamen Vorstellungen von Herrschaft – sie ist nicht das Kind, das ich einmal kannte. Sie hat nichts mit ihrem Vater gemein. Ich bin überzeugt, dass ich sie mit meiner Hilfe oder Freundschaft nicht mehr erreichen kann.« Er schüttelte den Kopf und sein hageres, wettergegerbtes Gesicht drückte offenes Bedauern aus. »Wenn doch nur ihr Bruder überlebt hätte –« Die Stimme versagte ihm. Offensichtlich schmerzte es ihn noch immer, an Trent zu denken, das Kind, das er nicht hatte retten können und das mitsamt dem halben Palast verbrannt war.

Gwen schauderte und legte ihm eine Hand auf den Arm.

»Wenn Ihnen hier in der Stadt so vieles Sorgen bereitet, warum gehen Sie dann fort? Die Seher haben doch seit Jahren mit niemandem gesprochen. Manche behaupten … Manche behaupten, es gibt gar keine Seher mehr.« Sie schluckte.

Der Älteste tätschelte ihr liebevoll die Hand, räusperte sich und sprach weiter. »Ich muss zur Statue der Zwillinge, wo die Seher früher gewohnt haben. Man munkelt von Unruhen in den Wäldern und auch im Tiefland. Ich muss herausfinden, welche Verbündeten wir noch haben.«

»Umso mehr ein Grund, dass ich mitkomme! Sie werden jemanden brauchen, der Sie beschützt«, sagte Gwen, obwohl sie bereits wusste, wie seine Antwort lauten würde.

Er schüttelte den Kopf. Sein graues Haar war büschelig wie das Gefieder ihrer Eulen. »Du musst hierbleiben und aufpassen, dass nicht noch mal jemand versucht, mein Arbeitszimmer zu übernehmen, ja?«

Gwen nickte steif. Sie konnte den Scherz des Ältesten nicht witzig finden. Das Parlament war schon zu lange gespalten. Einige Senatoren wollten die Korruption ausmerzen und einen neuen Monarchen wählen; andere wollten unbeschränkte Macht für sich selbst und kauften und erhielten häufig Gefälligkeiten, um sie zu erlangen. Die Räume im Palast wechselten so häufig wie ihre Bewohner die Seiten. Nachdem der Älteste viele Jahre lang ein Arbeitszimmer in der Nähe der königlichen Gemächer belegt hatte, hatte man ihn in einen beengten Turm mit Ausblick über den Hafen und den Ufermarkt am Fluvian abgeschoben. Immer wenn der Wind aus Süden kam, ließ er den Turm leicht schwanken und brachte einen beißenden Fischgestank mit sich.

Der Älteste ging zum Schreibtisch und öffnete die kleinste Schublade.

»Hier«, sagte er. Gwen sah überrascht zu, wie er die Schublade ganz aus dem Schreibtisch herauszog und ein Geheimfach darin zum Vorschein kam. Er stellte die Schublade auf den Tisch und nahm einen schmalen Lederbehälter heraus, der nur so lang wie sein Handteller war.

»Ich möchte, dass du das hier gut aufbewahrst, solange ich weg bin. Es ist ein sehr mächtiges Instrument.«

Gwen betrachtete staunend das Behältnis, bevor sie es öffnete. Das echte Leder, das äußerst selten war und nur für besondere Dinge benutzt wurde, war glatt und fast rot. Die Verwendung von Tierhaut bedeutete, dass der Gegenstand großen Wert hatte und damit das Tier geehrt werden sollte, das gestorben war, sehr wahrscheinlich in hohem Alter. In das Leder war sorgfältig das Emblem eines Jungen und eines Fuchses eingeprägt worden – den legendären Zwillingen. Mit leicht zitternden Händen öffnete Gwen den Behälter. Doch schon im nächsten Moment war sie enttäuscht. Im Innern lag nichts als eine rostige alte Mundharmonika.

»Ich … Ich kann gar nicht spielen«, sagte sie und gab sich Mühe, ihre Verwirrung zu verbergen.

»Das macht nichts«, antwortete der Älteste. »Das ist ein Relikt des letzten Wahren Königs. Das Etui ist aus Schweinsleder. Der König hat es als Geschenk zu Ehren des achten Geburtstags seiner Tochter bekommen, an dem sie sich ihrer Anima bewusst wurde, des Schweins, das auch ihre Mutter als Anima hat. Aber das Instrument – das ist viel älter. Melore glaubte, dass die Musik dieser Mundharmonika das Anima-Band stärken könnte.«

»Wie das?«, fragte Gwen verdutzt.

Der Älteste senkte die Stimme. »Melore war ein guter König«, flüsterte er, »und sehr intelligent. Er glaubte, dass es das Anima-Band nicht nur *hier*« – er tippte sich an den Kopf –, »sondern rings um uns herum gibt. Er hielt es für eine Frequenz, eine Schwingung, die überall ist.«

Gwen sah zu den Eulen hinauf, die über den hohen Bücherregalen zusammensaßen. Eine davon war eine dunkelbraune Schleiereule namens Grimsen, mit der der Älteste ein Leben lang verbunden war. Wenn ein Mensch einmal diese lebenslange Bindung mit einem Angehörigen seiner Seelenfreunde hatte, konnte er mit seinen Augen sehen, fast nach Belieben, so leicht, als würde er ein Foto betrachten. Auf Lebenszeit verbundene Menschen und ihre Seelenfreunde bildeten zwei Hälften eines einzigen Seins, und das Wohlergehen des einen war eng mit dem des anderen verknüpft. Gwen hatte noch nie eine solche Bindung mit einem bestimmten Tier erlebt – einer Eule wie Grimsen, die sie als Teil ihrer selbst ansehen konnte. Sie betrachtete das kleine Instrument in ihren Händen. Wie wundervoll wäre es doch, wenn sie einfach lernen könnte, ein paar Noten zu spielen – die richtigen Noten –, und sich dadurch ihr Anima-Kontakt vertiefen würde. Dann wäre sie stark genug, um sich mit einer bestimmten Eule zu verbinden und klar zu sehen, was sie sah. Vielleicht konnte sie dem Ältesten dann mehr von Nutzen sein.

»Pass gut darauf auf«, bat sie der Älteste und fügte mit strenger Stimme hinzu: »Man weiß nie, wann man mal eine Melodie gebrauchen kann.«

Gwen lächelte gezwungen.

Über ihnen schrie Grimsen und eine große braune Feder fiel zu Boden. Der Älteste schloss die Augen, als lauschte er. Und das tat er tatsächlich, wusste Gwen. Er lauschte und sah, wie die Eulen sahen.

»Es regt sich was«, sagte der Älteste nach einem Moment. Er

öffnete die Augen. »Jemand oder etwas, der oder das vor langer Zeit schon einmal da war, ist wieder aufgetaucht …« Er drehte sich lächelnd zu Gwen um und seine Augen blitzten schelmisch auf. »Uns stehen gefährliche Zeiten bevor. Oh ja. Gefährliche und aufregende Zeiten.«

3

Nach drei kleineren Entgleisungen, einer Auswahl abgepackter Sandwiches aus dem Essbereich und einer weiteren schlaflosen Nacht, in der Ben Rogers Geschnarche lauschte, war er so froh, das blecherne »Faaaair-mount« aus dem Lautsprecher zu hören, dass er jubelte. Und er war nicht der Einzige – Hal und sein Bruder Taylor sowie Taylors rowdyhafte Clique stießen alle Freudenschreie aus und auch Roger dankte hörbar der Natur, dass sie endlich da waren.

Die Rigimotive umrundete den Fuß eines steilen Berges und die Jungen entdeckten den hoch aufragenden Felsen, auf dem das Internat mit Blick auf den weiten Fluss Fluvian thronte. Am unteren Ende des Felsens befand sich ein riesiges hölzernes Wasserrad, das elektrischen Strom für die gesamte Schule erzeugte. An dieser Stelle, wo sich der Fluss verengte, wurde das Wasser durch das Rad gezwungen, sodass es schäumte und spritzte und feine Gischt auf die Felswand sprühte.

»Wie kommen wir denn da rauf?«, fragte Hal seinen Onkel.

Roger stöhnte. »Du siehst doch die Schienen da, oder?«

Ben kniff die Augen zusammen. Die späte Nachmittagssonne strahlte grell auf die nasse Felsoberfläche, aber Ben erkannte einen schmalen Schienenstrang, der sich geradewegs auf der Felswand nach oben schlängelte – direkt zum Fairmount-Anwesen.

»Wow«, war alles, was er hervorbringen konnte.

»Bitte anschnallen. Gepäck sichern«, kam die Stimme aus dem Lautsprecher.

»Los geht's«, sagte Roger mit der Begeisterung einer Nacktschnecke, die auf eine Salzspur trifft. Dillkraut verkroch sich wieder unter dem Sitz und stemmte sich gegen Rogers Beine. »Sooft ich diese Reise auch mache, sie wird nicht einfacher …«

Als die Rigimotive am Wasserrad vorbeifuhr, spritzte Flusswasser gegen die Scheiben. Es folgte ein lautes Quietschen, die Räder kreischten, das Luftschiff über ihnen zischte und plötzlich wurden die Rigimotive und alle Passagiere auf ihren Sitzen nach hinten gedrückt, als der Wagen nur Zentimeter von der Felswand entfernt zum Stehen kam.

»Was ist los?«, erkundigte sich Ben bei Roger, dem übel zu sein schien.

»Die Vorderräder werden an die Schienen gespannt«, erklärte er nüchtern. »Und ich hoffe bei der Natur, sie machen es richtig …«

Ben und Hal tauschten einen besorgten Blick. Von der Felswand vor ihnen hallte ein Rasseln und dumpfes Poltern durch die Fenster. Die Rufe der Schaffner waren gedämpft, aber bald hörte Ben etwas, das wie ein Befehl zum Losfahren klang. Mit einem Ruck rumpelte der Wagen der Rigimotive los – aber nicht nach vorn, sondern nach oben. Ben zuckte auf seinem Sitz zusammen. Roger hielt sich das Taschentuch vors Gesicht und machte die Augen zu.

Scheppernd kämpfte sich die Rigimotive die Felswand hinauf. Bei jedem zweiten oder dritten Ruck schien sich der zweite Wagen, in dem Ben, Hal und Roger saßen, zurückzulehnen, als wäre er zu schwer, und Bens Herz pochte, bis der Wagen durch den gleichmäßigen Aufstieg des Luftschiffes wieder weitergezogen wurde. Ben begriff sofort, warum Roger so nervös war – und viele andere Fahrgäste ebenfalls. Alle Zweibeiner im Wagen umklammerten ihre Sitze, und die Waschbärenfamilie, die zwei schlaflose Nächte im Gang verbracht hatte, huschte ängstlich zwischen den Sitzen auf und ab. Ein Falke, der irgendjemandem im Wagen gehörte, flog wild umher und attackierte die Fenster, als könnte er nach draußen.

Rogers Gesichtsfarbe hatte sich von einem gespensterhaften Weiß zu einem gelblichen Grün gewandelt. Zum Glück gab die Rigimotive nach nur wenigen Minuten ein weiteres lautes Quietschen von sich, stellte sich wieder gerade und schob sich am oberen Ende der Felswand auf horizontale Schienen zurück.

Sie hatten es geschafft.

Bens Magen hüpfte erneut, diesmal bis in seine Kehle. Die leuchtenden, mit Efeu bedeckten Marmorbauten der Fairmount Academy lagen rosa und orange in der frühen Abendsonne und eine Traube von Schülern und Lehrern hatte sich bereits am Bahnsteig der Rigimotive versammelt, um die Neuankömmlinge zu begrüßen. Noch nie hatte Ben so viele verschiedene Tierarten gesehen. Die meisten seiner Klassenkameraden im Tiefland hatten Bauernhof- oder Haustiere als Seelenfreunde. Aber hier auf dem Bahnsteig wimmelte es von Eidechsen, Affen, großen Vögeln und dazu Schafen und Meerschweinchen. Auf dem Bahnhofsdach saß ein Pelikan und sah beschützerisch auf einen Mann mit langer Nase hinunter, der unten am Gleis stand und die ausgeladenen Koffer auf einer Liste abhakte. Ein paar Männer wuchteten das größere Gepäck aus dem untersten Stock der Rigimotive auf einen Karren und zwei Esel warteten geduldig darauf, es zu den Schülerunterkünften zu bringen.

Ben und Hal eilten die Treppe hinunter und Roger schloss sich ihnen an. Draußen folgten sie der Horde von Schülern vom Bahnsteig hinunter und durch den kleinen Bahnhof, wo Taschen sortiert wurden und ankommende und wartende Schüler sich begrüßten, umarmten und abklatschten. Kaninchen, Hirsche und sogar ein oder zwei Bären umkreisten den Bahnhofsplatz und trabten den Weg zum eigentlichen Schulgelände hinauf. Der Weg selbst war von eindrucksvollen, zu einer ganzen Tierschau von Waldwesen geschnittenen Hecken gesäumt.

»Sieht aus, als wäre hier alles unter Kontrolle, Jungs. Wenn ihr also nichts dagegen habt, würde ich gern ein Paket abliefern, sonst fährt die Rigimotive noch ohne mich weiter«, sagte Roger und klopfte ihnen auf den Rücken. Auf Ben machte der Bahnhof allerdings einen solch chaotischen Eindruck, dass er ganz und gar nicht sicher war, dass hier alles unter Kontrolle war.

»Ah, jung müsste man sein«, rief Roger aus und wischte sich mit seinem stets gezückten Taschentuch das Gesicht ab. »Passt auf, dass ihr euch nicht in allzu viele Schwierigkeiten bringt, Jungs. Wenn ich auch nur ein Mal höre, dass du dich nicht benommen hast« – er zeigte mit seinem fleischigen Finger auf Hal, der doch aussah wie der allerbravste Junge im ganzen Königreich –, »schick ich dich schneller zu deiner Mutter zurück, als ein Dachs zwinkern kann.« Damit wuschelte er Hal durchs Haar und verschwand in der Menge. Hal winkte ihm halbherzig und drehte sich dann zu Ben um.

»Das sagt er immer«, erklärte er lächelnd, »aber ich glaube nicht, dass er es auch so meint.«

»Von was für einem Paket hat er denn gesprochen?«, erkundigte sich Ben.

Hal zuckte mit den Schultern. »Die Leute bestellen immer Kräuter, Pflanzen und solches Zeug bei ihm. Wahrscheinlich ist es für einen Botaniklehrer.«

Draußen vor dem Bahnhof war die Menge noch dichter und das Chaos noch unbändiger. Mehrere Hirtenhunde umkreisten Gruppen verwirrter Schüler, während die Lehrer erfolglos versuchten, die Kinder und ihre tierischen Gegenstücke nach Jahrgängen in Reihen aufzustellen.

»Schulanfänger hier rüber!«, hörte Ben jemanden rufen. Er konnte aber nicht erkennen, woher der Ruf kam, denn gerade als er sich umdrehte, lief ein Reh durch die Menge und eine Gruppe älterer Mädchen jagte juchzend hinterher.

Ben bemerkte, dass Taylor und seine Freunde aus der Rigimotive mit ein paar weiteren großen, breitschultrigen Jungen zu ihnen herüberkamen. Auf dem Fuße folgten ihre Seelenfreunde, ein gemischter Haufen von Katzen, Hunden und sogar einem langohrigen Hasen, bei dessen Anblick Ben plötzlich ein wenig Heimweh bekam.

»Hey, kleiner Bruder!«, sagte Taylor zu laut, als er Hal – zu fest – auf die Schulter klopfte. Hal stolperte nach vorn und verlor beinahe seine Brille. »Wir haben gerade von dir gesprochen.«

»Denk ich mir«, murmelte Hal.

»Ich wollte meinen Freunden von Bens Abenteuer auf dem Weg hierher erzählen, aber ich krieg es nicht mehr genau zusammen.« Taylor grinste Ben an. »Erzähl du uns doch bitte die Geschichte, Ben.«

Ben erinnerte sich an die Reaktion der anderen Fahrgäste in der Rigimotive: das Gelächter, das Getuschel.

»Ich möchte nicht darüber reden.« Er versuchte, sich durch die Gruppe zu drängen, aber Taylor streckte eine Hand aus, um ihn aufzuhalten.

»Komm schon«, bat er und seine Stimme klang dabei fast aufrichtig. »Das ist so eine tolle Geschichte. Erzähl uns einfach, wie es war, da draußen auf der Plattform. Das war ziemlich verrückt von dir, Kleiner.«

Ben zuckte die Achseln. »Ich war neugierig.«

»Hattest du keine Angst?«, fragte Taylor. Ben blickte in die Runde der versammelten Schüler. Alle sahen ihn erwartungsvoll an.

»Eigentlich nicht«, antwortete er und merkte dabei, dass es stimmte. Er hatte keine Angst gespürt. Nur Aufregung.

Die anderen Jungen begannen zu tuscheln.

»Nicht mal, als du das Gespenst gesehen hast?«, fragte Taylor laut. Aus der Menge kam ein Prusten, dann von mehreren Seiten Gelächter.

Ben runzelte die Stirn.

»Ich hab nicht gesagt, dass es ein Gespenst war.«

»Du hast gesagt, es sei weiß und würde leuchten – was noch, Walker? Ist es geschwebt und hat ›Buh‹ gemacht?«

»Du weißt doch gar nicht, was ich gesehen habe«, entgegnete Ben. »Du warst nicht dabei.«

»Was hab ich euch gesagt?« Jetzt lachte auch Taylor und klatschte einen seiner Freunde ab.

»Du bist bestimmt Anima Wiesel«, sagte ein breitschultriger Junge mit platter, breiter Stirn, der aussah, als wäre er beim Scavage einmal zu oft aufs Gesicht gefallen. »Einen Lügner erkennt man immer am Wiesel-Geruch!«

»Aber wer weiß denn schon, was deine Anima ist?«, fügte Taylor hinzu. »Ich hab noch keinen Seelenfreund in deiner Nähe gesehen. Nicht in der Rigi und nicht hier. Wahrscheinlich will nicht mal dein eigener Seelenfreund bei dir sein …«

Ben stieg die Hitze ins Gesicht.

»Lass ihn in Ruhe, Taylor«, sagte Hal.

»Lass ihn in Ruhe!«, äffte Taylor ihn nach. *»Ich beschütze dich, Ben!«*

»Hör auf, ich meine es ernst!«, sagte Hal.

Taylor grinste noch immer, aber seine Augen blitzten zornig auf, als er Ben ansah. »Du kannst froh sein, dass wir gerade vorbeigekommen sind und dich von der Plattform reingezogen haben. Was wäre sonst wohl passiert? Vielleicht hätten die Fledermäuse deine Finger angeknabbert. Und du weißt ja, was man über Fledermäuse sagt – sie übertragen alle möglichen Krankheiten.«

Hal stürzte sich auf seinen Bruder, doch Taylor ließ ihn mit einem einzigen Schubs nach hinten auf den Rasen purzeln.

»Hal!« Ben machte Anstalten, Hal auf die Füße zu helfen.

Sie wurden von einem lauten mechanischen Scheppern unterbrochen. Ein übel riechender Rauchstoß teilte die Menge und ein klappriger Motorbuggy hielt mit Getöse genau vor Taylor und seinen Freunden.

Das Gefährt sah aus, als könnte es ein starker Wind auseinanderpusten. Rädchen und Bolzen und andere nicht zusammenpassende Teile schlugen aneinander, während die Dampfmaschine des Motorbuggys vor sich hin schnaufte. Der Mann darin – oder zumindest hielt Ben die Person dafür – griff in viel zu großen Handschuhen nach oben und nahm eine glupschäugige Schutzbrille ab.

Mit Ausnahme des Teils, den die Brille bedeckt hatte, war sein Gesicht mit Kohlenstaub bedeckt, sogar der dünne schwarze Schnurrbart. Sein Gesicht sah jung aus, aber Ben bemerkte Müdigkeitsfältchen unter den Augen. In einem Beiwagen neben ihm saß ein roter Fuchs, der eine eigene selbst gebaute Schutzbrille im Kleinformat trug und dessen Fell an einigen Stellen mit Schmierfett und schwarzer Kohle verschmutzt war. Kupplung und Lenkrad waren reich verziert und blitzblank – als würden sie oft poliert. Wer immer dieser Mensch war, seinen stotternden handgearbeiteten Motorbuggy liebte er heiß und innig.

»Taylor Quindley!«, brüllte der oder die Kohlenstaubbedeckte. »Was lungerst du mit deinen Mannschaftskameraden hier herum und schikanierst jüngere Mitschüler?«

Sofort änderte sich Taylors Auftreten. Er schob die Hände in die Taschen, murmelte eine Entschuldigung und die Gruppe löste sich schnell auf.

Ben zog Hal auf die Beine. Der- oder diejenige im Motorbuggy kämpfte mit einer Reihe verschiedener Knöpfe und versuchte, das wacklige Ding wieder zum Laufen zu bringen.

»Ich, ähm … Sie … danke«, brachte Hal heraus. Ben fiel der Kopf einer Metallflasche auf, die aus der Westentasche ihres Gegenübers herausschaute.

»Bedank dich lieber nicht«, entgegnete er, ohne aufzusehen. »Ich habe genau drei Lieblingsbeschäftigungen: Maschinen, Musik und Menschen ärgern. Vielleicht bist du der Nächste.«

»Sind Sie Mr Loren?«, fragte Hal und ging mit ausgestreckter Hand auf ihn zu. »Ich bin …«

»Ich benutze diesen Namen nicht, daher nehme ich an, dass du hier neu bist.« Der Lehrer blickte ihn finster an. »Ich bin Tremelo, aber denk bloß nicht, dass wir ›Kumpel‹ sind, nur weil wir uns mit dem Vornamen anreden. Das gilt für euch beide.«

Damit setzte sich der Motorbuggy scheppernd und rappelnd in Bewegung und mehrere Schüler machten ihm hektisch Platz. Der Fuchs im Beiwagen jaulte Ben beim Vorbeifahren an. Ben sah ihnen staunend nach. Sein Herz begann laut zu klopfen – er hatte soeben genau den Lehrer getroffen, den er hatte suchen wollen.

»*Das* ist Tremelo Loren?«, fragte er Hal. »Ich hatte ihn mir nicht so …« – er hatte Mühe, das richtige Wort zu finden – »… staubig vorgestellt.«

Hal putzte die Brille mit seinem Hemd. Sie war heruntergefallen, als er gestürzt war.

»Du hast schon von Tremelo gehört?«, wunderte er sich.

Ben nickte. »Ich hab was über ihn gelesen. Dass er Ausbilder ist – er kann die Bindung eines Menschen zu seinem Seelenfreund verstärken.«

Hal spähte verwirrt durch die Brillengläser. »Wirklich? Ich dachte, er unterrichtet nur Grundlegende Werkarbeiten – Mechanik und so was. Taylor sagt, er taugt nichts als Lehrer. Andererseits ist mein Bruder nicht gerade eine verlässliche Quelle. Ich meine, guck dir doch nur mal diesen Motorbuggy an. Dafür, dass er ihn selbst gebaut hat, finde ich ihn ziemlich beeindruckend.«

In einiger Entfernung stieß der Motorbuggy bei einer Fehlzündung einen mächtigen Schwall Rauch aus und zerstreute damit eine Gruppe Mädchen und ihre Ziegen-Seelenfreunde. Die Ziegen liefen auf ein paar Sträucher am Rande des Geländes zu.

»Haltet diese Geschöpfe bloß von meinen Beeren fern!«, rief eine rotgesichtige Frau, die zwei Murmeltiere mit vorstehenden Zähnen auf den Schultern sitzen hatte. »Ich habe sie gerade erst beschnitten!« Sie rannte den fliehenden Ziegen nach, während die Mädchen nur lachten.

»Okay«, sagte Ben zu Hal. »Was jetzt?«

In diesem Moment eilte eine kleine, untersetzte Frau in einem Tweedkostüm auf sie zu.

»Seid ihr neu, Jungs?«, erkundigte sie sich, während der Wombat, der sich an ihren Kopf klammerte, eine Haarnadel aus ihrem zerzausten Knoten zog.

»Ähm … ja?«, antwortete Ben und sah zu, wie der Wombat an einer Haarsträhne der Frau kaute.

»Ausgezeichnet. Willkommen in Fairmount. Bitte schön.« Sie drückte Ben eine Karte in die Hand. »Ihr kommt gerade aus …?«

»Dem Goldenen Tiefland«, antwortete Ben.

»Ausgezeichnet. Von euch kennt vermutlich keiner einen …« Sie hielt inne und überflog das Klemmbrett, das sie fest in der Hand hielt. »Ben Walker, oder?«

Ben schluckte.

»Das bin ich«, antwortete er und sein Mund fühlte sich so trocken an wie Sand.

Die Frau sah so erleichtert aus, als würde sie ihn umarmen wollen.

»Der Natur sei Dank. Wir haben dich schon gesucht – du sollst mit mir mitkommen. Und dein Freund?«

»Hal Quindley«, stellte sich Hal vor.

Die Frau sah wieder auf ihrer Liste nach. Ihr Wombat beäugte Ben, als wäre er eine besonders reife Frucht.

»Quindley, du bist in den Türmen, mein Junge. Walker, mit mir!« Sie drehte sich um und marschierte eilig durch die Menge herumwuselnder Schüler auf das eigentliche Schulgelände zu. Ben sah Hal bestürzt an.

»Das hat sicher nichts zu bedeuten«, sagte Hal und klang genau wie sein Onkel.

»Ja. Bestimmt hast du recht«, antwortete Ben, obwohl sich seine Gedanken überschlugen. Mit zitternden Händen folgte er der Frau, von der in der Menge nur der auf- und abhüpfende Wombat zu sehen war. Er drehte sich um und stellte fest, dass Hal ihm besorgt nachblickte.

»Wir sehen uns bald«, rief Hal und winkte. Ben hoffte, dass er recht hatte.

Die Frau stellte sich als Studiendekanin Mrs Shonfield vor. Sie führte Ben zum Verwaltungsgebäude, in dem die Büros der Angestellten und die Bibliothek untergebracht waren. Ben erhaschte einen Blick auf die Aula. Sie wurde gerade mit Girlanden und Spruchbändern für die Willkommensfeier geschmückt, die am nächsten Morgen stattfinden sollte. An Mrs Shonfields Bürowänden hingen lauter vergilbte Fotos früherer Dekane, die mit

Parlamentsmitgliedern und ehemals berühmten Tüftlern posierten. Besonders beeindruckte Ben ein ziemlich körniges Bild, auf dem festlich gekleidete Männer und Frauen im Zeitalter der Erfindungen zu sehen waren. Sie zerschnitten ein Band vor einem neuen, blitzblanken Rigimotivwagen. Mrs Shonfield bemerkte, dass Ben es betrachtete.

»Die Jungfernfahrt«, erklärte sie stolz. »Ein paar unserer eigenen Professoren gehörten der Gruppe an, die die Rigimotive entwickelt hat. Damals war unser Lehrplan für Maschinenbau noch etwas umfangreicher. Wir haben auch viel mehr Forschung betrieben, aber nachdem Melore umgebracht worden war … nun ja, wurde alles ein wenig verschlankt.«

Ben fiel der große Mann mit dunklem Bart und der Schere in der Hand auf. Sein gestreifter Anzug wurde teilweise von einem langen Mantel bedeckt, der aufwendig gewoben war, um wie weiches, natürliches Fell auszusehen. Der Mann lächelte breit unter seinem Zylinder und seine Augen funkelten.

»Wer ist das?«, fragte Ben.

Mrs Shonfield schüttelte den Kopf.

»Es ist ein Wunder, dass das Bild überlebt hat«, erzählte sie mit einem wehmütigen Unterton. »So viele Fotos aus der Epoche wurden zerstört, als der Schakal die Macht übernommen hat. Das ist Melore, der gestürzte König. Das Foto wurde nur eine Woche vor seiner Ermordung auf der Entwicklungsmesse von Aldemar aufgenommen, bevor sein Palast überfallen und angezündet wurde …« Sie verstummte, dem Sog der Geschichte erlegen. Der Wombat saß auf ihrem Schreibtisch, kaute auf einem Stück Papier und blickte wehmütig in die Ferne.

»Wow«, sagte Ben. Natürlich hatte er schon von König Melore gehört. Obwohl Melore schon vor siebenundzwanzig Jahren gestorben war, hatten die meisten von Bens Bekannten den König in liebevoller Erinnerung.

»Tja, was geschehen ist, ist geschehen«, sagte Mrs Shonfield und kehrte in die Wirklichkeit zurück. »Ich habe dich nicht hergebracht, um über tote Könige zu sprechen. Bitte setz dich.« Sie deutete auf einen Stuhl vor ihrem Schreibtisch. »Ich werde ehrlich zu dir sein, Ben. Wir wissen nicht, wo wir dich unterbringen sollen.«

Ben rutschte auf dem Stuhl hin und her und fürchtete sich vor den Fragen, die nun kommen würden.

»Ich bin davon ausgegangen, dass das Anmeldeformular eindeutig ist«, fuhr sie fort und schob ein paar Dokumente auf dem Tisch herum. »Wir müssen unbedingt wissen, welche Anima du bist, damit wir entscheiden können, in welchem Gebäude wir dich einquartieren. Und damit wir dich für die passendsten Kurse anmelden können.«

»Oh«, antwortete Ben. Er holte tief Luft. »Eigentlich hab ich keine … Ich meine, mir fehlt …«

Mrs Shonfield beugte sich zu ihm vor und hörte aufmerksam zu.

»Was immer deine Anima ist, Ben, du brauchst dich nicht dafür zu schämen! Hier in Fairmount sind alle Arten willkommen. Anders als früher! Letztes Jahr hat eine Anima Faultier hier ihren Abschluss gemacht. Wenn der Junge nicht gerade im Unterricht schlief, war er wirklich entzückend.«

Ben blickte auf seine Hände hinunter, die auf seiner Arbeitshose lagen. Nach der zwei Tage dauernden Fahrt in der engen Rigimotive sah sie schmutzig, zerknittert und abgetragen aus. Am liebsten hätte er einfach seinen Koffer geholt und wäre in ein richtiges Bett gekrochen.

»Ich bin mir meiner Anima noch nicht bewusst geworden«, erklärte er. »Ich weiß nicht, welche ich habe.« Oder ob ich überhaupt eine habe, dachte er.

Mrs Shonfield lehnte sich auf ihrem Stuhl zurück und nahm sich ruckartig die Brille von der Nase. Dann sah sie Ben mit zusammengekniffenen Augen an.

»Eine Abwesenheit«, stellte sie atemlos fest. »Das ist ziemlich … ungewöhnlich.«

»Kann ich mir vorstellen«, antwortete Ben, während ihm das Wort *Abwesenheit* – das so endgültig, so trostlos klang – in den Ohren widerhallte. Seine Eltern hatten es absichtlich nie benutzt. Menschen mit lebenslanger Abwesenheit gab es so selten, dass sie fast ein Mythos waren. In den Geschichten, die Ben gehört hatte, wurden sie am Ende immer verrückt oder Schlimmeres.

»Das heißt nicht, dass es so bleibt. Ich bin bloß spät dran, das ist alles«, fügte er rasch hinzu, nur für den Fall, dass sie ihm vielleicht sagen wollte, er könne nicht bleiben. »Ich bin adoptiert, deshalb brauche ich länger, um herauszufinden, mit welcher Art von Anima ich mich verbinden muss. Ich bin aber immer auf der Suche.« Er bemühte sich, fröhlich zu klingen. Er versuchte, an seinen Vater zu denken, der ihn stets ermutigt hatte, Geduld zu haben, und ihm gesagt hatte, dass seine Anima überall sein konnte – einfach an einem Ort, an dem er noch nicht gesucht hatte.

Mrs Shonfield presste die Lippen zusammen und schien sich über irgendetwas den Kopf zu zerbrechen. Bens Magen fühlte sich an, als wäre er aus Blei.

»Ich brauche nur etwas Zeit und Übung«, sagte er mit wachsender Verzweiflung. »Sie – Sie schicken mich doch nicht nach Hause, oder?«

»Natürlich nicht«, antwortete Mrs Shonfield. Ben entspannte sich. »Aber ich fürchte, du kannst an ein paar Kursen nicht teilnehmen. Biologie und Bande zum Beispiel. Ohne Anima ist der Unterricht für dich wertlos. Er besteht größtenteils aus praktischen Übungen, weißt du. Leider bieten wir seit vielen Jahren keinen Einzelunterricht im Bereich Anima-Ausbildung mehr an.«

Mrs Shonfield lehnte sich auf ihren starken Ellbogen nach vorn und sah Ben fest an.

»Ich will dir nichts vormachen, mein Junge. Du wirst es hier nicht leicht haben. Wie du sicher weißt, werden sich die meisten Kinder ihrer Anima mit etwa neun Jahren bewusst. Das Späteste, was mir je untergekommen ist, war elf. Ich sage das nicht, um dich zu entmutigen, mein Lieber, sondern damit du weißt, worauf du dich gefasst machen musst.«

Ben blickte von seinen Händen auf und sie fuhr fort.

»Wir werden passende Kurse für dich finden, keine Sorge, und abwarten, wie du mit dem Schulleben zurechtkommst. Aber es wird eine Menge Schüler geben und – ja, tut mir leid, das zu sagen – auch Erwachsene, die deine Abwesenheit nicht verstehen werden. Die versuchen werden, dich als Spätentwickler anders zu behandeln. Aber das wirst du nicht zulassen, verstanden? Du gehörst hierher, Ben. Wir haben dich aufgrund deiner Begabung, deiner Intelligenz und der Fürsprache derer, die dich lieben, ausgewählt, woher aus dem Königreich der Natur du auch immer stammen magst. Deine Bewusstwerdung ist spät und das hat dir sicher schon einigen Kummer bereitet, aber ich versichere dir, wenn es so weit ist – und ich habe keinen Zweifel daran, dass du dir deiner Anima bewusst werden wirst –, werden wir hier in Fairmount bereitstehen und dir bei diesem Prozess helfen. Zweifle nie daran, dass du hierhergehörst.«

Ben nickte ernst und dankbar.

»Das mal vorweggeschickt, Ben, halte ich es für das Beste, dich zunächst in den Türmen unterzubringen. Ich werde veranlassen, dass deine Koffer dort hingebracht werden.«

4

Als ein wolkenverhangener Morgen über den übel riechenden Docks der Grauen Stadt dämmerte, beaufsichtigte eine auffallende junge Frau mit violetten Augen eine Fabrik, in der emsig gearbeitet wurde.

Von Weitem war Viviana Melore ziemlich hübsch. Von Nahem waren ihre Wangenknochen vielleicht ein wenig zu spitz; der Mund, mit kastanienbraunem Lippenstift geschminkt, ein wenig zu hart, und die Stirn, die der ihres verstorbenen Vaters, des früheren Königs, sehr ähnlich sah, ein wenig zu hoch.

Viviana umklammerte ein rostiges Geländer und blickte über eine Werkhalle, in der es nach Druckerschwärze, Öl und dem Zellstoff frisch hergestellten Papiers stank. Unter ihr bedienten Arbeiter fleißig Druckerpressen, standen an Fließbandstationen und hantierten mit Zahnrädern und frischer Druckfarbe.

Durch die breiten, schmutzüberzogenen oberen Fenster konnte Viviana sehen, was die Arbeiter auf ihren Posten nicht sehen konnten: die hoch aufragende Kuppel des Parlamentsgebäudes am anderen Flussufer, ein gewaltiges, grün angelaufenes Kupferdach. Von ihrem hohen Standpunkt aus konnte Viviana zwar nicht den Flügel des Palastes sehen, aus dem sie geflohen war, aber allein das Wissen, dass er dort war, ließ ihre Finger zucken. Sobald sie die Gelegenheit dazu bekam, würde sie das Gebäude zum Einsturz bringen.

Die Parlamentsübernahme würde keine Schwierigkeit darstellen, dessen war sie sicher – es bestand aus schwachen, bestechlichen Männern und Frauen. Seit der Entmachtung des Schakals hatten sie das Volk praktisch ignoriert, und das Volk war arm, verzweifelt und wütend. Die Stadt glich einer Steinmauer mit zu vielen Rissen, und anstatt sie kitten zu wollen, war Viviana fest entschlossen, sie in Schutt und Asche zu legen.

Sie atmete tief ein. Dabei drang ihr dichter Rauch in die Nase, der als Säule von der Maschine auf dem Boden aufstieg. Er füllte ihre Nasenlöcher und weckte eine alte Erinnerung. *Rauch, züngelnde Flammen, das verzweifelte Klopfen hinter der Tür …* Sie straffte die Schultern und verscheuchte die Erinnerung aus ihren Gedanken. Nichts als eine unangenehme Einzelheit aus ihrer Vergangenheit.

Sie nahm sich einen Moment Zeit, um ihr Kostüm zurechtzuzupfen. Während viele wohlhabendere Bürger der Grauen Stadt ihre Kleidung mit aufgestickten Bildern ihrer Animas schmückten, bevorzugte Viviana eine Verzierung aus schwarzem Seidengarn, das nicht nur ihre Anima, das Schwein, sondern noch viele Bestien mit ausgestreckten Klauen und gefletschten Zähnen zeigte.

Joan, ihre Assistentin, kam mit ihrem wöchentlichen Bericht zu ihr. »Bisher läuft alles bestens«, flötete sie über das Dröhnen der Pressen hinweg. »Wir haben die Produktion der Orsas abgeschlossen, die zur Roten Straße fliegen werden. Die für den Fischmarkt sind jeden Moment bereit zum Abflug.«

Joan reichte Viviana zur Begutachtung einen kleinen Gegenstand aus Papier. Es war ein Papiervogel zum Aufziehen, keine zehn Zentimeter groß, auf dessen Flügeln Vivianas Wappen aufgedruckt war. Joan zog vorsichtig an einem losen Papierstückchen, das hinter einem der Flügel hervorschaute, und sofort begannen die Flügel zu schwirren. Viviana hielt ihn an seinen zierlichen Papierfüßchen fest, damit er nicht davonflog.

»Das ist ein Blitz-Orsa. Er wurde so konstruiert, dass er sich auf der Stelle fallen lassen kann.«

Während sie das sagte, begann sich der Papiervogel auseinanderzufalten. Die winzigen Papierröllchen, aus denen Flügel und Rücken bestanden, sprangen auf und bildeten in Vivianas Hand ein kleines Flugblatt, auf dem zu lesen war: *Wir werden frei sein oder wir werden nichts sein.* Bis das sich öffnende Papier das Wort NICHTS enthüllt hatte, war von der ursprünglichen Gestalt des Vogels nur noch ein winziger piepsender Schnabel übrig, der ein Geräusch machte, als würde er nach Luft schnappen. Als der Schnabel schließlich nachgab und sich ebenfalls entfaltete, erschien das Wort DOMINAE neben den anderen auf einem vollkommen quadratischen Zettel, der so groß war wie Vivianas Hand. Auf ihrem Handteller blieb nur ein klitzekleines Federwerk zurück, dessen Rädchen allmählich aufhörten sich zu drehen.

Viviana lächelte.

»Sehr gut gemacht«, sagte sie, was aus ihrem Mund ein riesiges Lob darstellte. »Aber sagtest du Fischmarkt? Was ist mit dem Opernplatz? Kommen wir nicht bis in die Bolzen?«

»Ein paar von den größeren Orsas sind für längere Strecken gebaut worden«, antwortete Joan. »Aber wir werden uns nicht nur auf die Orsas verlassen.«

Sie nahm Vivianas Arm und führte sie die Brücke entlang bis zu einer Stelle, von der aus man eine Fläche mit langen Werktischen überblicken konnte. Hier war eine Gruppe von Männern und Frauen damit beschäftigt, ein Durcheinander aus ausgemusterten kupfernen Zahnrädern und Drähten wegzuräumen. Ein großer Gegenstand – oder besser viele davon – war hier zusammengebaut worden.

Joan stieß einen lauten Pfiff aus. Sofort begann ein hochgewachsener, dünner Mann in einem marineblauen Dreiteiler – der, wie Viviana erkennen konnte, von einer Staubschicht bedeckt war – eine scheppernde Metalltreppe hinaufzueilen. Er bedeutete mehreren der Arbeiter, ihm zu folgen.

»Du hast Mr Clarke, den Tüftler, ja schon kennengelernt«, sagte Joan, als der Mann über die Brücke zu ihnen kam. Die Arbeiter hinter ihm trugen mehrere riesige Holzkisten und stolperten fast über ihre langen, schweren Schürzen. Von Nahem erkannte Viviana, wie schäbig Mr Clarkes Anzug war und wie blass und fahl seine Haut aussah – aber in seinen Augen entdeckte sie ein stolzes, intelligentes Funkeln.

Clarke verbeugte sich tief und lächelte breit, sodass unter seiner Hakennase ein Mund voller langer gelber Zähne zum Vorschein kam. Dann forderte er einen der Arbeiter hinter ihm mit einer Geste auf, die Kiste, die er trug, zu öffnen.

Aus der Kiste flatterte – nein, schepperte – ein Metallrabe, der mindestens dreimal so groß wie ein echter Rabe war und ganz aus Zahnrädern und Bolzen und fachmännisch bearbeitetem Kupfer bestand. In den metallenen Bauteilen, die unter seiner schwarzen Farbschicht hervorschimmerten, spiegelten sich die Gaslampen, die über der Werkhalle hingen. Ein vollkommen rundes mechanisches Auge schwirrte und surrte in seiner Höhle, als es zuerst Viviana, dann Joan und dann Clarke anblickte, der ihm zunickte wie einem gehorsamen Kind. Der Rabe breitete seine weiten Metallflügel aus, wobei das Klicken seiner vielen sich drehenden Zahnräder zu hören war, und flog auf das Geländer der Brücke. Dort heftete er die Augen auf Viviana und öffnete drohend seinen Metallschnabel.

Aus dem surrenden Innern der mechanischen Rippen und der Kehle des Vogels dröhnte Vivianas eigene Stimme durch den Schnabel, der als perfekter Grammophontrichter diente. »*Meine menschlichen Brüder und Schwestern*«, schallte es heraus. »*Wir werden frei sein oder wir werden nichts sein!*«

Als der Klang von Vivianas verstärkter Stimme erstarb, schloss der Vogel den Schnabel.

»Brillant«, befand Viviana und meinte es auch so. »Wie nennen Sie sie?«

»Ich bezeichne sie als Clamoribus, aber Sie können selbstverständlich –«

»Perfekt«, schnitt ihm Viviana das Wort ab. »›Durch die Geschreie‹. Gefällt mir.«

»Der Zeitpunkt könnte nicht besser sein. Das Parlament hat das Volk bis zum Gehtnichtmehr mit Steuern geschröpft und die Stadt ist so baufällig, dass es nicht mehr zu übersehen ist. Die Leute merken, dass sich das Parlament die eigenen Taschen vollstopft«, sagte Clarke, während der Rabe auf dem Geländer – genau wie ein echter Vogel – unruhig mit den Füßen scharrte.

Das Licht vom Fenster fiel auf seine schwarz bemalten Krallen. »Die Graue Stadt braucht jemanden mit Weitblick.«

Viviana sah zu ihrer lächelnden Assistentin hinüber. Sie kannte Joan seit ihrer Mädchenzeit in der Staubigen Ebene. Joans adretter blonder Bob und ihre strahlend blauen Augen waren immer schon irreführend gewesen – sie sah aus wie ein fröhliches Dummchen, aber Viviana wusste seit Jahren, dass Joan zu allem fähig war.

»Meine kluge Joan, du hast für uns einen solch genialen Tüftler gefunden«, sagte Viviana liebenswürdig. »Wenn ich doch nur jeden einzelnen Teil dieser Kampagne in deine Hände legen könnte, bräuchte ich mir keine Sorgen mehr zu machen.«

»Das solltest du auch nicht«, erwiderte Joan und lächelte sie dankbar an. »Es ist genau, wie du immer gesagt hast –«

Sie kam nicht dazu, ihren Satz zu beenden. Unter ihnen schrie eine Arbeiterin auf.

»Was ist los?«, fragte Viviana streng.

»Ich hab eine gesehen! Eine Ratte! Einen dreckigen Spion!« Die hohe Stimme der Arbeiterin hallte über die lärmenden Druckerpressen hinweg.

Sofort setzte Viviana eine silberne Pfeife an die Lippen. Ihr schriller Pfiff übertönte sogar die scheppernden Maschinen. Blitzschnell sprangen mehrere halb verhungerte streunende Katzen, die nebeneinander an der Wand saßen, auf die arme Arbeiterin zu, die Alarm gegeben hatte. Sie fanden die quiekende Ratte unter der Presse, zogen sie hervor und zerrten erbarmungslos mit den Krallen an ihr. Die Arbeiterin hielt sich ihre mit Druckerschwärze beschmierte Schürze vor die Augen, während die Katzen den hilflosen Nager in Stücke rissen. Sowie Viviana erkannte, dass die Ratte ausreichend Schaden genommen hatte, pfiff sie ein zweites Mal. Die Katzen kehrten zu ihrem Platz an der Wand zurück und leckten sich dabei lautlos das Blut von den Pfoten.

»Ein sehr beeindruckendes Kunststück«, murmelte Clarke.

Viviana nahm das Kompliment wortlos an. Es war mehr als ein Kunststück – es hatte Jahre der Übung und Konzentration gebraucht, um all ihre Verbitterung und Wut in eine nützliche Bahn zu lenken. Nur die begabtesten Menschen waren dazu fähig, das Denken ihrer Seelenfreunde vollkommen unter ihre Kontrolle zu bringen, doch niemand, auch nicht ein Vertreter des Parlaments, würde es jemals wagen, das zu versuchen.

So sollte es sein, dachte Viviana. Das Anima-Band bedeutete, sich in Tiere einzufühlen, wodurch ein Mensch schwach wurde und seine eigenen Bedürfnisse für etwas Minderes hintanstellte. Dominanz bedeutete aber Kontrolle. *Wir werden frei sein oder wir werden nichts sein.*

»Jemand soll das, was von der Ratte übrig ist, an die Tür nageln.« Viviana sprach laut genug, dass ihre Stimme durch die ganze Halle drang, so wie vorher, als sie aus dem Schnabel des Raben gekommen war. »Die Widerstandsbewegung muss anscheinend informiert werden, wo sie und ihre Spione nicht willkommen sind.« Sie machte eine ausladende Handbewegung. »Und jetzt alle wieder an die Arbeit.«

Von sperrigen Holzplattformen aus zogen einige Arbeiter an einem Satz Seile und hievten so mehrere Netze mit flatternden Papiervögeln vom Boden der Werkhalle zu den offenen Fenstern hinauf. Dann ließen sie die Seile los und die Netze öffneten sich: Kleine mechanische Papiervögel strömten heraus und kreisten kurz an der Decke der Fabrikhalle, eine gewaltige Wolke der Bewegung. Tausende von Papierflügeln zerrissen die Luft.

Die mechanischen Riesen in den Kisten fingen an, mit ihren schweren Flügeln zu schlagen. Mit ihren scharfen Krallen stießen sie sich von den Behältern ab und stiegen schnurstracks zu ihren Gefährten aus Papier auf. Geschlossen flogen alle Vögel durch die offenen Fenster und über den Fluss und warfen dabei dunkle Schatten auf das graue Wasser. Die riesigen geflügelten Metalltiere führten die winzigen Papier-Orsas wie Soldaten in Schlachtordnung an. Vivianas Herz schlug freudig wie diese Flügel und erhob sich zu ihnen in die Lüfte.

Sie drehte sich zu Joan um. Ihre tüchtige Assistentin hatte heute noch einen weiteren Auftrag außer dem, den Abflug eines Papiervogelschwarms zu überwachen.

»Noch eine Sache, bevor du gehst.« Viviana sprach ganz leise, damit es niemand sonst hören konnte. »Einer meiner Informanten, der auf der Königlichen Rigimotive stationiert ist, hat mir heute Morgen von seltsamen Geschehnissen in den Dunklen Wäldern berichtet. Möglicherweise ist eine der Bestien noch da draußen.«

Joan lächelte ermutigend. »Sicher nur ein Gerücht, das deine Gegner in die Welt gesetzt haben. Denk nicht weiter darüber nach.« Mit funkelnden Augen legte sie Viviana eine Hand auf den Arm. »Bald werden wir den ganzen Text der Prophezeiung des Verrückten kennen – aber wie immer sie auch lautet, sie wird dich nicht davon abhalten, wieder den Thron zu besteigen. Dafür werde ich sorgen.«

5

Hals und Bens Zimmer lag im ersten Stock eines der sechs Holztürme des verschachtelten Schülerwohnheims. Es gab darin dunkle Dachsparren, weiß getünchte Wände, identische Eisenbetten und ein großes Fenster mit Blick auf einen abfallenden Hang. Da in den Türmen größtenteils Schüler mit nachtaktiven Seelenfreunden wohnten, waren die vielen Gemeinschaftsräume rund um die Uhr geöffnet und mit Brettspielen, Büchern und reichlich Kerzen ausgestattet, denn der unzuverlässige Elektrostrom ging nachts häufig flackernd an und aus.

Der erste Unterrichtstag begann mit einer aufwendigen Zeremonie in der Aula des Verwaltungsgebäudes. Reihe um Reihe blitzblanker Holzbänke war mit blau-goldenen Sitzkissen für die Schüler – und zum Teil auch ihre Seelenfreunde – belegt worden. Viele ältere Schüler umarmten ihre Kameraden und begrüßten sie lautstark. Gerede, Gekicher, Geschnaube und Gebell hallten durch den Saal. Über der Bühne hing eine große Fahne mit dem Wappen von Fairmount: einem goldenen Lamm und einer goldenen Krähe auf einem leuchtend blauen Hintergrund.

Hal und Ben fanden gerade noch ein Plätzchen im vorderen Teil des Saals, als der Schulchor auch schon zur beschwingten Darbietung einer alten Weise, »Die Natur ist meine Hilfe und Freude«, ansetzte. Danach hieß der Direktor, ein dünner, spröde wirkender Mann namens Fink, die neuen Schüler mit einer langen Rede willkommen. Ben nickte ein und wäre beinahe auf das Stachelschwein eines Schülers aus dem zweiten Jahr gekippt. Gerade rechtzeitig packte ihn Hal an den Schultern und verhinderte damit eine Katastrophe. Ben lächelte zerknirscht zwei Mädchen in der Reihe vor ihm an, die ihm einen bösen Blick zuwarfen, bevor sie sich wieder nach vorn umdrehten.

Schließlich beendete Fink seine Rede und die Schüler begaben sich in langen Reihen zu ihren Klassenzimmern. Das von Hal und Ben war ein Raum im zweiten Stock des Gebäudes für Angewandte Wissenschaften. Sie gingen an der Mensa vorbei und kamen zu einer großen Rasenfläche, die unter dem Namen »der Kreis« bekannt war. Hier hielten sich die Fairmount-Schüler zwischen den Unterrichtsstunden auf, nahmen ihr Mittagessen im Freien ein und vergnügten sich mit spontanen Scavage-Spielen.

»Das da ist das Wipfel-Wohnheim, wo die Reptilien- und Vogel-Animas untergebracht sind«, erklärte Hal und zeigte auf ein Gebäude, während er mit Ben den Rasen überquerte. »Und das da mit den Tunneln ist Garrett. Für Nagetiere und kleine Bauernhof-Animas. Scheune und Ställe liegen ein Stück weit den Hügel hinauf, näher an den Wohnungen der Lehrer.«

»Du hast dir schon den ganzen Lageplan gemerkt?«, witzelte Ben.

Hal lief rot an.

»Ich wollte sichergehen, dass ich nicht in Taylors Nähe bin. Das Scavage-Feld liegt tiefer im Wald, hinter den Wohnheimen. Man kann es von hier nicht sehen, aber es ist riesig! Apropos: Die Testspiele sind morgen Nachmittag …«

Hal verstummte, als eine Gruppe plappernder Mädchen aufkreischte und in seine Richtung zeigte.

»Hab ich was falsch gemacht?«, murmelte er und zupfte unsicher an seinem Blazer.

»Entspann dich«, antwortete Ben. »Sie zeigen nicht auf dich.«

Ben und Hal drehten sich um. Hinter ihnen schritt ein Mädchen zielbewusst über den Rasen auf die Marmortreppe des Gebäudes für Angewandte Wissenschaften zu.

Es war sehr groß und sehr blass, hatte lange schwarze Haare und dunkle, lila umrandete Augen. Die meisten Mädchen, die Ben hier gesehen hatte, trugen ein Kleid oder einen Rock zu ihrem blauen Fairmount-Blazer. Aber dieses hier hatte eine Tweedhose mit hoher Taille und ein geknöpftes Baumwollhemd unter dem Blazer an. Über seiner Schulter hing eine perlenverzierte Tasche, in der offenbar nicht viel drin war.

»Ist das nicht die, deren Seelenfreund in der Rigi fast deine Maus verschluckt hätte?«, fragte ein blondes Mädchen und drückte ein Kaninchen beschützend an seine Brust.

Ein anderes Mädchen, das ein Stirnband mit einer schlappen, aufgenähten Blume trug, nickte. »Freak«, sagte es böse. Ben versetzte es einen Stich. Er hasste dieses Wort, da er es selbst schon oft genug gehört hatte.

Das schwarzhaarige Mädchen schien von der Reaktion, die es

auslöste, völlig unbeeindruckt zu sein. Als es näher kam, erkannte Ben eine dünne, schwarze Schlange, die aus der perlenverzierten Tasche herausglitt und sich um das Handgelenk des Mädchens wand.

»Wow«, sagte Ben. »Ich hab noch nie eine Anima Schlange gesehen.« Er sah zu Hal hinüber. »Du?«

Hal gab keine Antwort.

»Hal?«, versuchte Ben es noch mal.

»Schlange«, murmelte er. »Wow.«

Hal war so fasziniert, dass er den Gegenstand nicht bemerkte, der direkt auf seinen Kopf zusauste.

»Achtung!«, brüllte Ben. Er schubste Hal gerade noch rechtzeitig zur Seite und verhinderte, dass das Geschoss seine Brille traf.

Ben betrachtete den Gegenstand, als dieser über den Boden hüpfte. Er war lang und aus Holz, hatte Borsten an einem Ende und sah aus wie ein dicker Pinsel. Ben hatte so einen Gegenstand auf Bildern von Profi-Scavage-Spielen gesehen: Es war ein Schnipp. Beim Scavage spielten Tarnung und Täuschung eine Rolle. Der Schnipp war ein Werkzeug, das dazu benutzt wurde, die Gegenspieler mit knalliger Farbe zu markieren, damit sie sich nicht mehr verstecken konnten.

Ben drehte sich um und sah Taylor und seine Freunde lachen. Er hatte den Schnipp wie einen Pfeil auf ihn und Hal geworfen.

»Ich glaube, du hast den hier fallen lassen«, sagte Ben beiläufig und warf den Schnipp in hohem Bogen zu Taylor zurück. Er flog schnell und gerade, sodass Taylor ihm ausweichen musste. Etwa einen Meter hinter dem Punkt, wo Taylor vorher gestanden hatte, blieb der Schnipp zitternd im Boden stecken. Taylors Miene verdüsterte sich. Ein Gefühl der Genugtuung überkam

Ben – ausnahmsweise hatte Taylor mal keinen dummen Spruch auf den Lippen.

Hals und Bens Klassenzimmer ähnelte eher einer Müllhalde als einem Raum. Regale voller Schriftstücke säumten die Wände ohne ein erkennbares System: Stapel alter Schüleraufsätze fanden sich neben einem Haufen vergilbter Dokumente, auf denen der Entwurf einer Rigimotive mit Flügeln anstelle eines Luftschiffs zu erkennen war. Aus aufgetürmten Kisten quollen Zahnräder und Schrauben. In Glaskästen oberhalb der Regale standen seltsame Pflanzen mit spindeldürren Blättern, wie Ben sie noch nie gesehen hatte. Über einer Tür direkt hinter dem Lehrerpult, die anscheinend in ein Privatbüro führte, hing eine verstaubte Uhr, an der beide Zeiger fehlten. Das Pult allein war eine Katastrophe – eine erstarrte Sturzflut von Papieren und Büchern, die sich von der Tischplatte auf den Fußboden ergoss. In einer Ecke des Pults stand eine leere Rotweinflasche.

»Sind wir hier richtig?«, erkundigte sich Ben bei Hal.

Hal spähte auf seinen Stundenplan und zupfte an seinem bretthart gestärkten Kragen, der fast bis an sein Kinn zugeknöpft war. »›Unterricht im Klassenzimmer. Gebäude für Angewandte Wissenschaften. Zimmer Nummer achtunddreißig. Gemischte Animas.‹ Genau da sind wir«, antwortete er.

Sie suchten sich zwei Tische im vorderen Teil des Raumes. Einige andere Schüler waren bereits da und rutschten nervös und schweigend auf ihren Stühlen herum. Von seinem Platz aus konnte Ben erkennen, dass die Schreibutensilien auf dem Lehrerpult von einer Staubschicht bedeckt waren.

»Oh nein«, flüsterte Hal.

»Was ist?«, fragte Ben.

»*Sie* ist da«, wisperte Hal und deutete hinter sich. »Nein, nicht hinsehen! Nicht hinsehen!«, sagte er, als Ben versuchte, einen Blick über seine Schulter zu werfen. Aber Ben hatte es schon entdeckt: das geheimnisvolle dunkelhaarige Mädchen, das sie auf dem Weg zum Klassenzimmer gesehen hatten. Seine zahme Schlange lag um seinen Hals gewickelt und döste, den zierlichen Kopf an sein Schlüsselbein geschmiegt.

»Ich kann euch hören, wisst ihr«, sagte es laut.

Eine Gruppe Mädchen, die auf der anderen Seite des Raumes saßen, kicherte. Ein kleiner Papagei auf der Schulter eines Mädchens in der ersten Reihe kreischte. Ben merkte, dass Hal knallrot anlief. Er hatte unwillkürlich Mitleid mit ihm.

Mehrere Minuten vergingen, während Hal und Ben auf ihren Klassenlehrer warteten. Die anderen Schüler begannen zu flüstern. Einer von ihnen, der mit ein paar neugierigen Molchen in die Klasse gekommen war, versuchte, seine Mitschüler zu der Wette zu überreden, welches der Tiere am höchsten klettern konnte, aber niemand hatte Lust dazu. Ben fragte sich, wann – oder ob – ihr Klassenlehrer wohl auftauchen würde.

Das Mädchen mit der Schlange seufzte. »Noch eine Minute, dann bin ich weg«, kündigte es an.

»Wir können nicht einfach gehen«, entgegnete Hal und drehte sich zu ihm um. »Das ist unsere allererste Stunde.«

Es kniff die Augen zusammen. Die Schlange hob den Kopf und züngelte in Hals und Bens Richtung. »Es hat keiner verlangt, dass ihr mitkommt«, sagte das Mädchen. »Ich hätte euch sowieso nicht für Schulschwänzer gehalten.«

»Was … Was soll das denn heißen?«, stotterte Hal und lief wieder tomatenrot an.

In diesem Moment zischte ein kleiner roter Blitz durch die Klassenzimmertür und sprang auf das Lehrerpult. Ein Fuchs. Er kletterte auf den Papierstapel, blieb dort ruhig sitzen und sah die Schüler an, als wollte er gleich eine Anwesenheitskontrolle durchführen. Hinter ihm schlenderte der Klassenlehrer herein, stocherte mit dem Fingernagel in den Zähnen und sah exakt so aus, als wäre er keine Minute zu spät.

»O-oh«, flüsterten Ben und Hal einstimmig.

Es war Tremelo, der rußbedeckte Mann aus dem Motorbuggy, der am Nachmittag zuvor einen solch aufsehenerregenden Auftritt vor dem Bahnhof hingelegt hatte. Der Lehrer trug denselben schmutzigen Mantel wie im Buggy und ließ den Blick durch den Raum schweifen.

»Alle da?«, fragte er. Die Schüler tauschten zaghafte Blicke.

»Gut«, befand Tremelo, bevor irgendjemand antworten konnte. Dann öffnete er die Tür hinter dem Pult. Im Büro dahinter erhaschte Ben einen Blick auf weitere Papierberge, weitere wacklige Gerümpelstapel, weiteres Chaos. »Ich habe heute Wichtigeres zu tun, als eine halbe Stunde lang die Regeln mit einem Haufen Schüler durchzugehen, die sie sowieso verletzen werden«, fuhr er fort, »also hört gut zu.«

Ben und die übrigen Schüler saßen da wie aus Stein.

»Willkommen in Fairmount. Haltet euch von Lachspastetensonntagen fern, wenn euch die Gesundheit eures Darms lieb ist, und seid immer, *immer* leise, wenn ich nachdenke.« Dann verschwand er in seinem Büro, knallte die Tür hinter sich zu und überließ die Schüler wieder sich selbst.

Das Mädchen mit der Schlange schnaubte verächtlich. Ben und Hal sahen sich an.

»Das meint der doch nicht ernst, oder?«, fragte Ben.

»Taylor hat mir erzählt, dass er im letzten Schuljahr sein eigenes Büro in Brand gesetzt hat«, sagte Hal. »*Zwei Mal.*«

Wie gerufen quoll Rauch unter der Bürotür hervor und stieg als kleine, schnörkelförmige Säule auf. Ben schnupperte – nahm jedoch keinen Brandgeruch, sondern einen süßlichen, kräuterähnlichen Duft wahr, den er nicht einordnen konnte.

»Was ist das?«, fragte er Hal.

»Myrgholz!«, rief Hal überrascht aus, nachdem er ebenfalls geschnuppert hatte. »Das ist …« Er senkte die Stimme zu einem Flüstern. »Mein Onkel Roger sagt, es macht einen ziemlich … ähm … entspannt.«

Ein leises Summen war hinter der Tür zu hören, gefolgt von ruhigem, schläfrigem Gesang. »*Ich schenkte meinem Schatz ein reizendes Hermelin/Aber ihr Dachs verschlang es ganz …*«

»Also jetzt reicht's«, verkündete das Mädchen mit der Schlange und stand von ihrem Tisch auf. »Ich bin weg. Hat noch jemand den Anfängerkurs Latein bei Sucrette?«

»Ja, wir!«, antwortete Hal schnell und zog Ben praktisch von seinem Stuhl hoch.

Das Mädchen verdrehte die Augen. »Na schön. Okay. Hauen wir ab, bevor wir ausgeräuchert werden.«

Gemeinsam standen sie auf und gingen auf den Flur hinaus. Ben war etwas unwohl dabei, den Unterricht zu früh zu verlassen – andererseits schien Tremelo nicht gerade erpicht darauf gewesen zu sein, dass sie blieben.

»Hey, wie heißt du eigentlich?«, fragte Hal das Mädchen, als es und in den frühmorgendlichen Sonnenschein hinaustraten.

»Victoria Colubridge«, antwortete sie, »Tori«, und preschte voraus, ohne sich nach ihren Namen zu erkundigen.

»Ich glaube, sie mag uns nicht besonders«, flüsterte Ben.

»Hübscher Name, Tori, oder?«, sagte Hal und Ben wusste, dass er ihn nicht gehört hatte.

Bis zur nächsten Unterrichtsstunde hatten sie immer noch mehr als zwanzig Minuten Zeit. Tori, Hal und Ben fanden ein paar einladend aussehende Steinbänke in einem tief liegenden, L-förmigen Garten neben dem Gebäude für Sprachwissenschaft und zwischenartliche Verständigung. Tori zog einen Beutel mit getrockneten Früchten aus ihrer Perlentasche, fing an zu essen und schien an einer weiteren Unterhaltung nicht interessiert zu sein.

»Wo kommst du her?«, erkundigte sich Hal. »Wir sind aus dem Tiefland, Ben und ich.«

Tori seufzte und warf einen Blick auf die Turmuhr. Ihre Schlange wand sich um ihren Hals und steckte den Kopf unter ihr linkes Ohr.

»Aus der Grauen«, antwortete sie schließlich.

»Das ist ja toll«, sagte Hal. »Ehrlich, wow, aus der *Stadt*. Echt super.«

»Überhaupt nicht«, entgegnete Tori. »Obwohl man dort immerhin den Leuten an der Kleidung ansieht, dass sie in diesem Jahrhundert leben. Warum sehen hier eigentlich alle Lehrer so aus, als wären sie dem Zeitalter der Erfindungen entsprungen? Ich glaube, mein *Großvater* hat ein Halstuch getragen.« Sie wickelte den Beutel mit den Früchten zusammen und begann, ihn in ihre Tasche zurückzustecken, während Hal sich schnell bemühte, seinen Schulblazer über dem Halstuch mit Paisleymuster zu schließen, das Roger für ihn ausgesucht hatte. Ben musste ein Lachen unterdrücken. Als Tori den Arm bewegte, entdeckte er eine breite rote Narbe auf ihrem Handgelenk. Tori bemerkte es und zog ruckartig ihren Ärmel darüber.

Hal redete jetzt davon, dass er unbedingt das Parlamentsgebäude sehen wolle, und fragte Tori, ob sie schon einmal auf dem Fischmarkt gewesen sei. Ben beteiligte sich nicht an dem Gespräch, bis Tori ihn mit ihren lila umrandeten Augen direkt ansah.

»Ich hab gehört, du wolltest auf dem Weg hierher mal ausprobieren, wie man von einem fahrenden Zug springt«, sagte sie.

Ben überlegte, ob sie sich über ihn lustig machte, und kam zu dem Schluss, dass das nicht der Fall war. »Ich brauchte nur ein bisschen frische Luft«, antwortete er.

»Hmmm.« Tori sah sie beide mit zusammengekniffenen Augen an. »Du musst entweder ziemlich mutig oder ein Volltrottel sein.«

Ben lachte. »Dann sagen wir lieber mutig, okay?«

»Das war meine Idee«, platzte Hal heraus und Ben machte sich nicht die Mühe, ihn zu verbessern.

Die Glocken im Uhrenturm läuteten und die drei Schüler rappelten sich auf und machten sich auf den Weg zum Lateinraum.

Mrs Sucrette war eine ganz neue Lehrerin und ihr Klassenraum war das exakte Gegenteil von Tremelos Durcheinander. An allen hell gestrichenen Wänden hingen lange, frische Pergamentrollen mit Konjugationstabellen. Mrs Sucrette selbst kam genau pünktlich und trug ein fröhliches blaues Kleid mit tiefer Taille und einer an den Kragen gehefteten rosa Nelke. Sie hatte kurzes, welliges blondes Haar. Ihre Anima war offensichtlich ein Hüttensänger, ein kleiner blauer Vogel: Ein kleiner Schwarm davon kreiste unaufhörlich im Zimmer umher und gelegentlich setzten sich einzelne Tiere auf die Tische verschiedener Schüler und guckten die Kinder ausdruckslos an.

»Willkommen, willkommen!«, zwitscherte Mrs Sucrette. »Sicher habt ihr schon gehört, dass das mein erstes Jahr hier in Fairmount ist, also lernen wir alle gemeinsam!« Ben konnte Tori von seinem Platz aus nicht sehen, aber es kam ihm so vor, als könnte er fühlen, wie sie die Augen verdrehte.

Mrs Sucrette begann, die Namen vorzulesen. Ben war daran gewöhnt, immer als Letzter aufgerufen zu werden, und ließ die Gedanken schweifen. Tremelo, den großen Anima-Ausbilder, würde er sicher erst von sich überzeugen müssen – aber Ben würde nicht aufgeben. Schon jetzt war er dabei, sich mit anderen anzufreunden, und Hal hatte versprochen, niemandem von seiner *Abwesenheit* zu erzählen. Solange er sie geheim halten konnte, hatte er die Chance, sich ganz normal zu fühlen.

»Quindley, Harold«, rief Sucrette.

Hal räusperte sich.

»Anwesend«, antwortete er forsch.

Sucrette lächelte und setzte ein Häkchen auf ihre Liste.

»Walker, Ben.«

»Hier«, meldete sich Ben und hob die Hand. Die Lehrerin lächelte ihn freundlich an.

»Willkommen, mein Lieber«, sagte sie. Ben spürte, wie seine Ohren heiß wurden, während seine Mitschüler kicherten.

Mrs Sucrette beendete die Anwesenheitskontrolle und begann dann mit einer Lektion über Verbkonjugation.

»*Amo, amas* und …?« Sie verstummte und überlegte dann, welchen Schüler sie drannehmen sollte. Ben hatte zwar in seiner alten Schule schon Latein gehabt, traute sich aber nicht, die Hand zu heben. Er wusste, dass die Antwort »amat« lautete, aber noch eines ihrer merkwürdigen, mitfühlenden Lächeln würde er nicht verkraften.

Während die Schüler gehorsam die Konjugation wiederholten, öffnete sich die Tür des Klassenzimmers und ein kleines, hübsches Mädchen mit dunkler Haut und strahlenden goldbraunen

Augen kam herein. Das kastanienbraune Kleid mit Faltenrock, das sie unter der Schuljacke trug, sah neu aus, aber sehr schlicht und etwas zu weit, als hätten ihre Eltern es eine Nummer zu groß gekauft, damit sie noch hineinwachsen konnte. Auf ihrer rechten Schulter prangte ein zerkratzter Lederflicken, der mit dünnen Riemen unter ihrem Arm befestigt war. Mrs Sucrette sah auf ihre Namensliste.

»Miss Sophia Castling?«, fragte sie.

»›Phia‹ ist mir lieber«, antwortete das Mädchen leise.

»Den ganzen weiten Weg aus der Staubigen Ebene«, verkündete Mrs Sucrette und betonte dabei jede einzelne Silbe, sodass es wie eine sehr gewichtige Bekanntmachung klang. »Bitte such dir einen Platz.«

Der einzige freie Tisch stand genau vor Mrs Sucrettes Nase, nur eine Reihe vor Bens und Hals Platz. Phia ging rasch zum Tisch, setzte sich anmutig hin, blickte starr geradeaus und achtete nicht darauf, dass alle sie ansahen. Ben hatte noch nie jemanden aus der Staubigen Ebene getroffen, einem so abgelegenen Gebiet, dass die Reise von dort nach Fairmount sogar mit der Rigimotive über eine Woche dauerte. Schüler aus der Staubigen Ebene wurden nur höchst selten aufgenommen. Ben hatte alle möglichen Geschichten über das Leben in diesem Randgebiet gehört, vor allem darüber, wie hart seine Bewohner seien, und ihre Seelenfreunde ebenfalls.

Als Phia in ihre Tasche griff, um ihr Notizbuch herauszuholen, hörte Ben ein Rascheln hinter sich. Er drehte sich um und entdeckte einen Falken, der mit ausgebreiteten Flügeln auf dem Fensterbrett saß und einen Augenblick lang reglos verharrte. Dann stieß er ins Klassenzimmer hinab und blitzschnell auf das höchste Bücherregal, auf dem sich einer von Sucrettes Hüttensängern gerade putzte. Ein Schüler in der hintersten Reihe schrie auf.

»Bitte seid leise, Kinder«, zwitscherte Mrs Sucrette und bekam anscheinend nicht mit, was vor sich ging.

Der Falke schlug mit seinem gekrümmten Schnabel zu. Doch der Hüttensänger konnte ihm entwischen und die Jagd begann. Die Schüler duckten sich auf ihren Plätzen, als die Vögel dicht über ihre Köpfe hinwegschossen. Stühle wurden kratzend über den Boden geschoben und mehr als ein Schüler versuchte, den Falken mit Notizbüchern und Blättern aufzuhalten und zu verscheuchen.

»Mrs Sucrette! Der Vogel!«, rief jemand und Mrs Sucrette wandte sich endlich von der Verbtabelle an der Tafel ab. Der Falke hatte den Fuß des Hüttensängers mit dem Schnabel gepackt. Ohne mit der Wimper zu zucken, nahm Mrs Sucrette ein schweres Buch von einem Bord und schlug damit nach dem Falken.

»Lass ihn sofort los!«, schrie sie und jagte den Falken zum Fensterbrett zurück. Der Hüttensänger fiel zu Boden, wo er unbeholfen mit den Flügeln schlug und sich auf seinem verletzten Bein aufzurichten versuchte.

Doch bevor Mrs Sucrette den Falken zum Fenster hinausscheuchen konnte, glitt er zu Phia hinüber, ließ sich auf dem Lederflicken auf ihrer Schulter nieder und brachte sich mit seinen scharfen Krallen ins Gleichgewicht. Phia machte sich ganz klein auf ihrem Platz, als der Falke zärtlich an einer Strähne ihres braunen Haars knabberte.

Mrs Sucrette schritt wieder nach vorn.

»Sophia«, sagte sie schrill. »Du musst lernen, solche spontanen Regungen unter Kontrolle zu halten, sonst werden Missgeschicke wie dieses viel zu häufig vorkommen.« Sie holte tief Luft und hatte offensichtlich Mühe, sich zu beruhigen. »Grenzen sind wichtig! Dein Seelenfreund muss lernen, sie zu respektieren.«

Phia nickte. Sie schämte sich eindeutig, aber Ben war unwillkürlich neidisch. Mädchen reiften angeblich schneller. Vielleicht war das eine Erklärung für ihre enge Bindung zu ihren Seelenfreunden. Er konnte sich nicht annähernd vorstellen, wie es war, eine solch wilde Anima zu haben – könnte er doch nur Anima Falke sein. Oder Anima Irgendwas. Inzwischen würde er sogar einen Käfer nehmen.

»So, wo waren wir stehen geblieben?«, fragte Mrs Sucrette und strich sich die Haare glatt. »Ach, ja. Amo, amas, amat! Sprecht mir nach, Kinder!«

»Was für eine Witzfigur«, meinte Tori, als sie nach der Stunde mit Ben und Hal das Klassenzimmer verließ. Ben sah sich nach dem Mädchen mit dem Falken um, aber sie war schnell verschwunden, hatte sich davongemacht, bevor jemand stehen bleiben und sie anquatschen konnte.

»Wer?«, fragte Hal Tori.

»Na, Mrs *Suc-rette*!«, antwortete Tori und äffte die akkurate Aussprache der Lehrerin nach.

»Ich weiß nicht«, meldete sich Ben zu Wort und war überrascht, dass Tori sich ihnen anschloss. »Ich fand sie eigentlich ganz … nett.«

»Sucrette hat keine Miene verzogen, als der Falke auf einen von ihren Seelenfreunden losging«, sagte Hal. »Ich glaube, mir wäre schlecht geworden oder so.«

»Ach komm«, entgegnete Tori. »Sie hat es gar nicht mitgekriegt! Wenn ihr mich fragt, wird sie dadurch noch mehr zu einer Witzfigur. Und sie ist so *langweilig*. Lieber gucke ich einer

Schlange beim Häuten zu, als ihr beim Reden zuzuhören.« Sie ging schneller und drehte sich dann abrupt um. »Bis morgen.«

»Was hat die bloß?«, wunderte sich Ben laut. »Ich weiß echt nicht, ob sie mit uns befreundet sein oder uns umbringen will.«

»Mädchen.« Hal seufzte dramatisch. »Das weiß man bei denen nie so genau.«

Während Tori sich entfernte, bemerkte Ben, wie eine kleine schwarze Schlange den Kopf hinten aus ihrem Kragen streckte. Sie züngelte und ihr Maul war so gekrümmt, dass es aussah, als würde sie die Jungen auslachen.

»Ach, Mr Walker!«, rief eine fröhliche Stimme von der Klassenzimmertür aus.

Ben und Hal drehten sich um und da stand Mrs Sucrette, die sie anlächelte und die Hände sittsam vor sich hielt.

»Ja?«, antwortete Ben und kehrte zum Klassenzimmer zurück.

Mrs Sucrette streckte die Hand aus und berührte ihn sanft mit den Fingerspitzen an der Schulter.

»Mrs Shonfield hat mich über deine Lage unterrichtet«, sagte sie. »Und ich muss zugeben, ich kannte noch nie jemanden ohne … Jedenfalls finde ich es sehr mutig von dir, dass du zur Schule gehst. Lass es mich wissen, falls du zusätzliche Hilfe brauchst oder Schwierigkeiten hast mitzukommen.« Ihre unbeholfene Berührung wandelte sich zu einem leichten Tätscheln und dann zog sie sich lächelnd ins Klassenzimmer zurück.

Ben stand wie gelähmt da. Mit höhnischen Bemerkungen und abschätzigen Blicken anderer Schüler wie Taylor hatte er gerechnet, wenn sich seine Abwesenheit herumsprach, aber nicht mit so einem Stich. Immerhin meint sie es gut mit mir, sagte er sich. Trotzdem fühlte er sich wie ein Hündchen, dem man einen Tritt versetzt hatte.

»Puh«, machte Hal. »Vielleicht hat Tori doch recht, was Sucrette betrifft. Sie ist nicht gerade das Zebra mit den leuchtendsten Streifen im Rudel.« Er klopfte Ben auf den Rücken. »Komm, wir haben jetzt Flora und Fauna.«

Ben entfernte sich mit Hal vom Lateinraum und dachte an seine Eltern, die stets ihr Möglichstes getan hatten, damit er sich normal fühlte. Fairmount hingegen schien alles dafür zu tun, damit genau das nicht passierte.

6

Am folgenden Nachmittag trafen sich Ben und Hal nach der letzten Stunde und spazierten zusammen quer über den großen Rasen und an den Unterrichtsgebäuden vorbei zum Scavage-Feld.

»Wenn ich nicht versuche, in die Scavage-Mannschaft zu kommen«, erörterte Hal ungefähr zum vierten Mal an dem Tag, »macht sich Taylor den Rest meines Lebens über mich lustig.« Er kniff die Augen zusammen und setzte die Brille ab, um sie zu putzen. »Wenn ich es aber versuche, macht er es trotzdem, weil ich furchtbar schlecht sein werde, das weiß ich.«

Hal hatte in der letzten Stunde Biologie und Bande gehabt. Da Ben keine Anima hatte, war er in einen Grundkurs Geschichte bei einem Professor Nillow gesteckt worden. Trotzdem hatte sich Ben ein übrig gebliebenes Exemplar des Lehrbuchs für Biologie und Bande aus der Bücherei ausgeliehen. Während Nillows Vortrag über die Geburtsstunde des Parlaments hatte er die meiste Zeit achtsam darin herumgeblättert und die detailreichen Schaubilder menschlicher und tierischer Energiebilanzen bewundert.

»Meinst du wirklich, dass es so schlimm wird?«, fragte Ben und war froh, draußen an der frischen Luft zu sein. »Man kann nie wissen, vielleicht bist du ja auch« – er musterte Hal von oben bis unten: seine dicken Brillengläser, ohne die er selbst bei hellem Tageslicht eine Backsteinmauer vor seiner Nase nicht sehen würde, seine dürren Arme und Beine – »hm ... total gut.«

»Ha-ha!«, antwortete Hal und zog eine Grimasse. »Ich bin bloß froh, dass du dabei bist. Du bewirbst dich doch auch, oder?«

»Was?« Vor Bens geistigem Auge erschien ein Bild von Taylor, der ihn zur Strecke brachte und mit Schnipps bewarf, die spitz wie Pfeile waren. »Spinnst du?«

»Ach komm, ich wette, du wärst richtig gut!«, entgegnete Hal. »Was ist mit deinem Wurf gestern? Du wärst klasse! Außerdem« – er senkte die Stimme –, »wen interessiert es noch, ob du eine Anima hast oder nicht, wenn du im Scavage-Team bist?«

»Nein, Hal«, antwortete Ben bestimmt. »Ich muss nicht noch mehr Aufmerksamkeit auf mich lenken.« Sicher war er ohnehin zu klein, um ins Team aufgenommen zu werden, und er wusste, dass es beim Scavage sehr auf die Verständigung zwischen Mensch und tierischem Seelenfreund ankam. Allein der Versuch, Scavage zu spielen, würde den älteren Schülern seine Abwesenheit vor Augen führen.

Hal blieb stehen. Sie hatten die Kuppe eines sanft abfallenden Hügels erreicht. Hinter ihnen ragten die marmornen Unterrichtsgebäude auf, aber vor ihnen lag ein einladendes Stadion mit Holztribünen, die ein ausgedehntes Waldgelände umgaben. Hal drehte sich zu Ben um.

»Hör zu«, begann er und riss die Augen hinter der Brille weit auf. »Vielleicht – lass mich einfach ausreden – vielleicht gab es deine Anima im Tiefland nicht. Aber vielleicht ist sie hier irgendwo, und wenn du es zulässt, wird sie dich da draußen auf dem Scavage-Feld finden. Was kümmern dich die anderen Schüler? Du bist doch hergekommen, um dein Bestes zu geben. Warum nicht bei dieser Gelegenheit?«

Ben war sich immer noch nicht sicher, aber Hals Vertrauen rührte ihn. Vielleicht hatte er recht. Genau wie Hal hatte er Angst, sich da draußen auf dem Feld blöd anzustellen, aber er war tatsächlich hergekommen, um sein Bestes zu geben.

»Na gut«, antwortete er zögernd. »Aber wenn wir zu Brei geschlagen werden, bist du schuld.«

Hal seufzte tief. »Danke«, sagte er. »Du hast was gut bei mir.«

Das Scavage-Feld war kein simples Spielfeld. Es bestand aus einem mehrere Hundert Meter langen Bereich des Fairmount-Geländes, das von offenen Grasflächen bis hin zu dichtem, mit Unterholz bedecktem Wald alles enthielt. Die hinterste Ecke des Spielfelds grenzte an eine Reihe niedriger Felswände, die fast ganz von den Bäumen verdeckt wurden. Die Sitzreihen, die sich um drei Seiten des Feldes erstreckten, waren hoch genug, dass die meisten Zuschauer das Spielgeschehen verfolgen konnten. Zuschauer auf den unteren Rängen konnten eine ausführliche Live-Berichterstattung von drei verschiedenen Kommentatoren hören, die an gefährlich hohen, auf drei Seiten des Spielfelds angebrachten Aussichtspunkten saßen.

Ben wurde nervös, sobald er die Schülermenge sah, die sich

an den Toren zum Vorspielen eingefunden hatte – und, was noch schlimmer war, Besucher, die gekommen waren, um ihre Freunde anzufeuern und sich die neuen Bewerber anzusehen. Scavage war zwar in Fairmount erfunden worden, aber inzwischen so beliebt im ganzen Königreich, dass in der Regierungszeit von König Melore eine Scavage-Profiliga ins Leben gerufen worden war. Natürlich tummelten sich darin hauptsächlich Fairmount-Absolventen. Aus diesem Grund stand das Fairmount-Team unter genauer Beobachtung; selbst das Training zog eine Vielzahl neugieriger Zuschauer an.

Ben kam es so vor, als müsste er vor einem überfüllten Zuschauerraum ohne Hose eine Bühne betreten. Seine Hände fühlten sich kalt an und er konnte seine Beine unterhalb der Knie nicht spüren. Hal sah inzwischen aus, als würde er jeden Moment die drei Eiertörtchen, die er zu Mittag gegessen hatte, wieder von sich geben.

Als sie das Spielfeld betraten, wurden sie als Erstes von Trainer Banter begrüßt, einem breitschultrigen Mann mit kahl rasiertem Kopf. Er war Anima Bulldogge und hatte zwei Seelenfreunde, die ihm auf Schritt und Tritt folgten.

»Willkommen, Leute«, sagte er mit einem Kopfnicken, öffnete dann die verschränkten Arme und deutete auf den Anmeldebogen.

Ein kräftiges rothaariges Mädchen mit goldenen Schulterpolstern und Trainingsanzug sah zu, wie sie sich eintrugen.

»*Du* bist Taylors kleiner Bruder?«, fragte sie Hal.

Hal straffte die Schultern. »Ja. Und?«

Das rothaarige Mädchen grinste. »Nichts und. Du siehst ihm bloß kein bisschen ähnlich.«

Nicht gerade Hals schlagfertigste Antwort, musste Ben zugeben, aber er freute sich, dass er ihr so mutig die Stirn geboten hatte. Noch besser fühlte er sich, als er Phia, die Anima Falke, allein auf einer der Holzbänke sitzen sah, auf denen die potenziellen Spieler warten sollten. Sie blickte sehnsüchtig zu den Bäumen am anderen Ende des Platzes hinüber.

Die Rothaarige drückte ihnen zwei Sätze Knieschützer und dünne, aber strapazierfähige fingerlose Handschuhe in den Arm. »Zieht das an. Glaubt mir, ihr werdet es brauchen.«

»Na toll«, murmelte Hal, als er und Ben auf die Bank zugingen, um sich die Sachen anzuziehen. »Genau diesen Schub fürs Selbstbewusstsein hatte ich mir erhofft …«

»Keine Sorge«, antwortete Ben. Seine Aufmerksamkeit war auf den freien Platz neben Phia gerichtet. Sie hatte das lockige braune Haar zu einem straffen Knoten zusammengebunden und trug ausgeblichene Mädchenturnschuhe, die aussahen, als hätten sie vor ihr schon jemand anderem gehört. Ihren Lederflicken hatte sie über ein weißes Trikot geschnallt und beide Unterarme waren von ähnlichen Lederstulpen bedeckt. Ben fand, dass sie weniger wie eine Scavage spielende Schülerin, sondern eher wie eine in den Kampf ziehende Kriegerin aussah. Er nahm allen Mut zusammen und setzte sich neben sie. Hal folgte ihm, blieb vor der Bank stehen und mühte sich mit den Knieschützern ab.

»Begleitet dich immer derselbe Falke?«, platzte Ben heraus. Phia schenkte ihm kaum einen Blick. »Ich meine … Ich hab euch gesehen … Ich bin in Sucrettes Lateinkurs.«

»Ich weiß«, sagte Phia gelassen. Sie zögerte und antwortete dann: »Ja, meistens. Wir sind nicht auf Lebenszeit verbunden oder so was. Aber er hat mich aus der Staubigen Ebene hierher begleitet. Und er ist eine Sie und heißt Carin.«

»Das ist echt cool«, fand Ben.

Phia zuckte nur mit den Schultern, aber einer ihrer Mundwinkel verzog sich zu einem Lächeln. »Danke. Meine Zimmergenossin findet es weniger cool. Carin terrorisiert ihre Schlangen.« Sie zeigte auf die Tribüne hinter ihnen. Dort, inmitten der lauten Schülerschar, saß Victoria und machte ein so mürrisches Gesicht, als wäre sie wegen schlechten Benehmens auf die Bank verbannt worden. Ein sommersprossiger Junge, der neben ihr saß, fragte sie etwas, und während Ben noch hinsah, streckte eine ihrer Schlangen den Kopf aus ihrem Kragen und zischte. Der Junge zuckte zusammen. Tori tat so, als hätte sie es nicht mitbekommen.

»Tori ist deine Zimmergenossin?«, fragte Hal eilig und mit gespielter Beiläufigkeit.

»In Ordnung, Frischlinge!«, ertönte eine laute, barsche Stimme – das rothaarige Mädchen forderte vom Feld aus ihre Aufmerksamkeit ein. Neben ihr stand Taylor, dessen braun gefleckter Kater um seine Knöchel strich. Sowohl das Mädchen als auch Taylor hielten Klemmbretter in den Händen, um sich Notizen zu den Bewerbern zu machen. »Fangen wir an. Wir teilen euch in zwei Mannschaften auf und veranstalten ein Testspiel. Ich bin Arabella, Kapitän von Team Blau, und das hier ist Taylor, Kapitän von Team Gold. Wir sind beide Mannschaftsführer, und wenn ihr ausgewählt werdet, hört ihr auf unser Kommando, als würde euer mickriges Leben davon abhängen!«

»Was ja auch so ist«, fügte Taylor mit einem fiesen Grinsen hinzu.

Hal schluckte.

Ben, Phia, Hal und die etwa zwanzig anderen Kandidaten stellten sich in einer Reihe auf, damit Arabella und Taylor sie genauer ansehen konnten. Trainer Banter, der die Auswahl offensichtlich Taylor und Arabella überließ, saß auf der Tribüne, hatte die Füße hochgelegt, blätterte in einer Zeitung aus der Grauen Stadt und gab ab und zu ein missbilligendes Brummen von sich.

»Wenn wir zu euch kommen, nennt ihr uns euren Namen und eure Anima«, brüllte Taylor. »Je stärker euer Anima-Band ist, desto mehr Fähigkeiten bringt ihr in die Mannschaft ein, wie ihr wisst. Deshalb sagt ihr uns am besten gleich ganz offen, was ihr eurer Meinung nach auf dem Kasten habt. Und wir …«, endete er mit einem finsteren Blick, »… entscheiden dann darüber.«

Ben fühlte sich auf einmal, als wäre er von Kopf bis Fuß mit nassem Sand gefüllt. Am liebsten wäre er weggelaufen, aber er konnte nicht. Er konnte nicht mal atmen.

Phia war als Erste seiner Gruppe dran.

»Sophia Castling … Phia«, sagte sie. »Ich bin Anima Falke.« Als bräuchte sie noch einen Beweis, ertönte ein lautes Kreischen über ihnen. Alle außer Phia blickten nach oben. Zwei Falken kreisten über dem Feld.

Arabella runzelte die Stirn. »Offensichtlich.« Sie vermerkte etwas auf ihrem Klemmbrett.

Jetzt war Hal an der Reihe.

»Ähm, ich bin Taylors Bruder«, sagte er.

Taylor verdrehte die Augen und murmelte: »Leider.« Hal funkelte ihn böse an.

»*Name*, bitte«, blaffte Arabella.

»Hal Quindley«, antwortete Hal. »Fledermaus.«

Taylor flüsterte Arabella etwas ins Ohr und sie lachte leise auf, während sie sich Notizen machte.

Schließlich kamen sie zu Ben. Seine Hände waren eiskalt und verschwitzt zugleich.

»Ben Walker«, sagte er. Hal starrte ihn an. Eigentlich starrten ihn alle an. »Also ich …«, stammelte er. Es kam ihm vor, als wäre die Welt stehen geblieben, als würde ihn das ganze Königreich mit Blicken niederzwingen. Am liebsten hätte er sich in Luft aufgelöst. »Ich …«

»Ja?«, fragte Arabella ungeduldig.

Ben sah zu Hal hinüber. Hal warf ihm einen zerknirschten Blick zu.

»Ich will es nicht sagen«, antwortete Ben.

Taylor und Arabella sahen ihn mit zusammengekniffenen Augen an.

»Du *musst* es sagen«, verlangte Taylor. Er grinste Ben hämisch an und Ben wusste, dass er es wirklich sagen musste, auch wenn er nicht wollte. Taylors Miene verriet ihm, dass er von den Gerüchten im Tiefland wusste, und wenn Ben es nicht sagte, würde Taylor es tun.

»Ich …« Ben verstummte.

Plötzlich schoss eine dunkle Gestalt auf Taylor zu und riss ihm das Klemmbrett aus den Händen.

»Hey!«, schrie Taylor. Es war Phias Falke. Er flog auf das Dach der Umkleidekabinen und hüpfte dort mit dem Klemmbrett in den Klauen auf und ab.

»Bei aller Natur«, stieß Arabella hervor. Sie und Taylor eilten zu dem Vogel hinüber und versuchten, ihn zum Herunterkommen zu bewegen. Ben atmete hörbar auf. Hal lachte über Taylor, der wild herumsprang und mit den Armen herumfuchtelte. Ben sah an der Reihe entlang zu Phia. Sie blickte starr vor sich, als ob nichts Außergewöhnliches geschehen wäre.

Ein Gefühl der Dankbarkeit überkam Ben und linderte den Schmerz der Erniedrigung.

Schließlich ließ der Vogel das Klemmbrett fallen und flog davon. In dem Durcheinander vergaß Taylor, dass er Bens Anima nicht notiert hatte, und machte sich stattdessen zusammen mit Arabella daran, die Neuen auf die Positionen der zwei Mannschaften aufzuteilen. Phia wurde dazu auserkoren, sich beim blauen Team als Schleicherin zu versuchen.

»Genau das Richtige für sie«, flüsterte Hal Ben zu. »Die Schleicher haben die Aufgabe, heimlich den gegnerischen Teil des Geländes zu erkunden. Sie ist so still und ihre Anima-Verbindung ist einfach fantastisch, findest du nicht?«

Ben nickte, zitterte aber noch immer vor Demütigung. Er konnte sich beim besten Willen nicht vorstellen, welche Position sich Taylor und seine Kameraden für ihn einfallen lassen würden.

»Quindley, Position: Hocker! Goldenes Team!«, brüllte Arabella. Hal war ausgewählt worden, um auf der Position seines Bruders im Team seines Bruders zu spielen.

»Na toll. Einfach nur toll«, seufzte Hal. Er warf einen fast verzweifelten Blick hinter sich auf die Tribüne. Ben bemerkte, dass Tori sie beobachtete. »Zu dumm, dass *sie* hier ist«, stöhnte Hal. »Wahrscheinlich bleibt mir nichts anderes übrig, als grandios zu scheitern.«

»Das ist die richtige Einstellung«, antwortete Ben, klopfte Hal auf den Rücken und winkte ihm zum Abschied.

Bald waren alle aufgestellt worden – bis auf Ben und ein paar jüngere Schüler, die aussahen, als wären sie in ihrem ganzen Leben noch keine Runde gelaufen. Nur noch eine Testposition war unbesetzt. Taylor und Arabella stritten sich am Spielfeldrand. Arabella gestikulierte wild und Ben glaubte zu sehen, dass sie dabei in seine Richtung zeigte. Taylor schüttelte den Kopf.

Ben war fast erleichtert bei dem Gedanken, dass er vielleicht doch nicht spielen musste. Immerhin konnte er dann von hier verschwinden, dem Getuschel und dem Angestarrtwerden entrinnen. Aber es kam anders.

»Walker! Schläger, goldenes Team! Komm her. Alle anderen, tut uns leid. Ihr könnt es nächstes Jahr wieder versuchen!« Taylor schlenderte zu Ben hinüber, legte ihm den Arm um die Schulter und drückte dabei ein bisschen zu fest. »Na schön, du ... was immer du bist. Arabella will sehen, was du draufhast«, sagte er. »Das wird ein Spaß.«

Die neuen Spieler scharten sich in einer Traube vor dem Feld, wo Trainer Banter, flankiert von Taylor und Arabella, die Regeln durchging. Obwohl das Testspiel noch nicht angefangen hatte, entdeckte Ben mehrere Tiere – ein Eichhörnchen, zwei Kaninchen und sogar Phias Falken –, die aufs Spielfeld huschten, hoppelten und flogen, von ihren menschlichen Seelenfreunden und der Vorfreude auf einen Wettkampf aus den Wäldern gelockt.

»Alle herhören«, blaffte der Trainer. »Jedes Team hat eine Flagge. Jede Flagge ist versteckt. Eure Aufgabe besteht darin, die Flagge eures Teams mit allen notwendigen Mitteln – außer Mord – zu schützen und die Flagge des gegnerischen Teams ausfindig zu machen und zu rauben. Die Hilfe eurer Seelenfreunde ist erwünscht. Ihr seid neun Spieler in einem Team, drei auf jeder Position.«

»Schleicher!«, fuhr er fort. »Eure Aufgabe ist es, die Flagge auszuspähen und zu stehlen. Ganz einfach. Dann gibt es noch die Hocker – sie bilden die Home Base. Die Hauptverteidigungslinie. Ihr Hocker bleibt immer bei der Flagge! Schläger, ihr seid in der Mitte. Ihr spürt die Schleicher auf, bevor sie eure Mannschaftsflagge aufspüren. Bringt sie vom Kurs ab, greift sie an, verwirrt sie und markiert sie, damit sie sich eure Flagge nicht schnappen können. Dafür ist der Schnipp! Aber denkt dran – markierte Spieler können zwar die Flagge nicht rauben, aber sie dürfen auf dem Feld bleiben, bis alle drei Schleicher raus sind, und alles tun, um das gegnerische Team abzulenken. Haben das alle verstanden? Gut!« Der Trainer wartete nicht, bis sie geantwortet hatten. Er gab Taylor und Arabella ein Zeichen, dass sie die Kandidaten aufs Feld führen sollten, und die Gruppe von Schülern auf den Zuschauerbänken jubelte.

Taylor dirigierte Ben zu einem plätschernden Bach in der dicht bewaldeten nördlichen Ecke des Geländes, nur wenige Meter von der goldenen Flagge seiner Mannschaft entfernt. Die Flagge wehte auf halbmast und war von einem gerüstartigen Gebilde aus Holz und Metall umgeben. Andere Schüler des goldenen Teams waren schon auf verschiedene Plätze um die Flagge herum verteilt und warteten gespannt auf das Startsignal. Sobald der Anpfiff kam, würden die Schleicher die Home Base verlassen, um die Basis der gegnerischen Mannschaft aufzuspüren und darin einzudringen. Ihr Ziel war es, die Flagge des blauen Teams zu erobern.

Als Schläger bekam Ben einen eigenen Schnipp. Er bestand aus Borsten und einem Griff, in dem Farbstückchen untergebracht waren. Mit der richtigen Handgelenkbewegung konnte der Besitzer einen Farbklecks auf einen Schleicher schleudern und ihn so daran hindern, die Flagge zu erobern oder genau das zu tun, was sein Name besagte: schleichen. Ben hatte den Schnipp vor dem Testspiel am Boden ausprobiert und über die leuchtend goldene Glitzerfarbe gestaunt, die aus dem einen Ende herausgeschossen kam. Nicht einmal eine

Anima Chamäleon würde sich mit diesem Zeug verstecken können.

Hals Aufgabe als Hocker bestand darin, die Flagge um jeden Preis zu verteidigen. Das war keine ungefährliche Position, denn die Mitglieder der gegnerischen Mannschaft würden sehr wahrscheinlich versuchen, ihn zu überfallen und zu überwältigen, damit sie die Flagge rauben konnten. Als er sich an seinen Platz begab, sah er aus, als wollte er am liebsten unter das nächste Gebüsch kriechen und sich dort verstecken.

Ein schriller Pfiff hallte durch den Wald, gefolgt von verschiedenen Schreien und Jauchzern. Die Flaggen wurden von automatischen Rollen an die Spitze ihrer eingerüsteten Masten gezogen. Die Schleicher schwärmten sofort aus.

Das Spiel hatte begonnen.

Ben huschte mit eingezogenem Kopf außer Sichtweite der Flagge unter den Bäumen entlang, blieb stehen und lauschte. Er hörte nichts außer dem Wind, dem gluckernden Bach ganz in der Nähe und entfernten Rufen der Zuschauer auf der Tribüne.

Und was jetzt? Er hatte keinen Schimmer, in welche Richtung er gehen sollte oder wann die anderen Spieler versuchen würden, in die Nähe der Flagge zu gelangen. Also dachte er sich, am besten blieb er einfach, wo er war, bis es ein sicheres Zeichen dafür gab, dass die Flagge in Gefahr war. Er wischte etwas Erde von einem sorgfältig platzierten Baumstamm und setzte sich.

Keine gute Idee.

Über ihm zog ein Falke tiefe Kreise und stieß einen ohrenbetäubenden Schrei aus. Das konnte nur eines bedeuten: Phia wusste, wo er war, und vermutlich auch, wo die Flagge war. Blitzschnell war Ben wieder auf den Beinen und in Alarmbereitschaft. Er sprang über den Bach, rannte zwischen den unteren

Ästen der Bäume entlang und behielt dabei den Himmel im Auge. Kurz darauf erreichte er eine Lichtung. Von hier aus konnte er die hohen Zuschauerplätze des Stadions sehen und dass alle Augen auf ihn gerichtet waren. Das Herz rutschte ihm in die Hose. Alle warteten darauf, dass er etwas tat … Aber was?

Während er dastand – zu gelähmt, um zu handeln –, hörte er ein Aufbrausen unter den Schülern, die gekommen waren, um sich die neuen Bewerber anzusehen. Er drehte sich um: Phia rannte mit Vollgas zum nördlichen Ende der Lichtung, in Richtung der Home Base seiner Mannschaft. Ben umklammerte den Schnipp fester und nahm die Verfolgung auf.

Er stürzte sich in das Gebüsch, in dem Phia verschwunden war, und blickte sich hektisch um. Nichts. Der Falke war ebenfalls verschwunden und Phia hätte ebenso gut eine Fata Morgana sein können. Ben überlegte sich, dass er am besten zur Home Base zurückkehrte. Aber er war so herumgewirbelt, dass er kaum noch sagen konnte, aus welcher Richtung er überhaupt gekommen war.

Wie gern hätte er doch eine Anima wie Phia gehabt, einen zusätzlichen Sinn, der ihm Orientierung bot. Aber er hatte keine. Er würde einfach sein Möglichstes tun müssen.

Konzentriere dich. Denk nach. Atme. Er schloss die Augen und versuchte, sich das Gelände vorzustellen, das er bereits durchlaufen hatte. Als er den Falken verfolgt hatte, war er sowohl in südlicher als auch in östlicher Richtung gerannt – das bedeutete, so wurde ihm klar, dass er die Base sicher wiederfinden oder zumindest in ihre Nähe kommen würde, wenn er jetzt in nordwestlicher Richtung lief.

Ben rannte los. Sein Herz pochte und die Beine taten ihm weh.

Das Gelände war hier felsiger, es gab mehr Hügel und Kuhlen, die durch das heruntergefallene Laub rutschig waren. Mit wurfbereitem Schnipp strich er durch die wenigen Büsche, versuchte so leise wie möglich zu sein und hoffte, dass Phia unbedacht genug sein würde, um ein Geräusch zu machen.

Er musste nicht lange warten. Ben war noch keine Minute im Gebüsch versteckt, als er ganz in seiner Nähe einen blauen Leinenschuh aufblitzen sah. Langsam und lautlos verließ er seine Deckung und beobachtete, wie die huschende Gestalt über die nächste Anhöhe verschwand. Ben folgte ihr in geduckter Haltung, sodass ihm die Oberschenkel schmerzten, aber es konnte ja sein, dass Phia auf der anderen Seite des Hügels auf ihn wartete. Oben auf der Kuppe hielt er im dichten Laubteppich am Boden nach Fußspuren Ausschau. Ja – sie war in die falsche Richtung gelaufen, den Bach hinunter und weg von der Flagge, die am oberen Ende des Mastes wartete. Ben beschloss, sie abzufangen, und rannte geradeaus weiter, zum Grat auf der anderen Seite des Baches.

Er hatte mit seiner Vermutung richtig gelegen – kurz nachdem er den Grat erreicht hatte, sah er Phia in seine Richtung laufen. *Moment*. Nein. Nicht Phia. Der Spieler vor ihm war gar nicht Phia, sondern ein größerer Junge, ein weiterer Schleicher, den Ben von der Aufstellung erkannte. Er war jedoch sicher, dass er vorher Phia gesehen hatte – wo war sie jetzt?

Er hatte keine Zeit, um darüber nachzudenken. Ben raste den Hügel hinunter, um dem neuen Spieler den Weg abzuschneiden, bevor er dorthin laufen konnte, wo die Flagge steckte. Der Junge sah ihn kommen, grinste und lief schneller. Ben rannte, so schnell er konnte, im Zickzack um Bäume und Büsche herum, um mit dem Jungen mitzuhalten.

Plötzlich machte der Junge eine scharfe Linkskurve, entfernte sich dadurch wieder von der Flagge und Ben sah etwas in den Ästen über ihm aufblitzen – Phia! Er zielte mit dem Schnipp auf den Ast, auf dem sie saß, doch sie schlüpfte hinter den Stamm und er verpasste sie um eine Sekunde.

Ben biss die Zähne zusammen.

Rasch kletterte Phia den Baum hinunter, in unmittelbarer Reichweite des Schnipps. Doch sie bewegte sich dermaßen schnell, dass Ben nicht zum Wurf ansetzte. Phia sprang und floh durch eine Baumreihe. Ben folgte ihr, verrenkte sich, um an einem Baum vorbeizukommen, und warf den Schnipp in dem Moment, in dem der Bewuchs lichter wurde. Er traf Phia an der Seite und sah zufrieden zu, wie sich sekundenschnell goldene Farbe auf ihrem Rücken und ihren Schultern ausbreitete wie frisch gewachsene Flügel – und dann stürzte er zu Boden. Sein Knöchel gab nach. Ben konnte sich nicht halten und rollte einen kurzen, steilen Abhang in Richtung Bach hinunter. Mit ausgestreckten Armen und Beinen blieb er auf einem Haufen nasser, glatter Felsblöcke liegen. Als er den Kopf hob, schmeckte er Blut. Er hatte sich auf die Lippe gebissen.

Benommen und mit schmerzverzerrtem Gesicht setzte er sich auf.

Es kam ihm hier stiller vor, als würde das Spiel weit weg stattfinden. Tief hängende Zweige umgaben die kleine Bachbiegung, in der er gelandet war. Obwohl diese Stelle wegen der niedrigen Hügel an beiden Ufern kühl und schattig war, schien die Sonne durch das Laub, das noch nicht heruntergefallen war, hindurch und malte helle Flecken.

Ben humpelte zum Bach und spritzte sich etwas Wasser – klar und kalt – über Gesicht und Lippe. Als er sich wieder aufrichtete, streifte ein Zweigende seine Schulter. Er drehte sich um.

Bäume wie diese hatte er noch nie gesehen. Sie hatten keine Blätter, sondern seltsame hülsenartige Anhängsel, die wie Finger herunterbaumelten und voller winziger gelber Samen waren.

In diesem Moment ertönte die Pfeife auf der Tribüne und die raue Stimme des Trainers schallte durch ein Megafon.

»Danke, Teilnehmer! Wir hängen unsere Auswahl Ende der Woche in der Mensa aus. Ihr dürft jetzt das Feld verlassen.«

Ben warf noch einen letzten Blick auf den merkwürdigen Baum und joggte dann in Richtung Tribüne.

»Meinst du, du hast irgendjemanden beeindruckt?«, rief eine tiefe Stimme hinter ihm. Ben wirbelte herum und sah Taylor, der auf ihn zustampfte. »Wart's nur ab. Wir werden sehen, was du außerhalb des Spielfelds draufhast.«

Ben blickte sich langsam um; noch befanden sie sich in einem uneinsehbaren Teil des Scavage-Feldes und er musste zugeben, dass er Angst hatte. Er stellte sich so aufrecht wie möglich hin und nahm allen Mut zusammen. Doch Taylor streifte ihn nur grob, sodass Ben ins Stolpern geriet, und ging dann einfach weiter. Ben blieb zitternd auf der Lichtung stehen.

»Hey!«

Ben drehte sich um. Phia war rechts von ihm aufgetaucht und grinste, obwohl sie von der Farbe durchnässt war. »Das hast du klasse gemacht«, lobte sie.

»Danke«, antwortete Ben und versuchte, sich von dem Zusammenstoß mit Taylor zu erholen. »Du auch. War ganz schön schwer, mit dir mitzuhalten.«

»Ich hab zu Hause in der Ebene ein bisschen Sport gemacht«,

erklärte sie achselzuckend. »Na ja, eigentlich keinen Sport. Bin eher … gelaufen.« Sie biss sich auf die Lippe und lächelte Ben dann wieder an.

Ben wollte sich noch bei ihr dafür bedanken, was der Falke vorher getan hatte, um Taylor abzulenken – und sie fragen, ob es mit Absicht geschehen war. Aber er brachte es nicht über sich, die Frage auszusprechen. Stattdessen gingen sie in angenehmem Schweigen weiter.

7

Als an jenem Abend der Regen auf die Kupferdächer des prächtigen Parlamentsgebäudes prasselte, kehrte der Älteste nach fünf Tagen Abwesenheit schließlich in die Graue Stadt zurück. Auf der Straße erkannte niemand die verhüllte Gestalt, die durch die schmale, in das Kopfsteingässchen eingelassene Tür ins Parlament schlüpfte, und von den Wachen schenkte ihr ebenfalls niemand Beachtung.

Im Sitzungssaal hatten sich die Parlamentsmitglieder trotz der späten Stunde um einen Tisch herum geschart, der von zwei flackernden, von der Decke hängenden Gaslampen beleuchtet wurde. Der heftige Wind hatte die Hauptturbine niedergerissen und bereits eine Stunde nach Beginn der Versammlung war die Stromversorgung ins Stocken geraten und schließlich ganz zum Erliegen gekommen.

Gwen saß auf einer Bank im Dunkeln neben den anderen Gehilfen und Lehrlingen. Sie bemühte sich mitzuschreiben, doch es fiel ihr schwer, der erregten Debatte zu folgen. Wieder einmal drehte sich das Gespräch im Sitzungssaal des Parlaments um Viviana und die Dominae.

»Jeder weiß doch, dass wir dem alten König treu sind«, sagte ein Parlamentsmitglied, eine Anima Rotkehlchen, gerade. »Wie können wir seine Tochter Viviana ablehnen und trotzdem der Blutlinie Melores treu bleiben?« Auf diese Frage hin waren Buhrufe der etwa fünfzig im Saal versammelten Männer und Frauen zu hören. Drei der gefiederten Seelenfreunde der Parlamentarierin flatterten ängstlich über dem Versammlungstisch umher und das Rascheln ihrer Flügel hallte zwischen den Marmorwänden wider.

»Die Blutlinie wurde durch den Mord an Melore unterbrochen!«, warf ein Senator ein. »Viviana wurde nicht zum Regieren erzogen. Sie ist ein Thronprätendent, genau wie vorher der Schakal! Sie behauptet, den Fortschritt zu wollen, aber was hat sie uns außer ihrer rückschrittlichen Weltanschauung bisher geboten? Herrschaft –«

»Es ist abscheulich!«, schrie jemand. »Sie ermutigt Menschen, ihre tierischen Seelenfreunde zum Arbeiten zu zwingen, oder Schlimmeres! Es scheint fast, als würde sie nicht daran glauben, dass Tiere einen freien Willen haben!«

»Aber sie ist die rechtmäßige Erbin«, widersprach die Anima Rotkehlchen. »Möglicherweise begrüßt das Volk ihre Rückkehr. Und wenn sie erst mal mit uns zusammenarbeitet, können wir sie vielleicht zu einer gemäßigteren Weltanschauung bringen.«

»Das Volk hat doch keine Ahnung, was gut für es ist! Seit der Schakal entthront worden ist, sind wir an der Macht! Was weiß diese Frau aus der Staubigen Ebene schon darüber, wie man ein Königreich regiert?«

»Ich muss doch sehr bitten!«, rief jemand.

»Das Volk ist der Meinung, *wir* wüssten nicht, wie man regiert. Warum sollte es sich davon abhalten lassen, sie zu unterstützen? Für uns hat es nichts übrig!«

»Warum auch? Hättet ihr euch dazu entschlossen, *meine* Gesetze zu verabschieden, hätten wir dieses Theater jetzt gar nicht!«

Das Murren wurde höher und lauter und bald konnte Gwen keine einzelnen Stimmen mehr unterscheiden. Unzählige Vögel und Nagetiere schnatterten auf den marmornen Türrahmen, die den Hauptsaal umgaben.

Gwen schloss die Augen und versuchte, sich auf das Bild einer einsamen Eule auf einem mondbeschienenen Ast zu konzentrieren; sie hörte nichts außer dem Geräusch ihrer Krallen an der Rinde. Das laute Durcheinander des Sitzungssaals verschwand allmählich … und wurde von einem anderen, drängenderen Gefühl abgelöst. Sie spürte die Anwesenheit einer sehr vertrauten Eule und das eilige, besorgte Nahen von Flügeln, die ihre Aufmerksamkeit auf den Flur draußen lenkten …

Schockiert schlug sie die Augen auf. Grimsen und der Älteste waren ganz in der Nähe.

Die Tür zum Sitzungssaal öffnete sich geräuschvoll und sofort legte sich der Lärm im Raum, als alle in das trübe Licht spähten, um zu sehen, wer gekommen war. Der Älteste trat vor. Gwens Herz machte einen Sprung.

»Verzeiht meine Verspätung«, sagte er in den jetzt stillen Saal hinein. In den Händen hielt er ein merkwürdig geformtes und in einen Lumpen gewickeltes Bündel. »Ich hoffe, ihr bringt mich gleich auf den neuesten Stand, aber zuerst muss ich euch zeigen, was ich gefunden habe.« Er schritt in die Saalmitte und legte das Bündel auf den Holztisch. Grimsen flog von der Schulter des Ältesten zu einem Habicht auf dem Hauptbogen. »Ihr dürft mir sagen, was es eurer Meinung nach zu bedeuten hat.«

Als der Älteste das Bündel auspackte, erkannte Gwen einen großen Brocken, der aus massivem Granit zu bestehen schien: das steinerne Abbild einer Pfote, die von der Zeit und den Elementen so verwittert war, dass die Form nur mit Mühe zu erkennen war.

»Einige von euch erkennen diesen Stein vielleicht«, begann der Älteste. »Für die Übrigen … Das hier gehört zu den Trümmerteilen, die von der Statue der Zwillinge übrig geblieben sind, dem wichtigsten Symbol des alten Anima-Bands.« Überall im Saal war ein scharfes Einatmen zu hören.

»Vor ein paar Tagen habe ich mich ins Land der Seher gewagt und die Statue zerstört vorgefunden. Ist das als Tat der Dominae zu betrachten, auf Vivianas Geheiß? Die Dominae stehen für viel mehr als nur die erzwungene Knechtschaft von Tieren – sie trachten danach, das Anima-Band zu verdrehen und es in etwas Dunkles, Schreckliches zu verkehren, das uns Menschen alle Macht über die Tiere geben wird, ohne die Bereitschaft, uns in sie hineinzuversetzen. Ich habe keinen Zweifel, dass das hier ihr Werk und ein Zeichen ist, dass weitere Gewalt folgen wird. Einige von euch wollen Viviana bisher nicht zur Bedrohung für Aldemar erklären. Aber wir müssen wissen, welche Unwetter sich zusammenbrauen, und uns ihnen gemeinsam stellen.« Ein ängstliches Schweigen breitete sich nach der Rede des Ältesten unter den Parlamentsmitgliedern aus.

Gwen hielt den Atem an.

Schließlich erhob sich eine Frau, die mehrere Reihen vom

Tisch entfernt saß. Ein Pavian klammerte sich wie ein kleines Kind an ihr Bein und sie schüttelte ihn ungeduldig ab.

»Sollen wir diese … diese *Vorführung* als Absichtserklärung auffassen?« Ein Gemurmel und Geraune folgte auf ihre Frage. »Du willst, dass wir das einzige Kind König Melores zur Verräterin des Königreichs erklären? Du bewegst dich auf dünnem Eis, Ältester Finn.«

Mehrere Anwesende buhten und schlugen auf den Tisch. Der Älteste hob die Hand.

»Freundin«, antwortete er sanft, »die Finger meiner Zeit in diesem Palast reichen weit in die Vergangenheit. Ich habe die Erfahrung gemacht, dass es gefährlich sein kann, Warnsignale zu missachten. Ich lege euch nur ein Zeichen vor. Ob ihr es ignoriert, könnt ihr auf eigene Gefahr entscheiden.« Er wickelte den Stein wieder in den Lumpen und ging zur Tür. Kurz bevor er unter dem Bogen hindurchschritt, blieb er stehen und drehte sich noch einmal zur Versammlung um.

»Und bevor ihr dieses Omen als das Gefasel eines alten Mannes abtut, wisst Folgendes: Die zerbrochene Statue ist erst der Anfang. Viviana scheint vielleicht nur ein Ärgernis zu sein, aber ihre Anhängerschaft wächst mit jedem Tag. Eine Gruppe von Animas Kojote und ihren Seelenfreunden von außerhalb der Staubigen Ebene reist gerade am Fluvian entlang. Durch Grimsen habe ich erfahren, dass sich eine Bande von Wieseln – Menschen und ihre Seelenfreunde – bei der Durchquerung der Dunklen Wälder mit ihr vereinigen will. Sehr wahrscheinlich hat sich die Horde schon zusammengefunden und ist gemeinsam auf dem Weg nach Norden. Zu uns.«

Gwen ließ den Blick über die Gesichter der versammelten Abgeordneten schweifen. Alle waren aschfahl und verängstigt.

»Wir haben uns vor neun Jahren verbündet, um den mörderischen Schakal zu entthronen und seine Herrschaft zu beenden. Wir sind nicht ohne Stärke – und wir werden diese Stärke wieder gebrauchen müssen. Die Dominae sind mächtig und sie verbiegen das Anima-Band bis zur Unkenntlichkeit. Ich warne euch, Freunde: Bald werden wir um unser Leben kämpfen.«

8

In dieser Nacht lag Ben im Turmschlafzimmer wach. Es war ein langer, seltsamer Tag gewesen, und er fragte sich, wie viel schwerer alles noch werden würde, wenn – er hasste den Gedanken, konnte ihn aber nicht abschütteln – er sich vor seinem Weggang aus Fairmount nicht seiner Anima bewusst würde. Er hatte auf Tremelos Hilfe gehofft. Aber der, so schien es, war vollkommen verrückt.

Ben vernahm ein kaum hörbares Kratzen und stützte sich blitzschnell auf die Ellbogen. Ein Stück Papier steckte unter der Tür. Er stand auf, huschte durchs Zimmer und öffnete die Tür. Keiner da. Angestrengt lauschte er auf Schritte, sogar von Pfoten, aber wer immer den Zettel hingelegt hatte, war rasch davongeschlichen. Er faltete ihn behutsam auseinander und hielt ihn hoch, um im Mondschein die Nachricht darauf zu lesen.

Sie war kurz. *Ben: Fahnenstange. Mitternacht.*

Mit klopfendem Herzen setzte sich Ben aufs Bett. Die Uhr auf dem Waschtisch im Zimmer zeigte 23:40. Ben überlegte, ob er in den Gemeinschaftsraum hinuntergehen und Hal die Nachricht zeigen sollte – vielleicht hatte der eine Ahnung, wer sie ihm hingelegt haben konnte.

Andererseits würde ihn der vernünftige, vorsichtige Hal vielleicht davon abhalten wollen hinzugehen.

Ben schlüpfte in seine Arbeitshose und Bauernstiefel. Dann schlich er auf Zehenspitzen aus dem Zimmer und an der Tür zum Gemeinschaftsraum vorbei, aus dem die leisen, scharrenden Geräusche eines Schachspiels drangen. Er warf einen flüchtigen Blick auf Hal, der in seine Lateinhausaufgabe vertieft war. Pete, ein anderer Schüler aus dem ersten Jahrgang, zeigte gerade einer Gruppe von Jungen, wie sich sein Seelenfreund, eine Beutelratte, am Schwanz von den Dachsparren im Zimmer hängen lassen konnte.

Der Wohnheimsprecher der Türme, ein Schüler namens Ruben aus dem vierten Jahrgang, hatte ein eigenes Zimmer auf der anderen Seite des Flurs, der zum Gemeinschaftsbereich gehörte. Ben dankte der Natur, dass Rubens Tür geschlossen war und kein Licht darunter hervorschien. Trotzdem bemühte er sich, so leise wie möglich zu sein. Mit angehaltenem Atem schlich er an der Tür vorbei, den Flur entlang und in die Nacht hinaus.

Um zum Fahnenmast in der Mitte des Schulgeländes zu gelangen, würde er am Posten des Nachtwächters vorbeigehen müssen – so viel war ihm immerhin von Hals Karte im Gedächtnis geblieben. Wenn er aber geradewegs nach Norden am Garrett vorbei zur Mensa ging, so dachte er sich, konnte er am Verwaltungsgebäude einen Bogen schlagen und in die Mitte des Schulgeländes zurückkehren. Die Frage war nur, ob sich ein Wächter – oder schlimmer, ein Lehrer – ebenfalls draußen in den Anlagen aufhielt. Er würde gut aufpassen müssen.

Als Ben durch den Kräutergarten hinter der Mensa flitzte, knackte hinter ihm ein Zweig. Er erstarrte und seine Nackenhaare sträubten sich. Jemand folgte ihm. Hatte Taylor vielleicht vor, ihn aus dem Hinterhalt zu überfallen?

Er wirbelte herum. »Wer ist da?«, rief er.

Er hörte einen knirschenden Schritt im Kies. Dann blieb der Unbekannte abrupt hinter der Ecke des Gewächshauses stehen.

»Ich weiß, dass du mir folgst«, sagte Ben. »Du kannst dich ruhig zeigen.«

»Ich hab gehört, wie du dich rausgeschlichen hast«, antwortete eine Stimme hinter dem Gewächshaus und Hal trat aus der Dunkelheit.

Ben grinste. »Ich dachte schon, du wärst dein Bruder«, sagte er erleichtert.

Hal verzog das Gesicht, als hätte man ihn gezwungen, Terpentin zu schlucken. »Sag das bloß nie wieder!«

»Wie konntest du sehen, dass ich mich rausschleiche? Du hattest die Nase ganz tief in ein Buch gesteckt, als ich am Gemeinschaftsraum vorbeigegangen bin«, wunderte sich Ben.

Hal schüttelte den Kopf. »Ich hab nicht gesagt, dass ich dich gesehen habe. Ich hab gesagt, ich hab dich gehört.« Er schob die Hände in die Taschen und kam näher. Ben bemerkte, dass er unter dem Pullover noch seinen Schlafanzug trug und in bequeme Halbschuhe geschlüpft war. »Was treibst du hier draußen?«

Ben zog das Stück Papier aus der Tasche. »Ich wollte dir nichts davon erzählen, weil ich dachte, dass du mich bestimmt davon abhalten willst hinzugehen.«

»Hört sich für mich nach einer Falle an«, meinte Hal, als er die Nachricht las.

»Kann sein«, antwortete Ben. »Aber es gibt nur einen Weg, das herauszufinden.«

Hal zögerte und zuckte dann mit den Schultern. »Was ist das Schlimmste, das passieren kann? Du könntest Schwierigkeiten kriegen und von der Schule fliegen.«

»Genau das wollte ich hören«, sagte Ben grinsend. Eigentlich war er froh, dass Hal ihm gefolgt war. Es war schön, nicht allein hingehen zu müssen. »Also los.«

Zusammen schlichen sie zum Rasen vor den Gebäuden mit den Klassenzimmern und lugten vorsichtig um die Ecke des Verwaltungsgebäudes.

Der Rasen sah in der Nacht vollkommen anders aus. Er erinnerte Ben ein wenig an die Felder, an die er im Tiefland gewöhnt war. Aber durch das kurze dunkelgrüne Gras wirkte er eher wie ein düsterer Ozean (zumindest wie die Ozeane, die Ben auf Bildern gesehen hatte), und die reich verzierten Marmorbauten ähnelten riesigen Eisblöcken, die den Mondschein widerspiegelten. In der Mitte des kreisrunden Rasens stand der Uhrenturm von Fairmount, das älteste Bauwerk auf dem ganzen Gelände. Jeder Zeiger auf dem riesigen Zifferblatt war mindestens so groß wie Ben. Und jede Zahl wurde von einem anderen goldenen Tier dargestellt, die alle zusammen das Zifferblatt wie eine mechanische Parade umgaben. Vor dem Turm wehte die Flagge von Fairmount. Sie wirkte Furcht einflößend und unglaublich hoch, wie ein drohender Finger, der in die Wolken ragte.

Eine kleine Gruppe Schüler hatte sich ein paar Meter südlich des Uhrenturms um den Fahnenmast versammelt. Es waren

Taylor und seine Scavage-Freunde, außerdem ein paar Schüler aus dem ersten Jahrgang. Ben war kein bisschen überrascht.

»Komm mit«, flüsterte er Hal zu. Sie schlichen näher heran und versteckten sich hinter einem Gebüsch am Rand der Grünfläche um den Turm, damit sie sehen konnten, was geschah.

»Okay, ihr Grünschnäbel, jetzt passt auf!«, sagte Taylor und deutete nach oben auf das Zifferblatt der Uhr. Ben spürte, wie sein Herz schneller schlug.

Die Mitte der Uhr öffnete sich nach innen und ein paar Fledermäuse flogen aus ihrem Unterschlupf hinter dem Zifferblatt. Hal schloss die Augen. Ben wusste, dass er versuchte, sich in die Fledermäuse hineinzufühlen, zu hören und zu sehen, was sie hörten und sahen.

Einer der älteren Jungen stieg durch die Öffnung und kletterte auf einen schmalen Vorsprung aus Stein. Ben bekam einen trockenen Mund. Wie war der Junge dorthin gelangt? Und was tat er da? Der Vorsprung musste etwa fünfzehn Meter über dem Boden sein.

Er warf Hal einen nervösen Blick zu. »Was geht da vor sich?«

Hal runzelte die Stirn. »Keine Ahnung ...« Er schüttelte den Kopf. Die Fledermäuse ließen sich auf einem Baum in der Nähe nieder und Hal machte ein gequältes Gesicht. »Ich bekomme keinen klaren Eindruck.«

Der Junge winkte seinem Publikum zu. Und sprang, ohne zu zögern.

Ben blieb fast das Herz stehen. Der Junge fiel auf die Erde zu. Immer schneller ...

Dann streckte er die Hand in Richtung des Fahnenmasts aus und packte das Seil, das von der Spitze herunterhing. Und wechselte in Sekundenbruchteilen vom Fallen zum Schwingen.

Unter den älteren Jungen brachen Jubel und Gelächter aus. Ben war unbewusst ebenfalls in die Hocke gegangen. Er war ganz aufgeregt. Der Springer landete sicher inmitten seiner Freunde, die Beifall klatschten und ihm auf den Rücken klopften.

»Total verrückt«, sagte Hal. »Wer macht denn *so* was?«

»Ich würde es machen«, antwortete Ben.

»Quatsch!«

»Hier und jetzt«, beharrte Ben und meinte es ernst. Wenn er mit einem Sprung vom Uhrenturm beweisen könnte, dass er kein feiger Sonderling war, würde er eben springen. »Ich muss es tun, Hal«, sagte er.

»Du musst denen gar nichts beweisen«, entgegnete Hal. Aber Ben wusste, dass Hal sich irrte. Natürlich musste er das; er musste alles beweisen.

Die älteren Jungen führten nun die Neuen durch eine schlichte, ebenerdige Holztür in den Turm. Die jüngeren Schüler sahen alle ängstlich aus, schienen sogar Panik zu haben. Während sie hintereinander in den Turm marschierten, ergriffen drei von ihnen die Flucht und liefen zu den Wohnheimen zurück.

»Animas Angsthase!«, rief Taylor ihnen nach. Seine Freunde begannen zu hoppeln und sich lange Ohren zu machen.

»Drei weniger – wie viele noch?«, spottete einer der Scavage-Spieler.

Ben legte Hal eine Hand auf die Schulter.

»Warte hier«, sagte er.

Er joggte zum Uhrenturm hinüber. Das Gelächter der Scavage-Spieler verstummte. Taylor funkelte ihn an. Vielleicht hatte er nicht damit gerechnet, dass sich Ben hier blicken lassen würde.

»Ich will springen«, sagte Ben laut.

Taylor grinste und kniff die Augen zusammen. »Bist du sicher, Walker? Das ist ganz schön hoch.«

»Ich bin sicher«, antwortete Ben. Noch während er das sagte, hatte er das Gefühl, als hätte er einen Sandsack verschluckt. Aber er wusste, dass es jetzt zu spät war, um einen Rückzieher zu machen.

Im Innern des Uhrenturms roch es staubig und modrig. Die steinerne Wendeltreppe schien unendlich zu sein. Ben nahm allen Mut zusammen und begann hinaufzusteigen. Gedämpft hörte er das Gelächter der älteren Jungs von draußen und dazu das unheilvolle Ticken der Uhr, das durch den Turm hallte. Als er sich dem Ende der Treppe näherte, hörte er außerdem die Stimmen der Schüler, die schon oben waren und sich gegenseitig herausforderten, den Sprung zu wagen.

»Kommt nicht infrage!«, sagte ein Junge.

»Das können die doch nicht ernst meinen?«, fragte ein anderer.

»Das ist glatter Selbstmord«, flüsterte ein dritter.

Endlich erreichte Ben den Treppenabsatz. Drei Jungen aus dem ersten Jahr standen dort. Einen kannte Ben aus seiner Klasse und er fragte sich, was er Taylor wohl getan hatte, dass er ihn hierherbestellt hatte. Blass und überrascht drehten sich die Jungen zu ihm um. Alle drei drängten sich an das riesige Uhrwerk, das die Uhr antrieb, so weit wie möglich von der Tür entfernt, die zum Vorsprung nach draußen führte.

»Machst du es?«, fragte ihn der Junge aus seinem Klassenzimmer erstaunt.

»Warum nicht?«, antwortete Ben achselzuckend und versuchte, so unbekümmert wie möglich zu klingen. In Wahrheit schlug ihm das Herz bis zum Hals. Gebückt ging er unter einem tief hängenden Rad hindurch, trat durch die Tür zum Zifferblatt und stellte sich draußen auf den Vorsprung.

Mit einem Mal schien um ihn herum alles still zu sein. Er hörte die sich drehenden Räder oder das Murmeln seiner Mitschüler hinter sich nicht mehr, nicht mal das unheilvolle Ticken der großen Uhr. Nur das weite, dunkle Gelände von Fairmount und die von Nebelstreifen umschlungenen Gebäude lagen vor ihm. Ganz leicht roch er den Fluss in der Nähe und einen Augenblick lang überkam ihn ein völlig unerwartetes Gefühl: Glück.

Zentimeter für Zentimeter schob er sich weiter auf den Vorsprung vor. Adrenalin schoss ihm durch den Körper und er merkte, dass er zitterte – nein, es war eher ein Vibrieren. Unter ihm stand Taylor mit verschränkten Armen.

Ich habe keine Angst; nicht vor dir, nicht vor irgendetwas anderem, dachte Ben.

Gegen seinen Willen fühlte er sich jedoch unsicher, als er hinunterblickte. Der Erdboden schien unmöglich weit weg zu sein. Seine Knie begannen zu schlottern und er zwang sich, tief einzuatmen. Nur ein kleiner Sprung. Ganz einfach. Nichts, wovor man Angst haben müsste.

Bevor er es sich anders überlegen konnte, ging er in die Hocke wie ein Läufer beim Start, sog den Atem ein und sprang.

Der Fall schien mehrere Minuten zu dauern. Ben spürte den Wind, der ihm in den Ohren pfiff, und die seltsame Schwere seines Körpers, der durch dünne Luft flog. Die Zeit verging langsamer, als der Boden spiralförmig näher kam, so als fiele er in Zeitlupe.

Dann sah er das Seil direkt unter sich und griff blindlings danach. Er spürte es in den Händen und dann den plötzlichen Ruck, als sein Körper die Richtung änderte. Auf einmal fiel er nicht mehr, sondern schwang stattdessen um die Fahnenstange herum – hängend, schwebend! Noch nie hatte er etwas so Wundervolles erlebt und er musste unwillkürlich lachen, als ihn das Seil um den Mast herumschwang.

Er fragte sich, ob es sich so für alle anderen anfühlte, wenn sie einfach den Kopf frei bekamen und dadurch sehen konnten, was ein Tier sah, oder denken konnten, wie ein Tier dachte. Während er über das Gras flog, glaubte Ben zum ersten Mal zu wissen, wie es sein musste, sich größer zu fühlen und etwas anderes zu sein als nur Ben Walker, der Sonderling.

Als er auf dem Boden aufkam, war er ein neuer Mensch – ein stärkerer Mensch. Selbst das Brennen seiner Hände, die das Seil umklammert hatten, fühlte sich gut an. Die anderen Jungen aus dem ersten Jahr spähten aus dem Zifferblatt, klatschten und johlten, als sie Taylors entgeisterten Gesichtsausdruck sahen.

»Na, wer ist hier Anima Angsthase?«, fragte Ben grinsend.

Aber Taylor gab keine Antwort. Er wich langsam zurück, als hätte Ben eine ansteckende Krankheit. »Ameisen!«, fluchte er. »Lauft!«

Verwirrt sah Ben zu, wie sich die Scavage-Spieler auf dem Rasen zerstreuten und in Richtung der Wohnheime rannten. Was hatte er falsch gemacht?

»Junger Mann!«, dröhnte eine Stimme hinter ihm.

Ben drehte sich um und sein Magen rutschte ihm bis in die Zehen. Tremelo, sein Klassenlehrer, marschierte in flottem Tempo auf ihn zu, und seine rote Füchsin trottete an seiner Seite.

Typisch, dachte Ben. War ja klar, dass mir das passiert. Ich bin der Einzige aus dem ersten Jahr, der springt – und der Einzige, der erwischt wird.

Es war zu spät, um sich irgendwo zu verstecken – Tremelo war bereits bei ihm. Außerdem zitterten Ben noch so sehr die Beine von seinem Sprung, dass er nicht sicher war, ob er überhaupt schon laufen konnte. Er suchte mit den Augen den Rasen nach Hal ab, konnte ihn aber nirgendwo entdecken. Wenigstens war er entwischt.

»Eine ansprechende Leistung, aber du weißt hoffentlich, dass du auch für weniger von dieser Schule fliegen kannst«, sagte Tremelo und blieb vor Ben stehen. Er griff sich in die Jackentasche, zog einen kleinen silbernen Flachmann heraus, setzte ihn an die Lippen und gönnte sich einen langen Schluck. »Fairmount duldet leider keine Regelbrecher.«

»Wieso sind Sie dann hier?«, platzte Ben heraus, bereute es aber sofort.

Doch zu seiner Überraschung warf Tremelo den Kopf nach hinten und lachte.

»Bravo«, sagte er und steckte die Flasche mit einer schwungvollen Bewegung in die Tasche zurück. »Du solltest der Natur danken, dass ich nicht die Dekanin bin, sonst wärst du draußen, bevor du ›Anima Schnabeltier‹ sagen kannst.« Tremelo gluckste in sich hinein, legte Ben eine Hand auf den Rücken und steuerte ihn in Richtung Aula und Wohnheime. »Unglücklicherweise bin ich dazu verpflichtet, dich an deinen rechtmäßigen Platz zurückzubringen. Und der wäre?«

»Türme«, murmelte Ben.

Tremelo fing an, eine alte Melodie aus der Grauen Stadt zu summen. »Ich kannte mal eine Dame, deren Anima war ein Schneck!« Die Füchsin flitzte vorweg und spielte ihre eigenen Spiele mit dem taubedeckten Gras.

Ben fragte sich, warum Tremelo ganz allein nachts auf dem

Schulgelände herumwanderte. Aber er war ein Lehrer und konnte herumwandern, wo er wollte. Ben dagegen war gerade erst in Fairmount eingetroffen und bereits jetzt dabei erwischt worden, wie er ungefähr hundert Regeln verletzt hatte.

Als sie an dem kleinen Schuppen mit Kupferdach vorbeikamen, der als Nachtwächterposten diente, blieb Tremelo stehen.

»Warte einen Augenblick«, sagte er zu Ben und schlüpfte hinein. Ben konnte erkennen, dass der Nachtwächter, Mr Bindley, und seine beiden riesigen Hunde tief und fest schliefen und schnarchten. Tremelo sah sich im Innern des Schuppens schnüffelnd um, trat vor und nahm ein kleines Päckchen vom Tisch, das neben einem unförmigen, kompliziert aussehenden Gegenstand lag. Bens Blick blieb an dem seltsamen Apparat hängen, was Tremelo bemerkte.

»Das ist ein Nachtsichtmonokel«, erklärte er stolz. »Mit besonderen Linsen, die das Mondlicht brechen und verstärken. Habe ich vor Jahren für ihn gemacht. Sieh dich lieber vor, wenn er das Ding aufhat … und wach ist.«

Rasch ließ er das Päckchen, das er vom Tisch genommen hatte, in seine Jackentasche gleiten.

»Jedes Jahr«, murmelte er kopfschüttelnd. Dann sah er Ben an und zwinkerte ihm zu. »Das Scavage-Team macht es sich zur Gewohnheit, mein Myrgholz zu stehlen, um den guten alten Bindley einzuschläfern und auf dem Schulgelände die Sau rauszulassen.«

Sie verließen Bindleys Wachposten und schlenderten über die Wiese zu den Wohnheimen. Es war spät – fast ein Uhr – und über den ganzen Campus schallte ein Chor von Grillen.

Dann fragte Tremelo unvermittelt: »Du bist der Junge mit der Abwesenheit, stimmt's?«

Da war dieses Wort wieder. Ben kam nicht dazu, sich eine Lüge auszudenken oder der Frage auszuweichen. Tremelo wusste also bereits Bescheid.

»Hat Mrs Shonfield Ihnen das erzählt?«, wollte Ben wissen.

»In der Tat, schließlich bist du mein Schüler. Aber sie hätte es gar nicht tun müssen. Das ist für mich völlig offensichtlich. Wir haben viel gemeinsam, Ben.«

Ben war nicht ganz sicher, was Tremelo meinte. Was konnte er schon mit diesem Mann gemein haben, der trotz seiner Verschrobenheit als einer der mächtigsten Anima-Ausbilder im ganzen Königreich galt?

»Es dauert bei mir nur länger, das ist alles«, sagte er.

»Erzähl mir bloß nichts von langsamer Entwicklung«, entgegnete Tremelo. »Ich war schon fast elf, als Fenchel mich fand. Bis dahin hatte ich mir eingeredet, ich sei Anima Ratte wie mein Vater.« Er holte genau den Beutel aus der Tasche, den er vorher vor Bens Augen von Mr Bindleys Tisch genommen hatte. Dann zog er mit zwei Fingern ein großes Stück eines dunklen Krauts heraus, das Ben noch nie gesehen hatte, und stopfte es in eine Pfeife. »Du hast doch nichts dagegen, oder?«, fragte er, wartete aber keine Antwort ab. Im nächsten Augenblick war der Lehrer von süßlichem, aber auch leicht bitter riechendem Rauch umgeben.

Bens Mundwinkel zuckten und seine Kehle fühlte sich trocken an. »Sir«, begann er, »ich habe etwas gelesen, bevor ich nach Fairmount gekommen bin. Sie haben Leuten bei der Bewusstwerdung geholfen, stimmt's? Sie kennen sich angeblich gut darin aus, wie man die Bande verstärkt.«

Tremelo blickte in die fernen Bäume hinter den Wohnheimen und schüttelte den Kopf.

»Diesen Teil von mir gibt es seit einer Weile nicht mehr, Junge.

Das war tatsächlich so, in meinen ersten Jahren hier in Fairmount … aber jetzt nicht mehr.«

Ben sank der Mut.

Tremelo klopfte ihm auf den Rücken, als könnte er seine Gedanken lesen. »Nicht verzweifeln, Junge. Sieh es als eine Aufgabe an, die gelöst werden muss. Du weißt doch: ›Bäume können Samen, aber keine Früchte tragen.‹« Er sah Ben durch die dicke Rauchwolke hindurch verträumt an. Seine Finger bewegten sich durch die Luft, als spielte er auf einem unsichtbaren Klavier.

»›Die Seelenfreunde erheben sich aus der Asche, Hand über Pfote / Wenn die Heuschrecken die Menschen vom Verrat abbringen / Ruft die Sonn' den Verrückten.‹«

»Was?«, fragte Ben verwirrt.

»Das ist ein Rätsel«, antwortete Tremelo, als wäre das offensichtlich. Allmählich fragte sich Ben, was genau er da in der Pfeife hatte. »Finde des Rätsels Lösung, Ben, dann findest du vielleicht auch deine Anima.« Er lachte. »Jedenfalls hat mein Vater das immer gesagt … Geholfen hat es nichts. Irgendwann bin ich mir meiner Anima bewusst geworden, aber nicht dank seines Geschwafels …« Tremelo schmunzelte kopfschüttelnd über eine Erinnerung, die Ben nicht kennen konnte.

Ben dachte darüber nach. Ein Teil davon kam ihm bekannt vor, aber er wusste nicht genau, woher. Seine Mutter hatte ihm viele Lieder vorgesungen, als er ein Baby war, und er überlegte, ob die vertraute Zeile – »ruft die Sonn' den Verrückten« – daher stammte.

»Ich glaube, ich habe so was schon mal gehört«, sagte er. »In einem Wiegenlied. Ist es daraus?«

Tremelo zuckte mit den Schultern und gab ein desinteressiertes Schnauben von sich, als er den Rauch ausstieß.

»Mein Vater hat mir nie Wiegenlieder vorgesungen«, erzählte er. »Außer man zählt die Kneipenlieder seiner Freunde mit. Sicher kommt nichts davon in ›Das Mädchen aus dem Tiefland mit dem Eichhörnchengesicht‹ vor, aber an den Text kann ich mich auch nicht mehr genau erinnern …«

Sie hatten die Türme erreicht. Tremelo gab Ben einen letzten Klopfer auf die Schulter.

»Kopf hoch, Ben«, sagte er. »Und jetzt ab in die Türme mit dir.«

9

Noch lange nachdem er Ben in sein Wohnheim zurückgebracht und obwohl er zwei Myrgholz-Pfeifen geraucht hatte, kam Tremelo innerlich nicht zur Ruhe.

Einem Jungen mit einer Abwesenheit zu begegnen, war ungefähr so wahrscheinlich, wie wenn die Natur selbst aus einer Höhle im Velyn-Gebirge auftauchen, die Gestalt einer Nebelwolke annehmen und sich eine Tasse Tee und einen Keks schmecken lassen würde. Noch dazu machte Ben einen aufgeweckten und starken Eindruck, während eine Abwesenheit typischerweise die reinste Tragödie war – und obendrein schwache Gesundheit und Wahnsinn bedeutete.

Tremelo goss sich ein Glas Wurzelkrautschnaps ein, zündete noch einmal die Pfeife an und ließ sich in einem ächzenden Sessel nieder, dem einzigen Möbelstück in seiner Unterkunft, das nicht mit Büchern und Unterlagen bedeckt war. Er griff über die Armlehne, um ein Grammophon anzukurbeln, das neben dem Sessel stand. Die Schallplatte begann sich zu drehen, Tremelo setzte die Nadel darauf und schloss die Augen, während die ersten Klänge des Equilibrium-Orchesters der Grauen Stadt durch den Trichter schallten. Fenchel, die Füchsin, strich zärtlich zwischen seinen Füßen entlang und Tremelo spürte den sanften Druck ihrer tierischen Gedanken, eine wortlose Beruhigung.

Obwohl Fenchel einschlief – und auch das konnte Tremelo spüren, den Nebel, das erholsame Sinken in die Dunkelheit –, konnte er es ihr nicht gleichtun. Er hatte noch nie gut geschlafen. Zu viele Träume, und immer wachte er mit dem Gefühl auf zu ersticken. Aber unabhängig von seiner üblichen Schlaflosigkeit hatte er immer wieder das Bild von Bens Sprung durch die Luft vor Augen – den Mut, den der Junge aufgebracht haben musste, die Geschmeidigkeit, die er dabei gezeigt hatte. Und das ohne Anima? War es überhaupt möglich, dass ein Mensch ohne Anima eine solche Entschlossenheit, solche Kraft an den Tag legen konnte?

Vielleicht war es eine schlechte Idee gewesen, Ben von dem Rätsel zu erzählen – ihn mit den alten Leiern seines Vaters zu quälen. Andererseits, folgerte Tremelo, wenn es nur dummes Geschwätz war, konnte es dem Jungen auch nicht ernsthaft schaden, oder? Seine eigene Kindheit war ein einziger Dunstschleier aus Märchen gewesen, die ihm Leute wie sein Vater, genannt der Verrückte, erzählt hatten, und all die anderen Männer und Frauen, die sich mit den alten Sagen trösteten, dem gefallenen König Melore treu waren und Prophezeiungen und Märchen austauschten wie andere den neuesten Klatsch. Tremelos undeutliche Erinnerungen waren von Rätseln und Geschichten umwölkt und war aus ihm am Ende etwas so Schlechtes geworden? Vielleicht sollte er diese Frage lieber nicht beantworten, dachte er sich.

Fenchel streckte sich zu seinen Füßen und Tremelo sah vor seinem geistigen Auge das verschwommene Bild – für ihn so normal wie das Atmen – einer Jagd durch den Wald, mit einem Kaninchenschwanz, der vor ihm aufblitzte.

Ich bin erst zweiunddreißig, dachte er. Aber ich fühle mich steinalt. Ein Rauchstoß verließ seine Lippen und verschwand im Luftzug vom Fenster.

Tremelo reichte unter den Sessel und holte eine kleine verschlossene Truhe hervor. Er stellte sie sich auf die Knie, griff sich in die Jackentasche und zog den Schlüssel heraus. In der Truhe lag ein Buch mit einem bröckeligen Ledereinband, der viele Jahre zuvor als Geschenk für seinen Vater aus der Haut einer Schneeziege hergestellt worden war. Es war früher einmal ein kostbarer Besitz des Verrückten gewesen, war aber mit der Zeit und durch achtlose Behandlung abgenutzt und rissig geworden. Tremelo streichelte es so, wie er es bei dem Verrückten so oft gesehen hatte. *Hallo, alter Freund*. Er machte Anstalten, es aufzuschlagen, hielt sich dann jedoch zurück.

Nein. Das Buch war blanker Unsinn, eine Ansammlung von Kritzeleien und Federstrichen. Jedes Zeichen darin war nur ein gemaltes Bündel von Stöckchen. Sein Vater hatte behauptet, diese Zeichen seien ihm von den Sehern im westlichen Gebirge beigebracht worden. Tremelo hatte ihm geglaubt, obwohl er selbst den Sehern nie begegnet war, nicht einmal bei den vielen langen Ausflügen, die er mit seinem Vater dorthin unternommen hatte, als er ein Junge gewesen war. Früher war er einmal überzeugt gewesen, dass die Zeichen ein Code waren … Aber inzwischen fragte er sich, ob sein Vater einfach nur wahnsinnig gewesen war. Wenn er versuchte herauszufinden, was sie bedeuteten, konnte er nur enttäuscht werden – wie schon so oft zuvor.

Außerdem war der Verrückte tot, genau wie seine Geschichten.

Schnell schloss Tremelo die Truhe und schob sie unter den Sessel zurück. Fenchel schreckte aus dem Schlaf auf.

»Keine Rätsel mehr«, sagte Tremelo als Antwort auf die Frage in Fenchels Augen. »Keine Codes mehr.«

Am besten war es, so zu tun, als hätte die Vergangenheit nie existiert.

10

Den ganzen Rest der Woche ging Ben Tremelos Rätsel durch den Kopf wie die Melodie einer leiernden Spieldose. Es schlich sich in seine aufgesagten lateinischen Verben, seine auswendig gelernten Blattformen für Flora und Fauna und die Namen berühmter Parlamentsmitglieder für Geschichte. Es schwirrte ihm kurz vor dem Einschlafen durch die Gedanken. *Bäume können Samen, aber keine Früchte tragen … Die Sonn' ruft den Verrückten …*

Als Ben am Freitagabend mit Hal im Gemeinschaftsraum der Türme beim Lernen saß, brachte Hal ihn auf den ersten Hinweis, was das Rätsel vielleicht bedeuten konnte.

»Bist du aufgeregt wegen morgen?«, wollte Hal wissen.

»Warum sollte ich?«, gab Ben zurück.

»Na, morgen ist Samstag. Da werden die Scavage-Ergebnisse

ausgehängt. Dann erfährst du, ob du ins Team aufgenommen worden bist!«

An die Möglichkeit, dass er aufgenommen werden könnte, hatte Ben gar nicht gedacht. Allerdings hatte er sich alles in allem gar nicht so blöd angestellt. Bevor er den Hang hinuntergepurzelt war, hatte er es eigentlich sogar ganz gut hinbekommen.

Da fiel ihm der Baum ein, gegen den er auf dem Scavage-Feld fast gestoßen war – der kein Laub trug, dafür aber von Samen bedeckt war. *Bäume können Samen, aber keine Früchte tragen*. War dieser Baum vielleicht ein Hinweis?

Er erzählte Hal von dem Rätsel und von dem seltsamen Baum. Hal hörte skeptisch zu und zog dabei eine dunkle Augenbraue hinter seinen dicken Brillengläsern nach oben.

»Ich bin nicht ganz sicher, was das Rätsel bedeuten soll«, fuhr Ben fort, »aber wenn es mir bei der Suche nach … du weißt schon … helfen kann, muss ich es versuchen.«

»Wenn du meinst, dass du Mister Myrgholz auch nur ein Wort glauben kannst, na schön«, antwortete Hal zweifelnd. »Falls du nicht allein gehen willst – einen Spaziergang mache ich immer gern.«

Also standen Ben und Hal am nächsten Morgen vor Sonnenaufgang auf. Ben zog seinen blauen Fairmount-Blazer eng um sich, als sie an den Wohnheimen und Kräutergärten vorbei auf das Scavage-Feld hinausspazierten. In der frühherbstlichen Kälte war die Luft ziemlich frisch und ein dunstiger Nebel bedeckte die Anlagen.

Hal trug eine gebügelte Hose und eine Weste über dem weißen Hemd. Sein übliches Halstuch hatte er durch eine Fliege ersetzt. Ben fragte sich, ob Hal nur schicke Kleidung nach Fairmount mitgebracht hatte.

»Ich will bloß nicht, dass du allzu große Hoffnungen in Tremelo setzt«, sagte Hal. »Denk daran, der Typ hat uns gestern eine ganze Schulstunde lang erzählt, dass man nicht von einem Bären gefressen wird, wenn man ihm Sirup auf die Schnauze schmiert. Ich bin ziemlich sicher, Unsinn ist seine Muttersprache.«

Das Haupttor zum Scavage-Feld war verschlossen, also gingen sie zum hinteren Ende weiter, das an den Wald grenzte. An der Stelle, wo die Tribünen von Zäunen abgelöst wurden und die Zäune schließlich von dicht stehenden Bäumen, merkte Ben, dass sein Herz schneller klopfte. Ihm war nicht klar gewesen, wie nah das Scavage-Feld an den Dunklen Wäldern lag, die hinter einem schmalen Gürtel aus harmlosem Wald lockten. Ben wusste, dass sich hinter diesen Bäumen das Velyn-Gebirge erhob, das sich in südlicher Richtung bis zum Goldenen Tiefland erstreckte. Ihn schauderte. Der Morgen war kühl und die beiden Jungen huschten flink zwischen die Bäume und versuchten, sich zu orientieren.

Schließlich machten sie den steilen Hang ausfindig, auf dem Ben ein paar Tage zuvor gestürzt war, ziemlich weit am Ende des Scavage-Geländes. Der seltsame Baum sah in diesem grauen Licht viel kleiner aus. Die Samenschoten hingen wie schwere Gewichte daran und die Äste des Baumes krümmten sich in weiten, aufstrebenden Bögen.

Hal ging um den Baum herum und rückte seine Brille zurecht, um ihn sich genauer anzusehen.

Ben griff nach oben, um die herunterhängenden Samen zu berühren, und stellte fest, dass die Schoten trocken und zerbrechlich wie Papier waren. Als er versuchte, eine mit den Fingern zu zerdrücken, zerbröselte die Haut der Schote und die Samen darin fielen zu Boden und verteilten sich zu Bens Füßen. Immer wieder lief das Rätsel wie ein Band in seinem Kopf ab. *Die Seelenfreunde erheben sich aus der Asche, Hand über Pfote …* Was hatte das zu bedeuten?

»Und was jetzt?«, wollte Hal wissen.

Ben zuckte mit den Schultern. »Keine Ahnung.« Das trübe Morgenlicht hatte sich aufgelöst und durch die Zweige um ihn herum drangen helle Sonnenstrahlen.

Bäume können Samen, aber keine Früchte tragen … Seufzend hob Ben einen der Samen auf, die zu Boden gefallen waren. Er war weich und rund. Ben zerquetschte ihn und stellte fest, dass das Innere die dunkelviolette Farbe eingekochter Heidelbeeren hatte. Er warf ihn weg und richtete sich auf. Irgendetwas sagte ihm, dass er hier keine Hinweise zu seiner Anima finden würde, es sei denn seine Anima war ein Glas Heidelbeermarmelade.

»Ich weiß nicht weiter«, sagte Hal.

»Das war eine blöde Idee.« Ben schob die Hände in die Taschen. »Gehen wir.«

Auf dem Rückweg zum eigentlichen Schulgelände merkten sie, dass jemand in den Kräutergärten war, an denen sie schon vorher vorbeigekommen waren. Eine rundliche Frau mit hochgekrempelter Hose und schwerer, erdbeschmutzter Schürze war über eine Reihe von Pfeffersträuchern gebeugt. Ben kannte sie vom ersten Schultag, wo er sie draußen vor dem Bahnhof der Rigimotive gesehen hatte: Es war Mrs Copse, die Schulgärtnerin. Hinter ihrem Rücken spielten zwei pummelige Murmeltiere in der Tomatenreihe Fangen. Ein Funken Hoffnung keimte in Ben auf. Vielleicht konnte ihm Mrs Copse mehr über den seltsamen Baum erzählen.

Zu seiner Überraschung lachte Mrs Copse hell auf, als sie seine Beschreibung des Baumes hörte.

»Seltsam?«, wiederholte sie. »Die Dinger wachsen hier wie Unkraut!«

Ben war verwirrt und sein Mut sank.

»Es ist bloß – wir haben noch nie einen gesehen«, erklärte er.

»Ihr seid aus dem Tiefland, was?«, fragte Mrs Copse.

»Ja«, gab Ben zu.

»Kein Wunder. Königsfingereichen wachsen hier oben so dicht wie Disteln am Hinterteil eines Dachses.«

Königsfingereichen. Bei dem Namen lief Ben ein leichter Schauder über den Rücken, weil er ihm entfernt bekannt vorkam, obwohl er keine Ahnung hatte, wo er ihn je gehört haben könnte.

»Was ist mit den Samen?«, fragte Hal. »Gibt es, keine Ahnung, ein bestimmtes Tier, das sie frisst?« Mrs Copse' zwei Murmeltiere waren damit beschäftigt, sich beim gemeinsamen Spiel im staubigen Garten herumzuwälzen.

»Und ob! *Wir* essen sie!«, antwortete Mrs Copse, warf eine welke Kletterpflanze in einen Kompostkorb und klopfte sich die schmutzigen Hände an der Schürze ab. »Nicht unbedingt das köstlichste Essen, sie schmecken etwas sauer, aber wenn man sie mit etwas Süßem mischt, kann man sie essen. Ich weiß noch, als meine eigenen Kinder klein waren – das war der Beginn finsterer Zeiten, unter der Herrschaft des Schakals, wisst ihr, da mussten wir mit weniger auskommen –, wir haben die Samen geröstet und mit Haferbrei gegessen. Königskinder heißen sie.« Mrs Copse blickte lächelnd in die Ferne.

Ben und Hal bedankten sich schnell und wanderten in flottem Tempo zum Kreis zurück und auf die Mensa zu.

Der ruhige Samstagmorgen, der Ben und Hal empfangen hatte, als sie ihr Zimmer verlassen hatten, war vorbei. Stattdessen fanden sie jetzt ein helles, sonniges Tollhaus mit Schülern vor, die sich vor einem der Mensafenster drängten. Einige im Blazer, andere noch im Schlafanzug; alle reckten die Hälse und riefen sich etwas zu. Eine verspielte Hundemeute umkreiste die Schülerschar und mehrere Vögel saßen kreischend auf dem Sims über den Fenstern. Die ganze Schule schien um ein Stück Papier an der Außenwand herumzuschwirren.

»Die Ergebnisse hängen aus!«, sagte Hal.

»Hey, kommt her!«, rief eine vertraute Stimme. Er entdeckte Tori, die ihnen aus der Menge zuwinkte, und neben ihr Phia. Phia winkte auch, und ihre bernsteinfarbenen Augen funkelten. Ihr Falke saß auf ihrer Schulter und sah ebenfalls erfreut aus. Hal und Ben eilten zu ihnen und dann drängten sie sich zusammen durch die aufgeregte Schülermenge, um einen Blick auf die Liste der neuen Scavage-Spieler zu werfen.

Ben überflog die Liste der Positionen und Namen, die in blauen und goldenen Buchstaben auf dem langen Blatt standen. Der erste Name, den er kannte, war Sophia Castling, die als Schleicherin aufgeführt war.

»Glückwunsch!«, sagte er zu Phia. Sie lächelte und deutete erneut auf das Papier.

»Lies weiter«, forderte Tori ihn auf.

Und dann sah er es. *Schläger: Ben Walker.*

Hal klopfte ihm auf den Rücken. »Gratuliere, Ben!«

Ben schwankte ein wenig nach vorn unter dem Druck – er schien das Gefühl in den Beinen verloren zu haben. War das hier Realität? Er hatte es ohne die Hilfe einer Anima ins Team geschafft. Benommen sah er sich um. Mehrere Schüler winkten und beglückwünschten ihre Freunde, und obwohl Ben wusste, dass er das auch hätte tun sollen, war er ebenso schockiert wie aufgeregt. Ungläubig sah er Hal an. Erst jetzt kam ihm der Gedanke, dass Hals Name nicht auf der Liste stand.

»Hal …« Seine Zunge fühlte sich geschwollen an. »Es tut mir wirklich leid.«

»Braucht es nicht!« Hal sah aufrichtig froh aus. Er beugte sich zu ihm hinüber und flüsterte: »Ehrlich gesagt, in meinem ganzen Leben war ich noch nicht so erleichtert.«

»Willkommen im Team.« Eine starke Hand packte ihn plötzlich an der Schulter und drehte ihn um. Es war Arabella, die Mannschaftsführerin vom Vortag. Sie schüttelte ihm kräftig die Hand und machte dann das Gleiche bei Phia. »Ihr werdet beide klasse sein!«

Schließlich brachte Ben ein Lächeln zustande. »Danke!«, antwortete er. Allmählich legte sich der Schock, sodass sich Ben jetzt einfach nur freuen konnte. Auf der anderen Seite der Schülerschar entdeckte er jedoch einen einzigen Menschen, der sich überhaupt nicht zu freuen schien: Hals Bruder, Taylor. Er hatte die Arme verschränkt und blickte drohend herüber. Als Arabella davoneilte, um den anderen neuen Mannschaftsmitgliedern zu gratulieren, schlenderte Taylor zu Ben, Hal, Tori und Phia herüber.

»Glückwunsch, Walker«, sagte er, doch es klang eher nach einer Drohung als nach einem Lob. »Ich hoffe, deine kleine *Vorstellung* auf dem Feld war nicht bloß Anfängerglück.«

»Schwirr ab, Taylor«, sagte Phia, was sowohl Ben als auch Taylor überraschte.

»Das war kein Glück«, meldete sich Hal zu Wort. »Ben ist wirklich gut.«

Bens Herz klopfte schneller. Hoffentlich hatte Hal recht. Was, wenn es doch nur Anfängerglück war? Er bemerkte Taylors Kater, der neben ihnen auf dem Boden saß und sich die Schnauze leckte.

»Das werden wir ja noch sehen«, antwortete Taylor mit einem knappen Lächeln.

»O Natur! Mein Boden!«, rief jemand. Der Lärm um die Scavage-Ergebnisse legte sich schnell, als die Schüler angestrengt nachsahen, welche Aufregung sich in den Anlagen vor der Mensa zusammenbraute.

Es war Mrs Copse, die Schulgärtnerin, mit der Ben und Hal gerade erst geredet hatten. Sie eilte mit verzweifeltem Gesichtsausdruck auf die Gruppe zu und zeigte auf die Baumreihe am Ende des Rasens.

»Wo ist Fink? Wo ist Shonfield? Aus dem Weg, Schüler – aus dem *Weg*!«

Sie stolperte an den gaffenden Schülern vorbei in Richtung des Verwaltungsgebäudes. Tremelo und Direktor Fink, die von dort kamen, passten sie ab.

»O Natur, Mr Fink! Es ist furchtbar – ich habe noch nie so einen Riss gesehen! Und so nah an den Gebäuden!«

Die Schüler begannen zu tuscheln und die Hälse in die Richtung zu recken, aus der Mrs Copse gerade gekommen war. Ben kribbelte es im Nacken. Ein Riss bedeutete, dass ein Tier ein anderes jagte und tötete. Das geschah die ganze Zeit, aber wenn Mrs Copse so aufgelöst war, musste es etwas Ungewöhnliches sein.

Fink versuchte, Mrs Copse zu beruhigen, und warf den Schülern einen warnenden Blick zu.

»Ich bin sicher, es gibt keinen Grund für einen Aufruhr«, sagte er und bedeutete der Menge mit seinen dürren Händen, sich zu zerstreuen. »Nun, liebe Schüler, wenn es euch nichts ausmacht – wie ich hörte, gibt es in der Mensa heute Zwiebel-Lauch-Kuchen zum Frühstück, also beeilt euch. Das meine ich ernst«, fügte Fink hinzu, als sich niemand rührte. »Alle Schüler begeben sich auf der Stelle in die Mensa!«

Murrend und tuschelnd gingen die Schüler hintereinander in die Mensa. Ben und seine Freunde wollten sich gerade anschließen, als Ben hörte, wie Fink seinen Namen rief.

»Mr Walker und Mr Quindley, ihr kommt bitte mit«, forderte Fink sie auf.

Hal bekam hinter seinen Brillengläsern große Augen.

»Wir?«, fragte Ben. »Warum denn wir?«

»Kommt«, befahl Fink und rückte den Kragen seines karierten Tweedjacketts zurecht. Dann drehte er sich abrupt um und marschierte mit Mrs Copse und Tremelo in Richtung Wald.

»Das lass ich mir nicht entgehen«, sagte Tori leise. Sie zog Phia mit sich und folgte den Erwachsenen zusammen mit Ben und Hal. Als sich Fink umdrehte und die Mädchen fragend ansah, machte Tori ein unschuldiges, besorgtes Gesicht.

»Quindley kann kein Blut sehen, Sir«, erklärte sie und stieß Hal mit dem Ellbogen in die Seite.

»Sie geben uns moralische Unterstützung«, fügte Hal hinzu.

Fink ging kopfschüttelnd weiter. Anscheinend war er fürs Erste einverstanden.

Als sie am Ende des Rasens stehen blieben, hielt sich Mrs Copse die Hände vor den Mund. Tremelo legte ihr tröstend eine Hand auf die Schulter. Fink zog ein Taschentuch aus der Jackentasche und hielt es sich vor die Nase. Als die Schüler näher traten, begriff Ben, warum Mrs Copse so bestürzt war.

Ein riesiger Schwarzbär lag zwischen den Bäumen tot im Gras. Er hatte am Hals und an der Seite gewaltige, tiefe Risswunden im Fell.

»Ameisen«, sagte Tori. Sie ergriff Phias Arm und die beiden Mädchen verfolgten mit ernsten Gesichtern, wie Tremelo um den toten Bären herumging und sich alles genau ansah. Hal spähte den Bär durch seine Brille an und summte leise dabei, so als dächte er angestrengt über etwas nach.

»*Äußerst* interessant«, murmelte er.

»Was für ein Tier ist zu so was fähig?«, fragte Phia. »Es muss ja riesig gewesen sein.«

»Quindley, Walker«, wandte sich Fink an die beiden Jungen. »Mrs Copse sagte, sie hat euch zwei heute Morgen hier in der Nähe gesehen. Habt ihr zufällig irgendetwas mitbekommen?«

Ben und Hal tauschten einen besorgten Blick.

»Wir sind bloß rumgelaufen«, antwortete Ben.

»Ihr steckt nicht in Schwierigkeiten«, erklärte Tremelo. »Wir wollen bloß herausfinden, was für ein Tier das gewesen sein könnte. Es ist merkwürdig, einen derart brutalen Riss zu sehen, und dann auch noch so nah am Schulgelände.«

Hal machte einen Schritt nach vorn. »Das ist tatsächlich merkwürdig, nicht wahr? Die meisten großen Waldtiere sind doch klug genug, sich von der Schule fernzuhalten, auch wenn ihre menschlichen Seelenfreunde dort sind. Und sehen Sie sich mal das hier an«, fuhr er fort und zeigte auf die Wunden. »Was für ein Tier das auch getan hat, es hatte keine Zeit, seine Beute auszukosten. Es hat die Krallen reingeschlagen und ist dann weggelaufen. Also ist es entweder verscheucht worden oder das hier diente der Verteidigung.«

»Ich würde sagen, das ist eine ganz gute Einschätzung, Mr Quindley«, lobte Tremelo.

Fink musterte Hal von oben bis unten und nahm die förmliche Kleidung des schlaksigen Jungen und seinen professorenhaften Tonfall ohne jede Spur von Belustigung wahr. »Beantworte bitte die Frage«, sagte er.

»Ben und ich waren am Rand des Scavage-Felds spazieren«, erklärte Hal. »Wir haben nichts Außergewöhnliches bemerkt.«

Fink nickte.

»Mr Loren, kann ich Sie dazu bewegen, sich gemeinsam mit Mrs Copse um eine Beerdigung zu kümmern?«, fragte er Tremelo. »Wir müssen sehr sensibel mit der Sache umgehen. Wir haben meines Wissens mindestens zwei Schüler, die Anima Bär sind …« Fink hielt sein Taschentuch fest vor den Mund. »Und ihr vier – ich wäre euch dankbar, wenn ihr euch jetzt zu euren Kameraden in die Mensa begebt.«

Tori und Phia wandten sich an die beiden Jungen.

»Gehen wir?«, fragte Tori. Sie hakte sich bei Phia ein, und Phia lehnte sich ein wenig bei ihr an, als müsste sie getröstet werden.

»Klar«, antwortete Hal. »Ben?«

Ben war erschüttert. Alle fragten sich, welches Tier das gewesen sein konnte, und Bens Gedanken kehrten zu der gespensterhaften, leuchtend weißen Bestie zurück, die er von der Rigimotive aus gesehen hatte. Außer ihr hatte er noch nie ein Wesen gesehen, das groß genug wäre, um einen solchen Riss zu machen, aber er traute sich nicht, es laut auszusprechen. Es war zu seltsam.

»Wir treffen uns dort«, sagte er.

Hal nickte und spazierte mit den beiden Mädchen über die Wiese zurück. Ben fing Tremelos Blick auf.

»Solche Risse gibt es im Tiefland nicht, könnte ich mir vorstellen«, sagte Tremelo.

Ben sah sich den Kadaver genauer an. Das Gesicht des Bären hatte einen entspannten Ausdruck, so als hätte er keine Zeit mehr gehabt, sich zu fürchten, als er zur Strecke gebracht worden war.

»Ich habe schon mal einen Riss gesehen«, antwortete er leise. »Meine Mutter ist Anima Pferd und wir hatten eine Stute, Ahorn, die eines Nachts von Kojoten angegriffen wurde. Meiner Mutter ging es wochenlang schrecklich. Sie konnte kaum aufstehen. Aber mein Vater sagte, das gehört zum Leben dazu …« Er trat nervös mit der Fußspitze in die grasbedeckte Erde. »Wenn ein anderes Tier einen Seelenfreund eines Menschen tötet, kann man nicht der Natur die Schuld daran geben – nicht so wie man Menschen die Schuld geben kann, wenn sie Böses tun. Es gehört einfach zum Leben dazu.«

»Dein Vater ist sehr klug«, sagte Tremelo. »Wir schicken den Bär in etwa einer Stunde in die Natur zurück, falls du dabei sein möchtest«, fügte er hinzu. »Normalerweise machen Lehrer nicht viel Aufhebens um den Tod von Tieren, aber die Schüler dürfen gern an der Zeremonie teilnehmen, wenn sie wollen.«

Eine Stunde später stand Ben also mit Tremelo, Phia, Hal und Tori um den toten Bären versammelt, der auf einer kleinen Lichtung an einer ansonsten dunklen Stelle im Wald abgelegt worden war. Außerdem waren Mrs Copse, Mrs Sucrette und zwei weitere Schüler, ein Junge und ein Mädchen, anwesend. Mrs Copse trug jetzt nicht mehr ihre Gärtnerschürze, sondern ein schickes Blumenkleid mit Strickjacke zu ihren Gummistiefeln. Die beiden Schüler, die sich weinend aneinanderklammerten, mussten Anima Bär sein, und Ben dachte darüber nach, ob sie den Todesschmerz des Bären ebenso deutlich gespürt hatten wie der Bär selbst.

Die beiden Animas Bär hatten lange Zweige aus dem Unterholz der Umgebung gesammelt und flochten sie schweigend zu einem rechteckigen Zaun um den Kadaver. Ben erinnerte sich, dass seine Mutter das gleiche Ritual für das Pferd durchgeführt hatte, als sie es am hinteren Ende ihres Weizenfelds tot aufgefunden hatten. So wie sie damals verstreuten nun die beiden trauernden Schüler Blumen und Blätter innerhalb des Zauns aus Zweigen, bis der Kadaver fast vollständig bedeckt war. Tremelo stand schweigend daneben und wartete darauf, den behelfsmäßigen Scheiterhaufen anzuzünden.

Als sie fertig waren, putzte sich das Mädchen mit dem Ärmelende ihres blauen Blazers die Nase und sah stumm zu Boden. Einen Moment lang war es auf der Lichtung vollkommen still. Schließlich blickte das Mädchen auf, zu dem Jungen hinüber, der zu verstört schien, um sich bewegen zu können.

Mrs Copse stand vorn am Kopf des Bären und wandte sich an die kleine Versammlung. »Dieses Tier war bekannt – es hatte tierische Brüder und menschliche Schwestern, die seine Freuden und Sorgen geteilt haben. Es hat gelebt, und wir, die wir hier versammelt sind, waren mit diesem Leben verbunden und werden für immer und ewig dadurch verändert sein.«

Der Text ähnelte jenem, den Bens Mutter beim verendeten Pferd gesagt hatte – und genau wie damals empfand Ben eine Mischung aus feierlichem Ernst und eigenartigem Neid, der ihm ein schlechtes Gewissen bereitete. Dieses Wesen war nicht nur bei seinen Freunden oder seiner Familie »bekannt« gewesen, sondern im ganzen Naturreich. Ben spürte einen traurigen, einsamen Teil in sich, der sich dessen endlich bewusst werden wollte. Und er fragte sich, ob diese Einsamkeit immer zu ihm gehören würde.

In den Tagen darauf war die Schule von Gesprächen über den toten Bär erfüllt – Gerüchte schwirrten durch die Flure wie Fruchtfliegen und landeten auf einer hirnrissigen Theorie nach der anderen.

»Nur ein Wesen kann einem Bär dieser Größe eine solche Verletzung zufügen«, sagte einer von Hals und Bens Mitbewohnern, Pete, in sehr ernstem Tonfall. Die übrigen im Gemeinschaftsraum der Türme versammelten Jungen warteten darauf, dass er weitersprach. »Und zwar ein Löwolf. Halb Löwe, halb Wolf.« Die Jungen lachten und einer von ihnen warf Pete eine Schachfigur an den Kopf.

»Hey!«, rief Pete und duckte sich. »Das ist durchaus möglich!«

Bens Neugierde, was Tremelos Rätsel betraf, war durch das Geheimnis um den Bären stark in den Hintergrund getreten, aber beide Fragen mussten hinter seinem vollen Stundenplan zurückstehen: Latein, Flora und Fauna, Geschichte, Angewandte Wissenschaften und natürlich der tägliche Unterricht bei Tremelo im Klassenzimmer. Nach einer zweistündigen Pause traf sich außerdem jeden Tag um vier Uhr das Scavage-Team, um zwei Stunden lang zu rennen, springen und den Schnipp zu werfen. Noch nie in seinem Leben war Ben so beschäftigt gewesen, nicht mal während der Erntezeit im Tiefland.

Scavage hätte für Ben sehr viel mehr Entspannung bedeutet, wenn Taylor nicht gewesen wäre, der ihn bei jeder Gelegenheit drangsalierte. Er hatte es sich inoffiziell auf die Fahne geschrieben zu beweisen, dass Ben als Scavage-Spieler scheitern würde. Wenn Taylor und seine Freunde nicht gerade versuchten, ihm auf dem Feld Bodychecks zu verpassen oder ihm mit dem Schnipp Farbe ins Gesicht zu schleudern, unterhielten sie sich lautstark darüber, warum Ben nie Seelenfreunde folgten.

»Vielleicht schämt er sich«, stichelte Taylor vor dem Aufwärmen am Donnerstag. Seine Freunde grinsten und hörten alle zu, was Bens Blut zum Kochen brachte. »Vielleicht ist er Anima Wurm.«

»Oder Anima Kakerlake!«, rief einer von Taylors Freunden dazwischen. Taylor krümmte sich vor Lachen und klopfte ihm auf den Rücken. Ben saß auf der Bank, zog sich Knieschoner und Handschuhe an und tat sein Bestes, um nicht auf sie zu achten.

»Oder vielleicht gibt's wirklich so was wie Anima Ameise«, fuhr Taylor fort. »Obwohl das sicher besser als gar nichts ist, was, Ben? Eine armselige Ameise.«

Ben wurde wütend und fragte sich, was sich Taylor alles über ihn zusammengereimt hatte. *Sag einfach nichts*, hörte er die Stimme seines Vaters sagen. *Lass dir nicht anmerken, dass es dir etwas ausmacht*.

»Wisst ihr, was mit Leuten passiert, die Anima *Nichts* sind?«, höhnte Taylor. »Sie drehen total durch. Als würde ihr Hirn einfach ausgelöscht.«

»So was gibt's doch gar nicht«, widersprach einer der anderen Spieler aus dem vierten Jahr. Er starrte Taylor mit offenem Mund an. »Oder?«

Taylor grinste.

»Hast du noch nie von einer Abwesenheit gehört?« Er redete mit seinem Freund, sah Ben dabei aber direkt an, auch als er weitersprach. »Bisher gab es nur – keine Ahnung, drei bekannte Fälle, seit es das Königsreich gibt? Und alle drei wurden so verrückt, dass sie eingesperrt werden mussten. Versuchten sich die Haare auszureißen, ja sogar sich *umzubringen*. Und ich meine, im Ernst, wer würde das nicht tun? Wenn man ein einziges … Nichts ist. So unbedeutend, dass nicht mal die Natur was mit einem zu tun haben will? Ich würde mich bestimmt umbringen.«

Ben lief dunkelrot an. Liebend gern hätte er Taylor einen Schlag in sein widerliches Grinsen verpasst.

»Gut, dass unser Ben nicht dazugehört, was?«, sagte Taylor. »Sonst müssten wir ihn zum Wohl aller anderen einsperren.«

Ben ballte die Fäuste und erhob sich von der Bank. Er konnte nicht feststellen, was genau Taylor wusste – aber er hatte offensichtlich von den Gerüchten im Tiefland gehört und würde dafür sorgen, dass sie ihn den ganzen Weg bis nach Fairmount verfolgten.

»Ben!«

Er drehte sich um und sah Phia auf sich zukommen. Sie blickte mit hochgezogener Augenbraue auf seine Fäuste hinunter.

»Ich dachte, wir könnten uns vielleicht zusammen aufwärmen«, sagte sie und zeigte mit dem Daumen auf eine Stelle auf der anderen Seite der Bänke. Da *drüben*.«

»Oooh, von der Freundin gerettet«, spottete Taylor und die anderen Jungen gaben gurrende Geräusche von sich. Dann stolzierten sie auf das Spielfeld zu, wo Ben sich noch mehr würde beweisen müssen, wenn ihre Sticheleien jemals aufhören sollten, das wusste er.

»Das ist so ein Widerling«, sagte Phia. »Ein Wunder, dass er und Hal überhaupt verwandt sind.«

Die beiden zogen ihre Schutzkleidung fertig an und machten am Spielfeldrand Dehnübungen. Wie sich herausstellte, hatte Phia auch nicht gerade eine gute Woche – ihr Falke Carin, der am ersten Tag ein solches Chaos in Mrs Sucrettes Unterricht verursacht hatte, war nach der Bestattung des Bären weggeflogen und seit Tagen nicht zurückgekehrt.

»Das macht sie immer, wenn sie jagt«, erklärte Phia, während sie auf der Bank warteten, um aufs Spielfeld hinauszugehen. »Und ich hasse es, wenn sie wegfliegt. Es macht alles noch schlimmer.«

»Was meinst du damit?«, fragte Ben.

Phia senkte den Kopf. Ihre dunklen Augen waren von ihrem lockigen braunen Haar verdeckt.

»Ich weiß nicht. Manchmal *gefällt* es mir nicht gerade, eine so enge Bindung zu Carin zu haben. Okay, das bin halt ich. Aber niemand hat mir vorher gesagt, wie sehr einen das Anima-Band verändert. Zumindest mich hat es verändert. Keine Ahnung, ob es allen anderen auch so geht.«

»Wie meinst du das, es hat dich verändert?«, hakte Ben nach. Er war überrascht, wie offen Phia mit ihm sprach. Normalerweise sprach sie fast gar nicht. Und jetzt schien sie gar nicht aufhören zu können.

Sie umklammerte die Sitzkante der Bank so fest, dass ihre Knöchel kleine Halbmonde bildeten. »Ich würde gern so fliegen wie Carin«, platzte sie heraus. Dann wandte sie das Gesicht ab. »Ich weiß, das klingt wahrscheinlich bescheuert. Aber wenn sie wegfliegt, hasse ich das. Wo immer sie ist, ich kann nicht mitfliegen.«

Ben hatte noch nie auf die Weise über das Anima-Band nachgedacht, dass es jemandem Schmerzen bereiten könnte, von seinem Seelenfreund getrennt zu sein. Er wusste nicht, was er sagen sollte außer: »Klingt nicht bescheuert.«

Phia lächelte ihn an.

»Danke. Ich habe es noch niemandem erzählt außer Tori. Aber dir kann ich vertrauen, das weiß ich«, sagte sie. Ben spürte, wie es ihn warm durchrieselte.

Phia sah wieder in den Himmel hinauf und suchte ihn nach Carin ab.

»Eines an ihren Flügen gefällt mir aber sehr gut«, fuhr Phia fort. »Wenn sie zurückkommt und wir uns wieder nahe sind, habe ich das Gefühl, etwas Neues gesehen zu haben, obwohl das gar nicht so ist. Wie wenn man eine Reise macht und dann zurückkommt und seinen Freunden davon erzählt oder seinen Eltern nach Hause schreibt. Ich kann die frische Luft spüren oder mich daran erinnern, an ein paar Kiefern vorbeigeflogen zu sein …«

Ben hörte fasziniert zu. Er sehnte sich nach einem Band, wie Phia es beschrieb. Dass sie unglücklich war, schnürte ihm den Brustkorb zu.

»Die Wälder sind so anders als die Staubige Ebene«, erklärte sie. »Als letzte Woche der Bär getötet wurde, habe ich etwas von Carin gespürt, so als hätte sie nicht nur Angst um sich selbst, sondern auch um mich. Ich konnte nichts Genaues erkennen. Es gibt in den Wäldern Dinge, vor denen sie sich fürchtet, aber ich weiß nicht genau, wovor. Ich spüre nur so etwas wie die Nachwirkung des Gefühls, das sie hatte, als sie diese Dinge gesehen hat.«

»Das ist unglaublich«, stellte Ben fest. »Meinst du, Carin weiß, wer oder was den Bär getötet hat?«

Phia nickte. »Ich habe an dem Tag nichts gesagt, weil ich nicht sicher war, was dieses Gefühl zu bedeuten hat. Aber …« Sie zögerte.

»Was?«, fragte Ben.

»Was immer es ist, es ist immer noch da draußen«, flüsterte sie. »Es wartet auf irgendwas.«

11

Am selben Abend posierte Viviana vor einem frei stehenden Spiegel mitten in ihren Privatgemächern, während zwei Schneider bei ihr Maß nahmen. Ihre Wohnung war die frühere Vorarbeiterunterkunft einer Fabrik, die in König Melores Zeitalter der Erfindungen hier gewesen war. Die Räumlichkeiten waren ziemlich imposant, mit hohen Fenstern, die auf die Hafenanlagen hinausgingen. Die Fabrik selbst war voll von nutzlos gewordenen Bauteilen halb fertiger Maschinen, den Überresten einer fortschrittlicheren Zeit.

Draußen vor dem Fenster erstreckte sich die Graue Stadt und selbst von hier oben aus konnte Viviana spüren, wie es in ihr brodelte. Ihre Clamoribus-Vögel erfüllten ihren Zweck: Sie saßen überall in der Stadt, spuckten ihre Schlachtrufe aus und stifteten die Menschen auf der Straße zu lautstarken Auseinandersetzungen an. Erst einen Tag zuvor hatte es in einer der reicheren Gegenden der Stadt, in der Nähe des Parlaments, einen Aufruhr gegeben – arme Männer und Frauen aus den Bolzen hatten, angestachelt vom kalkulierten Zorn der Clamoribus, angefangen, Steine in Schaufenster zu schmeißen.

Während sie die Silhouette der Grauen Stadt betrachtete, sah sie eine dunkle Gestalt näher kommen.

»Geht«, befahl sie.

»Nur noch einen Augenblick, Miss, dann sind wir fertig«, bat der Schneider, der Anima Eichhörnchen war. Er passte gerade die Ärmel eines neuen Mantels an den Armen an, während der zweite Schneider für die Ärmelaufschläge Maß nahm.

Viviana fuhr herum und sah ihn an.

»Ich sagte, *geht*. Ich sage euch, wenn ihr wieder hereinkommen dürft.«

Schnell zogen sich die beiden Schneider zurück. Die metallene Schiebetür schloss sich mit einem zufriedenstellenden Scheppern hinter ihnen. Viviana wandte sich wieder dem Fenster zu, auf dessen Sims jetzt einer von Clarkes riesigen Clamoribus-Vögeln stand. Dieser hier war ein Bote.

Sie sah zu, wie er vom Fensterbrett hüpfte und sich in die Mitte des Raums bewegte. Selbst mit eingezogenen Flügeln war der Rabe beeindruckend groß. Viviana drückte einen leuchtenden goldenen Knopf an der Schläfe des Raben, und in seinem linken Auge sprang ein rotes Licht an.

Der Rabe öffnete den Schnabel und irgendwo in seinem glänzenden Innern lief eine Aufnahme ab.

»Ich bin hier, Viviana, sicher im Amt.« Joans Stimme strömte aus dem Schnabel des Raben und beruhigte wie so oft in den letzten Jahren Vivianas Nerven. Ihre verlässliche Assistentin. Sie hatten

sich beide seit ihrer Zeit als Sklavinnen in der Staubigen Ebene ziemlich gemausert. »Niemand verdächtigt mich«, schallte Joans Stimme heraus. »Ich glaube, ich habe den Besitzer des Buches gefunden, muss es aber erst noch sehen. Bald kennen wir den exakten Wortlaut der Prophezeiung.«

Viviana war unglaublich erleichtert. An manchen Tagen erschien es ihr albern, so auf diese sogenannte Prophezeiung fixiert zu sein. Andererseits war der Schakal – der Mann, der ihren Vater umgebracht hatte – ebenso intelligent wie skrupellos. Seine Besessenheit von der Prophezeiung hatte ihn in den Wahnsinn getrieben und in diesem geschwächten Zustand war er gestürzt worden. Hatte ihn die Angst getrieben, sein Thron könnte in Gefahr sein? Würde sie mit derselben Gefahr zu kämpfen haben?

Nach ihrer Rückkehr in die Graue Stadt hatte sich Viviana bei ihren Spionen im Parlament Informationen verschafft. Sie hatte wissen wollen, was genau der Schakal erfahren hatte, das bei ihm eine solche Besessenheit ausgelöst hatte. So hatte sie herausgefunden, dass er in den Jahren, nachdem er die Herrschaft an sich gerissen hatte, zum ersten Mal von den Gerüchten gehört hatte, die in der Grauen Stadt umgingen – Gerüchte über eine Prophezeiung, die das Auftauchen eines wahren Königs voraussagten.

Diese Prophezeiung war von einem Mann bewahrt worden, den man »den Verrückten« nannte, aber er war unauffindbar gewesen. Angeblich war er häufig mit seinem Sohn aus der Stadt in die Berge gezogen, um unentdeckt zu bleiben. Dem Schakal war es aber gelungen, ein Mitglied der RATTEN – einer Widerstandsgruppe, die Melore treu war und mit dem Verrückten in Verbindung gebracht wurde – gefangen zu nehmen und zu verhören.

Der Mann war gefoltert worden. Vivianas Spione konnten zwar nicht den genauen Wortlaut wiedergeben, dafür aber seine genaue Botschaft: Ein König werde zurückkehren und seine Armee aus den Bergen anführen. Der Schakal war wütend geworden und hatte den Gefangenen getötet, aber zuvor hatte dieser noch seine letzten Worte gesprochen: *Aber der Tiger! Die weiße Bestie!*

Obwohl der Mann danach nichts mehr gesagt hatte, fand Viviana es ziemlich aufschlussreich, dass alle weißen Tiger im Königreich auf geheimnisvolle Weise umgekommen waren, während der Schakal an der Macht war. Die ganze Art war ausgestorben. Viviana wusste, dass der Schakal dafür verantwortlich war – und nach den vielen, grob an Hauswände gemalten weißen Bestien zu urteilen, die man in den Gassen der Grauen Stadt finden konnte, sahen das andere Bewohner des Königreiches genauso. Zwar hatte sich der Schakal bemüht, die Ausrottung der Tiger geheim zu halten, aber die RATTEN hatten ihren Verdacht, dass er der Schuldige war, in ganz Aldemar verbreitet. Der weiße Tiger war zum Symbol des Widerstands gegen den Schakal geworden, selbst nachdem der Schakal den Verrückten gefunden und ihn ebenfalls hatte umbringen lassen. Es war nur eine Frage der Zeit, bis sich dieser Widerstand auch gegen sie richtete.

Ihre Absicht war es nun, die exakte Formulierung der Prophezeiung herauszufinden, um diese Königstreuen zu überzeugen, diese Anhänger der weißen Bestie, dass *sie* zum Regieren bestimmt war.

Nur eines beunruhigte sie: *ein wahrer König*. *Seine* Armee. Sie war die Tochter eines Königs, und doch bestand die Prophezeiung auf einem Sohn. Wenn sie erst einmal die ganze Prophezeiung kannte, konnte sie allerdings – erfolgreicher als der Schakal – dafür sorgen, dass kein anderer Herrscher Anspruch auf den Thron erheben konnte. Schon jetzt war sie dem Schakal einen Schritt voraus: Er mochte den Verrückten umgebracht haben, aber erfahren hatte er gar nichts, während sie das Buch des Verrückten gefunden hatte, in dem mit Sicherheit die Prophezeiung stand.

Sie verscheuchte den Clamoribus, stellte sich wieder vor den Spiegel und bewunderte ihren neuen Pelzmantel mit dem hohen Kragen, der im gelben Abendlicht fast zu schimmern schien. Fuchspelz, Biber, Nerz und Kaninchen – alles zusammen in einem Patchwork perfekt zurechtgeschnittener Einzelteile, das ihrem schlanken Körper wie eine Rüstung passte und ihr Gesicht stattlich umrahmte. Sie hatte keine Ahnung, wer die Tiere gewesen waren, deren Felle für den Mantel hatten herhalten müssen, und es war ihr auch egal.

Für eine Königin war er genau das Richtige.

12

Lange nachdem Hal und die anderen Jungen aus den Türmen zu Bett gegangen waren, saß Ben wach in einem der breiten Sessel des Gemeinschaftsraums. Er dachte darüber nach, was Phia ihm am Nachmittag erzählt hatte, von der Angst, die Carin in den Wäldern hatte. Ben war überzeugt, dass sich da draußen eine geheimnisvolle Bestie herumtrieb, die für den grausigen Tod des Bären verantwortlich war.

Bei der Beerdigung des Bären einige Tage zuvor hatte er das Tier, das er von der Rigimotive aus entdeckt hatte, nicht erwähnen wollen. Nicht einmal Hal hatte ihm damals geglaubt, so viel stand fest. Aber die Erinnerung daran kehrte häufig zurück, und je mehr er darüber nachdachte, desto stärker beschlich ihn das Gefühl, dass das ominöse Wesen da draußen gefährlich war. Vielleicht hatte es sogar einen menschlichen Seelenfreund, von dem ebenso viel Gefahr ausging. Das Tier, das er von der Rigimotive aus entdeckt hatte, war das größte, das er je gesehen hatte. Falls ihnen diese Bestie und sein Seelenfreund zur Schule gefolgt waren, sollte Fairmount davon wissen.

Wenn er sich an die Schulleitung wandte und von einer geheimnisvollen, gespensterhaften Bestie erzählte, würden sie ihn sicher mit Gelächter aus dem Sprechzimmer werfen. Er brauchte einen Beweis – und falls Phias Worte etwas zu bedeuten hatten, war der Beweis vielleicht näher an der Schule als gedacht.

Er fasste einen spontanen Entschluss. Er würde hinausgehen und sehen, was er finden konnte. Heute Nacht.

Nach einem schnellen, lautlosen Abstecher in sein Zimmer, wo er sich eine Jacke und Schuhe holte, drückte sich Ben besonders leise an der Wand der Schlafsäle entlang. Mit angehaltenem Atem schlich er an der Tür des Wohnheimsprechers vorbei. Eine Fußbodendiele knarrte unter ihm und er erstarrte. In dem dunklen Flur konnte er nichts erkennen. Er hörte ein Rascheln aus einem angrenzenden Zimmer und bat die Natur in einem stillen Gebet, dass man ihn nicht entdecken möge. Eine ganze Minute blieb er mucksmäuschenstill stehen. Niemand kam. Er setzte sich wieder in Bewegung.

Unten schlich er in den Garderobenraum, von wo er durch eine kleinere Seitentür, die hoffentlich weniger laut knarrte, ins Freie gelangen konnte.

Auf dem Außengelände musste er sich beeilen, das wusste er. Bindley und seine Nachtsichtlinse konnten überall sein, und Ben ging davon aus, dass ihm heute Abend niemand Myrgholz in den Tee getan hatte. Er rannte genau nach Westen, hinten um das Wipfel-Wohnheim herum und auf den Fuß des riesigen Hügels zu, an dem das Scavage-Feld lag. Seine Tribünensitze wurden vom Mond beleuchtet. Das Waldstück, das hinten an das Feld angrenzte, sah in dieser Dunkelheit gespenstisch aus. Ben schwenkte nach Süden, auf den Weg, der in den Wald hineinführte, und zu der Stelle, wo man den Bären gefunden hatte. Er holte tief Luft und bereitete sich darauf vor, in die Finsternis einzutauchen.

»Hey, warte!«, rief jemand. Ben wirbelte herum und rechnete fast damit, Bindleys Hundemeute auf sich zustürmen zu sehen. Stattdessen war es Tori, die den Hügel hinuntereilte. Sie trug einen Morgenmantel über einem geknöpften Pyjamaoberteil aus Seide, das ein paar Nummern zu groß für sie aussah, und ein Pyjamaunterteil für Jungen. In der Hand hielt sie eine handgetriebene Taschenlampe mit einer Kurbel, die die Glühbirne flackernd zum Leuchten brachte.

»Pssst!«, machte Ben.

»Was treibst du hier draußen?«, fragte Tori, sobald sie ihn eingeholt hatte. Sie schien ganz aufgeregt, ihn zu sehen, als hätte sie im Schlafanzug herumgesessen und nur auf eine Ausrede gewartet, um sich aus dem Wohnheim zu schleichen. Ben sah, wie sich eine dünne schwarze Schlange um ihren Arm herumbewegte.

»Und *du*?«, flüsterte er.

»Ich hab dich am Fenster vorbeilaufen sehen«, antwortete Tori. »Ich war nicht müde, deshalb bin ich dir gefolgt.«

Ben bekam es wieder mit der Angst zu tun.

»Du solltest wieder ins Bett gehen. Du willst doch keine Schwierigkeiten kriegen. Zwei werden eher erwischt als einer.«

»Ach, Ameisen!«, rief sie. »Es ist so langweilig hier, dass ich schreien könnte. Ich gäbe alles für ein kleines Abenteuer. Geh voran.«

»Na schön«, lenkte Ben ein, hoffte aber, dass sie sich langweilen und umkehren würde, bevor er einen Beweis für die weiße Bestie oder ihren Seelenfreund fand – er war noch nicht bereit, jemandem diese Theorie zu unterbreiten. Andererseits wäre es nicht schlecht, einen Zeugen zu haben, dachte er bei sich, falls sie wirklich etwas fanden. »Aber versuch, leise zu sein, ja?«

Ben achtete nicht auf sie, während sie an ihrer Taschenlampe herumfummelte, deren Kurbel anscheinend nicht richtig funktionierte. »Ameisending!«, schien ihr Lieblingsausdruck zu sein. Jedes Mal wenn sie fluchte, machte er »Pst!« und sie hasteten im Dunkeln weiter.

Eine dicke Linie auf Bens Umgebungskarte stellte die Grenze des Schulgeländes dar. Sie verlief am westlichsten Rand der unteren Felswände, die zum Wasserrad hinunterführten, und kennzeichnete das Ende des Waldgebietes, das den Schülern erlaubt war. Ben hatte angenommen, die Linie wäre rein symbolisch und der Wald sähe auf beiden Seiten gleich aus. Doch als er und Tori jenseits des Waldwegs weitergingen, standen die Bäume immer dichter. Der Boden wurde unebener und zwischen den Baumwurzeln ragten große Felsbrocken hervor. Als Ben in der Ferne das Brausen und Tosen von Wasser hörte, wusste er, dass sie die dicke Linie auf der Karte überschritten und das Schulgelände verlassen hatten. Sie blieben stehen, um sich zu orientieren, und Ben hörte ein leises Zischen, das von vielen Wesen zugleich zu kommen schien. Das Geräusch war überall um sie herum.

»Ist das …?«, begann er.

»*Thamnophis cyrtopsis*, vielleicht sogar ein paar *Elaphe obsoleta*«, flüsterte Tori aufgeregt. Sie sah Ben an, der keinen Schimmer hatte, wovon sie überhaupt redete. »Schlangen.«

»Ah«, antwortete er. Kein Wunder, dass sie nichts von

Mrs Sucrette hielt – Toris Latein war ohnehin schon ziemlich gut.

»Wo sind wir?«, erkundigte sie sich. Der Klang ihrer Stimme brachte Ben zu der Frage, ob sie trotz ihres Wunsches, unbedingt mitzukommen, nicht in Wirklichkeit doch Angst hatte. So aufregend sie es auch fand, hier so viele von ihren Seelenfreunden vorzufinden, sie mochte durch sie erfahren haben, dass irgendetwas nicht in Ordnung war. Ihre schwarze Schlange kroch hinten aus dem Kragen ihres Pyjamaoberteils und legte sich auf ihr Schlüsselbein.

»Schon okay«, antwortete Ben, um sie zu beruhigen, auch wenn er nicht sicher war, dass das stimmte. »Wir sind in der Nähe der unteren Felswände.«

Tori riss die Augen auf. »Was in aller Natur machen wir so weit draußen?« Sie fing an, mit der flachen Hand auf die Taschenlampe zu schlagen, damit sie richtig funktionierte. Die Lampe flackerte, leuchtete einmal auf und strahlte dann einen schwachen Lichtstrahl aus. »Wonach suchst du eigentlich?«

»Ich weiß noch nicht genau«, gab Ben zu. Wäre es hilfreich, Tori zu sagen, sie solle nach Hinweisen auf ein riesiges Raubtier Ausschau halten? Stattdessen bückte er sich tief, betrachtete prüfend die Baumstämme um sich herum und hoffte, dass die Tierspuren, die er darauf finden würde – falls er überhaupt welche fand –, alt waren.

»Alle tun in letzter Zeit so geheimnisvoll«, sagte Tori. An ihrer leicht zittrigen Stimme erkannte Ben, dass sie nervös war, sich aber bemühte, die Tapfere zu spielen. »Phia macht ihr supergeheimes Ding in der Tüftelwerkstatt und du suchst hier nach irgendwas, ›weiß nicht genau‹, in den Dunklen Wäldern. Und ich dachte immer, *ich* wäre die Geheimnisvolle …«

»Was macht Phia denn genau?«, wollte Ben wissen. Sie hatte gar nicht erwähnt, dass sie noch irgendwelche anderen Kurse besuchte.

Tori zuckte mit den Schultern.

»Keine Ahnung. Aber sie verbringt ihre Essenspause vor dem Training in Tremelos Werkstatt. Als ich sie gefragt habe, was sie da machen, hat sie geantwortet, sie würde es mir zeigen, wenn es an der Zeit dafür ist.«

Eine kühle Brise wehte durch den Wald. Tori zog die Ärmel hinunter und verschränkte die Arme über ihrem geknöpften Pyjamaoberteil. Dabei konnte Ben einen kurzen Blick auf vernarbte Haut an ihren beiden Handgelenken erhaschen. »Es ist so still hier draußen«, wisperte sie. »Richtig unheimlich.«

Ben musste ihr zustimmen. Das Zischen hatte nachgelassen und jetzt war es in den Dunklen Wäldern fast *zu* still, so als hielte der ganze Ort den Atem an und warte darauf, dass etwas geschah. Er fühlte sich äußerst merkwürdig, ähnlich wie in der Nacht, als er die Sache in der Rigimotive erlebt hatte. Als würde er beobachtet.

»Du … du glaubst doch nicht, dass noch jemand hier draußen ist, oder?«, flüsterte Tori, als könnte sie seine Gedanken lesen. Er hatte an den Armen und am Nacken eine Gänsehaut.

»Nein«, log er.

Genau in diesem Moment raschelte es hinter ihnen im Gebüsch.

Bevor Ben auch nur einen Gedanken fassen konnte, griff er nach Toris Hand und sie wirbelten zusammen herum. In der fast vollkommenen Stille des Waldes pochte sein Herz laut. Etwas blitzte auf, eine huschende Gestalt, und Ben hielt den Atem an.

Es war nur ein Fuchs, der hinter einem Felsen hervorkam und an ihnen vorbeitrippelte.

Ben seufzte erleichtert und Tori lachte nervös auf.

»'tschuldigung«, sagte Ben und ließ ihre Hand los.

Tori zog ihr Pyjamaoberteil gerade und lächelte.

»Schon okay.« Sie atmete hörbar aus. »Ich hatte auch Angst.« Ihre Schlange erwürgte sie fast und Tori versuchte, sie loszumachen. »Was hast du denn?«, fragte sie ungeduldig. »Das war doch nur ein –«

Doch in diesem Augenblick sprang ein riesiger Wolf mit gefletschten Zähnen aus der Finsternis der Bäume auf Tori und Ben zu. Ben spürte den heftigen, stechenden Schmerz im Unterarm, bevor ihm überhaupt klar wurde, was passierte.

Er hielt sich den Arm und fiel nach hinten. Tori schrie, als sich das Tier ihr zuwandte. Sie schwang die kaputte Taschenlampe, ihre einzige Waffe, hoch über den Kopf und schlug dem Wolf damit mit voller Kraft auf die Schnauze. Das ohnehin nur geringe Licht, das von der Lampe ausgegangen war, erlosch sofort. Im Dunkeln wich der Wolf knurrend einen Schritt zurück.

»Ben!«, kreischte Tori mit den Überresten der kaputten Taschenlampe in der Hand. »Bist du okay?«

Ben versuchte aufzustehen und ihr zu helfen, den Wolf abzuwehren. Er war mit voller Wucht gegen einen Baumstamm geprallt und nun pochte sein Rücken fast so sehr vor Schmerz wie sein Arm. Der Wolf knurrte noch immer, zeigte ihnen die Zähne und hatte alle Muskeln angespannt. Mit einer schnellen Bewegung hob Tori einen schweren Stein vom Waldboden auf, warf ihn auf den Wolf und traf ihn am Vorderbein. Er knurrte und machte einen Schritt zur Seite. Ben rappelte sich auf. Der Wolf grub die Vorderpfoten in die Erde und Ben wusste, er bereitete sich darauf vor, auf ihn und Tori loszugehen.

»Tor…«, flüsterte er und seine Hände zitterten. Er griff nach ihr, um sie zur Seite zu schieben, aber sein Arm fühlte sich zu schwach an.

Plötzlich ertönte hinter ihnen ein gellender Urschrei – von einem Mann, dessen Stimme so laut und wütend wie das Gebrüll eines echten Tieres klang, dass der Wolf stutzte. Ein Pfeil zischte an ihnen vorbei und landete hörbar im Baum direkt hinter dem Wolf.

»Zurück mit euch!«, brüllte der Mann, stürmte an Tori und Ben vorbei und geradewegs auf den Wolf zu.

Es war Tremelo. Seine Motorbuggyjacke bauschte sich hinter ihm auf, als er vor die beiden sprang und eine schwere, aus Rädchen und Sprungfedern bestehende Armbrust auf den angreifenden Wolf richtete. Er betätigte einen klickenden Abzug und schoss einen Pfeil ab, der am linken Ohr des Wolfs vorbeischwirrte und mit einem dumpfen Geräusch im selben Baum einschlug. Der Wolf knurrte und jaulte und schlich dann davon.

Als Ben zusah, wie er im Wald verschwand, glaubte er etwas zu sehen, das ihm den Atem stocken ließ: die Umrisse zweier Männer, die zwischen den Bäumen standen. Er kniff kurz die Augen zusammen, bemühte sich, im Dunkeln etwas zu erkennen – die Männer waren fort. Aber er hatte sie gesehen, das wusste er genau. Er hatte recht gehabt.

Tremelo warf sich die Armbrust über die Schulter und stampfte auf Ben zu.

»Was hast du dir dabei gedacht?«, fragte er aufgebracht.

»Da waren Männer«, sagte Ben und versuchte, in die Richtung

zu zeigen, doch ein plötzlicher Schmerz erinnerte ihn daran, dass sein Arm verletzt war. »Gleich da drüben.«

»Komm«, entgegnete Tremelo eilig, doch Ben hatte den überraschten Ausdruck in seinen Augen bereits bemerkt. »Wir müssen deinen Arm versorgen.«

»Aber, Sir, Ihre Seelenfreunde haben uns angegriffen, und dann gab es auch noch den Angriff auf den Bären, und was ist, wenn ...«

»Da ist niemand«, schnitt ihm Tremelo das Wort ab. »Du bildest dir etwas ein.«

Er packte Ben mit einer Hand an seinem gesunden Arm und Tori mit der anderen und zerrte beide durch den Wald zurück. Ben grübelte darüber nach, warum Tremelo einfach so mit Pfeil und Bogen im Wald aufgetaucht war. War er ihnen gefolgt? Oder strich er in eigener Sache durch den Wald? Glaubte er wirklich, dass niemand dort war, oder hatte er gelogen? Ben schwirrte der Kopf von all den Möglichkeiten und allmählich fragte er sich, was Tremelo überhaupt in Fairmount machte.

Tremelos Seelenfreundin, die Füchsin Fenchel, trabte vor ihnen her. Natürlich, dachte Ben. Sie war es, die wir kurz vor dem Angriff des Wolfs gesehen hatten. Tremelo hatte durch sie erfahren, dass wir in Gefahr waren. Aber warum war die Füchsin ihnen überhaupt gefolgt?

Dann kam Ben ein schrecklicher Gedanke. Er war erwischt worden. Gut, von Tremelo, der selbst die ganze Zeit die Regeln verletzte, aber dennoch erwischt. Wenn sich Tremelo dazu entschloss, ihn zu melden, würde er von der Schule verwiesen werden. Für sein Verhalten gab es keine Entschuldigung. Und er würde keine zweite Chance bekommen.

Als sie den Waldrand erreichten und die Schulgebäude oben auf dem Hügel sehen konnten, ließ Tremelo sie los.

»Sir …«, begann Ben.

»Wenn du nur einen Ton sagst und mich anbettelst, ich soll Fink nichts sagen, lass ich euch hier draußen stehen, ohne mich noch einmal umzudrehen«, murrte Tremelo. »Was jetzt geschieht, ist meine Entscheidung und nicht eure.«

Tori und Ben tauschten einen stummen Blick. Tori sah viel blasser aus als sonst.

Fenchel kam an die Tür einer kleinen, steinernen Remise, die versteckt zwischen den Bäumen lag. Tremelo winkte Ben und Tori zu einer niedrigen Seitentür herüber und schloss sie auf. Er sah sich nach Lichtern in anderen Fenstern um.

Ben begriff, dass Tremelo sie in seine eigene Unterkunft anstatt in die Krankenstation der Schule geführt hatte. Allmählich beschlich ihn ein unbehagliches Gefühl.

»Was machen wir hier?«, wollte er wissen.

»Wenn du mit einer Lügengeschichte in der Krankenstation auftauchst, schmeißen sie dich schneller von der Schule, als du ›Ich bin ein Volltrottel‹ sagen kannst«, zischte Tremelo, als sie ihm die Treppe hinauffolgten.

In Tremelos chaotischen Räumlichkeiten hatten Ben und Tori kaum genug Platz zum Stehen. Sie stellten sich Rücken an Rücken ins Wohnzimmer, während sich Tremelo an einem hoch aufragenden Bücherstapel vorbeizwängte und in einem Nebenzimmer verschwand. Als Nächstes hörten sie, wie er darin herumkramte und Flaschen klirrten.

»Blute mir bloß nicht auf den Fußboden, Junge«, rief Tremelo. Ben blickte auf seine Wunde hinunter. Sie blutete stark, war aber eigentlich nur ein Kratzer. Sie musste nicht genäht werden – zumindest hoffte er das. Tori stieß ihm mit dem Ellbogen in die Seite.

»Guck dir bloß mal diese vielen Bücher an«, flüsterte sie. Ben reckte den Hals, um die Regale zu betrachten. Sie waren vollgestopft mit allen möglichen Büchern, von denen manche ziemlich alt zu sein schienen. Einige der neueren waren nur billig bedruckte Flugschriften mit Titeln wie *Die Macht des Falschen Königs: Der Schakal und das Parlament* und *Die Verbrechen des Parlaments gegen das Volk*. In vielen Büchern schien es um die Geschichte und Macht des Anima-Bands zu gehen. Ein Buch, das Bens Interesse weckte, hieß *Die Velyn und ihre Seelenfreunde: Eine Studie über den Wandel.*

Tremelo kam wieder ins Zimmer. »Ameisenort«, murmelte er. »Nie finde ich, was ich suche …« Die Ecke einer Truhe schaute hinter einem durchhängenden Sessel hervor und Tremelo zog sie auf die winzige freie Stelle mitten auf dem Fußboden. Ben und Tori drückten sich an das nächste Bücherregal, um Platz zu machen. Tremelo öffnete die Truhe und versuchte, ihnen mit den Schultern den Blick zu versperren, aber Ben erhaschte trotzdem einen Blick auf ein Durcheinander aus sonderbar aussehenden Glasfläschchen und Bechergläsern, außerdem auf ein riesiges Buch, das in echtes Leder gebunden zu sein schien, mit einem aufgeprägten Tierbild. Er wechselte einen besorgten Blick mit Tori.

»Aha!«, rief Tremelo und hielt ein Gläschen mit einer gräulichen Salbe hoch. »Sehr selten, sehr wirkungsvoll. Streck den Arm aus.« Ben gehorchte und fragte sich dabei, ob er es nicht bereuen würde.

Die Salbe brannte, als würde man Sandkörner auf einen Sonnenbrand reiben. Sein ganzer Arm fing an zu jucken.

»Nicht anfassen. Ich weiß, wie gern du das möchtest«, warnte ihn Tremelo. Er ließ Bens Arm los.

Die Truhe stand immer noch offen. Ben beugte sich vor, um besser hineinsehen zu können, aber Fenchel sprang auf den Deckel und schloss sie, bevor Ben auch nur ein kurzer Blick gelang. Fenchels goldene Augen verengten sich zu Schlitzen.

»Ihr Lieblingsimbiss sind neugierige Schüler«, sagte Tremelo gereizt. »Passt auf, dass sie euch nicht zwischen die Pfoten bekommt.« Er setzte sich auf die Armlehne des Sessels, stützte die Ellbogen auf die Knie und sah Ben und Tori fest und streng an.

»So. Falls ihr zwei daran interessiert seid, in Fairmount zu bleiben – oder auch nur am Leben –, hört gut zu.«

13

»Mir ist bewusst, dass ich nicht gerade ein Ausbund an Verantwortung bin«, begann Tremelo. »Aber es steht in meiner Macht, dafür zu sorgen, dass ihr beide von der Schule fliegt, deshalb hört ihr mir jetzt mal lieber ganz genau zu.«

Ben blickte flüchtig zu Tori hinüber. Das schwarze Haar umrahmte zerzaust ihr Gesicht und sie sah aus wie ein kleines Kind, das auf eine Strafpredigt wartete. Ihre Schlange hatte sich in den Kragen ihres Pyjamaoberteils verzogen und lag so reglos da wie ein schweres Schmuckstück.

Ben schluckte.

»Manche Vorschriften sind völliger Blödsinn«, sagte Tremelo und ging auf und ab. »Und das wissen wir alle. Ausgangssperre und so weiter. Aber bei Nacht das Schulgelände zu verlassen und in die Dunklen Wälder zu gehen, ist einfach nur dumm. Was immer ihr beweisen müsst, jeder Einzelne von euch, ihr erledigt das innerhalb der Grenzen von Fairmount.«

Tremelo sah sie mit seinen dunklen Augen an. Er war wütend, das konnte Ben deutlich erkennen. Seine Stirn war gefurcht und unter seinem Schnurrbart waren die Lippen geschürzt, als bemühte er sich, nicht zu fluchen. Aber da war noch etwas, das Ben bemerkte: die Art, wie Tremelos Finger, die so geschickt und ruhig die Pfeile abgeschossen hatten, jetzt zitterten; der Schweiß, der auf seiner Stirn glänzte. Er hatte auch Angst.

»Es hat seine Gründe, dass die Dunklen Wälder verboten sind, und die haben nichts mit Ammenmärchen oder Mutproben von Schulkindern zu tun. In diesen Wäldern lauern echte Gefahren. Ihr hättet heute Nacht umkommen können. Habt ihr mich verstanden?«

»Ja«, flüsterte Tori.

Ben wusste, dass er sich schon genügend Schwierigkeiten eingehandelt hatte und es sicher das Klügste war, mit Ja zu antworten und seine Strafe anzunehmen. Aber er konnte einfach nicht das übergehen, was er im Wald gesehen hatte. Da waren *Menschen* mit gefährlichen, angriffslustigen Seelenfreunden und Tremelo schien das völlig egal zu sein.

»Ich nicht, Sir«, antwortete Ben und zwang sich, in Tremelos durchdringende Augen zu blicken. »Da waren Menschen im Wald. Ich will wissen, warum. Warum haben sie uns angegriffen? Was wollen sie in Fairmount?«

Tremelo funkelte ihn an.

»Du weißt doch noch, was ich über zu große Neugier gesagt habe? Du solltest lieber aufhören herumzuschnüffeln, sonst passiert dir und deinen Freunden noch was.« Tremelo wischte sich mit der Hand über die Augen. »Du verrennst dich da in etwas, Ben, und es wird dir nicht bei dem Anliegen helfen, weswegen du an diese Schule gekommen bist. Deine Aufgabe hier besteht einzig und allein darin, der Gefahr aus dem Weg zu gehen. Überlass es denjenigen unter uns, die wissen, was sie tun, sich um die wahren Bedrohungen zu kümmern. Ich frage dich noch mal: Hast du mich verstanden?«

Ben brannte vor Zorn, nickte aber. Tremelo wusste mehr, als er zugab, so viel stand fest. War der Lehrer nun verärgert darüber, dass Ben gegen die Regeln verstieß … oder dass er Fragen stellte?

Tremelo begleitete sie zum Wohnheim zurück. Sie gingen ein paar Schritte hinter ihm, als er sie auf den Weg von den Lehrerwohnungen zum eigentlichen Schulgelände führte.

»Wie geht es deinem Arm?«, erkundigte sich Tori leise.

Ben hatte gar nicht mehr an seinen Arm gedacht, seit das Brennen der Salben nachgelassen hatte. Er blickte auf ihn hinunter. Das Blut war getrocknet und die Haut um die Wunde herum heilte bereits.

»Gut, glaube ich.« Er strich mit der Hand über die Wunde. Der Schorf fühlte sich weich an.

»Du kannst froh sein, wenn du keine Narbe bekommst«, sagte Tori und blickte zu Tremelo vor ihnen auf.

Ben dachte an Toris Narben und daran, wie sie stets bemüht war, sie unter langen Ärmeln zu verstecken. Aber heute Nacht hatte sie es in all der Aufregung vergessen. Ihre Ärmel waren bis zu den Ellbogen aufgekrempelt und im Licht des Mondes und einiger trüber Laternen am Hauptweg erkannte Ben die runzlige, glänzende Haut, die beide Unterarme bedeckte. Tori bemerkte seinen Blick und krempelte seufzend die Ärmel hinunter.

»Ein Feuer«, erklärte sie, als sie seine fragenden Augen sah. »In unserer Wohnung, als ich noch klein war.« Sie blickte starr auf Tremelos Rücken. »Ein paar Anhänger des Schakals zündeten Feuer in einigen Stadtteilen an, als er vom Parlament abgesetzt wurde.« Sie schauderte. »Deshalb haben meine Eltern solche Angst vor den Dominae. Die Graue Stadt kriegt es immer von allen Seiten.«

Vor ihnen blieb Tremelo plötzlich wie angewurzelt stehen und drehte sich zu ihnen herum. Sie hatten das Wipfel-Wohnheim erreicht.

»Außer uns weiß niemand, wie weit ihr heute Nacht gekommen seid«, sagte Tremelo. »Und so soll es auch bleiben, verstanden? Wenn Direktor Fink das herausfindet, wird die Geschichte für euch beide kein glückliches Ende nehmen. Aber als Gegenleistung für mein Schweigen müsst ihr mir versprechen, dass ihr euch vom Wald fernhaltet.«

Ben nickte widerwillig. Tori äußerte ein leises, kurzes »Ja, Sir«.

»Gut«, befand Tremelo. »Ich beobachte euch. Verlasst euch drauf.«

Er schickte Tori zum Haupteingang des Wipfel-Wohnheims. Sie drehte ihre schmalen Schultern und warf Ben noch einen Blick zu, als sie davonschlich. Ihre Schlange züngelte in seine Richtung. Ben winkte kurz und Tori verschwand im schwach beleuchteten Wipfel-Eingang.

Tremelo legte ihm eine Hand auf den Rücken und führte ihn auf die Türme zu.

»Es tut mir leid, Sir«, begann Ben. Ihm war durchaus bewusst, dass Tremelo ihn nun schon zum zweiten Mal spätabends außerhalb seines Wohnheims erwischt hatte, und er hatte keine Ahnung, was der Lehrer dachte.

Tremelo nahm eine Hand hoch, um ihn zu unterbrechen. Mit der anderen Hand griff er in seinen Hemdkragen und holte einen kleinen Anhänger an einer Kette heraus.

»Der ist für dich«, sagte er. Er zog sich die Kette über den Kopf und reichte sie Ben, der zu verwirrt war, um zu protestieren. Der Anhänger sah aus wie eine Münze, ein kleines, rundes Metallstück mit dem eingravierten Bild eines schlafenden Fuchses auf der einen und ein paar Buchstaben auf der anderen Seite. Beide Seiten waren abgewetzt und Ben konnte nur mit Mühe Tremelos eigenen Namen auf dem Talisman entdecken.

»Aber …«, begann Ben. »Der gehört Ihnen. Ihr Name steht drauf.«

Tremelo wandte den Blick ab, als dächte er angestrengt darüber nach, wie er jetzt antworten sollte.

»Ich hab ihn bekommen, als ich mir endlich meiner Anima bewusst wurde«, erklärte er. »Mein Vater sagte mir, dass mich der Anhänger beschützen würde. Ich weiß nicht mal, ob ich überhaupt daran glaube – er war in vielen Dingen ein abergläubischer alter Spinner –, aber in diesem Fall möchte ich gerne daran glauben.«

Tremelo ging in die Knie, bis seine Augen auf einer Höhe mit Bens waren, und sah ihn fest an.

»Bewahre ihn für mich auf. Und denk dran, was ich über die Dunklen Wälder gesagt habe. Deine Abwesenheit ist ein außergewöhnliches Problem, ich weiß. Und vielleicht bringt es dich dazu, so wie jetzt Rätsel lösen zu wollen. Aber du bist nicht sicher – nicht im Wald. Und beim nächsten Mal bin ich vielleicht nicht da, um dir zu helfen.«

Ben nickte. Er betrachtete noch einmal kurz den schlafenden Fuchs auf dem Anhänger und steckte ihn dann in die Tasche seiner Arbeitshose. Tremelo richtete sich wieder auf und machte sich auf den Rückweg zu den Lehrerunterkünften, als Ben plötzlich etwas einfiel.

»Königsfingereiche«, rief er.

Tremelo drehte sich um. Er zog eine Augenbraue hoch.

»Ein Baum, der Samen trägt, aber keine Früchte«, fuhr Ben fort. »Das ist doch ein Teil des Rätsels, oder nicht?«

Tremelo rührte sich nicht, außer dass er sich nachdenklich über den Schnurrbart strich. Er schien etwas sagen zu wollen, überlegte es sich dann aber anders.

»Geh ins Bett, Ben«, sagte er und spazierte davon.

14

Auf dem Rückweg zu den Lehrerwohnungen warf Tremelo einen Blick auf die Turmuhr. Halb drei Uhr nachts, eine Zeit, zu der jeder normale Mensch machen würde, dass er ins Bett kam. Aber wie gewöhnlich ging Tremelo so viel durch den Kopf, dass er keine Ruhe finden konnte.

»Königsfingereiche«, wiederholte er laut und schüttelte den Kopf. Dann seufzte er. Er war nicht besser als sein Vater, gab Rätsel ohne Lösung auf. Er sah seinen Vater vor sich: das flaschendicke Monokel mit dem herunterhängenden ausgefransten Band. Das krause weiße Haar, die Samtweste mit den vielen Flicken. Das Lächeln. Mehr als alles andere wünschte sich Tremelo, den Verrückten fragen zu können, was die Ereignisse der Nacht zu bedeuten hatten.

Finde es selbst heraus, Junge!, würde er sagen. *Finde heraus, wie die Dinge funktionieren, lerne die Welt auswendig. Alles besteht nur aus ineinandergreifenden Zahnrädchen.*

Finde es selbst heraus. Natürlich hatte der Verrückte nie von echten Zahnrädern gesprochen, sondern Menschen gemeint.

Der Verrückte war ein liebender, aber nachlässiger Vater. Er hatte als Gelehrter für Melore gearbeitet, doch nach dem Tod des Königs – an den sich Tremelo nicht erinnern konnte, weil er damals noch ziemlich klein gewesen war – hatte er seine Studien wie besessen fortgesetzt. Er hatte Tremelo sogar aus der Stadt in die Berge mitgeschleppt, manchmal von einem Moment auf den anderen. Er war zu beschäftigt mit seinen Theorien und Geschichten über die alten Seher, den Stamm der Velyn und König Melore gewesen, um sich inmitten seiner Mitverschwörer, der RATTEN, um ein kleines Kind zu kümmern. Die RATTEN mochten Tremelo schon als kleinen Jungen mit Myrgholz und Wurzelkrautschnaps bekannt gemacht haben, aber sie waren es auch, die ihn Jahre später dabei unterstützten, die Bücher und Papiere seines Vaters zu retten, nachdem der Schakal den Verrückten hatte umbringen lassen. Tremelo war damals zweiundzwanzig gewesen, als die RATTEN ihm halfen, das Zuhause und Arbeitszimmer seines Vaters nach versteckten Büchern zu durchsuchen, bevor die Schergen des Schakals zurückkehrten und es erneut plünderten.

Immer wieder die Vergangenheit. In letzter Zeit rief sie ihn häufiger an.

Tremelo erreichte seine Tür und stampfte die schmale Treppe hinauf. Fenchel saß aufrecht auf dem obersten Bord seines Schreibtisches und wartete. Tremelo öffnete den Deckel der Truhe auf dem Boden und nahm das schwere, ledergebundene Buch heraus. Es war ein Wunder, dass das Buch den Mord an dem Verrückten heil überstanden hatte – und ein Wunder, dass Tremelo es im durchwühlten Haus des Verrückten gefunden hatte, ohne selbst dabei umzukommen. Trotz alldem hatte das Buch nie einen Nutzen für ihn gehabt … bis jetzt.

Tremelo schlug die erste Seite auf und fuhr mit den Fingern über die vertraute Handschrift – vertraut und völlig unlesbar. Von den RATTEN hatte sie auch keiner entziffern können. Sein Vater hatte erklärt, das Buch sei in der Sprache der Seher geschrieben – aber nach dem Tod des Verrückten hatte Tremelo keinen großen Wunsch verspürt, noch einmal durchs Gebirge zu ziehen, um sie zu finden. Die Velyn hätten die Sprache gekannt und viele von ihnen hätten ihm geholfen, aber sie waren jetzt alle tot. Dafür hatte der Schakal gesorgt. Nach all dem Blutvergießen war Tremelo mit dem Buch genauso verfahren wie mit den Prophezeiungen seines Vaters – er hatte es abgetan als Gegenstand aus einer Vergangenheit, die nichts mehr zu bedeuten hatte.

Aber nach heute Nacht … war er sich nicht mehr so sicher.

Er hatte die zwei Menschen, die Ben zwischen den Bäumen erspäht hatte, ebenfalls gesehen. Fenchel war ihnen dicht auf den Fersen gewesen, und Tremelo, der in tiefer Meditation direkt außerhalb des Waldes gesessen hatte, hatte durch die Augen der Füchsin sehen können. Zuerst hatte er nur Bilder der zwei ängstlichen Kinder erhascht, die da draußen verbotenerweise herumschlichen, dann zwei Gesichter und selbst genähte Kleidung in dunklen Farben. An einem ein Umhang mit Wolfspelzbesatz. Ein Ohrring aus der Kralle einer Krähe.

Und eine Tätowierung auf einem runzligen Handrücken.

Jetzt saß Tremelo in seinem Sessel in der sicheren Wärme seiner vertrauten Behausung, aber ihm war alles andere als behaglich zumute. Rastlos blätterte er durch die Seiten und hielt dann inne. Eine ganze Weile saß er mit starrem Blick da, unfähig, sich zu rühren, unfähig, die Augen von der Seite abzuwenden.

Dort, im Buch seines Vaters, befand sich das gleiche Muster von Linien und Strichen wie das, das er auf der Hand des Mannes im Wald gesehen hatte.

15

Gwen marschierte zielstrebig durch einen steinernen, halligen Flur im Parlamentsgebäude, um aus der Küche einen Abendimbiss für den Ältesten zu holen. Sogar durch die Befestigungsmauern hindurch konnte sie die Sprechchöre von draußen hören.

Vor gut zwei Wochen war der Älteste ins Parlament zurückgekehrt und seitdem hatten die Aufstände in der Stadt an Größe und Stärke zugenommen. Aufgehetzt von den Machtversprechen der Dominae, hatten sich die Not leidenden Bürger aus den ärmsten Bezirken der Grauen Stadt zum Protestieren auf dem Platz vor dem Parlament versammelt. Viele Ladenzeilen und Wohnhäuser im Stadtkern waren geplündert oder, schlimmer noch, in Brand gesteckt worden. Erst in der Nacht zuvor war in einer Gasse in der Nähe des Palasts ein loderndes Feuer entfacht worden. Gwen warf einen Blick durch ein hohes Fenster und erkannte durch den Rauch die Randalierer, die Stöcke und Knüppel hielten und brüllten: »Wir werden frei sein! Wir werden frei sein!«

So gefährlich es außerhalb der Palastmauern auch sein mochte, die wahre Gefahr lauerte drinnen. Die Atmosphäre war angespannt und von Sorge erfüllt. Anstatt sich zusammenzutun und gegen Viviana vorzugehen, war das Parlament nur noch weiter auseinandergebrochen. Alle paar Tage verschwanden Mitglieder, die sich vielleicht vor den Aufständen da draußen fürchteten.

»Sollten die Aufstände dem Parlament nicht Beweis genug sein, dass Viviana wirklich eine Bedrohung ist?«, hatte Gwen den Ältesten vorher in seinem Arbeitszimmer gefragt.

»Gewalt hat es so an sich, uns von unseren Zielen abzulenken«, hatte er geantwortet und den Tumult unten beobachtet. »Ich bin sicher, dass die Dominae im Parlament Spione haben, die es am liebsten sähen, wie wir zugrunde gehen. Unser Versäumnis, dass wir Viviana nicht zum offiziellen Volksfeind erklärt haben, ist der Beweis dafür, dass sie bereits viele Parlamentsmitglieder auf ihre Seite gezogen hat.«

Als Gwen auf dem Weg in die Küche um eine Ecke bog, sah sie die Spiegelbilder zweier Parlamentsmitglieder in einem Wandspiegel: einen großen, finster blickenden Mann, dem ein knorpeliges Warzenschwein folgte, und eine spindeldürre Frau, die verbittert aussah. Fast wäre Gwen einfach weitergegangen, doch sie wich zurück, als sie das Wort *Viviana* hörte.

»Bist du bereit?«, fragte die Anima Warzenschwein. »Ich habe gehört, dass Viviana persönlich erscheinen wird.«

Gwen drückte sich flach an die Wand, sodass sie nicht gesehen werden konnte. Ihr Herz klopfte schneller.

»Hauptsache, der Pöbel bleibt weg«, antwortete die Frau. »Ich will nicht erkannt werden.«

Durch das offene Fenster am Ende des Flurs schallten die Stimmen genau dieses Pöbels zu Gwen herüber. »Wir werden frei sein! Wir werden frei sein!«

»Keine Sorge«, sagte die Anima Warzenschwein. »Diese Zusammenkunft ist nur für den engsten Kreis.«

»Solange es der Älteste und die anderen Königstreuen nicht herausfinden …«

»Pah! Der Älteste ist ohnehin schon viel zu lange geblieben, würde ich sagen. Er ist der Erste, der gehen muss, wenn Viviana an die Macht kommt. Vielleicht sogar noch eher …«

Gwen unterdrückte einen Aufschrei. Sie konnte kaum glauben, was sie da hörte.

Die Verschwörer hatten sich in Bewegung gesetzt und kamen nun auf Gwen zu. Ihre langen Schatten erschienen bereits an der Ecke. Hektisch suchte Gwen den Flur nach irgendetwas ab, das als Versteck dienen konnte. Nicht weit entfernt entdeckte sie eine angelehnte Tür, und genau in dem Moment, als das Duo um die Ecke bog, schlüpfte Gwen in einen selten genutzten Ruheraum. Vor Angst, dass die zwei sie gehört haben könnten, hielt sie den Atem an. Unwillkürlich hob sie die Finger an ihr kurzes rotes Haar und begann es nervös zu zwirbeln.

Als die beiden Verschwörer vorbeigingen, fasste Gwen einen Entschluss. Sie würde ihnen folgen. Sie würde zu diesem Treffen gehen und so viel wie möglich herausbekommen. Mit diesen Informationen würden sie und der Älteste die Spione im Parlament enttarnen können. Der Älteste hatte ihr das Leben gerettet – sie war ihm diesen Einsatz schuldig. Wenn sie Beweise fand, die loyale Parlamentsmitglieder dazu veranlassen konnten, sich hinter ihn zu stellen, änderte das vielleicht alles.

Gwen beobachtete die Dominae-Sympathisanten aus einiger

Entfernung und folgte ihnen dann hinunter in einen feuchten Korridor im Kellergeschoss des Parlamentsgebäudes. Die Lampen im Korridor brannten nur schwach und die Steinmauern rochen nach Regenwasser. Sie blieb stehen, als die beiden Verschwörer die schwere Kellertür aufzogen und über eine kleine Steintreppe in die Gasse hinaufstiegen. Gwen wartete ein paar Sekunden, bevor sie sich traute, ihnen in die Nacht hinaus zu folgen. Draußen in der Gasse versuchte sie, einen Ruf auszusenden – sie spürte die Anwesenheit der Eulen, die normalerweise in den Palasttürmen saßen. Sie würde ihre Hilfe brauchen, um auf der richtigen Spur zu bleiben, ohne gesehen zu werden. Eine dunkle Gestalt flog durch einen Wolkenfetzen, der über der Gasse hing, und Gwen entdeckte eine eifrige junge Schleiereule, die ihr den Weg wies.

Sie dachte an den Ältesten, allein in seinem Arbeitszimmer – er würde sich Sorgen um sie machen, wenn sie nicht bald mit einer Schale gerösteter Mandeln von unten zurückkehrte. Aber sie konnte jetzt nicht zurück. Und sie hätte es ihm auch nicht verraten – er würde ihr sonst nur verbieten hinzugehen, wie schon so viele Male zuvor. Das hier war ihre Chance, sich zu beweisen.

Über ihr gab die Eule ein ermutigendes Kreischen von sich. Gwen eilte weiter, an einer Gruppe von Männern vorbei, die um ein Feuer in einer Mülltonne herumstanden, und in die finsteren Gassen hinein, die in die Bolzen führten. Sei tapfer, ermahnte sie sich selbst. Der Älteste braucht dich.

Sie würde die Dominae treffen.

16

Genau in dem Moment, als Gwen hörte, wie die Anima Warzenschwein das Leben des Ältesten bedrohte, stieg Ben unverhofft zum zweiten Mal in eine Rigimotive. Der gesamte erste Jahrgang unternahm einen Ausflug in die Graue Stadt, um das berühmte Equilibrium-Orchester zu hören, das Gleichgewichtsorchester. Es bestand aus menschlichen Musikern und ihren Vogel-Seelenfreunden, die die Holzblasinstrumente stellten. Das Ganze war angeblich eine wunderschöne, betörende Verschmelzung von Vogelgesang und komponierter Musik. Tori, die das Orchester schon zweimal erlebt hatte, meinte jedoch, es sei »nichts, weswegen man gleich ausflippen müsste«.

Ben hatte die Tage seit seinem Zusammenstoß mit dem Wolf zerstreut und in Sorge verbracht, aber auch wütend. Gerade als er auf etwas Riesiges (und vielleicht Gefährliches) gestoßen war, hatte Tremelo es ihm im Grunde unmöglich gemacht, etwas anderes zu tun, als seinem üblichen Schulalltag nachzugehen. Fenchel tauchte neuerdings an ungewöhnlichen Orten wie der Mensa und dem Weg zu den Türmen auf, nur um Ben daran zu erinnern, dass er beobachtet wurde.

Andere Schüler waren ebenfalls in Sorge, aber aus einem anderen Grund. Berichte über Unruhen in der Grauen Stadt hatten die Schule erreicht – sogar über Aufstände in der Nähe des Parlamentsgebäudes. Deshalb wurden die Schüler auf dem Ausflug von zusätzlichen Aufsichtspersonen begleitet. Außerdem hatte Direktor Fink an diesem Morgen eine außerordentliche Versammlung einberufen, um allen zu versichern, dass jegliche »unschöne Umtriebe« in einem vollkommen anderen Teil der Stadt vor sich gingen.

Dennoch hatten es einige Schüler abgelehnt, am Ausflug teilzunehmen, angeblich weil sich ihre Eltern zu sehr darum sorgten, dass es zu Gewalt in der Nähe des Opernhauses kommen könnte. Auch Ben hatte seinen Eltern vom Ausflug geschrieben. Seine Mutter hatte ausführlich geantwortet, dass sie zwei Schallplatten mit Aufnahmen des Equilibrium-Orchesters besaß, dass sie und Bens Vater es immer mal live hatten sehen wollen und ob er glaube, dass wohl derselbe Herr noch Dirigent sei wie damals, als sie noch ein kleines Mädchen gewesen war. Ben hatte sich erleichtert und reinen Gewissens zum Ausflug angemeldet.

Nun hatten sich etwa fünfzig Schüler auf dem Hof neben dem Bahnsteig der Rigimotive aufgestellt, johlten und winkten, als die vierstöckige Rigi auf dem Gleis vor ihnen hielt. Ben, Hal, Tori und Phia suchten sich Plätze im Erdgeschoss am hinteren Ende des ersten Wagens. Er war hier durch eine vergoldete Schiebetür vom zweiten Wagen abgetrennt, in dem sich ihre Betreuer niedergelassen hatten. Unter dem halben Dutzend Lehrern, die sich als Aufsichtspersonen gemeldet hatten, waren Professor Nillow, der Geschichtslehrer, Mrs Sucrette, die das Orchester in ihre Halbjahresstudie über lateinisch anmutenden Vogelgesang einbinden wollte, und Tremelo, der darauf bestand, er fahre nicht zum Babysitten mit, sondern allein um die Musik zu hören. Die Lehrer waren gut gelaunt, unterhielten sich laut, lachten und waren ebenso wie die Schüler froh, mal keinen normalen Unterrichtstag zu haben. Tremelo und Mrs Sucrette saßen nebeneinander und tauschten ihre Meinungen darüber aus, auf welcher der letzten Aufnahmen der Bratschenpart des Orchesters am gelungensten sei.

Phia ließ sich als Erste auf einer der Holzbänke nieder und Ben setzte sich forsch daneben. Tori sah ihn von der Seite an und nahm die Bank davor. Hal, der anscheinend nicht mutig genug war, um neben ihr Platz zu nehmen, streckte die Beine auf der Bank auf der anderen Seite des Ganges aus. Erst jetzt fiel Ben ein, dass die Fahrt von Fairmount zur Grauen Stadt über drei Stunden dauerte – und er sich gerade in die schwierige Lage gebracht hatte, sich die ganze Zeit mit Phia unterhalten zu müssen, ohne wie ein Trottel zu klingen.

Tori war schon jetzt in Hochform: »Wann fährt dieses blöde Ding denn endlich los?«

»Ich war noch nie in einem Konzert«, sagte Phia. Sie steckte sich eine dunkle, lockige Strähne hinters Ohr.

Ben glaubte, irgendwie lebensklug oder erfahren wirken zu müssen, musste aber zugeben: »Ich auch nicht … außer es zählt ein Scheunentanz, auf dem ich mal war.«

Die Rigimotive machte einen Satz und alle Schüler richteten sich auf ihren Plätzen auf und winkten, obwohl niemand auf dem Hof stand außer Mrs Copse, die begeistert »Tschüs, tschüs!« zurückrief. Dann schnitt sie mit ihrer großen Schere das Ohr einer zu groß gewordenen kaninchenförmigen Hecke zurück.

Sie waren unterwegs. Während die Rigimotive sanft am Fluvian entlangsauste, versuchte Hal sichtlich, allen Mut zusammenzunehmen, um näher an Tori heranzurücken. Tori jedoch, die überhaupt kein Interesse an einem Gespräch mit ihm zu haben schien, zog ein Buch aus ihrer perlenverzierten Tasche und verbrachte die ganze Fahrt damit, sie alle demonstrativ zu ignorieren.

Ben stellte fest, dass er sich am leichtesten mit Phia über das nächstliegende Thema unterhalten konnte: ihr erstes Scavage-Spiel gegen eine konkurrierende Schule, das am nächsten Wochenende stattfinden sollte. Der Gegner war Roanoake, eine Handelsschule aus der nördlichsten Region des Tieflands, die größtenteils aus flachen, grasbedeckten Ebenen bestand.

Als man die Türme der Stadtmitte schließlich in der Ferne erkennen konnte, hatte Ben Phia dreimal zum Lachen gebracht.

Sie lief rot an, als er ihr sagte, wie toll sie auf Bäume klettern könne.

»Nein, ehrlich, das meine ich ernst – du wirst das Spiel für uns im Alleingang gewinnen«, sagte er. »Ich war schon in Roanoake, da gibt's nicht mal Sträucher! Selbst wenn sie alle Anima Adler wären, wüssten sie nicht, wie man in einem Spiel an Höhe gewinnt.«

Phia lachte. *Zum vierten Mal.* »Ich mag die Vogelperspektive«, witzelte sie. »Kann ich was dafür, wenn ich dabei zufällig ein paar Schleicher entdecke?«

Ben bemerkte, dass Hal auf keinen Fall den Eindruck erwecken wollte, als würde er lauschen.

»Hal wäre wahrscheinlich auch ziemlich gut im Auskundschaften«, sagte er laut genug, dass Tori es hören konnte. »Erstens kann seine Anima fliegen und zweitens hört er es auf einen Kilometer Entfernung, wenn sich jemand nähert.«

»Ich hab allerdings noch nie von einem Scavage-Spiel bei Nacht gehört«, meldete sich Tori zu Wort, sah dabei aber nicht einmal von ihrem Buch auf. Ben rechnete damit, dass Hal nichts darauf erwidern würde, aber er irrte.

»Tatsächlich gab es das mal vor drei oder vier Jahren. Als Alastair Smith in der Mannschaft der Grauen Stadt spielte, gab es eine Sonnenfinsternis – die Spieler mit den nachtaktiven Animas hatten den größten Vorteil und entschieden das Spiel.«

»Ich wusste gar nicht, dass du dich so gut auskennst«, staunte Phia. Ben hätte schwören können, dass Hal rot wurde. Tori war allerdings immer noch unbeeindruckt.

»Ich würde keinen Dachshintern um ein Scavage-Spiel geben«, murrte sie. »Lieber wäre mir ein *richtiges* Abenteuer.«

Und als hätte sie gerade ein Abenteuer aus dem Himmel beschworen, kam die Rigimotive schlingernd und bebend zum Stehen. Durch die Wucht des plötzlichen Halts wurden die Schüler nach vorn gerissen und nicht wenige purzelten in die Gänge. Überall war das Getrappel von Pfoten und Klauen, das Schlagen von Schwänzen und das empörte Krächzen der Vögel zu hören.

Hal war auf den Boden zwischen den beiden Waggons gefallen – die Beine lagen gespreizt im Schülerwaggon, der Rücken lehnte an der Tür zum Lehrerwaggon. Plötzlich wurde die Tür aufgerissen, sodass Hal nach hinten kippte und mit dem Kopf auf den zierlichen blauen Schuhen von Mrs Sucrette aufschlug.

»Quindley!«, kreischte sie, als wäre Hal ihr absichtlich auf den Fuß gefallen.

Tremelo stand neben ihr und hielt ihren Ellbogen.

»Alles in Ordnung bei euch?«, erkundigte er sich und bekam als Antwort von mehreren Seiten ein Ächzen und ein Bellen. »Gut«, sagte er fröhlich. Sucrette rümpfte die Nase.

Ben stand auf und half Hal auf die Beine. Im selben Moment kam der Schaffner, ein kleiner Mann mit dünnem grauem Schnurrbart, den Gang heruntergerast. Er trug eine sorgfältig gestärkte blaue Uniform mit beinahe komisch wirkendem Goldglitterbesatz. Ein kicherndes Äffchen saß auf seiner goldbefransten Schulter.

»Aus dem Weg«, polterte er. Er öffnete das Metalltürchen eines in die Wagenwand eingelassenen Kastens und zog einen Hörer heraus. Der Affe auf seiner Schulter hüpfte aufgeregt auf und ab, als knisternd ein Lautsprecher ansprang.

»Achtung, werte Fahrgäste. Aufgrund eines Risses im Luftschiff müssen wir einen außerplanmäßigen Halt einlegen. Wir befinden uns in einem Außenbezirk der Grauen Stadt, etwa eine halbe Stunde vom Stadtkern entfernt. Alle Fahrgäste werden gebeten, hier in der Rigimotive zu warten, bis wir eine behelfsmäßige Reparatur durchgeführt haben. *Nicht weglaufen.*« Dann schloss der Schaffner energisch den Metallkasten und heftete seinen durchdringenden Blick auf die kleine versammelte Schülerschar.

»Na husch, fort mit euch«, sagte er und schob Hal und Ben aus dem Weg.

»Das ist doch lächerlich«, schimpfte Tori. »Ich wette, wir sitzen hier über eine Stunde fest. Toller Ausflug!«

Die anderen Schüler kehrten murrend und quatschend auf

ihre Plätze zurück. Hal, Phia, Tori und Ben blieben mit Sucrette und Tremelo im Bereich zwischen den beiden Waggons stehen. Ben kam es so vor, als wären sie mitten in der Einöde stehen geblieben. Sie waren zwar schon innerhalb der Stadtgrenzen der Grauen Stadt, aber noch lange nicht in der Nähe des prachtvollen Platzes in der Stadtmitte oder des Opernhauses. Die Gleise der Rigimotive führten an einer schmalen Straße entlang, auf der überall Müll herumlag. Die Fenster in den Häusern um sie herum waren entweder zerbrochen oder hatten geschlossene Fensterläden, um das wenige Licht der Straße fernzuhalten. Alles war von staubigem Smog durchwabert. Ein Haufen Kinder saß auf hölzernen Gemüsekisten und beäugte argwöhnisch die knallrote Rigimotive.

»Wo sind wir denn genau?«, wollte Mrs Sucrette wissen.

»Glibberstraße«, antwortete Tremelo schroff, während er sich eine Pfeife anzündete. Mrs Sucrette wedelte den ersten Rauchstoß von ihrem Gesicht weg. »Ich kannte mal einen äußerst talentierten jungen Schlangenmenschen in der Glibberstraße«, erzählte Tremelo gedankenversunken und stieß erneut Rauch aus. Dann nickte er Sucrette zu und sie kehrten in den Lehrerwaggon zurück. Eine nach Myrgholz duftende Rauchfahne zog hinter ihnen her.

Die vier Schüler standen vor den Stufen, die aus dem Wagen der Rigimotive hinunterführten.

»Tja, du wolltest doch ein Abenteuer«, sagte Hal mit geschwellter Brust zu Tori. »Sieht ganz so aus, als hätten wir jetzt eins.«

Er stieg auf das bröckelige Straßenpflaster der Glibberstraße hinunter und hielt Tori die Hand hin. Phia kicherte.

Tori schlug seine Hand weg. »Ach, was soll's«, sagte sie und trat hinaus.

»Meinst du, wir sollten sie zurückhalten?«, wandte sich Ben an Phia.

Sie lächelte nur, zuckte mit den Schultern und folgte Hal und Tori auf die Straße. Jetzt lächelte auch Ben; er war beeindruckt, dass Hal sich zum Anführer der Regelbrecher emporgeschwungen hatte. Schnell überquerten sie die Glibberstraße und verschwanden um eine Ecke, in der Hoffnung, dass kein Lehrer sie gesehen hatte. Zum Glück kam ihnen niemand nach und sie fanden sich auf einer weiteren gewundenen Straße wieder, die sich zwischen Pensionen und schmalen Geschäften entlangschlängelte.

»Seht mal!«, rief Phia. Sie zeigte nicht auf die schäbige Straße, sondern in den Himmel. Ben spähte in die Richtung und sah einen seltsamen weißen Vogel auf den Boden zuflattern. Für einen echten Vogel schien er zu eckig zu sein und seine Bewegungen zu akkurat. Er landete auf dem hin- und herschwingenden eisernen Firmenschild eines Steuereintreibers, gab ein blechernes Kreischen von sich und … explodierte. Oder zumindest dachte Ben das zuerst. Der Vogel entrollte sich mit einem Knall, seine vielen Winkel falteten sich immer weiter auseinander, bis aus einem kleinen Wesen ein riesiges, flaches Plakat mit dem Gesicht einer hübschen Frau – hart und grimmig – und dem Slogan WIR WERDEN FREI SEIN ODER WIR WERDEN NICHTS SEIN geworden war.

»Was ist das?«, fragte Ben.

»So Dominae-Zeug«, antwortete Hal. »Was sollte es sonst sein?«

Ben zog die Stirn in Falten. »Frei wovon?«

»Vom Parlament – das schreibt jedenfalls meine Mutter in ihren Briefen«, sagte Tori. »Die Leute finden, dass es ihnen nicht besser geht als zur Regierungszeit des Schakals.«

»Und wer ist die da?«, fragte Phia und deutete auf die Frau mit den violetten Augen.

»Viviana Melore. Sie sieht aus wie eine Schauspielerin, nicht?«, meinte Tori und betrachtete mit zusammengekniffenen Augen das Bild. »Meine Mutter findet die Art merkwürdig, wie sie ihre Anima geheim hält.«

In diesem Moment glitt eine kleine schwarze Schlange – eine von mehreren, die Tori immer um sich zu haben schien – aus ihrer Perlentasche und verschwand blitzschnell in einer Gasse. Ben hörte das verängstigte Quieken eines Nagers und wusste, dass die Schlange etwas gefunden hatte, das sie als Imbiss verspeisen wollte.

»Hey!«, rief Tori und sauste hinter ihr her. Die anderen kamen nach. Als sie um die Ecke bogen, stellte Ben fest, dass die ganze Gasse mit Plakaten und Flugblättern übersät war. An den Wänden zu beiden Seiten waren Schichten alter, abblätternder Wahlplakate mit allen möglichen Sprüchen übermalt worden. Auf einigen waren wie auf dem Plakat, in das sich der winzige Vogel verwandelt hatte, Gesichter aufgedruckt. Andere waren geheimnisvoller und nur mit Slogans bedruckt, die wie Kinderreime klangen: DIE QUELLE DER RATTEN IST HELLE UND SPRUDELT HEUT' NACHT.

»Das ist alles Verschwörungszeug«, sagte Tori und hielt der abtrünnigen Schlange ihren ausgestreckten Arm hin. Sie war hinter einem wackligen Kistenstapel wieder aufgetaucht und wand sich um Toris Handgelenk. »All diese alten politischen Bewegungen wurden in den Untergrund gezwungen, als der Schakal die Macht übernommen hat. Man hat sein Gesicht überall gesehen, als würde er einen beobachten.«

Das war eine bessere Lehrstunde als alles, was Ben in Nillows

Geschichtskurs gelernt hatte. Er hätte gern gewusst, wie weit von dieser schmuddeligen Straße entfernt Tori gewohnt hatte und ob die ganze Stadt so aussah.

Ein Bild, das grob auf eine Mauer in der Nähe gesprüht worden war, weckte seine Aufmerksamkeit.

»Hey, Tori, was ist das da für eins?«, fragte er und durchquerte die Gasse. Er zeigte auf etwas, das wie eine muskulöse Katze aussah. Die weiße Farbe war mit der Zeit vergilbt, hob sich aber immer noch deutlich von den Backsteinen ab.

»Ach das. Keine Ahnung«, gab Tori zu. »Als ich klein war, hab ich das überall gesehen.«

Eine schmutzige, staubbedeckte Ratte trippelte vor ihnen auf die Gasse. Ben sprang überrascht zurück, als ein Mann hinter einem Kistenstapel hervorkroch und der Ratte folgte. Er hatte fast keine Zähne mehr, dafür strähniges weißes Haar, das so lange schon nicht mehr gewaschen worden war, dass es ganz gelb aussah.

»Fairmount-Kinderchen!«, rief er mit einer Stimme, die nach Schadenfreude klang. »Wo die Welt noch in Ordnung ist!«

Bevor sie daran dachten, zum Zug zurückzulaufen, stürzte sich der alte Kauz auf Hal und packte den Riemen seines Rucksacks.

»Hey!«, schrie Hal und versuchte, ihn abzuschütteln.

Aber Toris Schlange war schneller. Sie glitt am Bein des Mannes hinauf und wickelte sich um sein Handgelenk. Der Alte kreischte, ließ den Rucksack mitsamt der zischenden Schlange fallen und zog sich rasch in das finstere Versteck zurück, aus dem er hervorgekommen war.

Tori stand schnell atmend und mit blassem, hoch konzentriertem Gesicht da. Dann merkte sie, dass ihre Freunde sie erstaunt ansahen. Sie nahm den Arm herunter, zupfte ihr Oberteil zurecht und hob ihre Schlange auf, die gehorsam zu ihr zurückgekrochen war.

»W-wow. Danke«, stieß Hal verlegen hervor.

»Stark«, meinte Phia.

Ben starrte sie einfach nur an. Die Schlange hatte ebenso schnell auf Toris Instinkte reagiert wie sie selbst. Ohne es zu wollen, war er neidisch.

»Kommt jetzt«, sagte Tori und bemühte sich, unbekümmert zu klingen. »Gehen wir lieber zurück, bevor dieser Schrotthaufen ohne uns abfährt.«

Ein Gebäude wie das Opernhaus hatte Ben noch nie gesehen. Gegen seine Pracht wirkten die schönsten Bauten von Fairmount wie Tüftlerwerkstätten. Allein das Foyer war drei Stockwerke hoch und die Decke war mit berühmten Szenen aus aldemarschen Märchen und Sagen bemalt. An verschiedenen Stellen im Saal standen in beleuchteten Torbögen Vitrinen mit alten Büchern und anderen Gegenständen. Wegen der Verspätung der Rigimotive war die Gruppe erst eine Dreiviertelstunde nach Vorstellungsbeginn eingetroffen und musste bis zur Pause vor dem Zuschauerraum warten. Aber das schien niemandem etwas auszumachen. Die Schülerschar löste sich in Grüppchen auf und betrachtete staunend die bemalte Decke. Ben fiel auf, dass ihre Reisegruppe kleiner geworden zu sein schien – die Schüler waren vollzählig, aber er hätte schwören können, dass ein oder zwei Lehrer den Zwischenstopp der Rigimotive genutzt hatten, um auf Erkundungsgang zu gehen. Tremelo, anwesend, trommelte nervös mit den Fingern auf dem Oberschenkel und schien sich zu ärgern, dass sie zu spät gekommen waren.

Ben lehnte den Kopf in den Nacken, um sich die Deckengemälde besser ansehen zu können.

Direkt über sich erkannte er die Göttin Natur in blaugrünen und roten Schattierungen. Sie hatte kupferrotes, mit Blattgold verziertes Haar. In den Falten ihrer farbenprächtigen Gewänder standen zwei Kinder. Der kleine Junge und das kleine Mädchen hielten sich an den Händen und die Natur bedeutete ihnen, gemeinsam die Welt zu erkunden. Sie hatte ein gütiges Gesicht.

»Sie hat sie im Stich gelassen«, sagte Phia und steckte sich die Haare hinter die Ohren, während sie zuerst das Deckengemälde und dann Ben ansah. Sie war zu ihm herüberspaziert und hatte sich neben ihn gestellt, doch Ben war zu sehr in das Bild vertieft gewesen, um es mitzubekommen.

»Die Natur, meinst du?« Er kannte den Gründungsmythos so gut wie alle anderen. Es gab sogar eine berühmte Statue davon irgendwo westlich des Gebirges, aber er hatte sie noch nie gesehen. Der Legende nach wuchsen die Zwillinge zusammen auf und kümmerten sich umeinander. Ein Zwilling – das Mädchen – verwandelte sich in einen Fuchs, damit sie für ihren Bruder Fische fangen konnte, und dann arbeiteten sie als Mensch und Tier zusammen.

Phia nickte. »Sie bringt die Zwillinge zur Welt, wird dann aber nirgendwo mehr in der Geschichte erwähnt, als hätte sie die beiden einfach allein gelassen. Ich fand das immer merkwürdig an der Geschichte. Das Zwillingsmädchen fühlt sich als Mensch so leer, als wäre sie nicht vollständig, und die Natur ist nicht da, um ihr zu helfen. Also muss sie sich selbst helfen. Sie muss sich ändern. Ich denke …« Phia sah Ben flüchtig an, dann wieder weg. »Ich denke, wenn die Natur nicht aus der Geschichte verschwunden wäre, wenn sie ihnen geholfen hätte, hätte das Mädchen einen Weg gefunden, für sich selbst ganz zu sein.«

»Aber dann hätten wir das Anima-Band nicht«, entgegnete Ben, obwohl es ihm komisch vorkam. *Er* hatte schließlich kein Anima-Band.

Phias Stimme wurde sehr leise.

»Ich bin nicht sicher, ob sie wirklich auf das Band aus war. Vielleicht wollte sie etwas anderes mehr.«

Ben betrachtete das nächste Bild in der Reihe. Es stellte die Zwillinge nach der Verwandlung des Mädchens dar: einen Jungen und einen Fuchs, einen Menschen und seine Anima, Hand in Pfote, während ein Blitz die gemalten Wolken hinter ihnen färbte. Da fiel ihm etwas ein – eine Zeile aus Tremelos Rätsel! *Die Seelenfreunde erheben sich aus der Asche, Hand über Pfote.* Das müssen die Kinder sein, dachte er. Die Zwillinge, Bruder und Schwester – aber sich aus der Asche zu erheben, war ein merkwürdiges Bild. Vielleicht hatte Phia recht damit, dass die Natur sie einem furchtbaren Schicksal überlassen hatte. Vielleicht hatten sie mit mehr als nur Hunger zu kämpfen.

Er schaute sich suchend nach Tremelo um. War er als Junge auch auf die Bedeutung dieser Zeile gekommen? Ben blickte zum reich verzierten Torbogen hinüber, durch den sie gekommen waren, und entdeckte den Lehrer allein an der Tür. Er beobachtete, wie sich Tremelo umsah – zu flüchtig, um Bens aufmerksamen Blick zu bemerken – und lautlos auf die Straße hinaustrat.

Es fühlte sich an, als hätte ein kalter Wind durchs Foyer geweht. Ben wurde aus seinem Lehrer nicht schlau. Tremelo beteuerte, er stehe nicht mehr für Ausbildungen zur Verfügung. Aber dieser Mann, der furchtlos den Wolf im Wald abgewehrt hatte, konnte doch kein normaler Tüftler sein, der nicht noch irgendetwas aus den mit Kohle verschmutzten Ärmeln schütteln konnte. Und dann dieses sonderbare Rätsel … Vielleicht bot sich Ben jetzt die Gelegenheit, etwas mehr herauszufinden, das Tremelos kryptische Worte erklärte.

Ben blickte sich vorsichtig um – keine der Aufsichtspersonen beobachtete ihn. Konnte er sich davonstehlen und Tremelo folgen? Falls er erwischt wurde, konnte er immer noch sagen, er sei bei seinem Lehrer gewesen. Und Tremelo würde ihn decken müssen, da er sich ebenfalls davonstahl.

»Phia, ich … ich wollte Tremelo noch was fragen. Bin gleich wieder da«, sagte er und hatte ein schlechtes Gewissen, dass er sie zurückließ. Sie kniff die goldbraunen Augen zusammen, sah ihn forschend an und öffnete den Mund, als wollte sie etwas erwidern.

Bevor sie dazu kam, lief Ben jedoch zur Tür und folgte Tremelo auf die Straßen der Grauen Stadt hinaus.

17

Draußen vor dem Opernhaus gingen Gruppen wohlhabender Bürger der Grauen Stadt vorbei. Sie trugen mit Stickereien verzierte Kleider und Anzüge. Überall waren Tierbilder zu sehen: nicht nur auf der Kleidung, sondern auch in den Buntglasfenstern, die auf den Platz hinausgingen, und als Steinfiguren, die drohend von den Dächern hinunterblickten. Echte Tiere huschten über das Kopfsteinpflaster und saßen auf Fenstersimsen, von wo sie ihre menschlichen Seelenfreunde beobachteten.

Ben entdeckte Tremelo auf der anderen Seite des Platzes. Schnell folgte er ihm in eine Seitenstraße. Hier hörte die hell erleuchtete Atmosphäre des Platzes auf. Die meisten Häuser waren mit Fensterläden verschlossen und Ben vermutete, dass diese Geschäfte wegen der Aufstände zu waren. Tremelo führte ihn näher an das Stadtgebiet heran, das jetzt als das gefährlichste galt.

Nachdem sie mehrere Häuserblocks weit gegangen waren, verschwand Tremelo um eine Ecke und Ben rannte, um ihn einzuholen. Als er ebenfalls um die Ecke bog, stellte er fest, dass Tremelo auf der anderen Straßenseite stehen geblieben war. Rasch drückte sich Ben in einen dunklen Eingang. Sein Lehrer stand vor der niedrigen Holztür eines tiefer liegenden Ladens oder Ähnlichem in einem Kellergeschoss. Neben der Tür war eine kleine Tafel mit einem aufgemalten Namen angebracht: Der weiße Tiger. Ben sträubten sich die Haare auf den Armen.

Tremelo klopfte – sechsmal in schneller, aber präziser Abfolge – und die Tür öffnete sich nach innen, um ihn einzulassen. Ben zögerte. Die Fassade des Kellergeschäfts sah unscheinbar aus, aber er hörte laute Rufe und sogar Gesang von drinnen.

Die Luft in der Stadt war entschieden abgekühlt. Ben zitterte in seinem Fairmount-Blazer. Was sollte er tun? Er konnte nicht einfach hereinplatzen und dem Lehrer gegenübertreten. Er beschloss zu warten, bis Tremelo wieder weg war, und das Gebäude nach ihm zu betreten. Allerdings würde er womöglich lange draußen warten müssen und er konnte jedenfalls nicht riskieren, dass er die Rigimotive zurück nach Fairmount verpasste.

Zum Glück musste er nur etwa zwanzig Minuten warten, bis sich die Tür wieder öffnete und sein Lehrer herauskam. Ben blieb in dem dunklen Eingang versteckt, während Tremelo gegenüber vorbeiging. Sobald der Lehrer am Ende der Straße verschwunden war, zog Ben seinen Blazer aus und stülpte ihn von innen nach außen, damit das Brustabzeichen auf der Innenseite war und man es nicht mehr sehen konnte. Dann spuckte er sich in die Hände und zerzauste sich das strohblonde Haar. Zwar würde er sicher nicht als Einheimischer der Grauen Stadt durchgehen, aber er wollte nicht wie ein braver Schüler aussehen, der gerade frisch aus der Rigimotive gestiegen war. Leider hatten die Fairmount-Blazer ein ziemlich auffälliges Futter aus blauen und goldenen Streifen. Das war nicht zu ändern.

Er ging zur Tür und klopfte sechsmal. Kurz darauf öffnete sie sich knarrend und zwei runzlige Gesichter lugten zu ihm heraus. Das eine gehörte einer sehr alten Frau, das andere der Schildkröte auf ihrer Schulter, die langsam auf einem welken Salatblatt herumkaute. Frau und Kröte sahen Ben unverwandt an.

»Wie alt bist du?«, krächzte die Alte.

Ben straffte die Schultern und bemühte sich, selbstbewusst zu klingen.

»Alt genug«, antwortete er.

Die greise Wachfrau zuckte mit den Schultern, als müsste sie widerwillig einräumen, dass Ben tatsächlich sechsmal geklopft hatte. Sie ließ Ben ein, machte es sich wieder auf ihrem Hocker bequem und seufzte, vermutlich mit dem Vorsatz, sich ein besseres Klopfzeichen auszudenken.

Zuerst konnte Ben fast gar nichts sehen. Der Raum war voller Rauch, der spiralförmig nach oben und über die niedrigen Dachsparren stieg. Gekrümmte Gestalten saßen in Gruppen um umgedrehte Fässer und wacklige Holztische herum. Eine lange, hohe Theke verlief längs durch den halben Raum und Ben konnte sein eigenes Spiegelbild durch den Schmutz auf dem geneigten Spiegel an der Wand dahinter kaum erkennen. Es brannten keine Lampen – das einzige Licht kam durch die flaschengrünen Fenster an beiden Enden, die klein und schmutzig waren und von tuschelnden Stammgästen verdeckt wurden.

War er durch die halbe Stadt gelaufen, nur um Tremelo in eine Kneipe zu folgen?

Er näherte sich der Theke, von wo ihn ein stämmiger Mann in langer Wollmütze mit einem belustigten Grinsen beobachtete.

»Womit kann ich dienen?«, fragte der Mann. Seine Wangen hatten die fleckige Farbe eines zerquetschten Pfirsichs.

»Ich suche jemanden«, antwortete Ben. »Ich habe ihn vor nicht allzu langer Zeit hereinkommen sehen – Mr Loren?«

»Tremelo, meinst du? Den hast du gerade verpasst«, sagte der Barkeeper. Ben versuchte, enttäuscht auszusehen. »Kann ich dich vielleicht für einen Wurzelkrautschnaps begeistern? Man kann gar nicht früh genug damit anfangen.« Der Barkeeper zwinkerte ihm zu.

Ben sah sich nach einer Getränkekarte oder wenigstens ein paar Flaschen um, an denen er erkennen konnte, was an einem Ort wie diesem angeboten wurde. Er entdeckte jedoch nichts außer mehreren misstrauischen Augenpaaren, die alle in seine Richtung blickten. Also nannte er das erste Getränk, das ihm einfiel.

»Haben Sie Pflanzensaftmilch?« Das war ein gewagter Versuch, ein schäumendes Dessertgetränk, das sein Vater früher immer von seinen Fahrten zu den größeren Märkten im Tiefland mitgebracht und von dem ihm seine Mutter immer nur ein paar Schluck auf einmal erlaubt hatte. Der Barkeeper lachte und machte sich unter der Theke zu schaffen. Dann zog er einen randvollen Krug hervor, den er an einem niedrigen Zapfhahn gefüllt hatte, und schob ihn Ben zu. »Setz dich doch!«

Ben trank einen Schluck. Die Milch war warm und etwas fad, aber gar nicht so schlecht. Er griff in seine Jacke, um nach einem Schneckenrücken zum Bezahlen zu suchen. Dabei fiel ihm ein, dass er immer noch Tremelos Anhänger in der Tasche hatte. Das Metall stieß klimpernd an die Münzen.

Der Barkeeper hielt die Hand hoch.

»Geht aufs Haus«, sagte er. Er goss für sich selbst eine braune Flüssigkeit in einen Krug und stützte dann seine fleischigen Arme vor Ben auf die Theke. Ein ziemlich dicker Maulwurf tapste aus dem Dunkeln am Ende der Theke und machte es sich am rechten Ellbogen des Barkeepers gemütlich.

»Warum sucht ein kleiner Bursche wie du hier drinnen nach Tremelo?«

»Er ist ein alter Freund«, antwortete Ben, »ähm, der Familie.« Mehrere Stammgäste an der Theke verstummten und reckten die Hälse, um sich Ben genauer anzusehen. Die meisten waren Männer und trugen verschlissene Arbeitskleidung. Ein paar zahnlose ältere Frauen lächelten ihn hinter ihren Krügen mit dunklem, trübem Bier an. »Ich hab ein paar Fragen an ihn, das ist alles.«

»Ha, das haben wir alle, das kann ich dir sagen!«, schallte es vom Ende der Theke herüber.

Mehrere der älteren, schäbiger aussehenden Stammgäste lachten – oder murrten; das konnte Ben schlecht unterscheiden.

»Ich würde zum Beispiel gern fliegen können!«, rief eine ziemlich betrunkene Frau in einer Karojacke und hob ihren Bierkrug hoch über den Kopf, sodass das Bier auf die ältere Frau neben ihr schwappte. Der Barkeeper lachte.

»Er beschäftigt sich nicht mehr mit dem Anima-Band, Delilah.« Der Barkeeper schüttelte den Kopf und seufzte. »Nicht mehr, seit der Verrückte – du weißt schon.«

»Der Verrückte?«, wiederholte Ben. »Was meinen Sie?«

»Du hast doch sicher schon von seinem Vater gehört?«, fragte ihn ein Mann am Ende der Theke. Sein weißer Backenbart war auf der einen Seite des Kinns länger als auf der anderen, als hätte er mittendrin mit dem Rasieren aufgehört und es nie beendet. Er war in Begleitung eines zufrieden aussehenden Hirtenhunds, der auf dem Stuhl neben ihm eindöste. »Der Verrückte war Anima Ratte. Und er wusste mehr darüber, wie das Band funktioniert, als jeder andere Mensch, den ich jemals kennengelernt habe.«

»Als jeder andere Mensch, der jemals gelebt hat!«, brüllte die Betrunkene und verschüttete wieder ihr Bier.

»Zu Melores Lebzeiten gehörte der Verrückte zu seinen Vertrauten«, erklärte der Mann mit dem Backenbart. »Er und Melore hatten beide mächtige Bande. Sehr mächtige. Nach Melores Tod war der Verrückte praktisch vogelfrei. Er verbreitete seine Prophezeiung über die Rückkehr eines wahren Königs, obwohl Melores Kinder so gut wie tot waren. Angeblich hatte er das von den Sehern selbst. Deshalb glaubte er auch nicht an die Macht des Schakals. Und er hatte eine ganze Truppe, die an seine Theorien glaubte. Die RATTEN.«

»Prost! Auf die RATTEN!«, brüllte die Betrunkene.

»Ja, prost«, erwiderte der Mann und hob sein Glas. Er blickte wehmütig über Bens Kopf hinweg. »Blind gefolgt sind wir ihm – ich meine, sind *sie* ihm – und haben Teile der Prophezeiung unter den Menschen verbreitet, damit sie die Hoffnung nicht aufgeben.« Ben hörte den Versprecher des Mannes und lächelte. Er wusste nicht genau, warum, aber irgendetwas an diesen Leuten und ihrer Treue zum früheren König war ihm sympathisch.

»Und dein Tremelo wuchs mitten in alldem auf«, rief der Barkeeper dazwischen. »Manche sind der Meinung, dass der Verrückte nach der Ermordung Melores wirklich verrückt wurde und dass seine Prophezeiungen über einen wahren König Blödsinn sind. Aber Prophezeiungen und Verschwörungen hin oder her, eines weiß ich sicher: Dieser Mann besaß das stärkste Anima-Band, das ich je gesehen habe – außer bei seinem Sohn.«

»*Wie* stark?«, fragte Ben.

»Na ja«, sagte der Barkeeper mit gesenkter Stimme. Viele der Männer an dieser Theke waren offensichtlich geborene Geschichtenerzähler. Alle beugten sich vor, um zu hören, was er sagen wollte. »Delilah da drüben hat zwar einen Witz gemacht, was das Fliegen betrifft, aber sie liegt damit gar nicht so verkehrt. Tremelo lernte in seiner Kindheit quasi alles, was es über das Anima-Band zu wissen gibt. Seine Ursprünge. Seine verzwickte Natur. Wie es« – an dieser Stelle machte er eine ausladende, kreisende Bewegung mit seinen großen Händen – »um alles herumfließt. Wie ein … Strom! Ein Strom, das hat er mir mal gesagt. Man brauchte ihn bloß mit ein bisschen Wurzelkraut abzufüllen, dann hat er einem lauter solche Dinge erzählt. Aber damals, als die Soldaten des Schakals den Verrückten geholt haben, hat er alles aufgegeben. Wollte wahrscheinlich nicht, dass sie ihn auch noch holen. Hat alle Verbindungen abgebrochen, außer dass er ab und zu mal ein bisschen Myrgholz kauft.«

Er trank einen Schluck aus seinem Krug und fuhr fort. »Ist allerdings echt schade. Er hatte Talent. Sie haben ihn in Fairmount eingestellt, als er zwanzig Jahre alt und selbst fast noch ein Kind war. Er konnte einer Anima Spatz beibringen, auf die Dachsparren zu fliegen, glaubt mir. Ich hab gesehen, wie er einer Anima Katze Krallen statt Nägel hat wachsen lassen. Gefährliches Zeug, mächtiges Zeug. Doch dann starb der alte Irre – vor zehn, elf Jahren – und Tremelo schwor allem ab. Hielt sich ans Basteln. Einige hier meinen, er sei wahnsinnig geworden. Klar, so viele Jahre im Schatten des Verrückten, da dreht wahrscheinlich jeder durch. Schwer zu sagen, auf welcher Seite er jetzt steht …«

Ben versuchte, alles, was er gehört hatte, zu verinnerlichen. Den Myrgholz rauchenden Tüftler, Tremelo, der eine Anima Spatz fliegen lassen konnte, aber ihm nur ein Rätsel aufgeben wollte, an das er selbst nicht ganz glaubte.

»Er hat mir mal was erzählt«, sagte Ben. »Ein Rätsel. Vielleicht können Sie mir verraten, was es bedeutet.« Er konzentrierte sich und versuchte, sich an den genauen Wortlaut zu erinnern. »Bäume können Samen, aber keine Früchte tragen. Die Seelenfreunde erheben sich aus der Asche, Hand über Pfote. Wenn die Heuschrecken die Menschen vom Verrat abbringen, ruft die Sonn' den Verrückten.« Als er geendet hatte, starrten ihn die Kneipengäste an, als hätten sie gerade gesehen, wie ein Hund einen Salto rückwärts machte. Der Barkeeper hatte die Wollmütze in der Faust zusammengeknüllt und kratzte sich am Kopf. Er hatte einen erstaunlich roten Haarschopf.

»Sagt mir nicht viel, vielleicht ein Lied, das ich mal gehört habe, aber ich bin mir nicht sicher. Bloß der Mittelteil – irgendwas stimmt daran nicht, aber er kommt mir bekannt vor.«

»Was meinen Sie?«, fragte Ben und hielt sich an der Unterseite der Theke fest.

»Das mit den Heuschrecken und dem Verrat«, antwortete der Barkeeper. Entlang der Theke war ein zustimmendes Brummen zu hören. Der Barkeeper fuhr fort: »Der alte König selbst hat so was gesagt, die Natur bewahr' sein Andenken. Es kam in Melores letzter Ansprache auf der Entwicklungsmesse vor und er sagte es noch in dem Augenblick, als die Schergen des Schakals das Messegelände stürmten, um ihn umzubringen. Ich war da an dem Tag, kaum mehr als ein Schuljunge. Er wusste, dass die Männer des Schakals kommen, und sagte, Verrat verwandele Menschen in Heuschrecken, aber wir sollten ihn nicht vergessen … Tapfer bis ganz zum Schluss, das war er.« Er hielt sich die zerknitterte Mütze vor das Herz und viele seiner Zuhörer ahmten seine Bewegung nach.

Ein Bild erschien flüchtig vor Bens geistigem Auge, von dem gütig aussehenden Mann in Zylinder und pelzartigem, besticktem Mantel mit einer Schere in der Hand: das unscharfe Foto in Mrs Shonfields Büro an seinem ersten Tag in Fairmount. Er nickte.

»Anscheinend bringen sie euch heutzutage in der Schule nicht viel über ihn bei«, warf der schmuddelig aussehende Mann am Ende der Theke ein. »Der Schakal hat ihn fast aus den Geschichtsbüchern verbannt! Genau wie die Velyn und die –«

»Die Velyn?«, unterbrach ihn Ben. »Die aus den Geschichten?«

»Oh ja«, antwortete der Mann und kratzte sich den weißen Bart. »Sie waren das Lieblingsthema des Verrückten, könnte man sagen! Er erforschte sie – lebte sogar ein paar Jahre unter ihnen, als Tremelo ein Kind war. Die meisten Leute halten die Velyn für eine Horde von Gesetzlosen, die es nur im Märchen gibt – aber es gab sie wirklich.« Der Mann beugte sich zu Ben vor. »Ich verrate dir etwas, das nicht jeder weiß, über die Prophezeiung des Verrückten über einen wahren König. Er ahnte, dass die Velyn dabei eine große Rolle spielen würden. Deshalb hat der Schakal sie alle umbringen lassen, sie selbst und ihre Seelenfreunde – nur ein paar Jahre bevor er den Verrückten selbst holte.«

Der Barkeeper verschränkte die Arme und nickte zustimmend.

»Die Velyn waren ein erstaunliches Volk«, fuhr der alte Mann fort. »Sie lebten auf engstem Raum mit ihren Seelenfreunden zusammen und kannten alle möglichen Heilkünste. Die engsten Bande, die man je gesehen hat – deshalb handeln auch so viele

Geschichten über sie davon, dass sie Werwölfe seien oder tierische Gestalt annehmen könnten. Und tatsächlich konnten sie im wahrsten Sinne des Wortes sehen, was ihre Seelenfreunde sahen, glasklar, so als würden sie in deren Körper leben oder ihre Seelenfreunde in ihnen. Der Verrückte verbrachte Jahre damit, ihre Methoden zu untersuchen – auch Melore war daran interessiert. Das ist vermutlich der Grund, warum sie eine wichtige Rolle bei seinen Prophezeiungen spielten und warum sie der Schakal alle auslöschen ließ. Weil sie schlauer waren als er. Er geht einfach hin und versucht, seinen Schmutz zu übertünchen, indem er behauptet, sie seien alles Taugenichtse. Furchtbare Sache. Furchtbare lange Jahre, als der Schakal an der Macht war. Man möchte sich gar nicht vorstellen, was der arme Kerl durchmachen musste, der dem Schakal als Erster die Prophezeiung überbrachte. Hat sie quasi aus ihm herausgepresst, der Schakal.«

Sein Hirtenhund bellte traurig auf.

»Erzählen Sie weiter«, platzte Ben heraus. Sie sollten nicht zu sprechen aufhören. Er wollte alles wissen, was es über den Verrückten und den Mann mit dem Zylinder, König Melore, zu wissen gab.

»Und dann gibt es natürlich noch Melores Tochter. Viviana!«, fügte der Barkeeper hinzu. Als er ihren Namen aussprach, wurde es still in der schäbigen Kneipe.

»Hör zu, Junge, und nimm alles, was du hörst, mit nach Fairmount – ich wette, auf dem vornehmen Berg da oben redet man nicht über solche Dinge.«

Ben schluckte. Also hatten sie es die ganze Zeit gewusst? Wahrscheinlich hatten ihn die Streifen verraten. Trotzdem rutschte er auf dem Hocker in eine bequeme Stellung und war gespannt darauf, die ganze Geschichte zu erfahren.

»König Melore hatte zwei Kinder – Trent und Viviana. Als er vor siebenundzwanzig Jahren ermordet wurde, sperrte man die Kinder beim Angriff der Soldaten des Schakals im Palast ein.«

Weiter unten an der Theke murmelte Delilah: »Schrecklich, schrecklich.«

»Alle dachten, die Kleinen wären umgekommen. Trent war noch ein kleines Würmchen. Hatte keine Chance. Aber Viviana war schon etwas älter, gewitzter. Sie schaffte es irgendwie, aus dem Palast zu entkommen, fiel aber ein paar richtig fiesen Typen in die Hände. Keiner weiß genau, wo sie in der Zeit nach dieser furchtbaren Nacht war. Manche behaupten, sie sei all die Jahre, in denen sie verschwunden war, Sklavin gewesen, andere sagen, sie sei die Anführerin einer Bande von Vogelfreien in der Staubigen Ebene gewesen.«

»Aber jetzt ist sie zurück«, meldete sich der Mann mit dem Hirtenhund zu Wort. »Und sie will den Thron ihres Vaters für sich selbst. ›Wir werden frei sein oder wir werden nichts sein.‹ Ein fürchterlicher Haufen Quatsch.« Ben schauderte bei der Erinnerung an die grimmig dreinschauende Frau auf dem Plakat, das er ein paar Stunden zuvor gesehen hatte.

»Sie ist die Anführerin der Dominae? Aber wollt ihr nicht genau das?«, fragte Ben. »Ich meine, wenn Melore der König war, ist seine Tochter doch …«

»… alles, was ihr Vater nicht war!«, ergänzte der Barkeeper laut und schlug mit der Faust auf die Theke. Ben zuckte zusammen. »Grausam und selbstsüchtig. Eine Schande und ein dunkler Fleck auf ihrem Familiennamen!« Der Mann mit dem Hirtenhund nickte eifrig und hatte vor Kummer die Augen geschlossen. »Sie macht den Schakal für *dieses*, das Parlament für *jenes* verantwortlich – und redet davon, den Fortschritt wieder einzuführen, der Menschen wie ihren Vater mit Stolz erfüllen würde, aber das ist nur vorgeschoben. Melore war ein guter König, weil er daran glaubte, dass das Anima-Band gut ist. Aber Viviana will es zerstören und *das* dann Fortschritt nennen. Angeblich geschieht alles im Namen der guten Arbeit und der Erfindung, aber in Wirklichkeit geht es darum, das Band für ihre eigenen Zwecke zu verdrehen. ›Befreit‹ vom Parlament, sagt sie, aber in Wahrheit meint sie befreit vom Band – damit wir über die Tiere herrschen können, anstatt von ihnen zu lernen. Wir haben ihre Fabrik gesehen – wir haben gesehen, wie sie Tiere in null Komma nichts gegeneinander aufhetzt.«

»Was ist mit dem anderen?«, erkundigte sich Ben. »Mit Trent?«

Der Barkeeper schüttelte den Kopf. »Der ist tot.« Für den toten Prinz hielt er sich noch einmal die Mütze vor die Brust.

Ben holte tief Luft. Ihm schwirrte der Kopf.

Hinter ihm öffnete sich quietschend die Tür, und Ben und der Barkeeper blickten auf, als ein Mann in einem Mantel hereinkam, den Ben erkannte. Kräuter und die Köpfe von Wildblumen guckten aus den prall gefüllten Taschen heraus und auf den Schultern des Mantelträgers lag ein schnarchender Dachs.

Es war Roger, Hals Onkel. Schnell wandte Ben das Gesicht ab, als Roger vorbeiging und sich zu einer Gruppe lauter, junger Leute im hinteren Teil des Raumes gesellte.

»Entschuldigung, ich … äh … ich muss gehen«, sagte Ben, rutschte vom Hocker und versuchte, so wenig Aufmerksamkeit wie möglich auf sich zu ziehen.

Kurz bevor er die Tür erreichte, drehte er sich noch mal zur Theke um. Der Barkeeper blickte ihm nach.

»Pass nur gut auf, Junge«, sagte er, als Ben durch die Tür auf die Straße schlüpfte, wo die lautstarken Diskussionen und das

Gelächter sofort von anderen Geräuschen, die Hufe, Flügel und Arbeiter verursachten, verschluckt wurden.

Einen Moment lang stand er still auf der Straße, aber seine Gedanken rasten, als befände sich ein Scavage-Gegner – einer, der besonders schwierig zu fangen war – in genau der richtigen Entfernung, um ihn zu markieren. Erst jetzt fiel ihm ein, dass er in der Eile vergessen hatte, nach dem Namen der Kneipe zu fragen. Der Weiße Tiger. Trotzdem hatte er ziemlich viel erfahren.

Tremelo, der Sohn eines Mannes, der einem tragischen König nahegestanden hatte. Ein alter Ausspruch von König Melore in Tremelos Rätsel. Die Velyn, ein Volksstamm, der aus dem Gebirge und aus den Geschichtsbüchern ausgelöscht worden war … Er war nicht sicher, was all das mit den Dominae oder den schattenhaften Leuten im Wald zu tun hatte, aber seine Neugierde war zu einem unleugbaren Drang angewachsen: Er musste herausfinden, was im Wald von Fairmount vor sich ging, und dafür würde er Tremelos Hilfe brauchen.

18

Gwen folgte den beiden Dominae-Mitgliedern einen steilen Abhang hinunter auf die Bolzen zu, eine Gegend, die sie nur allzu gut kannte – sie hatte ihre Zeit als Taschendiebin in diesen finsteren Straßen verbracht und wusste, dass man hier den Kopf gesenkt halten und schnell gehen musste. Die Angst dröhnte in ihr wie eine straff gespannte Trommel. Sie zog sich die Kapuze ihres Umhangs tief über die Stirn. Jetzt war sie eine Spionin, mit einem Auftrag, den der Älteste nicht gutgeheißen hätte.

Die schmale Straße, die sie entlanggekommen war, endete auf einem kleinen, schäbigen Platz, auf dem Grüppchen von Männern und Frauen vor einem heruntergekommenen Theater warteten. Die Lichter, die die große Anzeigetafel über dem Eingang beleuchteten, waren aus. Gwen stützte sich mit der Hand an den körnigen Ziegelsteinen des Hauses neben ihr ab und bereitete sich darauf vor, sich unter die Besucher zu mischen. Das hier war der Treffpunkt.

»Entschuldigung«, sagte eine wütend klingende Frau.

Gwen schien keinen klaren Gedanken mehr fassen zu können – was sollte sie sagen? Die Frau sah sie an; sie hatte einen blonden Pagenkopf. Gwen bemerkte einen leuchtend gelben Kleidersaum unter dem schicken blauen Mantel der Frau.

»Ja?«, fragte Gwen. Ihr Herz flatterte wie ein verängstigter Vogel.

»Du stehst mir im Weg«, antwortete die Frau mit hoher Stimme.

»Oh … tut mir leid«, sagte Gwen und trat zur Seite, um die Frau auf den Platz hinabsteigen zu lassen.

Ein zwitschernder kleiner blauer Vogel, ein Hüttensänger, flog der Frau auf die Schulter und begann fröhlich zu singen. Die Frau griff seufzend nach oben und schlug ihn weg. Gwen wich vor Schreck zurück.

»Es reicht mir mit dir«, hörte Gwen die Frau sagen. Der Hüttensänger hüpfte verstört hinter eine Mülltonne.

Gwen blickte auf und sah einen sehr großen Vogel auf der Dachecke über ihnen sitzen. Er beobachtete die Frau in Gelb, während sie auf das Theater zuging. Gwen erkannte nicht, was es für einer war – jedenfalls kein Hüttensänger.

Langsam folgte Gwen der Frau auf den Platz. Erst jetzt fiel ihr auf, wie gemischt das Publikum war – das hier waren keine zwielichtigen Gestalten. Schockiert entdeckte sie eine Frau in einem eleganten Wollrock, die einen kleinen Jungen an der Hand hielt. Gwen ließ den Blick über die Menge schweifen – anscheinend waren noch ein paar weitere Kinder von ihren Eltern mitgenommen worden. Erleichtert stellte sie fest, dass sie wegen ihres Alters nicht auffallen würde, machte sich aber auch Sorgen, was solch jungen Gemütern in diesem Theater bevorstehen würde.

Als sich die Frau in Gelb näherte, machten die Leute Platz wie für eine Königin. Die Frau lächelte liebenswürdig und nickte, als sie vorbeiging. Dann drängte sich die Menge hinter ihr ins Gebäude.

Drinnen war das Theater ziemlich baufällig. Viele der ursprünglichen Klappsitze waren herausgerissen worden, daher standen die meisten Gäste Füße scharrend zwischen den übrig gebliebenen Sitzreihen. Gwen suchte sich einen Platz in der Nähe des Eingangs. Von dort aus konnte sie sehen, dass es früher einmal einen imposanten Balkon mit Blick auf den Zuschauerraum gegeben haben musste. Der Balkon war allerdings entfernt worden, sodass nur eine hässliche Narbe in den Ziegelsteinen um den Raum zurückgeblieben war. Neben der Bühne war ein fahrbarer Kurbelkasten aufgestellt, der eine Reihe von Rampenlichtern in Blechhaltern betrieb. Ein kleiner Junge musste danebenstehen und die Kurbel betätigen, sobald die Lichter zu flackern begannen. Der Rest des Saals wurde durch Kerzen erhellt, die den Raum in einen unheimlichen Schein tauchten. Eine riesige Fahne hing quer über der Bühnenrückseite: rot, mit dem riesigen Bild einer Hand, die einen Vogelfuß mit astartig nach oben gereckten Krallen zerdrückte. Gwen spürte die Gewalt, die sich darin ausdrückte, tief in ihrem Innern – die Hand war grausam und beherrschend und sperrte den Vogelfuß ein. Unter das Bild war eine gewundene Schriftrolle mit den Worten FREI – ODER NICHTS! gezeichnet.

Ein Beifallssturm brach los, als die Frau in Gelb die Bühne betrat. Auf die Schulterpartie ihres Kleids waren zwei Hüttensänger gestickt, die genau zu ihren funkelnden blauen Augen passten. Die Frau steckte sich die blonden Haare hinter das Ohr und bedeutete der Menge, ruhig zu werden.

»Dominae der Grauen Stadt!«, sagte sie in einem liebenswürdigen Singsang. »Heute ist ein großer Tag – unsere Armeen in den Dunklen Wäldern gewinnen an Stärke und unsere Bewegung wächst«, fuhr sie fort. »Unsere Anführerin hat nicht nur in den Wäldern, sondern auch am Himmel Verbündete gewonnen. Und hier, in der Grauen Stadt, sind wir darauf vorbereitet, unsere Botschaft ans Parlament zu senden. Die Bürger sind arm, hungrig und wütend – und sie machen zu Recht das Parlament dafür verantwortlich. Sie wissen, dass sie etwas Besseres verdient haben! Unsere Anführerin, Viviana, wird echten Fortschritt auf den Weg bringen und das Potenzial ausnutzen, das vom Parlament verschwendet wurde. Lasst mich vorführen, wie.«

Die Frau hob etwas in ihrer rechten Hand – von Gwens Platz aus sah es aus wie ein Schalter. Sie drückte einen Knopf und ein vielstimmiger Lärm explodierte im Saal. Riesige schwarze Vögel erschienen in jedem der Torbögen über dem Hauptzuschauerraum. Ihre Schnäbel waren geöffnet und eine einzelne menschliche Stimme strömte heraus: *»Meine menschlichen Brüder, wir werden frei sein oder wir werden nichts sein!«* Wie viele andere überrumpelte Zuschauer hielt sich Gwen die Ohren zu. Jeder einzelne Vogel, so erkannte sie, stellte eine andere Art dar und war aus fein geschliffenem Metall mit schwarzer Emaille gefertigt worden. Die künstlichen Vögel entfalteten ihre Flügel, die so komplex wie die eines echten Vogels waren, und wandten sich der Bühne zu, als ihre Anführerin dort erschien. Die Menge applaudierte.

Gwen verschlug es den Atem – Viviana war überwältigender,

als ihre Plakate es vermuten ließen. Sie trug ein maßgeschneidertes schwarzes Kostüm mit einem wadenlangen Rock, das von oben bis unten mit violettem, goldenem und silbernem Garn bestickt war. An der Stickerei konnte man nicht erkennen, was für eine Anima sie war, aber Gwen wusste vom Ältesten, dass Viviana Anima Schwein war. Um ihre schmale Taille schlangen sich die aufgestickten Bilder zweier Raubvögel, deren nach oben gewandte Krallen die Rippen eines Korsetts nachahmten. Ihre Schultern waren mit Hirschen verziert, deren Hufe auf die Vögel darunter traten. Ihr dunkles Haar fiel in perfekt frisierten Wellen herab und ihre Lippen hatten eine kräftige beerenrote Farbe.

»Danke, Joan«, sagte sie zu der Frau in Gelb. Dann wandte sie sich an ihr Publikum. »Man hat euch eine Vorführung versprochen. Fortschritt ist eine Sache – aber wie man ihn erreicht, eine ganz andere. Wir sollten uns nicht in Gesprächen über politisches Ach und Weh verlieren, Bürger. Seht lieber selbst, was wir, die Dominae, bewirken können!«

Joan verschwand zusammen mit vier Männern, die auf der Bühne gewartet hatten, hinter einem Vorhang. Sie kehrten mit einem Käfig zurück, der mit einer großen Segeltuchplane abgedeckt war und den sie vorn auf die Bühne rollten. Der Käfig war riesig – viel größer als die zierliche Joan. Eine Frau in einem schlichten Wollkostüm wurde auf die Bühne geführt. Sie hatte breite Schultern und einen breiten Brustkorb und ihr großer Kopf hing leicht schief nach vorn.

»Edith«, begann Viviana und gab der Frau die Hand. Hinter ihnen zogen die Bühnenarbeiter die Abdeckplane vom Käfig und ließen sie zu Boden fallen. Im Käfig gingen zwei junge Bären auf und ab. Während das Publikum zusah, schmiegte sich ein Bär mit dem Gesicht an den Nacken des anderen.

»Edith, du wurdest als Anima Bär aufgezogen, nicht wahr?«

»Ja«, antwortete Edith.

»Und es gab eine Zeit in deinem Leben, als du *Schmerz* empfunden hast, wenn deine Seelenfreunde verletzt wurden oder in Gefahr waren?«

Edith nickte. »Wie bei allen anderen«, bestätigte sie.

Viviana legte Edith beruhigend eine Hand auf den Rücken und wandte sich der wartenden Menge zu.

»Ja, wie bei allen anderen – aber mit Dominanz kannst du diese Abhängigkeit jetzt ad acta legen. Deine Seelenfreunde können leiden oder verletzt werden, und du wirst ihren Schmerz nicht spüren müssen.«

Sie schnippte mit den Fingern und ein Bühnenarbeiter schlug einem der Bären blitzschnell mit einer Peitsche auf den Rücken. Er jaulte vor Schmerz auf und versuchte, sich in der Käfigecke zu verkriechen. Im Publikum waren Laute des Erstaunens zu hören, dann folgte vereinzelter Applaus. Überraschenderweise hatte Edith nicht mal mit der Wimper gezuckt. Sie schien sogar zu lächeln. Im Käfig neben ihr wimmerte ihr Seelenfreund.

»Edith hat soeben eine der ersten Lektionen der Dominanz demonstriert«, verkündete Viviana. »Unser Band mit gewöhnlichen Tieren schwächt uns nur. Mit Übung und Konzentration kann ein Mensch das Band zu seinen Seelenfreunden durchtrennen und stark bleiben, auch wenn sie Schmerz empfinden.«

Gwen schauderte vor Wut, während das Publikum um sie herum beeindruckt zu sein schien. Der Älteste hatte sie gelehrt, dass das Anima-Band sie stärkte und nicht schwächte. Wie konnte man es als Schwäche ansehen, sich für ein anderes Wesen zu interessieren und seine Hilfe zu erhalten?

Viviana war noch nicht mit Edith fertig. Sie schwenkte die Hand, um die Menge zu beruhigen, und sprach weiter.

»Diese Frau hat nicht nur ihre Abhängigkeit von ihren Seelenfreunden unterbunden. Sie lernt außerdem, die Dominanz für ihre eigenen Zwecke einzusetzen – ihre Seelenfreunde zu beherrschen und sie für sich arbeiten zu lassen.«

Viviana trat zur Seite und überließ der ernst dreinblickenden Edith die Mitte der Bühne. Hinter ihr kuschelten sich die beiden Bären in der Ecke aneinander, während Edith die Augen schloss und die Hände zu Fäusten ballte. Auf einmal sprangen die Bären auf alle viere, gingen im Käfig auf und ab und knurrten sich an. Sie fletschten die Zähne und fingen an, mit den Klauen Hiebe auszuteilen. Vorher waren sie friedlich gewesen – für Gwen war es offensichtlich, dass Edith sie unter Kontrolle hatte und dem Publikum demonstrierte, dass man sie dazu bringen konnte, sich gegenseitig zu verletzen.

»Durch die Dominanz kann Edith die Gefühle und Triebe ihrer Seelenfreunde beeinflussen«, erklärte Viviana und deutete auf die Bären. »Sie kann Zwietracht säen und ihre Seelenfreunde auf diese Weise in wirkungsvolle Waffen verwandeln.«

Gwen wandte den Blick ab. Es war zu abscheulich. Einem Mann neben ihr wurde schwindelig, sodass er sich an die Wand lehnen musste. Mehrere Zuschauer hielten sich die Augen zu. Andere Animas Bär im Publikum stöhnten vor Schmerz auf. Gwen hörte jemanden würgen.

Zu ihrer Überraschung blieb die Frau auf der Bühne jedoch still und reglos. Ihre Augen waren jetzt offen und blickten starr geradeaus. Schließlich schnaufte sie erschöpft und die Bären wichen langsam wieder voneinander zurück. Viviana trat klatschend vor und im Publikum brach Beifall los. Die Stimmung in der Menge widerte Gwen an. Die Frau hatte zwar gezeigt, dass sie ihren eigenen Schmerz und ihre Gefühle unter Kontrolle halten konnte – und dass sie ihren Seelenfreunden ihren Willen aufzwingen konnte –, aber um welchen Preis? Ihre Seelenfreunde blieben blutbefleckt, verletzt und verwirrt zurück.

»Danke, Edith«, sagte Viviana herzlich und küsste die Frau auf beide Wangen. Edith verließ die Bühne und Gwen bemerkte, dass ihre Hände zitterten. Dominanz war anscheinend keine leichte Arbeit.

»Meine Brüder und Schwestern, wir haben viele angehende Soldatinnen und Soldaten wie Edith!«, prahlte Viviana. »Die Zahl der echten Dominae-Anhänger steigt mit jedem Tag. Und wir können sogar noch mächtiger, *noch* unaufhaltsamer sein.« Sie drehte sich zu ihren Bühnenarbeitern um, die vorsichtig die Tür des Bärenkäfigs öffneten. Die Bären wichen wimmernd zurück.

»Dominanz über die eigenen Seelenfreunde ist leicht zu erreichen«, fuhr sie fort. Die Rampenlichter warfen einen Lichtkegel nach oben und bildeten Schatten auf ihrem Gesicht. »Aber ein echter Dominae hat die volle Kontrolle – nicht nur über seine eigenen Seelenfreunde, sondern über jedes Tier in der Natur. Ich will es euch zeigen …«

Sie deutete auf die zwei Bären, die sich aufrappelten und aus dem Käfig tapsten. In ihren tiefen schwarzen Augen war keine Angst mehr. Da war nichts. Sie kamen weiter vor, bis sie genau hinter Viviana standen, und stellten sich in einer einzigen Bewegung auf die Hinterbeine auf. Wie perfekte Soldaten flankierten sie Viviana und starrten dabei ausdruckslos geradeaus. Überall im Saal war ehrfürchtiges Getuschel zu hören.

»Das ist die Macht der Dominae – Macht, die euch allen angeboten wird!«, brüllte Viviana. »Im Kampf und in unseren Fabriken werden die Dominae die Oberhand haben, weil wir unsere Kontrolle auf jeden beliebigen Seelenfreund ausdehnen können. Warum? Weil wir vor den Tieren an die Reihe kommen. Wir sind besser und klüger und verdienen es, sie zu beherrschen! Wenn wir nicht Erste sind, sind wir nichts!«

Beifallsrufe ertönten im Zuschauerraum. Gwen ballte die Fäuste – es war kein Wunder, dass diese Leute Viviana liebten, trotz ihrer schwarzen Seele. Sie verbarg ihre Bösartigkeit unter Freundlichkeit und Schönheit und nutzte den Machthunger ihres Publikums mit ihren »Vorführungen« und ausdrucksvollen Reden aus. Gwen merkte, dass sie vor Wut zitterte. Schweiß tropfte ihr von der Stirn.

Der Applaus wurde von einem durchdringenden, wütenden Schrei von oben unterbrochen und alle reckten den Hals, um zu sehen, woher der Lärm kam.

Zu ihrem Entsetzen stellte Gwen fest, dass er von Grimsen kam, der Eule, die auf Lebenszeit mit dem Ältesten verbunden war. Zwei kleinere Schleiereulen waren bei ihr. Sie waren durch ein kaputtes Fenster oben an der Rückseite des Theaters hereingekommen. Sicher hatte der Älteste die ganze Zeit schon gewusst, dass Gwen den verräterischen Parlamentsmitgliedern hierher gefolgt war. Natürlich hatte er Grimsen geschickt, um sich zu vergewissern, dass ihr nichts passierte. Die zwei kleineren Eulen zogen hektische Kreise an der Decke und schlugen verzweifelt mit den Flügeln an Torbögen und Kronleuchter. Grimsen flog ihnen nach, versuchte, nach ihren Flügeln zu schnappen und sie zum zerbrochenen Fenster zu treiben. Erst jetzt wurde Gwen klar, dass sie selbst die beiden kleineren Eulen hergerufen hatte. Ihre Wut und Angst hatten sie angezogen wie ein Leuchtfeuer auf einer finsteren See. Sie hatten nur helfen wollen. Wahrscheinlich war Grimsen nach ihnen hereingeflogen, um sie wegzulotsen, damit Gwen nicht ihretwegen entdeckt wurde.

Gwen versuchte verzweifelt, sich zu konzentrieren. *Kehrt um, kehrt um! Fliegt in Sicherheit!*, wollte sie die Vögel warnen. Aber es gelang ihr nicht. Die Eulen reagierten auf ihren Gemütszustand und nicht auf ihre Wünsche. Sie blickte zur Tür – vielleicht sollte sie die Flucht ergreifen, aber man würde ihr sicher folgen oder Schlimmeres.

»Ich kenne diesen Vogel.« Vivianas Stimme war kalt und traf Gwens Ohren wie eine Kaskade eisigen Wassers. Viviana stand am Bühnenrand und zeigte auf Grimsen.

»Ich *kenne* diesen *Vogel.*« Ihre Stimme schwoll zu einem schrillen Schrei an. Ein Mann, der hinter Viviana auf der Bühne stand, holte Pfeil und Bogen hervor, legte an und schoss. Der Metallpfeil zischte durch die Luft und blitzte im Schein der Rampenlichter auf. Gwen stockte der Atem, als die Eule zu fliehen versuchte – aber es war zu spät.

Der Pfeil durchbohrte Grimsens Herz.

Grimsen fiel herunter wie ein Stein und landete als Knäuel aus Federn und Metall mitten in der Menge.

Alles war still bis auf einen bestürzten, verletzten Schrei, der aus dem hinteren Teil des Saals über das Publikum hinweg hallte. Ein heftiger Schmerz zerriss Gwen das Herz und erst da begriff sie, dass es ihre eigene Stimme, ihr eigener Schrei war. Sie krümmte sich vor Übelkeit und Schmerz und nun waren alle Augen auf sie gerichtet. Sie stolperte rückwärts gegen einen Stapel Holzkisten, rutschte aus und die Kisten krachten zwischen dem Ausgang und den Dominae herunter.

»Haltet sie auf!«, brüllte Joan.

Die Menge begann, sich auf Gwen zuzubewegen. Eine Schlange glitt schnell über den Boden bis zu ihren Füßen und war bereit zuzuschlagen. Gwen war erstarrt vor Angst.

Plötzlich legte sich eine Hand auf ihren Arm. Beinahe hätte sie noch mal geschrien, doch dann flüsterte ihr eine Stimme ins Ohr:

»Los, Mädchen, lauf. Sag dem Ältesten, die Ratten sind hier. Komm zum Weißen Tiger, sag ihm das!« Gwen taumelte nach hinten und schenkte dem dunkelhäutigen, grünäugigen Mann kaum einen Blick. Sie warf sich über die herabgestürzten Kisten und durch den Theatereingang. Dann rannte sie, so schnell sie konnte, über den Platz. Ein Rufen, Bellen, sogar ein Grölen schallte vom Eingang herüber, während sie sich abmühte, die schmale Gasse zu erreichen, aus der sie gekommen war. Als sie um die Ecke bog, hallte noch eine weitere Stimme von den hohen Steinmauern um sie herum wider.

»Na dann lauf!«, brüllte Viviana von der Mitte des Platzes aus. »Lauf und erzähl dem dementen alten Mann, was du gesehen hast – erzähl ihm, wie viel Hoffnung ihm noch bleibt!«

Während Gwen lief, schien Vivianas Stimme noch lauter zu werden und das Echo klarer. Nur einmal blickte sie auf, sah drei Metallvögel und schrie noch einmal. Sie landeten auf einem Dach genau vor ihr und beobachteten sie.

»Na dann lauf, na dann lauf, na dann lauf!«, brüllten sie. »Erzähl ihm, wie viel Hoffnung ihm noch bleibt, wie viel Hoffnung, wie viel Hoffnung …«

Endlich verstummte das Echo, wurde vom Straßenlärm übertönt, als Gwen sich dem Stadtkern näherte. Durch ihre Tränen konnte sie kaum erkennen, wo sie hinlief. Wie aufgezogen rannte sie weiter. Sie musste den Ältesten finden. Jede Anima

Eule hätte den Schmerz durch Grimsens Tod so heftig wie sie empfunden – aber der Älteste musste den Stich so gespürt haben, als hätte der Pfeil seine eigene Brust durchbohrt.

Als sie in der Nähe des Opernhauses um eine Kurve bog, stieß sie mit einem Jungen zusammen und stürzte auf das Kopfsteinpflaster. Er war klein, hatte strohblondes Haar und trug eine seltsame Jacke mit blauen und goldenen Streifen. Gwen versuchte, sich aufzurappeln, aber ihr Umhang hatte sich um sie gewickelt. Der Junge hielt ihr die Hand hin.

»Alles in Ordnung?«

Sie fand keine Stimme, um zu antworten. Nein, dachte sie. Nichts ist in Ordnung. Sie musste weitere Tränen zurückhalten, als sie sich aufrappelte und davonlief. Gwen spürte den Blick des Jungen auf sich, als sie die Gasse hinauflief und in den gewundenen Straßen der Innenstadt verschwand.

19

Gwens Lungen brannten, als sie die schmalen Treppen zum Turm des Ältesten hinauflief. Ihre Beine fühlten sich an, als würden sie unter ihr zusammenbrechen, aber sie würde erst stehen bleiben, wenn sie bei ihm war. Durch die Fenster sah sie Dutzende von Eulen herabstoßen, bedrückt und voller Trauer. Grimsen war fast so alt gewesen wie der Älteste selbst – einmal lebenslang verbunden, konnten sowohl Mensch als auch Tier die übliche Lebenszeit überschreiten. Dieses Leben auf so grausame Weise beendet zu sehen, brach Gwen das Herz, und die Eulen da draußen teilten ihren Kummer.

Flackerndes Kerzenlicht schien unter der Tür des Ältesten hindurch. Gwen blieb stehen und lehnte den Kopf an das glatte Holz, um zu verschnaufen, bevor sie klopfte. Schweigend trat sie ein.

Der Älteste saß an seinem Schreibtisch, auf dem sich Bücher und Karten stapelten. Er saß gekrümmt unter seinem zerschlissenen Umhang mit Eulenmuster, der früher einmal so edel ausgesehen hatte. Seine gefalteten Hände lagen schwer in seinem Schoß. Er sah nicht zu ihr auf.

»Es tut mir leid«, sagte sie. Sie traute sich nicht, weiter ins Zimmer vorzudringen. »Ich hätte nicht hingehen sollen. Wenn ich nicht …«

Der Älteste schüttelte den Kopf und streckte eine Hand nach ihr aus.

»Du hast getan, was du glaubtest, tun zu müssen. Mein tapferes Mädchen. Du bist nicht schuld an Grimsens Tod.«

Gwen eilte zu ihm, kniete sich hin und nahm seine Hand. Er hielt sie fest und ließ die Augen geschlossen.

»Geht es *dir* gut?«, fragte er liebenswürdig. Gwen schüttelte den Kopf, kniff die Augen zusammen und hatte Angst, in Tränen auszubrechen.

»Du musst mir alles erzählen«, bat er.

Also erzählte ihm Gwen von den grässlichen mechanischen Vögeln, den beiden verschwörerischen Parlamentsmitgliedern und der beängstigenden Vorführung mit den Bären. Als sie den Kampf beschrieb, ballte der Älteste seine freie Hand zur Faust.

»Wenn das Anima-Band stark ist, macht es uns stärker«, sagte er wie schon so oft in ihren gemeinsamen Jahren. »Melore hat Aldemar mit seiner Stärke vereint. Seine Tochter wird auf diesem Weg nur Schmerz finden. Sie tut mir leid.«

»Und ich habe Angst vor ihr«, sagte Gwen. »Sie weiß, wer Sie sind. Sie weiß, dass ich da war.«

Zum ersten Mal an diesem Abend trafen sich ihre Blicke. Seine Augen waren gerötet und seine tränennassen Wangen glänzten.

»Deine Angst ist berechtigt«, sagte er.

Gwen hatte das Gefühl, in ihrem Herzen gäbe es nicht genug Platz für den Kummer, den sie empfand. Am liebsten hätte sie die Zeit zurückgedreht und alles ungeschehen gemacht.

»Es tut mir so leid«, sagte sie.

Der Älteste schüttelte den Kopf, als bereitete es ihm nur noch größere Schmerzen, dass er das von ihr hörte.

»Dir muss nichts leidtun«, entgegnete er. »Die Gier und Angst anderer haben Grimsen das Leben gekostet. Nicht du.«

Ein lautes Klopfen ertönte an der Tür. Der Älteste legte die Hand auf Gwens Schulter, wie um sie, falls nötig, zu beschützen.

»Wer ist da?«

Ein Küchenjunge, der gerade im Stimmbruch war, antwortete knapp: »Pflanzensaftmilch.«

Der Älteste ließ Gwens Schulter los und Gwen stand auf, um den Jungen hereinzulassen. Bei all dem Schrecken und der Aufregung hatte sie fast vergessen, dass es noch gar nicht so spät war. Wie jeden Abend bekam der Älteste auch heute seine warme Pflanzensaftmilch gebracht, als wäre nichts geschehen. Als hätte sich die Welt nicht auf den Kopf gestellt.

Der dünne Junge stolperte herein und setzte den heißen Krug auf dem Schreibtisch des Ältesten ab. Dann eilte er wieder hinaus, ohne Gwen groß anzuschauen, worüber sie erleichtert war. Sie war sicher, dass sie furchtbar aussah – mit ihren verweinten Augen, dem zerzausten Haar und dem ungepflegten, schmutzigen Umhang.

»Gwen, möchtest du etwas …?«, fragte der Älteste und schwenkte die Hand in Richtung des Krugs. »Ich kann nicht.« Er wandte sich ab und starrte auf die Eulen, die vor dem Fenster hin und her flogen. Der Mondschein warf Schatten ihrer Flügel auf die Dächer darunter.

»Ich habe auch keinen Durst.« Sie nahm den Krug und stellte ihn neben der Tür in den Flur, wo ihn jemand abholen würde. Als sie wieder ins Zimmer kam und den Umhang von den Schultern nahm, fiel etwas aus ihrer Kapuze und landete mit einem harten Geräusch hinter ihr auf dem Boden. Sie bückte sich, um es aufzuheben, und stellte fest, dass es eine goldene Halskette mit einem Anhänger war. Er sah aus wie eine Münze. Auf der einen Seite war das Bild eines schlafenden Fuchses eingraviert, auf der anderen standen Buchstaben. Die Buchstaben hatten ungleiche Zwischenräume, ergaben zusammen aber den Namen Tremelo. Er musste dem Jungen gehören, mit dem sie zusammengestoßen war. Gwen bedauerte, dass die Kette bei ihr gelandet war. Sie steckte sie in die Tasche ihres Kleids, wo sie nicht verloren gehen würde. Wahrscheinlich würde sie den Jungen nie wiedersehen, aber wenn die Natur es zuließ, würde Gwen dafür sorgen, dass er den Anhänger zurückbekam. Grimsen zuliebe.

Ihre Gedanken wurden von einem seltsamen, gurgelnden Jaulen im Flur unterbrochen, gefolgt von einem dumpfen Schlag. Der Älteste und Gwen tauschten einen verständnislosen Blick. Sie ging zur Tür, öffnete sie einen Spalt weit und spähte hinaus.

Sofort hielt sie sich den Mund zu und unterdrückte einen Schrei. Auf dem Boden war eine gestreifte gelbe Katze, der Seelenfreund eines Parlamentsangestellten, der noch spätabends im Palast arbeitete. Sie lag reglos auf der Seite und war mit verschütteter Pflanzensaftmilch bedeckt. Gesicht und Bauch waren geschwollen und verzerrt. Das arme Geschöpf war zweifellos tot.

»Lass mich mal sehen«, sagte der Älteste, der aufgestanden

und zu Gwen herübergekommen war. Gwen wich zurück an die Wand, der Älteste sah sich alles einen Moment lang genau an und schloss dann die Tür.

»Gift.« Sein Gesicht zeigte keinerlei Regung, nur eine ernste, durch nichts zu erschütternde Einsicht. Gwen hatte das Gefühl, sich übergeben zu müssen. Jemand hatte versucht, den Ältesten umzubringen – das konnte doch nicht möglich sein.

Der Älteste wirkte schwer getroffen.

»Das Parlament ist voller Heuschrecken«, sagte er. »Nach heute Abend ist klar, dass die Spione der Dominae bereit sind, für ihre Sache zu töten.«

Da fiel Gwen etwas ein, das sie dem Ältesten noch nicht vom Abend erzählt hatte.

»Wer sind die Ratten?«, wollte sie wissen. »Ein Mann hat mir auf dem Weg nach draußen geholfen. Ich soll Ihnen sagen, dass die Ratten da sind. Was meint er damit?«

Der Älteste machte große Augen, schüttelte aber den Kopf. »Die RATTEN? Nichts als Aufwiegler. Vielleicht sind sie König Melore treu wie wir, aber es sind auch Träumer und Idealisten – sie glauben voller Hingabe an die Prophezeiung und reine Gerüchte. Die RATTEN waren gegen den Schakal, aber aus dem Parlament machen sie sich auch nichts. Es ist unwahrscheinlich, dass sie uns behilflich sind.«

Er schritt zwischen Tür und Fenster auf und ab und hatte die Hände hinter dem Rücken gefaltet, als wüsste er nicht, wo er sie sonst hintun sollte.

»Dieser Mann hat mir jedenfalls geholfen«, versicherte sie ihm, »und er kannte Ihren Namen. Er wusste, dass Sie auf der Seite des Parlaments stehen, aber Sie sollen zum Weißen Tiger kommen.«

»Zu gefährlich«, entgegnete der Älteste kopfschüttelnd.

»Gefährlicher als hierzubleiben?«, konterte Gwen. »Das ist nicht sicher. Haben Sie selbst gesagt.«

Der Älteste schwieg. Er starrte die Wand an, als hörte er auf den Rat von jemandem, der nicht mehr da war. Dann ging er zum großen Kleiderschrank und holte seine Reisetasche heraus.

Die mitfühlenden Vögel, die sich auf den Dachsparren versammelt hatten, kicherten nervös.

»Dann gehen wir sofort«, entschied er. »Bevor die Spione der Dominae merken, dass es mit dem Vergiften nicht geklappt hat.«

Er fing an, die Schreibtischschubladen durchzugehen, Papiere zusammenzurollen und sie ordentlich in seinem Bündel zu verstauen.

»›Wir‹?«, fragte Gwen. »Soll das heißen, ich darf Sie diesmal begleiten?« Sie dachte an die furchtbare Zeit, als er das letzte Mal weg gewesen war, und daran, wie besorgt sie um ihn gewesen war und wie einsam.

Der Älteste hielt inne und lächelte sie an, ein Lächeln, das durch die getrockneten Tränen auf seinem müden, alten Gesicht noch ergreifender wirkte.

»Natürlich, mein Kind. Wir sind beide in Gefahr und du bist jetzt die ganze Familie, die ich noch habe auf der Welt. Geh packen.«

20

Ben schaffte es, zum Opernhaus zurückzukehren und sich vor dem Ende des Konzerts hineinzuschleichen. Niemand sagte dort etwas zu ihm, und als er mit seinen Klassenkameraden in die Rigimotive stieg, war er sicher, dass sein Ausflug von niemandem bemerkt worden war – außer von Hal, Tori und Phia.

»Wohin bist du verschwunden?«, fragte Tori ihn in der Rigi und drehte sich auf dem Sitz zu ihm um. Sie verschränkte die dünnen Arme auf der Kopfstütze und lehnte sich mit dem Kinn darauf. Phia saß neben ihr, blickte aber starr geradeaus – Ben konnte von ihr nur das lockige dunkelbraune Haar sehen. Hal saß neben Ben und hatte das Knie an den Vordersitz gestemmt. Er döste mit offenem Mund und schief sitzender Brille.

»Nirgendwohin«, log er. »Ich war beim Konzert. Ich saß ganz hinten.«

»Aber –«, begann Phia, überlegte es sich dann aber anscheinend anders. Sie drehte sich nicht mal zu ihm um. Ben lehnte sich zurück und bemühte sich, Toris skeptischen Blick zu ignorieren. Irgendwann würde er ihnen erzählen, was er gemacht hatte – sobald er Zeit gehabt hatte, selbst darüber nachzudenken. Im Moment interessierte ihn nur König Melores letzte Rede, die in Tremelos Rätsel eingeflossen war. Mehr denn je hatte er das Gefühl, es bald lösen zu können – und mehr denn je war er überzeugt, dass das Rätsel nicht das einzige Geheimnis war, das es aufzuklären galt.

An den folgenden Tagen hatte Ben so viel damit zu tun, nachmittags die Hausaufgaben und das Training unter einen Hut zu bekommen – nachts grübelte er meist noch über Tremelos Rätsel nach –, dass ihm kaum Zeit blieb, wegen seines ersten Scavage-Spiels nervös zu sein. Aber nun war der Tag gekommen: Fairmount gegen Roanoake. Beim Umziehen war er dann doch etwas zappelig, aufgeregt und begierig darauf, seine Schulkameraden auf dem Platz zu beeindrucken. Trotzdem konnte er die seltsamen Ereignisse der letzten Woche nicht verdrängen: das panische Mädchen, mit dem er in der Nähe des Opernhauses zusammengestoßen war, oder seinen Besuch im Weißen Tiger. Er war fest entschlossen, mehr über Melore und die Velyn zu erfahren, sobald sich ihm die Gelegenheit dazu bot – aber heute war Scavage König.

Die Mannschaft aus Roanoake war am Morgen mit der Rigimotive eingetroffen und hatte eine ganze Tierschau von Seelenfreunden mitgebracht – Hirsche, Kaninchen, Igel und mehr. Als sich die beiden Teams jetzt aufstellten, um aufs Feld zu gehen, wimmelte es auf dem gesamten Scavage-Platz von Spielern und

Tieren. Die Tribünen waren voll von Fairmount-Schülern und -Lehrern in Blau und Gold und ein paar grün-schwarz gestreiften Roanoake-Fans, die mitgereist waren. Die meisten Zuschauer hatten Operngläser dabei, damit sie das riesige Scavage-Feld überblicken konnten. In einem speziellen Kasten über der höchsten Tribüne warteten zwei Fairmount-Schüler darauf, das Spiel über den Radiokanal der Schule zu senden. Ben fragte sich, ob seine Eltern zu Hause im Tiefland wohl genau in diesem Augenblick am Suchknopf des alten Küchenradios drehten.

Mrs Shonfield betrat energisch ein Podest vor den Tribünen und bat mit einer Handbewegung um Ruhe. Dann hielt sie sich ein Megafon vor den Mund.

»Willkommen«, begann sie. »Ein ganz herzliches Willkommen an unsere Freunde aus der Roanoake-Ebene. Wir freuen uns sehr, dass ihr heute Abend an unserer Herbstsoiree, dem großen Freundschaftsfest, teilnehmt, mit der wir den Beginn einer neuen Scavage-Saison feiern möchten!« Lauter Beifall brach im gesamten Stadion los. Ben hatte die Herbstsoiree fast vergessen. Die Mannschaftsmitglieder mussten daran teilnehmen und dort ihre Schule vertreten. Tremelos Rätsel und sein Ausflug zum Weißen Tiger hatten ihn so abgelenkt, dass ihm das Fest völlig entfallen war.

Shonfield beendete ihre Ankündigungen und gab das Megafon an Trainer Banter weiter.

»Ich möchte von allen ein sauberes Spiel sehen!«, sagte er. »Kein Beißen, Kratzen, Misshandeln oder Gebrauch von Exkrementen!« Ben hörte Gelächter auf den Tribünen und grinste. Die Spieler standen in einer Reihe unten am Spielfeldrand, jede Mannschaft vor ihrem eigenen »Territorium«. Viele der Seelenfreunde waren bereits auf das Feld hinausgelaufen. Ben beneidete die anderen darum, dass sie spüren konnten, wo sich ihre Seelenfreunde aufhielten. Diejenigen mit den stärksten Banden konnten sogar schon vor Spielbeginn etwas über das Gelände des Platzes erfahren. Aber er rief sich ins Gedächtnis, dass er das Anima-Band nicht brauchte, um gut zu sein. Das hatte er bereits bewiesen. Sein Herz klopfte, als Trainer Banter von zehn herunterzählte und er und seine Mitspieler zum Start in die Hocke gingen. Drei Schleicher, drei Schläger, drei Hocker standen in jedem Team bereit.

Der Trainer blies in die Pfeife und es ging los. Ben achtete nicht auf die anderen Spieler, außer auf Phia, als er aufs Feld und zwischen die Bäume raste. Beim Training hatten sie großen Erfolg damit gehabt, dass Phia zuerst die Fahne ihres Teams fand, die Schläger und Hocker dorthin lotste und dann losflitzte, um die gegnerische Fahne zu suchen. Carin flog hoch über ihnen und wies ihnen den Weg.

Als sie die Fahne endeckten, machte Bens Herz einen Sprung. Ihre blau-golden gestreifte Fahne steckte in einer Felswand am hinteren Ende des Scavage-Platzes, in der Nähe der Stelle, wo das Waldgelände in die Dunklen Wälder überging. Sie würden sich am Fuß der Felswand verteilen und klettern müssen, falls irgendjemand aus Roanoake es an ihnen vorbei schaffte. Ben ließ die Hocker am unteren Ende der Felswand zurück und schlüpfte zwischen die Bäume, um sich einen guten Aussichtspunkt zu suchen.

Es dauerte nicht lange, bis ihm einer der Schleicher aus Roanoake über den Weg lief. Ein nervöser Hirsch stakste durch die Bäume, gefolgt von einem kräftigen Mädchen mit langen Beinen und blonden Haaren. Sie sah ihn nicht, sondern hockte sich hinter einen Felsbrocken und blickte zur Fahne hinauf. Ben kroch näher, um sie mit dem Schnipp besser treffen zu können, als er aus dem Augenwinkel etwas Blau-Goldenes vorbeihuschen sah. Es war Taylor, der durch die Bäume schlich. Als Hocker sollte er eigentlich die Heimfahne bewachen, aber er entfernte sich gerade von ihr. Ben achtete nicht auf ihn; er hatte das Mädchen perfekt im Visier und zückte seinen Schnipp.

Genau in diesem Moment schrie plötzlich ein Adler, der über ihnen flog, und das Mädchen drehte sich um. Sie rannte zwischen den Bäumen davon und Taylor nahm die Verfolgung auf. Ben fluchte leise. Genau wie er im Scherz zu Phia gesagt hatte, gab es in Roanoake tatsächlich eine Anima Adler. Jetzt musste er herausbekommen, wo sich die Anima Adler aufhielt und ob ihr Seelenfreund ihn bereits ausfindig gemacht hatte.

Er beschloss, die Taktik zu ändern und zum Angriff überzugehen – er würde sich im Schutz der Bäume und Büsche bewegen, um so nicht von oben gesehen zu werden. Kurz darauf entdeckte er einen grünen Farbklecks an einem Baum und wusste, dass jemand einem Schläger aus Roanoake nur knapp entkommen war. Ben befand sich jetzt in ihrem Territorium, weit von der Fahne seines eigenen Teams entfernt.

Aber er war nicht der Einzige. Wieder entdeckte er Taylor. Nur ein paar Schritte entfernt schien Bens Teamkollege die Roanoake-Schleicher zu ihrer Basis zu verfolgen. Sobald sich Ben sicher war, dass ihn niemand beobachtete, lief er zu Taylor hinüber.

»Was machst du hier draußen?«, fragte er. »Du bist ein Hocker – du solltest unsere Fahne bewachen.«

»Und du?«, gab Taylor zurück. »Willst du die Roanoake-Fahne selbst stehlen? Das ist die Aufgabe der Schleicher. Kümmer dich um deine eigenen Angelegenheiten, du Freak.«

Ben war frustriert, aber er wollte auch keinen Streit heraufbeschwören. Also wandte er sich ab. Einer von ihnen musste ins Fairmount-Territorium zurück und dabei helfen, die Fahne zu schützen. Schnell machte er sich auf den Weg über das Gelände und hoffte, dass er nicht zu spät kam.

Als er sich der Fahne seines Teams näherte, sah er am anderen Ende der Felsen grün-schwarze Streifen aufblitzen. Es war das Mädchen, das er vorher schon gesehen hatte – sie war umgekehrt, nachdem sie Taylor von seiner eigenen Fahne weggelockt hatte. Nur wenn Ben die steilere Felswand hinaufkletterte und die Fahne von dort aus bewachte, konnte er ihr den Weg abschneiden. Er sah sich am Fuß der Felswand um – wo waren bloß die Hocker? Und die anderen Schläger? Es war vorher schon klar gewesen, dass die Roanoake-Spieler wohl keine großen Kletterer waren, aber sie waren unwahrscheinlich gut im Ablenken. Seine Mannschaftskameraden waren nirgendwo zu sehen, wahrscheinlich von Roanoake-Schleichern weggelockt, so wie er und Taylor. Die Fairmount-Fahne war ungeschützt.

Er steckte sich den Schnipp in den Hosenbund und begann, die Felswand hinaufzusteigen. Er war nicht sicher, ob ihn die Anima Hirsch überhaupt gesehen hatte – falls nicht, wartete eine Überraschung auf sie, wenn sie über den Grat des Felsens blickte. Er würde sie mit dem Schnipp in Empfang nehmen, wenn er nur hoch genug kam …

Von seinem Wachposten auf dem Felsen konnte Ben knapp das obere Ende der Tribünen sehen und die Anfeuerungsrufe hören, die über das Feld hallten. Dann packte ihn etwas am Fuß. Fast verlor er den Halt, bekam aber den Fels zu fassen und blickte nach unten. Ein Roanoake-Schläger mit breiten Schultern und gelockten Haaren war ihm auf den Felsen gefolgt und umklammerte jetzt seinen Knöchel.

»Hab dich«, sagte er grinsend. »Jetzt, Ruthie!«

Die Anima Hirsch erschien oben auf der Felswand und kroch auf die Fahne zu. Der Schläger zog kräftig an Bens Knöchel und versuchte, ihn vom Fels zu zerren.

»Lass los!«, grunzte Ben. Der Schläger umklammerte ihn nur noch fester.

»Auf keinen Fall!«

Ben versuchte, sich mit der linken Hand am Fels festzuhalten, damit er die Schleicherin, Ruthie, mit dem Schnipp markieren konnte – dann wäre es ihr nicht mehr erlaubt, die Fairmount-Fahne zu stehlen und ihrem Team dadurch zum Sieg zu verhelfen. Doch er schaffte es nicht, sich festzuhalten, trotz der zur Ausrüstung gehörenden Handschuhe, die ihm größeren Halt gaben. Seine Hand rutschte ab und so purzelten er und der Roanoake-Schläger mit einem heftigen, dumpfen Aufprall zu Boden.

Als sich Ben und der Roanoake-Schläger ächzend aufsetzten, stürmte jemand am unteren Ende der Felswand zwischen den Bäumen hervor. Es war Phia.

»Phia, die Roanoake-Fahne ist am anderen Ende!«, rief Ben und zeigte auf die entfernte Seite des Feldes.

Aber Phia hörte ihm kaum zu. Stattdessen blickte sie ungerührt in den Himmel und suchte das Blau nach etwas ab, das Ben nicht sehen konnte. Er hörte ein Jubeln vom Gipfel der Felswand, dann einen lauten, hohen Pfiff von der Tribüne – die Fairmount-Fahne war erobert worden. Sie hatten verloren.

Phia kam näher und ließ immer noch den Blick über den Himmel schweifen.

»Was ist los, Phia?«, erkundigte sich Ben. »Das Spiel ist aus – was machst du denn?«

»Carin«, antwortete sie. »Sie hat was.«

Ben hörte das Siegesgeheul der Schleicherin aus Roanoake und das enttäuschte Murren der Hocker aus Fairmount und stellte sich neben Phia. Sie zeigte nach oben. Der Falke kreiste dicht über ihnen, gab einen Schrei von sich und setzte sich dann anmutig auf die Lederstulpe an Phias ausgestrecktem Arm, wo er sich eine lose Feder von der Brust pickte.

Irgendetwas fiel aus den Klauen des Falken. Ben streckte gerade noch rechtzeitig die Hände danach aus, bevor es auf dem Boden aufkam. Der Roanoake-Schläger kam zu ihnen herüber und starrte Carin an.

»Was in aller Natur ist das, ein Messer?«, fragte der Schläger.

Tatsächlich war es eine Kralle – und zwar eine riesige Kralle, die so lang war wie Bens ausgestreckte Hand. Das stumpfe, flache Ende war rau und voll von getrocknetem Blut, das schon eine lange Zeit dort zu kleben schien. Aber Ben fiel auf, dass das andere Ende gefährlich spitz war.

»Wow«, sagte er.

»Ameisen«, sagte der Schläger.

Phia schwieg, aber ihre Augen wurden groß wie Untertassen. Ben gab Phia die Kralle und sie hielt sie in die Sonne hoch.

»Sie sieht ziemlich alt aus«, stellte sie fest.

Die anderen Spieler kletterten nach und nach die Felswand hinunter und kehrten zum Aufwärmbereich zurück. Der Roanoake-Schläger warf einen letzten neugierigen Blick auf die Kralle und joggte dann zu seinen Mannschaftskollegen hinüber.

»Sollen wir sie dem Trainer zeigen?«, fragte Phia.

»Noch nicht«, flüsterte Ben und stellte sich zwischen Phia und die anderen Schüler. Er musste wieder an die sauberen, tiefen Wunden im Fell des toten Bären und an die schattenhaften Gestalten zwischen den Bäumen am Rand der Dunklen Wälder denken. Wenn diese Männer Waffen wie die hier hatten, wenn sie diejenigen waren, die den Bär so nah an der Schule umgebracht hatten – als Warnung oder Drohung? –, dann war die Kralle zu wichtig, um sie einfach Trainer Banter und seinen stümperhaften Bulldoggen zu übergeben. Nein, es war besser, sie geheim zu halten, bis Ben mehr darüber herausfinden konnte.

Zum Glück war Phia einverstanden und nickte. Ohne ein weiteres Wort steckte sie die Kralle in den Hosenbund ihres Sportdresses. Phias verletzter Blick, als er sie in der Woche zuvor im Foyer des Opernhauses stehen lassen hatte, kam ihm flüchtig in den Sinn und er bekam ein schlechtes Gewissen.

»Ähm, Phia«, begann er unsicher. Er suchte nach den richtigen Worten. So viel ging ihm durch den Kopf – die Männer im Wald, der Besuch im Weißen Tiger und jetzt auch noch die Kralle. Er wollte Phia erklären, warum er es damals so eilig gehabt hatte, wusste aber nicht, wie er anfangen sollte.

»Tut mir leid, dass wir meinetwegen das Spiel verloren haben«, kam Phia ihm zuvor. Sie blickte zu den Tribünen hinüber.

»Oh«, sagte Ben, erleichtert, dass sie das Thema gewechselt hatte – auch wenn ihm das Spiel jetzt unwichtig erschien. »Das war nicht deine Schuld.«

Zusammen spazierten sie über das Gelände und aus dem Wald heraus in den hellen, normalen Tag.

Nach dem Spiel saßen Ben, Hal, Tori und Phia im Gemeinschaftsraum der Türme zusammen und hatten die Kralle in ihre Mitte auf einen runden Arbeitstisch aus Holz gelegt. Ein paar andere Schüler lasen oder beschäftigten sich ganz in der Nähe mit Kartenspielen wie *Kaninchenjagd* oder *Rattennest*, aber die meisten bereiteten sich anderswo auf die Abendveranstaltung, die Herbstsoiree, vor. Die vier Freunde drängten sich dicht zusammen, damit niemand mithören konnte.

Hal nahm die Kralle und drehte sie in den Händen.

»Sie stammt auf jeden Fall von einem ziemlich großen Tier. Aber keinem Bär. Sieht eher nach einer Raubkatze aus.«

»Gibt es denn überhaupt Raubkatzen in diesem Teil des Königreichs?«, fragte Phia. »Könnte dieses Tier vor ein paar Wochen den Bären getötet haben?«

»Möglich«, antwortete Hal, klang aber wenig überzeugt. Er hielt sich die Kralle näher vor die Augen und dann weiter weg, um die richtige Entfernung zu finden, in der er sie durch seine Brille scharf sehen konnte. Dann wies er die anderen auf etwas hin, das Ben vorher nicht aufgefallen war.

»Seht euch das hier an!« Er strich mit dem Finger über den Rand. »Sie ist erst kürzlich geschliffen worden, mit einer Feile oder so. Was, wenn jemand die Kralle als Waffe benutzt hat, um den Bären zu erlegen?«

Ben nahm die Kralle und fuhr mit dem Finger an der Innenseite der Krümmung entlang. Fast hätte er sich dabei in den Daumenballen geschnitten. Hal hatte recht: Die Kralle war extrem scharf, und zwar nicht so, wie es von der Natur vorgesehen war.

Hal blickte zu Phia. »Wo hat Carin das Ding bloß gefunden?«

Phia schwieg einen Moment lang. Der Falke saß auf ihrer Schulter und putzte sich.

»Ich … Ich weiß nicht genau.« Sie schloss die Augen und atmete tief durch. Carin regte sich nicht, als wollte sie es ihr gleichtun. Phia machte die Augen wieder auf und seufzte frustriert. »Keine Ahnung. So gut kann ich es nicht. Aber ich weiß, dass sie nicht weit weg war. Sie ist in der Nähe der Schule geblieben.«

»Und was bedeutet das?«, fragte Hal. »So eine Waffe so nah an der Schule?«

Ben spürte, wie sich ein Knoten in seinem Magen zusammenzog.

»Es bedeutet, dass jemand da draußen ist«, antwortete er. »Jemand beobachtet Fairmount. Vielleicht war es eine Warnung.«

»Oder eine Drohung«, fügte Hal hinzu.

»Die Männer, die du gesehen hast –«, warf Tori ein. »Die sind es, stimmt's?«

»Vielleicht«, bestätigte Ben. Er drehte die Kralle in den Händen herum. Sie fühlte sich glatt und relativ schwer an, war fast zwanzig Zentimeter lang und hatte eine tödliche Krümmung am Ende. Die Oberfläche war dunkelgrau und hatte am stumpfen Ende helle, cremefarbene Streifen. Die Männer im Wald waren groß und brutal gewesen, und wenn er daran dachte, was sie mit einer solchen Waffe anrichten konnten, schauderte ihn.

»Aber wer sind sie?«

Tori gab einen erschrockenen Laut von sich. »Die Dominae.«

Hal, Ben und Phia drehten sich zu ihr um und starrten sie an.

»Warum sollten sie sich da draußen verstecken? Ist das nicht alles nur Politik?«, fragte Phia.

»Mein Onkel Roger sagt, die Dominae wollen einen Krieg anzetteln« – Hal zuckte die Achseln –, »aber er kann manchmal ein bisschen paranoid sein. Sind sie nicht eher daran interessiert, Ärger in der Grauen Stadt zu machen?«

»Das ist nur die halbe Wahrheit«, antwortete Tori. »Ihr habt ja keine Ahnung, was für Gerüchte in der Stadt umgehen – die Leute haben Angst. Meine Eltern haben mir erzählt, die Dominae stellen angeblich ein geheimes Heer auf der anderen Seite des Königreichs auf. Was, wenn sich ihr Heer *hier* versammelt?«

Ben hatte Tori noch nie wegen irgendetwas so erregt gesehen.

»Das erscheint mir doch ziemlich unwahrscheinlich«, sagte er. »Warum sollten sie sich für Fairmount interessieren?«

»Warum nicht?«, gab Tori zurück. »Einige der großartigsten Erzeugnisse des Zeitalters der Erfindungen stammen aus Fairmount. Wenn *ich* vorhätte, die Regierung zu stürzen und das Königreich zu übernehmen, würde ich auf jeden Fall genau im Auge behalten, was hier vor sich geht.«

Ein Klopfen am nächsten Fenster ließ alle vier aufblicken. Drei Fledermäuse flatterten gegen das Fenster und versuchten, durch ein geöffnetes Oberlicht hereinzukommen. Der Himmel draußen war dunkel.

»Ameisen! Wir sollten zum Wipfel zurück.« Phia stand auf. Carin hüpfte auf den Tisch und plusterte sich ungeduldig auf. »Die Soiree fängt bald an.«

»Darf ich das behalten?«, fragte Ben. Er hielt noch immer die Kralle in der Hand. Ein Furcht einflößender Gegenstand, vor allem wenn man sich vorstellte, wie er von den Dominae benutzt wurde. Aber er konnte ihn nicht hergeben – noch nicht. »Nur geliehen«, fügte er hinzu.

»Wenn du willst«, antwortete Phia und sah ihn neugierig an.

»Meine Güte – dann mal frohes Einschlafen mit dem Ding unter dem Kopfkissen«, sagte Tori, schnappte sich Phias Ellbogen und verabschiedete sich halb winkend, halb abklatschend.

Ben und Hal erschienen in der Großen Aula, als die Feier gerade in Gang kam. Trotz des verlorenen Scavagespiels war die Schule in Feierlaune. Die Große Aula im Bibliotheksgebäude war mit blau-goldenen Fahnen und Weizengarben zu Ehren der Erntezeit geschmückt. Die Schule hatte eine Musiktruppe aus einer der Nachbarstädte angeheuert und sie spielten als Erstes lauter schnelle, ausgefallene Volkstänze, bei denen niemand so recht wusste, wie man dazu tanzen sollte, aber immerhin konnte man problemlos mit den Füßen wippen.

Hal und Ben sahen sich sofort nach Tori und Phia um. Hal sah wirklich schick aus, musste Ben zugeben – er trug einen schmal geschnittenen schwarzen Anzug mit Weste und hellgrauen Mustern von Fledermausflügeln auf Schulten und Rücken des Jacketts, dazu eine steife lila Krawatte. Ben hatte nichts Edleres zum Anziehen als seinen Fairmount-Blazer und eine marineblaue Anzughose, aber er hatte sich immerhin die Haare gekämmt und fühlte sich vorzeigbar. Hal hatte ihm angeboten, ihm ein Halstuch zu leihen, aber er hatte höflich abgelehnt.

Sie entdeckten Tori, die am Tisch mit den Erfrischungen stand.

»Würdet ihr bitte *nicht* mit mir tanzen?«, fragte sie. Sie trug noch ihre übliche Schulkleidung – eine Tweedhose mit hoher Taille unter dem Fairmount-Blazer – und lehnte mit verschränkten Armen an der Wand.

»Du tanzt nicht?«, fragte Hal.

»Ich kann *schon* tanzen – vier Jahre Tanzstunden, vielen Dank auch –, aber ich muss das hier nicht vorführen. Nicht bei diesem Publikum.«

»Hmm.« Hal nickte. »Ja, ähm … man muss ja nicht immer alles zeigen, was man kann.«

Das Lied, das gerade gespielt wurde, war zu Ende, und Phia kam von der Tanzfläche zu ihnen herüber, etwas rot im Gesicht. Im Gegensatz zu Tori hatte sie sich mit Rock und Bluse fein gemacht und das lockige Haar zu einem Knoten zusammengebunden.

»Bist du immer noch so miesepetrig?«, fragte sie Tori.

»Ich bin geheimnisvoll«, antwortete Tori. »Das ist was anderes.«

Phia lächelte und sah Ben an – und ihm kam ein schrecklicher Gedanke: Er sollte sie zum Tanzen auffordern. Allein die Vorstellung schnürte ihm die Kehle zu und seine Handflächen begannen zu schwitzen. Was sollte er bloß tun, wenn sie Ja sagte?

»Mit wem – mit wem hast du gerade getanzt?«, fragte er.

»Mit niemand Besonderem«, antwortete sie. »Ich kann eigentlich gar nicht tanzen. Ich bewege nur die Füße von einer Seite zur anderen und gucke, was passiert.«

Ben gab einen Ton von sich, der wie irgendwas zwischen Lachen und Husten klang. Hal runzelte die Stirn.

»Also, ich bin sicher, dass ich es gar nicht kann«, gestand Ben.

»Du hast mir mal erzählt, du wärst früher zu Scheunentänzen gegangen«, sagte Phia liebenswürdig. »Das hat bestimmt viel Spaß gemacht.«

Ben zögerte mit seiner Antwort. Mit Phia auf einer Soiree zu tanzen und ein Scheunentanz im Tiefland waren wirklich nicht vergleichbar. Aber dann entdeckte er seinen Geschichtslehrer Professor Nillow, der gerade am anderen Ende des Getränketisches den Punsch probierte, und nutzte die Chance, dem Tanzthema auszuweichen.

»Bin gleich wieder da«, sagte er. »Ich muss Nillow was fragen.« Ben spürte die Blicke seiner Freunde im Rücken, als er zu dem Lehrer hinüberschlenderte. Er wollte ihm tatsächlich eine Frage stellen – mehrere sogar, die ihm seit seinem Ausflug zum Weißen Tiger im Kopf herumgingen. Trotzdem war er zugleich erleichtert und verlegen, als er Phia den Rücken zuwandte.

»Guten Abend, Professor Nillow«, sagte er und stellte sich zu ihm an den Tisch.

»Hallo, Mr Walker. Benehmen wir uns?«, fragte Nillow und zog an seiner gestreiften Weste, die eine Nummer zu klein war. Er war ziemlich rundlich.

»Ja, Sir. Ich habe mir gedacht – wir haben das Zeitalter der Erfindungen unter König Melore noch nicht durchgenommen, aber ich würde es gern als Thema für meine Abschlussarbeit nehmen. Haben wir Abschriften seiner Reden an der Schule?«

»Liebe Natur, nein«, brummte Nillow. Ein bisschen Punsch lief ihm aufs Kinn und er wischte ihn mit dem Ärmel seines Jacketts weg. »Ein Jammer. In den siebzehn Jahren, die der Schakal dieses Königreich an den Hufen gehalten hat, hat er fast alle öffentlichen Aufzeichnungen aus Melores Regierungszeit vernichtet. Ziemlich üble Nummer, die er da abgezogen hat. Die einzig verlässlichen Niederschriften, falls es überhaupt welche gibt, befinden sich in den Archiven des Parlaments.«

Ben war zwar enttäuscht, aber auch mutig.

»Das hat er mit den Velyn auch gemacht, stimmt's? Der Schakal, meine ich.«

Nillow sah ihn misstrauisch an.

»Jetzt hast du von etwas völlig anderem angefangen. Frag mal herum – die Velyn zu vertreiben, war die einzig sinnvolle Tat, die der Schakal in seiner Amtszeit geleistet hat. Brutale Typen, der ganze Haufen. Barbaren.« Nillow räusperte sich und trank noch einen großen Schluck Punsch. »Ich hätte kein besonderes Interesse an einer Abschlussarbeit über sie, falls du das im Sinn hast, mein Junge. Halt dich lieber an geschichtliche Ereignisse, auf die es ankommt.«

Nillow wandte sich ab, offensichtlich verärgert über Bens

Frage. Ben überlegte, was die RATTEN wohl darauf erwidert hätten – auf welche geschichtlichen Ereignisse es »ankam«, mochte wohl eine Frage der Perspektive sein.

Als er zu seinen Freunden zurückkehrte, war Phia verschwunden und Hal und Tori standen nebeneinander an der Tanzfläche.

Tori wiegte sich sogar ein wenig hin und her – fast so, als würde sie sich amüsieren. Sie grinste ihn hintergründig an.

»Das hast du vermasselt«, sagte sie.

»Vermasselt? Was denn?«, fragte er und dachte, sie meine sein Gespräch mit Nillow.

»Phia wollte mit dir tanzen«, erklärte Hal.

Ben spürte, wie ihm das Blut in die Wangen stieg. »Echt?«

»Du hast sie gerade verpasst«, sagte Tori, jetzt mit einem sanfteren Gesichtsausdruck. »Sie hat behauptet, sie sei müde, und ist zum Wipfel zurückgegangen.« Sie wandte sich an Hal. »Kennst du den Lemurentanz?«, wollte sie wissen.

Hal zog seine Weste und sein Jackett gerade. »Ähm … ja, schon«, murmelte er.

»Dann los«, sagte Tori und nahm ihn an die Hand. Hal winkte Ben noch zu, als Tori ihn auf die Tanzfläche zog.

Ben blieb eine Weile allein stehen und sah zu, wie seine Schulkameraden Spaß hatten. Da er nicht wusste, was er mit den Händen machen sollte, steckte er sie in die Hosentaschen und kramte darin herum. Dabei stellte er fest, dass der Anhänger, den er von Tremelo bekommen hatte und den er immer bei sich trug, nicht da war. Noch eine Enttäuschung. Er nahm sich vor, später in seinem Zimmer nachzusehen.

Ben verließ die Aula. Der Partylärm hallte im Innenhof wider und der Eingang zum Bibliotheksflügel des Gebäudes, ein prachtvoller marmorner Torbogen, war verlassen.

Ben glaubte Nillow, dass die meisten Aufzeichnungen von Melores Worten und Taten in der langjährigen Regierungszeit des Schakals beseitigt worden waren – aber er wollte die Hoffnung nicht aufgeben, dass irgendetwas, irgendeine Information, die ausgefransten Ränder dessen, was er bisher durch Tremelos Rätsel über Bewusstwerdung erfahren hatte, glatt zusammenfügen würde. Ben blickte sich um. Die ganze Schule war mit Feiern beschäftigt. Er schlüpfte in die dunkle Bibliothek.

Ohne wirklich zu wissen, wo er anfangen sollte, stieg er die Treppe zur Geschichtsabteilung hinauf. Der Herbstmond schien durch die hohen Glasscheiben des Treppenaufgangs.

Auf Höhe des zweiten Stocks hörte er ein Klappern, das ganz aus der Nähe zu kommen schien. Schlich noch jemand anders außerhalb der Öffnungszeiten in der Bibliothek herum? Er blickte die langen, offenen Flure hinunter. Niemand.

Als von unten schnelle Schritte heraufhallten, beugte sich Ben über das Treppengeländer und hoffte, jemanden erkennen zu können – doch er sah nur den dunklen Schatten eines großen, unheilvollen Vogels, der auf dem Treppenabsatz unter ihm saß. Er gab ein lautes Kreischen von sich und Ben wich erschrocken zurück. Die Geschichtsabteilung konnte warten. Stattdessen eilte Ben in den ersten Stock zurück, um sich den Vogel genauer anzusehen. Als er jedoch den Absatz erreichte, war der Vogel verschwunden und alles war still.

Allerdings bemerkte er noch etwas anderes, das seltsam war: eine angelehnte Holztür am Ende des Flurs. Wäre sie geschlossen gewesen, hätte sie sich nahtlos in die Wand eingefügt. Sie bewegte sich langsam in den Eisenangeln, als wäre sie kurz zuvor weit aufgerissen worden. Ben ging hindurch.

Drinnen wartete er, bis sich seine Augen an die Dunkelheit

gewöhnt hatten, und sah sich dann um. Er stieß mit dem Fuß gegen etwas und bückte sich. Es war eine Taschenlampe. Und sie war warm.

Ben drehte an der Kurbel und die Lampe begann flackernd zu leuchten. Anscheinend war er auf eine Art Buchbinderwerkstatt gestoßen. Alles im Raum war mit einer dicken Staubschicht bedeckt. Abgenutzte Bücher lagen gestapelt in ordentlichen Reihen, Leimtöpfe säumten einen in der Mitte stehenden Arbeitstisch, Buchbinderfaden und dicke Nadeln lagen herum. Das hier war ein Zimmer zum Reparieren von Büchern, obwohl einige so aussahen, als wäre das bei ihnen nicht mehr möglich.

Auf dem Arbeitstisch war eine große Karte ausgebreitet. Anscheinend war sie der einzige Gegenstand hier, der in den letzten zwanzig Jahren benutzt worden war. Kein Staubkörnchen war darauf zu sehen. Die Taschenlampe hatte neben einem umgekippten Schemel gelegen. Wer immer sich diese Karte angesehen hatte, hatte sie hergebracht, um sie heimlich zu studieren, so schien es, war dabei gestört worden und nur knapp entkommen.

Ben beugte sich über den Tisch und hielt die Lampe über die Karte. *Die Unerreichbare Straße: Die Wanderung des Bergvolkes Velyn* stand groß darüber. Darunter war in kleineren Druckbuchstaben geschrieben: *Von Thelonius Loren*. Ben lief ein Schauer über den Rücken, weil er Titel und Autor kannte. Er hatte zwar nicht die Lösung für Tremelos Rätsel, aber immerhin etwas: Die Velyn-Stämme begegneten ihm schon zum zweiten Mal in weniger als einer Woche. Zu gern hätte er gewusst, wer hier heimlich die Karte studiert hatte.

Die Karte zeigte die gesamten Dunklen Wälder, die sich von Fairmount aus über die südliche Hälfte des Königreichs einschließlich des Goldenen Tieflands erstreckten. Die Velyn-Gipfel waren in weißer Kreide dargestellt, und liebevoll gezeichnete schwarze Blumen kennzeichneten jeden Ort, von dem man wusste, dass die Velyn dort gelebt hatten. Neben der Karte fand sich eine Liste, in der die Bedeutung jeder Kennzeichnung erklärt und das Jahr angegeben wurde, in dem sich die Velyn dort niedergelassen hatten.

Die Unerreichbare Straße, erfuhr Ben, war ein Weg, über den die Velyn von einem Ort zum anderen gereist waren. Das dicht bewachsene Gelände und die steilen Berghänge machten das Passieren schier unmöglich – aber die Velyn hatten anscheinend die Straße geschaffen und sie als Einzige jemals genutzt. Außer, so vermutete Ben, besagtem Thelonius Loren, dem Mann, der denselben Nachnamen trug wie Tremelo. Er überlegte, ob Loren der Mann sein konnte, von dem ihm der Barkeeper erzählt hatte – der Verrückte. Wie viele Menschen im Königreich waren schon an den Wanderungen eines untergegangenen Stammes interessiert?

Ben beugte sich auf dem Stuhl vor und folgte der Zeichenerklärung chronologisch mit dem Finger von einem Ort zum anderen. Er malte sich aus, wie das Bergvolk, ganze Familien, auf ihrem eigenen geheimen Weg quer durch das Gebirge zog. Alle Geschichten über die Velyn, die sich in Tiere verwandelten und auf den Berghängen herumstreiften, kamen ihm so lebendig in den Sinn wie damals, als er sie als kleiner Junge gehört hatte.

Während er die Unerreichbare Straße mit dem Finger nachfuhr, stellte er fest, dass ein Punkt als »Jährlicher Aufenthaltsort im Herbst« gekennzeichnet war. Er lag genau am Ende des Weges. Ben musterte die Krümmung der Dunklen Wälder um das Gebirge herum und eine Reihe von Klippen. Er sah den Verlauf des Fluvian mit dicker blauer Tinte eingezeichnet und war sicher, dass er gerade die Wälder draußen vor der Fairmount Academy betrachtete.

Dann fuhr er mit dem Finger in die andere Richtung und landete am anderen Ende der Unerreichbaren Straße auf einer weiteren Markierung, und zwar einer perfekt gezeichneten Blume … die sich ganz in der Nähe seiner Heimatstadt im Tiefland befand. Hier war der Wald weniger dicht und nur ein schmaler Streifen Waldland trennte das Tiefland vom Gebirge. Er merkte sich die Ziffer des letzten Ortes und las die Erklärung auf der nebenstehenden Liste.

Der Tieflandpass, stand an der Seite, *ist die letzte bekannte Niederlassung der Velyn-Stämme. Auserwählt wegen seiner guten Lage für den Handel mit dem Goldenen Tiefland, erwies sich der Standort in einem Gebiet, wo die Dunklen Wälder weniger dicht sind, als nachteilig: Die gute Erreichbarkeit des Ortes bot den Soldaten des Königs Schakal die Gelegenheit zum Angriff. An diesem Ort wurden die Velyn-Stämme zum letzten Mal lebend gesehen – und höchstwahrscheinlich auf grausame Weise ermordet.*

Ben malte die Worte mit zitternden Händen nach. Draußen donnerte es und die Wolken verdüsterten sich unheilvoll. Er bewegte den Finger zurück zur schwarzen Blume, sah genau hin und stellte jetzt fest, dass Loren in ordentlicher Schrift *Das Massaker an den Velyn* und eine Jahreszahl dazugeschrieben hatte. Es war ein Jahr, das Ben gut kannte.

Sein Geburtsjahr.

21

Die Lichter der Herbstsoiree beleuchteten den Rasen, als Ben zu den Türmen zurückrannte. Er sah es über den Bergen blitzen, und als er das Wohnheim betrat, fing es an zu tröpfeln.

Er musste nachdenken. Es kam ihm so vor, als wäre er seit seiner Ankunft in Fairmount auf nichts als Geheimnisse und Fragen gestoßen, dabei aber kein bisschen der Antwort auf die eine Frage nähergekommen, die er ursprünglich gehabt hatte: die nach seiner Abwesenheit.

Sein Geburtsjahr, sorgfältig auf der Karte notiert, loderte vor seinen Augen, als wäre es dort eingebrannt.

Als Kind hatte er nie gewusst, wer seine leiblichen Eltern waren, nur dass man ihn in der Nähe des auf der Karte markierten Passes gefunden hatte, allein in den Dunklen Wäldern. War es möglich, dass er zu den Velyn gehörte? Sie waren ein verwünschtes Volk, gehasst und geschmäht. Ob sie nun die Gestalt verändern konnten, Verbrecher waren oder einfach nur auf der Verliererseite der Geschichte standen – ihr Erbe war ein Stigma. Wenn er ein Velyn war, würde er noch mehr als Sonderling angesehen werden als ohnehin schon.

Und was war mit der Kennzeichnung, die direkt in den Fairmount-Wäldern lag? Ben dachte an den Abend zurück, als Tremelo ihn und Tori vor dem Wolf gerettet hatte, und an die beiden Männer, die er gesehen hatte. Konnte es sein, dass jemand die Unerreichbare Straße der Velyn benutzte, um Fairmount auszuspionieren? Was, wenn es diese Dominae-Partei war, vor der sich alle so fürchteten? Wusste Tremelo vielleicht mehr, als er zugab?

Ben stieg die Treppe zu seinem Zimmer hinauf und zog sich aus. Dann legte er sich ins Bett, besorgt wegen all der Dinge, die er in Erfahrung gebracht hatte.

In der Nacht träumte er von einem gütigen König. Er trug einen Mantel mit Taschen voller Kräuter und einen würdevollen Zylinder. Der König legte Ben die Hand auf die Schulter und führte ihn so durch die Dunklen Wälder zum Fuß der Berge.

»Sieh nur«, sagte der König und deutete in die Ferne. Ein Falke umkreiste einen schneeweißen Gipfel mit einem Gegenstand in den Krallen. »Was bringt er uns, Ben?«

Doch mit dem Falken näherte sich ein furchtbares Brüllen. Zwischen den Bäumen tauchten wilde Bestien mit gefletschten Zähnen auf. Ben und der König stürzten sich in die Dunkelheit und rannten davon, so schnell sie konnten.

Hinter sich hörte Ben ein bedrohliches Knurren von etwas Riesigem, das ihn verfolgte.

»Ben!«, brüllte der König. Sein Zylinder war heruntergefallen und er wurde von den nahenden Bestien eingeholt.

»Ben!«

Ben wachte auf – es hatte wirklich jemand seinen Namen gerufen.

»Hal!« Dieselbe ferne Stimme rief noch einmal, diesmal begleitet von einem Blitz. Ben setzte sich im Bett auf. Auch Hal war wach und putzte seine Brille mit seinem Pyjamaoberteil.

»Wer war das?«, fragte Ben.

»Ich weiß nicht genau«, antwortete Hal, »aber es kam von draußen.« Gemeinsam öffneten sie das Fenster und beugten sich hinaus. Heftiger Regen prasselte auf sie herab.

Unten stand Tori zitternd im Schlafanzug und rieb sich die dünnen Arme. Donner grollte vom Fluss herüber und kam in ihre Richtung.

»Was machst du da?«, rief Ben aus dem ersten Stock hinunter.

»Ihr müsst runterkommen und mir helfen!«, rief sie. Sie war triefnass und wischte sich das Regenwasser aus den Augen.

Ben bekam eine Gänsehaut. Tori schien ernsthaft Angst zu haben.

»Was ist los?«, wollte Hal wissen.

»Es geht um Phia!«, antwortete Tori und bemühte sich, leise zu sprechen, was bei dem Regen kaum möglich war. »Sie versucht zu fliegen!«

»Was?!«, fragte Hal.

»Wir kommen runter!«, sagte Ben. »Bleib, wo du bist!« Er versuchte, sich nicht vorzustellen, wie Phia nach einem langen Fall verletzt am Boden lag. Sie versuchte zu fliegen? Was hatte sie sich bloß dabei gedacht?

Schnell zogen er und Hal sich an. Ben schnappte sich die Kralle, raste die Treppe hinunter und zum Haupteingang hinaus.

Tori wartete genau davor, nervös auf- und abtigernd. Zu dritt stellten sie sich im Eingang unter.

»Sie ist schon seit Stunden weg«, erklärte Tori. »Ich wusste nicht, wem ich es sonst erzählen soll. Sie hat ein Stipendium – wenn sie erwischt wird, verliert sie es. Aber ich finde sie nicht allein. Sie kann überall sein!«

»Erzähl mal von vorne«, bat Ben. »Was soll das heißen, sie versucht zu fliegen?«

Tori blickte auf ihre Hände hinunter.

»Ich dachte, ich wüsste alles über sie – wir sind ja die ganze Zeit zusammen. Aber in letzter Zeit verschwindet sie öfters aus dem Zimmer, frühmorgens und manchmal auch spätabends nach dem Scavage-Training. Macht angeblich ein freies Lernprojekt mit Tremelo. Als ich fragte, worum es dabei geht, hat sie geantwortet« – Tori hielt inne und rieb sich die Narbe unter dem Ärmel –, »ich würde es nicht verstehen.«

Ben dachte daran zurück, was Phia in der Oper gesagt hatte – dass ein Band zwischen Menschen und Tieren vielleicht nicht ausreichte. Nicht für jemanden, der sich wirklich in ein Tier *verwandeln* wollte.

»Als sie heute Abend die Soiree verlassen hat, hat sie sich so komisch benommen«, fuhr Tori fort. »Ich hab gehört, wie sie sich rausgeschlichen hat, nachdem wir uns schlafen gelegt haben. Ich hab mir nicht viel dabei gedacht, wir alle schleichen uns schließlich mal raus« – sie warf Ben einen wissenden Blick zu –, »aber als sie aus dem Zimmer war, wurde ich neugierig und … hab ein bisschen herumgeschnüffelt.« Den letzten Teil flüsterte sie.

»Und als ich dann das hier fand, na ja …«

Sie griff in ihre Tasche und zog ein handtellergroßes Notizbuch mit rotem Leineneinband heraus. Hal nahm es ihr aus der Hand und schlug es auf.

»Sie will also fliegen, na und? Das ist normal für eine Vogel-Anima«, sagte er und blätterte darin herum. »Ehrlich gesagt würde ich mir eher Sorgen machen, wenn sie es nicht wollen würde. Hmm. Gute Gedichte.«

Ben konnte nicht hinsehen. Wenn Phia herausfände, dass sie in ihr Tagebuch geschaut hatten, wäre sie entsetzt.

»Ihr solltet das nicht lesen«, sagte er.

»Das da meine ich sowieso nicht«, flüsterte Tori und streckte die Hand aus, um vorzublättern.

Hal hielt sich das Buch dichter vor die Brust und blätterte ein paar Seiten weiter. Dann hielt er inne.

»Oh«, sagte er und klang auf einmal sehr ernst.

Tori nickte.

»Was? Was ist denn?«, fragte Ben. Hal hielt das Notizbuch geöffnet und reichte es Ben. Neben einer Seite mit hastig hingekritzelten Notizen fand sich eine detailreiche Zeichnung. Sie stellte ein Paar Flügel aus dünnen, mit Stoff bespannten Metallstäben dar, die sich ein Mensch wie ein Geschirr um den Rücken schnallen konnte. Links und rechts war jeweils ein kleineres Geschirr abgebildet, das für die Arme vorgesehen war. Am Ende dieser beiden kleineren Geschirre befanden sich zwei Griffe, die wie Klauen aussahen. Der ganze Apparat kam Ben bekannt vor und auf einmal fiel ihm ein, wo er die gleiche Konstruktion schon einmal gesehen hatte: bei Tremelos Motorbuggy.

»Meint ihr, sie versucht tatsächlich, dieses Ding zu bauen?«, fragte Ben.

Tori blätterte energisch auf die nächste Seite des Notizbuches und zeigte auf eine Checkliste, die in einer anderen Handschrift geschrieben war. Es war eine Liste von Materialien, die alle abgehakt waren. Ganz unten stand: *Sag mir Bescheid, BEVOR du es versuchst*.

»Sie hat es schon gebaut«, entgegnete Tori mit zitternder Stimme. »Sie hat schon alles zusammengesetzt – und jetzt ist sie da draußen und bricht sich gleich den Hals, falls das nicht schon passiert ist.«

»Also los«, sagte Ben. Die Geräusche der Nacht um sie herum waren wie weggesaugt und seine eigene Stimme klang wie von sehr weit her. »Wir teilen uns auf. Wir finden sie.«

Sie stellten einen Plan auf. Hal machte sich zum oberen Ende der Klippe auf und würde unterwegs am Uhrenturm und an den am weitesten entfernt liegenden Schulgebäuden vorbeikommen. Tori lief los, um das Scavage-Feld zu umrunden. Beide wollten sich bemühen, so viel wie möglich von ihren Seelenfreunden zu erfahren, die in diesen Gebieten lebten. Ben beschloss, zuerst die Wohnheime und Stallungen zu durchsuchen und dann in den Lehrerbehausungen und in Tremelos Werkstatt nachzusehen. Er hatte keinen Zweifel daran, wem die Handschrift in Phias geheimem Tagebuch gehörte.

Der kalte Regen fiel weiter, als Ben um das Garrett-Wohnheim herum und den Hügel hinauf zum Gebäude für Angewandte Wissenschaften ging. Er achtete besonders darauf, zu den Fenstern von Tremelos Büro hinaufzusehen. Sie waren dunkel, aber ein Fenster stand offen und die Fensterläden schlugen gegen die steinerne Hauswand. Bens Blick fiel auf die knorrige Eiche neben dem Gebäude. Ihre Äste reichten wie eine Brücke zu genau jenem offenen Fenster. Phia, dachte Ben. Was hast du dir bloß dabei gedacht?

Er drehte sich um. Gegenüber dem Gebäude für Angewandte

Wissenschaften war ein buckeliger Hügel, der sich sanft zum eigentlichen Wald hinunterzog. Mit Anlauf und ein bisschen Wind wäre der Hügel die perfekte Startrampe, dachte sich Ben. Er lief darauf zu und die Landschaft öffnete sich wie ein Vorhang, der sich vor einer Bühne teilte. Er entdeckte etwas Großes, Weißes in einem Baum am Fuß des Hügels – es war Phia mit den Flügeln, die über einen Meter weit von ihren Schultern abstanden. Sie hatten sich zwischen zwei großen Ästen verfangen und Phia saß halb baumelnd, halb hockend im Baumwipfel fest.

»Phia!«, rief Ben und rannte den Abhang zu ihr hinunter.

»Was hast du denn hier zu suchen?«, fragte sie und klang erleichtert und wütend zugleich.

»Egal«, wich Ben aus. »Bist du verletzt?«

»Mir geht's gut, glaube ich«, antwortete Phia. »Aber ich stecke fest und das Geschirr ist eingeklemmt!« Ben stellte fest, dass ein Ast den rechten Flügel durchbohrt hatte. Die Drähte, die mit den Bedienteilen an Phias Handgelenken verbunden waren, hatten sich unrettbar in den Zweigen verheddert. Ein offener Draht hing lose herab und schwang hin und her, als Phia sich zu befreien versuchte. Ein paar helle Funken sprühten knisternd aus dem Ende des Drahtes.

»Halt schön still! Ich komme rauf!«, rief Ben. Als er den Baum hinaufzuklettern begann, wurde der Regen heftiger. Stamm und Äste waren glatt und er schürfte sich die Hände auf, als er sich festzuhalten versuchte, aber schließlich schaffte er es nach oben. Phia und ihr Gerät waren festgepinnt wie ein Untersuchungsobjekt unter einem Mikroskop. Das Ding war ein knisterndes Durcheinander aus Drähten, Stäben und Segeltuch – ziemlich festsitzend und ziemlich kaputt. Phias Tränen mischten sich mit dem Regen, der auf ihr Gesicht niederprasselte.

»Keine Sorge. Ich krieg dich da raus«, brüllte Ben durch den Regen. »Ich weiß nur nicht, wie wir das Ding da runterkriegen sollen.«

»Wir *müssen* es runterkriegen!«, protestierte Phia.

Ohne zu antworten, kletterte Ben zu dem Ast über Phias Kopf hoch und fing an, den aufgespießten Flügel vom Baum zu lösen. Dicke Regentropfen schienen ihn von allen Seiten zu attackieren.

»Phia! Heb mal die rechte Schulter an.« Er sah, wie sich ihr Rücken hob, dabei aber zitterte, weil sie weinte.

»Okay, ich hab den Flügel frei. Halt dich an dem Ast unter dir fest«, sagte er warnend und umklammerte selbst den nächsten Ast. »Ich schnalle dich jetzt los und will nicht, dass du runterfällst.«

Phia nickte und gehorchte.

Ben griff mit einer Hand hinter sie und versuchte, die Schnalle auf dem Rücken zu öffnen – aber sie klemmte. Unter ihnen baumelte der lose Draht und sprühte noch immer Funken auf die Zweige. Ben dankte der Natur für den Regen, weil der Baum dadurch kein Feuer fing. Er zog die Kralle aus der Hosentasche und sägte die dicken Riemen von Phias Rüstung durch. Nach nur ein paar Sekunden war sie frei. Erlöst von all dem Gewicht, fiel sie in die Äste unter ihr, als hätten sie nach ihr geschnappt. Schnell packte Ben sie an den Händen, die nass und glitschig waren. Mit einiger Anstrengung schaffte er es, sie zu sichern, damit sie nicht unkontrolliert tiefer rutschte. Als es blitzte, glänzte ihr Haar vor Nässe.

Vom Baum herunterzukommen war schwierig. Die Rinde war glatt und man konnte kaum etwas sehen. Mehr als einmal rutschte Ben auf dem Weg nach unten ab. »Ich hab alles ruiniert«, sagte Phia immer wieder. »Tremelo wird mir niemals verzeihen.«

»Tremelo wird bloß froh sein, dass du nicht verletzt bist«, widersprach Ben.

»Das ist egal«, sagte sie kopfschüttelnd. »Es ist alles sinnlos, wenn ich es zurücklassen muss!«

»Phia, alle machen sich Sorgen um *dich*, nicht um diesen Apparat. Tremelo wird es verstehen.«

»Niemand versteht es!«, entgegnete Phia in einem gereizten Ton, den Ben noch nie von ihr gehört hatte. »Niemand. Ich wünsche mir immer nur, ich könnte da oben sein.« Sie blickte in den Himmel hinauf, der sie mit Regentropfen bombardierte. »Wenn ich nicht richtig fliegen kann, wozu bin ich dann nütze? Ich fühle mich nur wie ein halber Mensch.«

Ben empfand tiefes Mitgefühl mit ihr. Eigentlich hatte er ihr den Grund dafür, dass er seine Anima nicht verraten wollte – weder im Unterricht noch beim Training noch in der Mensa –, nicht sagen wollen. Aber jetzt schien es ihm wichtig, dass sie den Grund erfuhr.

»Wenn das irgendjemand versteht, dann ich«, sagte er.

Phia sah ihn fragend an. Stille breitete sich zwischen ihnen aus.

»Ich kenne dieses Gefühl«, begann Ben stockend. »Als wäre man nur ein Teil dessen, was man eigentlich sein sollte. So geht es mir die ganze Zeit, weil … weil, na ja, ich keine Anima hab.«

Phia nahm seine Hand.

»Ich weiß«, sagte sie.

»Du weißt es?«, fragte Ben und in diesem Augenblick wurde ihm bewusst, dass sie seine Abwesenheit fast schon bei ihrer ersten Begegnung erkannt hatte. Statt sich bloßgestellt zu fühlen, war er merkwürdig erleichtert. »Danke, dass du es niemandem verraten hast«, sagte er.

»Das würde ich nie tun«, antwortete sie und blickte ihm aufrichtig in die Augen. »Ich weiß, wie es ist … anders zu sein. Man wird dann gut darin, es auch bei anderen Menschen zu erkennen. Schon am ersten Tag beim Scavage-Testspiel wusste ich, dass etwas an dir besonders ist.«

»Aber findest du das nicht sonderbar? Also – *mich*?«, fragte Ben.

Phia schüttelte den Kopf und Regentropfen rannen über ihr Gesicht und ihr Haar. »Zu Hause hab ich mich immer angepasst, damit sie mich nicht gehänselt haben. Du hast das Gleiche hier gemacht. Wie könnte *ich* das sonderbar finden?«

Bevor Ben darauf antworten konnte, ertönte lautes Hundegebell direkt hinter der Hügelkuppe.

»Wer ist da unten?«, brüllte jemand. Das Licht einer hin- und herschwingenden Laterne schien zwischen den Bäumen hindurch. Es war Mr Bindley, der Nachtwächter – und heute waren er und seine Hunde hellwach. Das Licht kam näher und die Umrisse der Hunde erschienen oben auf der Kuppe.

»Lauf, Phia!«, sagte Ben und zeigte in Richtung des Scavage-Feldes. »Tori und Hal sind irgendwo da draußen …«

Nach einem letzten Blick auf ihr zu Bruch gegangenes Flügelpaar raste Phia in die Bäume und verschwand.

Ben rannte in die entgegengesetzte Richtung um den Hügel herum, aber die Hunde holten auf.

»Sofort stehen bleiben!«, rief Bindley hinter ihm. Das Licht der Laterne blitzte in der Linse des Nachtsichtmonokels auf, das Tremelo für ihn gebaut hatte.

Ben machte einen scharfen Schwenk nach rechts und lief in

die Büsche am Fuß des Hügels. Bindleys Hunde waren ihm auf den Fersen; Ben konnte hören, wie sie hinter ihm durch das dichte Gestrüpp brachen. Schließlich endeten die Bäume, er gelangte auf einen gepflegten Rasen und sah eines der Gebäude des eigentlichen Schulgeländes vor sich aufragen. Im Laufen merkte er, dass er vor lauter Panik die Kralle hatte fallen lassen.

Die Hunde bellten lauter. Ben huschte um die Ecke des Gebäudes und entdeckte eine Reihe von ebenerdigen Kellerfenstern. Er zog am ersten Fenster, aber der Rahmen war nass und glitschig. Er rührte sich nicht. Ein Blitz spiegelte sich in der Scheibe und einen Moment lang erkannte Ben darin die Gesichter zweier knurrender Hunde. Er drehte sich um und sah vor sich die beiden Hunde, die ihm den Rückweg zum Wohnheim versperrten. Ein Donnerschlag krachte. Bindleys nahende Schritte dröhnten und dann wurde Ben vom Licht der Laterne geblendet, das ihm ins Gesicht schien.

Er saß in der Falle.

22

Das Gras war rutschig von all dem Regen und der Geruch nasser Erde überlagerte andere Duftnoten; es war unmöglich, eine Fährte zu finden. Wenn es geregnet hatte, konnte man nicht jagen.

Über ihr erhob sich ein großer Vogel in die Luft. Ein paar Tropfen fielen von dem Ast, auf dem er gesessen hatte. Sie duckte sich näher an den Boden und blickte starr auf … eine Eule. Einen Moment lang blieb sie ganz still, bis die Eule außer Sichtweite geflogen war.

Mit der Schnauze im Schlamm und sanft auftretenden Pfoten lief sie weiter. Irgendwo vor ihr war der Geruch von warmem, vergossenem Blut. Während sie am Rand der Bäume entlangschlich, wurde der Geruch von Rauch und brennendem Holz stärker. Menschen waren da, aber keiner von ihnen war ihr Seelenfreund.

Ihre Instinkte drängten sie dazu, kehrtzumachen und sich im Dunkeln zu verstecken. Doch es wurde noch ein weiterer Drang in ihr wach: Die Neugierde ihres Seelenfreundes auf diese Menschen trieb sie voran. Für ihn würde sie weitergehen.

Sie strich am Flussufer entlang und sah einen vorbeiziehenden Fischschwarm, allerdings zu tief unter der Oberfläche, als dass sie einen hätte fangen können. Es gab eine Felswand, wo zwei große Felsen aus dem Flussbett ragten, sich oben trafen und einen Unterschlupf bildeten. Drinnen waren die Hitze einer Flamme und flüsternde Menschen. Eine Frau hatte langes, geflochtenes Haar, das die Farbe eines Wolfs im Sommer hatte. In den Händen hatte sie eine Kugel aus Glas, die sie an ein Stück Pergament hielt, während sie den Lichtkegel studierte.

In den Bäumen bewegte sich etwas; das Fell auf ihrem Rücken sträubte sich und sie duckte sich wieder. Links von ihr gab ein Tier ein tiefes, lang gezogenes Knurren von sich – und ein Wolf stürmte durch die Bäume. Er hatte noch Fleisch vom letzten, noch frischen Nachtmahl zwischen den Zähnen und feuchtes Blut am Maul. Sie raste so schnell davon, dass nasse Erde in die Luft aufspritzte.

Tremelo schlug die Augen auf. Sein Herz klopfte heftig, als Fenchel durch die Wälder entkam. Sie war schnell und er wusste, dass sie es schaffen würde – obwohl er einen Augenblick brauchte, um ganz in seine warme Unterkunft zurückzukehren. Seine Haut kribbelte vor Aufregung und er schien noch das nasse Gras und den Rauch des Lagerfeuers in den Höhlen zu riechen.

Er lachte vor Ehrfurcht und Dankbarkeit. Fenchel hatte etwas Wunderbares gefunden.

23

Am nächsten Morgen saß Ben auf einem unbequemen Holzstuhl in der Mitte eines Raumes, der normalerweise als Musikzimmer genutzt wurde, nun aber zu einer Art Gerichtssaal umfunktioniert worden war. Direktor Fink und Dekanin Shonfield saßen an einem Tisch auf einem Podium, das sonst für Chorproben verwendet wurde. Ben blickte auf den bedrohlichen Halbkreis vor sich, der aus Sucrette, Nillow, Trainer Banter, Bindley und Tremelo bestand. Er kam sich vor wie ein Gefangener.

Mr Fink räusperte sich.

»Du musst begreifen, wie ernst diese Sache ist, Ben«, sagte er mit gedämpfter Stimme. »Du hast dich aus dem Wohnheim geschlichen und warst an der Zerstörung eines … nun ja, ziemlich teuren Apparats beteiligt. Ist das richtig, Mr Loren?« Fink sah Tremelo an, der nur nickte.

Ben merkte, wie ihm die Röte ins Gesicht stieg.

»Wir können dieses Herumschleichen nach der Sperrstunde nicht dulden, schon gar nicht bei einem Schüler, der so einen Nachteil hat wie du. Gerade du solltest dich doch mehr bemühen, die Regeln einzuhalten«, fuhr Fink fort. »Die naheliegende Konsequenz ist, dich von der Schule zu verweisen. Aber wir wollen dir erst die Gelegenheit geben, etwas zu deiner Verteidigung zu sagen. *Hast* du irgendetwas zu sagen?«

Ben hatte schon den ganzen Morgen darüber nachgegrübelt, was er in diesem Augenblick sagen sollte. Er überlegte, ob er Fink und Shonfield erzählen sollte, dass Tremelo in die Sache verwickelt war – immerhin war es sein Lehrer, der Phia heimlich die Mittel zum Fliegen zur Verfügung gestellt hatte. Aber dann wären sowohl Tremelo als auch Phia in Schwierigkeiten und das brachte er nicht über sich.

Er sah zu Fink auf.

»Nein, Sir«, antwortete er.

Fink runzelte die Stirn und schien fast enttäuscht, dass sich Ben nicht verteidigen wollte. Trainer Banter verzog keine Miene. Shonfield starrte ihn jedoch durch ihre Hornbrille an und ihre Bestürzung stand ihr ins Gesicht geschrieben. Sie war an seinem ersten Tag hier sehr nett zu ihm gewesen, ohne ihn überhaupt zu kennen. Ben wandte den Blick ab.

»In diesem Fall, Mr Walker, bleibt uns leider nichts anderes übrig, als dich zu bitten, deine Sachen zu packen und …«

»Ich habe eine andere Idee.«

Tremelo hatte sich von seinem Stuhl erhoben. Er trat vor und legte eine Hand auf Bens Rückenlehne, während er mit Fink und Shonfield sprach. Der Direktor schien unangenehm berührt, so als hätte er gerade einen Frosch im Kaffee gefunden.

»Ich glaube, dass Ben von seinem ›Nachteil‹, wie Sie es nennen, abgelenkt wird. Er muss erst einmal zu sich selbst finden. Das Anima-Band gibt vielen von uns Halt und Ben hat diese Hilfe nicht. Ich schlage ein freies Lernprojekt vor. Ich werde den Jungen unterrichten und wir werden sehen, ob sich sein Verhalten nicht bessert.«

Fink zog die Stirn in Falten. Mrs Shonfield nahm die Brille ab und putzte sie kurz. »Wenn ich mir diese Bemerkung erlauben darf, Mr Fink«, sagte sie leise, »Ben könnte von unserer Führung noch viel mehr profitieren. Ich meine, Tremelo hat recht. Ihn mit einer Abwesenheit fortzuschicken, wäre ein Fehler. Vielleicht vereinbaren wir eine Probezeit. Tremelo könnte auf die Weise ein paar alte Fertigkeiten auffrischen.«

Fink sah Tremelo lange und scharf an. Es war offensichtlich, dass sie sich nicht besonders mochten. Fink schien die Art Mensch zu sein, der Unruhestifter auf einen Kilometer Entfernung riechen konnte, und Tremelo schien sich nicht viel aus Regeln zu machen. Aber zu Bens ungeheurer Erleichterung entschied Mr Fink: »Na schön, vereinbaren wir eine Probezeit. Mr Loren, der Junge steht in Ihrer Obhut. Und ich muss sagen, ich bin gespannt darauf, was Sie für ihn in petto haben.«

Ben jubelte innerlich. Er wurde nicht von der Schule geworfen – und er bekam die Chance, von Tremelo zu lernen, ob das nun gut oder schlecht war.

»Aber, Mr Walker, du solltest dennoch wissen, dass du dich auf sehr dünnem Eis bewegst. Jegliche verpasste Schulstunden oder Scavage-Trainingsstunden – ja sogar, zu spät zum Unterricht zu erscheinen – wird unweigerlich deinen Rauswurf nach sich ziehen. Du wirst pünktlich sein wie eine Tüpfelhyäne oder du musst die Schule verlassen.«

Ben nickte eifrig. »Ja, Sir.«

Während alle ihre Stühle zurückstellten und zur Tür schlurften, ging Ben zu Tremelo.

»Danke, Sir«, sagte er. Schon jetzt hatte er viele Fragen – beabsichtigte Tremelo tatsächlich, ihn zu unterrichten, oder war das nur eine andere Art, ihn vor Schwierigkeiten zu bewahren?

»Danke mir nicht zu früh«, entgegnete Tremelo, zog ein gestreiftes Jackett über seine Weste und klopfte sich auf die Tasche, um sich zu vergewissern, dass seine Pfeife noch da war. »Du wirst härter arbeiten müssen als jemals zuvor in deinem Leben. Aber sofern es in meiner Macht steht, rechne ich mit deiner Bewusstwerdung zur Wintersonnenwende.«

Bens Unterricht zur Bewusstwerdung begann am nächsten Nachmittag zwischen Geschichte und dem Scavage-Training. Als er in Tremelos Klassenzimmer erschien, waren die Tische zur Seite gerückt worden und bildeten einen offenen Kreis – aber sein Lehrer war nicht da.

Ben hörte ein leises Summen, das aus dem Büro am hinteren Ende des Klassenzimmers drang. Er fragte sich, ob Tremelo in seinem Myrgholz versunken war und ihre Verabredung vergessen hatte. Er klopfte an die Tür. Niemand meldete sich.

Ben schob die Tür auf und sah Tremelo und Fenchel, die einander gegenübersaßen und runde, mit surrenden Drähten verbundene Metallkappen trugen. Tremelo sah der Füchsin durchdringend in die schwarzen Augen und Fenchel starrte geduldig zurück, während es elektrisch zwischen ihnen knisterte. Sie schienen gar nicht zu merken, dass Ben hereingekommen war. Also klopfte er kräftig an den Türrahmen und Tremelo zuckte auf seinem Platz zusammen.

»Was ist das?«, fragte Ben, als Tremelo eilig erst seine und dann Fenchels kleinere Kappe absetzte und beide auf einen Tisch legte.

»Ein Experiment«, antwortete Tremelo. »Ich habe eine Theorie über die Stärke des Bandes. Eine von vielen.«

»Muss ich so was auch aufsetzen?«, erkundigte sich Ben.

Tremelo bedachte ihn mit einem skeptischen Blick.

»Dazu bräuchten wir einen willigen Teilnehmer für die andere Kappe, mein Junge! Aber keine Sorge. Schlimmstenfalls probieren wir einen Haufen verschiedener Tiere aus und sehen dann, bei welchem das Ding Funken sprüht!« Er lachte laut, aber Ben stimmte nicht mit ein. »War nur ein Scherz«, erklärte Tremelo. »Nein, wir müssen noch nicht auf Elektrotherapie zurückgreifen – es ist besser, mit dem ganz natürlichen Instinkt anzufangen. Um sich seiner Anima bewusst zu werden, muss man seine Instinkte schärfen. Wir werden sehen, wozu du fähig bist und wo deine Stärken liegen, und dann kriegen wir vielleicht deine Bewusstwerdung hin. Einverstanden?«

Tremelo führte Ben mitten ins Klassenzimmer, wo keine Tische mehr standen. Er hatte das Grammophon aufgestellt und hielt Ben ein Taschentuch hin.

»Verbinde dir die Augen«, forderte er ihn auf und reichte Ben das Tuch. »Und nicht mogeln.«

Ben gehorchte, auch wenn er Bedenken hatte, was wohl als Nächstes kommen würde. Mit dem Tuch über den Augen sah er gar nichts, nicht einmal den schwachen Schein der Deckenlampen.

Er hörte ein Klicken und ein Surren und ein lauter Marsch mit scheppernden Becken ertönte.

»Fang!«, hörte er Tremelo durch den Lärm rufen. Irgendetwas prallte an Bens linke Schulter.

»Hey!«, brüllte er und fuchtelte mit den Händen vor sich herum, um alles abzuwehren, was noch kommen mochte.

»Okay, beruhige dich«, sagte Tremelo. »Steh ganz still und hör zu.« Tremelo ging um ihn herum, während er mit ihm sprach; seine Stimme schien von überall herzukommen. »Wir wissen schon, dass du körperlich für jemanden deiner Größe in Höchstform bist. Aber wir müssen an deinem Bewusstsein für das arbeiten, was um dich herum ist.«

Etwas, das sich wie der Absatz eines Schuhs anfühlte, traf Ben am rechten Arm und er taumelte nach hinten.

»Wie soll ich bei dieser Musik denn erkennen, was auf mich zufliegt?«, fragte Ben und rieb sich den Arm.

»Ich könnte jetzt sagen, dass die Musik deine Sinne verfeinert oder die Herausforderung umso befriedigender ist, wenn du sie gemeistert hast«, antwortete Tremelo. »Aber die schlichte Wahrheit ist: Mir gefällt dieser Marsch. Er reißt einen mit. Nur zu!«

Ben spürte, dass etwas auf ihn zukam. Er wirbelte aus dem Weg und streckte die Hand aus. Der Moment schien sich in die Länge zu ziehen und die schmetternde Musik wurde zu einem diffusen Hintergrundgeräusch, als Ben sich auf seine Hand und die Luft um sie herum konzentrierte. Seine Fingerspitzen streiften den fliegenden Gegenstand, schafften es aber nicht ganz, ihn zu fangen.

»Das war gut!«, rief Tremelo.

Die Musik verstummte und Ben nahm die Augenbinde ab.

»Ich hab ihn ja nicht gefangen.«

»Aber du warst nahe dran. Ziemlich nahe«, lobte Tremelo, der neben dem jetzt stummen Grammophon stand und nur einen Schuh anhatte. »Ich würde sagen, es ist an der Zeit, dass wir diese Stunde draußen fortsetzen.«

Ben und Tremelo spazierten über das Schulgelände, fort von den Gebäuden mit den Unterrichtsräumen zum Rand der weiten Grünfläche. Tremelo hatte einen Segeltuchkorb voller Kleinigkeiten aus Metall dabei, die bald auf Ben geworfen werden würden, wie dieser vermutete.

Eine Frage ließ Ben seit der Anhörung bei Fink keine Ruhe.

»Warum haben Sie beschlossen, mich zu unterrichten?«, wollte er wissen. »Ich dachte, Sie hätten es nach dem Tod Ihres Vaters aufgegeben –«

»Wie kommst du darauf? Das hier hat nichts mit meinem Vater zu tun«, unterbrach ihn Tremelo. »Ich habe beschlossen, dir zu helfen, weil ich etwas Besonderes in dir sehe; aber mein Vater ist nicht unser Thema.«

Tremelo strich seinen Schnurrbart glatt, was ihm einen spöttischen Gesichtsausdruck verlieh.

»Glaub ja nicht, dass ich deinen Ausflug zum Weißen Tiger nicht mitbekommen habe«, sagte er. »Digby, der Barkeeper, erzählt gern Geschichten, die er nicht erzählen sollte, und deine Neugierde kann dich noch mal in große Schwierigkeiten bringen. Bist du mehr daran interessiert, die Toten auszugraben, oder daran, dir deiner Anima bewusst zu werden? Fragen zu Dingen, die nichts mit deiner Bewusstwerdung zu tun haben, machen deine Ausbildung nur komplizierter.«

Ben schwieg. Er wünschte sich das Bewusstwerden mehr als alles andere. Er war es leid, Angst zu haben, sich Sorgen zu machen, dass er nie eine Anima haben würde. Aber er wusste auch, dass er noch lange nicht alles darüber erfahren würde, wer er war oder woher er stammte, wenn er seine Anima gefunden hatte. Auch würde er immer noch nicht wissen, wer die Schatten im Wald gewesen waren oder wo Carin die geschärfte Kralle gefunden hatte. Er wollte sich nicht entscheiden müssen, sondern alles wissen. Aber es kam ihm so vor, als wäre das hier eine versteckte Warnung, als wollte ihm sein Lehrer verbieten, dass er auch noch nach den Velyn oder König Melore fragte.

Als sie den Rand des Fairmount-Waldes erreichten, legte Tremelo Ben eine Hand auf die Schulter.

»Weißt du, manche Dinge habe ich selbst noch nicht herausbekommen. Mir ist klar, wie frustrierend das sein kann, aber du musst dich auf deine Bewusstwerdung konzentrieren. Versuche nicht, jedes einzelne Geheimnis aufzudecken, auf das du stößt – vielleicht willst du die Auflösung am Ende gar nicht wissen.«

Während Ben seine Ausbildung bei Tremelo fortsetzte, erlebte Fairmount den stetigen Wandel vom Herbst zum Winter. Die Bäume im Wald wurden immer kahler und auf dem nahe gelegenen Gebirge sammelte sich Schnee. Schüler mit Winterschlaf haltenden Seelenfreunden wurden tagsüber immer schläfriger. Trotz ihrer Trägheit sahen die Schüler in Bens Wohnheim jedoch aufgeregt der Wintersonnenwende und den Winterferien entgegen. Ben freute sich auf die Zeit ohne seinen übervollen Stundenplan, der durch die täglichen Übungsstunden bei Tremelo noch zermürbender geworden war. Sie fanden entweder frühmorgens vor dem Unterricht beim Klassenlehrer oder in der Stunde nach Geschichte statt. Bei Letzterem blieb Ben gerade genug Zeit, um vor dem Scavage-Training noch das Mittagessen hinunterzuschlingen. Ben hatte vor, die Ferien zu Hause im Tiefland zu verbringen, wo seine Eltern stets das Brot für das Dorffest zu Ehren der Verwandlung des Zwillings lieferten. Er wollte mit einer Anima nach Hause kommen, die seine Eltern mit Stolz erfüllen würde.

In den letzten paar Wochen hatte Tremelo Ben seltsame und riskante Kunststückchen vollbringen lassen, um seine Instinkte und sein Bewusstsein zu stärken. Bens Lieblingsaufgabe bestand darin, mit verbundenen Augen im Kreis durch den Wald zu laufen, während Tremelo seine Zeit stoppte und ihn nach der Anzahl von Kratzern an den Armen benotete. Frühmorgens musste Ben auf verschiedene Bäume des Schulgeländes klettern und von den Ästen auf die Dächer der Unterrichtsgebäude springen. Fenchel folgte ihm, während er von einem Gebäude zum anderen kroch und ihm der Wind in den Ohren pfiff.

Jede Übungsstunde endete mit einem intensiven Wettbewerb im Niederstarren, bei dem Ben minutenlang Blickkontakt mit Tremelo und manchmal Fenchel halten musste. Zuerst fand er es verrückt, aber Ben musste anerkennen, dass er seinen Lehrer nicht schlagen konnte.

»Blickkontakt ist im Tierreich überlebenswichtig«, erklärte Tremelo. »Er kann den Räuber von der Beute, den Herrscher vom Beherrschten unterscheiden. Er kann aber auch ein gleichberechtigtes Verhältnis schaffen, durch das Mensch und Tier sich vorsichtig verständigen können, ohne sich gleich angreifen zu müssen. An dem Punkt beginnen die Bande.«

Zunächst fand Ben es ziemlich schwierig, wenn Tremelo ihn aufforderte, sich nicht zu rühren und den Wald um sich herum zu »spüren«. Als Tremelo zum ersten Mal mit ihm in den Wald ging, um es zu versuchen, empfand Ben es nur als langweilig und frustrierend.

»Wie sollen sich meine Instinkte verbessern, wenn ich gar nichts mache?«, fragte er Tremelo. Sie waren etwa anderthalb Kilometer tief in den Wald von Fairmount gewandert und an einen breiten, flachen Fels gekommen. Bens Aufgabe bestand darin, sich hinzusetzen und nichts zu sagen oder zu tun, bis er genau »wusste«, wohin er als Nächstes gehen musste.

»Setz dich«, erwiderte Tremelo nur.

Sie machten es sich auf dem Fels bequem. Ben fiel auf, dass Tremelo seine Pfeife nicht dabeihatte. Die Luft war frisch und Ben roch den Rauch eines brennenden Laubhaufens, der von den Grünanlagen zu ihnen herüberwehte.

»Du bist zu ungeduldig«, sagte Tremelo. »Du wirst durch das ganze Herumgerenne zwar stärker und beweglicher, aber du hörst nicht auf deine Umgebung. Wie willst du deine Anima erkennen, wenn sie kommt und du gar nicht aufpasst? Wie willst du die Erfahrungen deiner Seelenfreunde teilen, wenn du nicht auf die Welt hörst, in der sie leben?«

Widerwillig folgte Ben Tremelos Anweisungen und schloss die Augen. Kalte Windstöße bewegten das tote Laub auf der Erde.

»Was hörst du?«, fragte Tremelo.

»Ähm … Blätter«, antwortete Ben.

»Was riechst du?«

Ben schnupperte.

»Rauch vom Laubhaufen in den Grünanlagen. Nasse Erde. Kälte.«

»Weckt eines davon in dir den Wunsch, dich zu bewegen?«, fragte Tremelo.

Ben dachte über seine Antwort nach – er hatte keine Lust still zu sitzen, deshalb weckte alles in ihm den Wunsch, sich zu bewegen. Aber er wusste, dass Tremelo etwas anderes meinte. Schien ihm irgendetwas von dem, was er spürte, wichtig genug, um es zu verfolgen?

Da hörte er plötzlich etwas anderes – einen knackenden Zweig und ein leises Davonhuschen.

»Ich hab ein Kaninchen gehört«, sagte er.

»Gut!«, lobte Tremelo. Ben öffnete die Augen.

»Woher wusstest du, dass es ein Kaninchen war?«, wollte sein Lehrer wissen.

»Ich hab nur … geraten«, antwortete Ben.

Tremelo schüttelte den Kopf.

»Ich wette, du hast etwas Bestimmtes gerochen, an dem du erkannt hast, dass es ein Kaninchen und keine Beutelratte oder Hauskatze war. Das muss man üben. Neue Hausaufgabe, Ben! Du kommst jeden Nachmittag vor dem Scavage-Training hierher, bis du mir genau sagen kannst, wie ein Kaninchen riecht. Wenn du deine Umgebung kennst, wirst du dich bald auch selbst besser kennen.«

Bamm. Irgendwas traf Ben am Ohr.

Einen benommenen Moment lang dachte Ben, er wäre wieder in Tremelos Büro und müsste Schuhen ausweichen – nur dass auf den Schlag unterdrücktes Gelächter folgte. Ben hob den Kopf und rieb sich die Augen. Erst jetzt begriff er, dass er mitten in der Lateinstunde saß und ihn jemand mit einem zusammengeknüllten Papier beworfen hatte. Links von ihm zog Hal eine Grimasse, während sich Tori einen Tisch weiter ein Lachen verkniff.

Mrs Sucrette stand vor einer Tafel, auf der die verschiedenen Formen des Wortes *opprimere* – überraschen – aufgelistet waren. Sie hatte die Arme vor sich verschränkt und sah ganz und gar nicht erfreut aus.

»Mr Walker hat uns zwar sehr anschaulich die Bedeutung des

Verbs *opprimere* vorgeführt, nur leider hat er bisher weder das Präsens noch das Präteritum davon gelernt. Oder sonst jemand von euch. Passt jetzt auf!« Sie klatschte in die Hände.

Ben nickte geistesabwesend. In letzter Zeit schlief er zu oft im Unterricht ein, was jedes Mal irgendeinen Lehrer verärgerte. Vom Unterricht zur Ausbildung bei Tremelo und dann zum Scavage-Training zu hetzen, war anstrengend. Meistens blieb er bis spätabends auf und machte seine Hausaufgaben im Gemeinschaftsraum der Türme fertig, lange nachdem sich seine Mitbewohner schlafen gelegt hatten – aber immer häufiger ließ er Hausaufgaben einfach unerledigt, worauf er nicht stolz war.

Und nicht nur seine schulischen Leistungen kamen zu kurz: Hal sah er fast nur noch abends im Wohnheim und mit Phia konnte er nur beim Scavage-Training sprechen. Nach dem Vorfall mit den Flügeln hatte sie Tori und Hal gefunden und zusammen hatten sie es geschafft, sich in die Wohnheime zurückzuschleichen, ohne dass es jemand mitbekommen hatte – außer Tremelo natürlich. Allerdings hatte dieser Lehrer eine merkwürdige Art, sich auszusuchen, welche Kämpfe er ausfechten wollte und welche nicht. Phia bekam von ihm nur zu hören, sie dürfe nicht mehr an den Flügeln arbeiten.

Tremelo, dem Bens Ausbildung tatsächlich Spaß zu machen schien, sah dessen Fortschritte optimistisch und ermutigte ihn. Doch nach sechs Wochen Einzelunterricht reichte Ermutigung nicht mehr aus, um Bens Ängste zu zerstreuen, dass er sich seiner Anima niemals bewusst werden würde. Es war schon fast Winter.

Eines Nachmittags lehnte sich Ben nach der Blickkontakt-Übung mit einem tiefen Seufzen an Tremelos Bürotür. Tremelo hatte wieder einmal gewonnen, aber diesmal nach zähen zwei Minuten, ohne zu zwinkern.

»Das war ein neuer Rekord für mich«, stellte Ben fest. »Was hat das Ihrer Meinung nach zu bedeuten?«

Tremelo räumte gerade die Bolzen, mit denen er Ben an diesem Tag beworfen hatte, in ihre jeweiligen Behältnisse zurück. Die Füchsin Fenchel war nicht da, sie war draußen auf der Jagd.

»Es bedeutet, dass deine Fähigkeit, Blickkontakt zu halten, eindrucksvoller als vor sechs Wochen ist«, antwortete er nüchtern. »Ansonsten müssen wir einfach abwarten.«

»Wie lange denn noch?«, wollte Ben wissen. »Wann zahlt sich all das hier mal aus?«

»Du bist in einer außergewöhnlichen Situation«, erklärte Tremelo und ließ sich in seinem Sessel nieder. »Wir können dein Band erst dann verstärken, wenn du dir deiner Anima bewusst geworden bist, und das wirst du erst, wenn es an der Zeit ist.«

»Ich dachte, wenn ich nach Fairmount komme, wird es einfach … passieren«, sagte Ben. »Aber jetzt bin ich schon Monate hier und diese Übungsstunden bringen gar nichts.«

Tremelo schüttelte den Kopf.

»Das Bewusstwerden eines Menschen ist etwas sehr Mächtiges, das man nicht durch Umstände oder Anstrengung bestimmen kann. Wir sammeln Kenntnisse über deine Fähigkeiten. Wir versuchen nicht, etwas auszulösen, das man nicht auslösen kann. Deine Fähigkeiten lassen auf eine starke Anima schließen, etwas mit großer Kraft, aber wir wissen erst sicher, was es ist, wenn du selbst darauf gestoßen bist. Nur Mut, Ben. Du machst deine Sache gut.«

Ben nickte. Wieder ein Tag ohne Bewusstwerdung. Er hatte noch eine Stunde Zeit vor dem Scavage-Training. Normalerweise hätte er seine Sachen zusammengesucht und wäre zum Essen gegangen. Aber etwas fiel ihm ins Auge.

Auf Tremelos Schreibtisch lag genau das Buch, das er an dem Abend gesehen hatte, als der Wolf angegriffen hatte. Es lag aufgeschlagen da und die Seiten waren mit gekritzelten Zeichen bedeckt, die anscheinend ein merkwürdiges Alphabet darstellten. Die Zeichen verstand Ben nicht, aber er erkannte eine liebevoll mit schwarzer Tinte gezeichnete Blume. Sie sah aus wie die Blumen, die Thelonius Loren auf der Karte mit den Wanderungen der Velyn benutzt hatte, die Ben in der Bibliothek gefunden hatte.

Er ging näher an den Schreibtisch heran, um sich das Buch genauer anzusehen.

»Was ist?«, wollte Tremelo wissen.

»Diese Blume hab ich schon mal gesehen«, antwortete Ben. »Auf Lorens Karte.«

Tremelo blickte Ben streng an.

»Was hast du gerade gesagt?«, fragte er finster.

Ben trat einen Schritt von dem Buch zurück.

»Vor ein paar Wochen hab ich was gefunden – ich wollte Sie danach fragen, aber Sie haben gesagt …«

»Was für eine Karte? Wovon redest du da?«, fragte Tremelo.

»Ich hab eine Karte gefunden, in einem winzigen Zimmer in der Bibliothek – der Name Thelonius Loren stand drauf. Das ist doch Ihr Vater, oder?«

Tremelo überging die Frage – oder weigerte sich einfach, darauf zu antworten.

»Was war das für eine Karte?«

»Sie zeigt Fairmount und auch den Ort, an dem man mich gefunden hat. Als Baby, meine ich. Es ist eine Karte über die Velyn, über die Straße, die sie benutzt haben. Ich dachte mir … Was, wenn ich mit ihnen verwandt bin?«

Tremelo blickte einen Moment lang ins Leere. »Ich sagte dir schon – es würde dir guttun, weniger neugierig zu sein.«

»Aber das ist doch wichtig, worüber ich rede!«, protestierte Ben. »Was ist, wenn ich deshalb eine Abwesenheit habe – weil alle Velyn umgebracht worden sind? Vielleicht wissen meine Seelenfreunde gar nicht, dass ich noch am Leben bin. Und wenn ich mir doch noch ihrer bewusst werde, werde ich dann wie sie sein? Ich hab so viele verschiedene Dinge gehört, ich weiß nicht mal, was das zu bedeuten hätte …«

»Die Ohren der Natur«, bemerkte Tremelo. Dem Lehrer schienen ausnahmsweise die Worte zu fehlen. Nach kurzem Schweigen schüttelte er den Kopf. »Du darfst nicht an die Geschichten vom Schreckensvolk aus den Bergen glauben. Die sind alle erfunden. Genau diese Märchen solltest du – sollten alle – nach Willen des Schakals glauben. Es gibt vieles, was du über Politik noch nicht weißt, und sie ist leider oft eine schmutzige Angelegenheit.«

»Dann verraten Sie mir, wer die Velyn wirklich waren.«

Tremelo zögerte. Er legte die Finger auf das ledergebundene Buch und fuhr die seltsamen Zeichen nach. »Ich kannte sie – vor vielen Jahren, bevor … Mein Vater nahm mich immer auf seinen Forschungsreisen in die Berge mit, wenn er glaubte, dass wir die Stadt verlassen müssten. Ich begleitete ihn, während er die Velyn beobachtete und sich sogar mit ihnen anfreundete. Es waren gütige Menschen und mit vielen von ihnen war ich jahrelang bekannt. Dann ließ der Schakal … Was er getan hat, war schrecklich. Und nachdem er meinen Vater holen ließ, wollte ich nur noch alles hinter mir lassen und sie vergessen. Ich hatte geglaubt, alle Velyn wären weg. Aber jetzt … Genau wie du versuche ich mehr herauszufinden — über die Velyn, über alles. Ich verfolge ihre Bewegungen seit ihrer Ankunft zu Beginn des Schuljahres.«

Ben schüttelte den Kopf und versuchte zu verstehen, was Tremelo gerade gesagt hatte.

»Moment. *Wessen* Bewegungen?«

Tremelo sah ihn merkwürdig an.

»Die Männer, die du im Wald gesehen hast, waren nicht allein da draußen. Es gibt ein ganzes Lager von ihnen. Die habe ich verfolgt.« Er hielt inne. Ben verstand immer noch nicht. Die Männer, die er an dem Abend mit dem Wolf gesehen hatte – er hatte sie für die Dominae gehalten, aber Tremelo versuchte, ihm etwas anderes begreiflich zu machen, etwas Unmögliches.

»Es sind die Velyn, Ben. Die einzigen, die noch übrig sind.«

24

Ben setzte sich Tremelo gegenüber und atmete tief ein. Es gab die Velyn also nicht nur wirklich, sondern sie waren noch am Leben – zumindest einige. Was bedeutete es, wenn er selbst ein Überlebender des Kriegs war, den der Schakal gegen die Velyn geführt hatte? Würde er die Gelegenheit bekommen, die Leute im Wald kennenzulernen und ihre Geschichte anzuhören? Würde ihm ihre Anwesenheit helfen, seine Anima zu finden? Bei dem Gedanken sträubten sich ihm die Haare. Er konnte die Geschichten, die er über sie gehört hatte, nicht einfach so vergessen, auch wenn er erfahren hatte, dass es nur Lügen des Schakals waren. Trotz seiner Angst fühlte er sich zum Wald hingezogen.

»Sir, Phia und ich haben etwas gefunden – eine Kralle, aber geschärft wie eine Waffe. Wir dachten, sie gehört den Dominae, aber könnte sie …?«

»Du meinst die hier?«, fragte Tremelo und zog eine Schublade in seinem Schreibtisch auf. Er holte die Kralle heraus, die Ben am Abend der Soiree verloren hatte. »Das ist eine sehr traditionelle Waffe für sie – für die Velyn. Wenn ihre Seelenfreunde sterben, benutzen sie Teile davon, um sie zu ehren. Ich habe sie gefunden, als ich meine Flügel geholt habe, und dachte mir schon, dass du sie verloren hast. Phia hat mir erzählt, dass ihr Falke sie euch gebracht hat.«

Ben nahm die Kralle entgegen und betrachtete sie erneut voller Ehrfurcht. Die Velyn hatten sie gefertigt, gefeilt bis zur perfekten Schärfe. Aufregung und Angst überkamen ihn. Die Kralle hatte einem Seelenfreund des Volkes gehört, das vielleicht seine Familie war.

Tremelo schien mit den Gedanken ganz weit weg zu sein, redete aber weiter. Er blätterte eine Seite des seltsamen Buches um und betrachtete die Zeichen darauf. »So viele Jahre habe ich meinen Vater für einen Narren gehalten. Zwar einen *wichtigen* Narren für diejenigen, die ihn kannten, aber dennoch einen Narren. Aber es hat sich gezeigt, dass ich mich geirrt habe.«

»Sir?«, fragte Ben.

»Ich habe etwas gefunden, das alles geändert hat«, fuhr Tremelo fort. Er deutete auf die aufgeschlagene Seite. »Siehst du diese Symbole? Das sind Wörter. Jedes einzelne davon ist ein richtiges, waschbärenechtes Wort! Man braucht nur ein spezielles Glas, um es zu erkennen.«

Ben saß verwirrt da.

»Ich zeig's dir.« Tremelo zog etwas aus der Manteltasche und legte es flach auf den Schreibtisch. Es war ein loses Stück Leder, auf das eine Reihe von Linien wie die in Tremelos Buch aufgeprägt waren.

»Ich hab das hier außerhalb ihres Lagers gefunden. Wahrscheinlich steht der Name eines Tieres darauf. Aber sieh dir mal das hier an.« Er blätterte auf eine andere Seite und zeigte auf ein gleich aussehendes Symbol.

Ben starrte die beiden Symbole an. Sie waren identisch. Aber was bedeuteten sie?

»Es ist in der Sprache der Seher geschrieben, die meinen Vater fasziniert hat. Die Velyn haben mit unseren Wörtern, in unserer Sprache gesprochen, aber das hier manchmal als Code benutzt. Ich habe es schon vor langer Zeit aufgegeben, ihn zu entschlüsseln, aber vielleicht können wir ihn jetzt doch lesen.«

»Aber was ist es denn?«, wollte Ben wissen.

»Ein ganzes Buch in der Geheimschrift der Seher. Wenn das drinsteht, was ich vermute, hilft es uns nicht nur dabei, die Velyn besser zu verstehen, sondern hat vielleicht Auswirkungen auf das ganze Königreich.«

»Was glauben Sie denn, was drinsteht?«, fragte Ben.

Tremelo lehnte sich im Sessel zurück.

»Mein Vater hat sich besonders für die Seher interessiert, die westlich des Gebirges gelebt haben, dort, wo die Velyn auf ihrer jährlichen Wanderung haltgemacht haben. Die Seher und die Velyn tauschten Güter und beschützten einander. Als ich noch ganz klein war, war mein Vater von den Prophezeiungen der Seher besessen. Er wollte wissen, wie sie ihre Vorhersagen machen, und fing an, selbst Dinge vorherzusagen. Ich denke, in diesem Buch stehen *seine* Prophezeiungen – über die Velyn, den Wahren König und das Schicksal von Aldemar. In diesem Buch ist alles – alles, was er von den Sehern erfahren hat, und noch mehr.«

Ben hatte es den Atem verschlagen. Nicht nur stammte

er möglicherweise von den Velyn ab, sondern das Buch vor ihm hatte ein Mann geschrieben, der sie besser gekannt hatte als irgendjemand sonst im Königreich. Konnte das Buch vielleicht mehr darüber enthüllen, wer er war und wer seine Anima sein mochte? Am liebsten hätte er es Tremelo entrissen und sich an Ort und Stelle in den Inhalt vertieft. Es gab nur ein Problem.

»Wie können wir es lesen?«, fragte er.

Tremelo riss die Augen auf und faltete die Hände.

»Eine wundervolle Technik! Sie haben dafür ein Gerät aus Glas, eine Art Prisma, das in vielen verschiedenen Winkeln geschliffen ist. Eines Tages, als Fenchel sie verfolgte, bekamen sie eine Nachricht von einer Krähe. Eine Velyn-Frau rollte sie auseinander und bewegte das Glas über die Symbole. Ich war zu Hause, konnte aber an Fenchels Erlebnissen teilhaben. Sie kam nah genug heran, dass wir es beide sehen konnten: Als die Frau das Glas an die Zeichen hielt, gaben die Reflexionen dem Sinnlosen einen Sinn! Die Linien bildeten sich neu und wurden zu lesbaren Wörtern in der Sprache, die wir alle sprechen. Wenn wir dieses Glas hätten, Ben …« Tremelo schüttelte den Kopf und lächelte.

Ben betrachtete das ledergebundene Buch. Er war begeistert, dass wohl alle seine Fragen von dieser kodierten Sprache beantwortet werden konnten. Der Schlüssel, um sie zu verstehen, war der gläserne Gegenstand im Wald ganz in der Nähe.

»Dann holen wir es uns«, schlug er vor. »Wenn Sie es gesehen haben, worauf warten wir dann noch?«

Tremelos Gesicht wurde wieder ernst. »Nein«, widersprach er. »Nein, das können wir nicht tun.«

Ben merkte, wie ihm selbst heiß im Gesicht wurde. »Warum

nicht? Es hat vielleicht Auswirkungen auf das ganze Königreich! Warum sollen wir es nicht …«

»Weil es gefährlich ist! Wir wissen nicht, warum sich die Velyn in der Nähe der Schule aufhalten oder wem ihre Loyalität gilt. Es ist schon viele Jahre her, dass ich mit ihnen zu tun hatte – sogar ich habe sie alle für tot gehalten –, und ich weiß nicht, ob sie uns trauen würden. Das sind andere Leute als die, die ich kannte. Wir müssen erst mehr in Erfahrung bringen, bevor wir in ihr Lager stürmen und etwas verlangen, das ihnen gehört. Wir müssen abwarten.«

Ben schwieg einen Moment. Er konnte nicht warten, jetzt nicht mehr. Wenn er wirklich von den Velyn abstammte, enthielt das Buch des Verrückten vielleicht Auskünfte über ihre extrem starken Bande mit ihren Seelenfreunden, die er brauchte. Möglicherweise hatten die Velyn ein Geheimnis, wie man eine Bewusstwerdung in Gang brachte. Vielleicht geschah sie bei ihnen einfach später – und er war in Wirklichkeit ganz normal.

»Na gut«, sagte Ben. »Dann hole ich es mir selbst.«

Er steckte die Kralle ein und wandte sich zum Gehen. Tremelo sprang vom Sessel auf und hielt Ben an der Schulter fest.

»›Na gut‹? Du bist gerade wild entschlossen, von der Schule zu fliegen, bevor du dir deiner Anima bewusst wirst«, brüllte er. »Das lässt du schön bleiben!«

»Ich muss mir das nicht anhören!«, brüllte Ben zurück. Er war bereit loszustürmen und es war ihm egal, ob sich Tremelo ihm in den Weg stellte. »Sie haben mich glauben lassen, Sie wollten mir helfen. Und jetzt, wo ich endlich was über meine Familie und meine Anima rausfinden könnte, lassen Sie mich nicht. Es ist Ihnen völlig egal!«

Er erinnerte sich an den Augenblick, als er die Karte im ersten Stock der Bibliothek gelesen hatte. Wie schnell hatten sich die Hinweise wie Ranken um sein Gehirn geschlungen. Bestimmt standen in Tremelos Buch die Antworten, die er brauchte!

»Du hast keine Ahnung, wovon du redest«, sagte Tremelo. »Meinst du, in diesem Buch geht es nur um dich und deine Anima? Im Moment gibt es wichtigere Dinge, die in diesem Königreich passieren!«

»Dann erzählen Sie mir davon!«, schrie Ben. »Sie erzählen mir nie, was los ist – Sie reden nur in Rätseln und Andeutungen. Sie tun so, als wäre Ihnen Aldemar wichtig, aber Ihre eigenen Freunde im Weißen Tiger wissen nicht mal, auf welcher Seite Sie stehen!«

Tremelo wandte sich von ihm ab und blickte zurück auf das Buch, das noch aufgeschlagen auf dem Schreibtisch lag.

»Ich stehe auf meiner eigenen Seite«, sagte er entschieden. »Aber ich weiß, was richtig und was falsch ist. Furchtbar falsch. Ich möchte, dass du deine Anima findest, Ben, aber wir können uns nicht einfach den Velyn aussetzen – das ist ein ziemlich gefährliches Spiel. Und wir können auch nicht einfach hingehen und mitnehmen, was ihnen gehört …«

»Aber was ist mit dem Rätsel, von dem Sie mir erzählt haben? Könnte es etwas mit den Velyn zu tun haben?«, fragte Ben.

»Das ist unwichtig«, antwortete Tremelo leise. »Es hat rein gar nichts zu bedeuten. Als ich so alt war wie du und darüber frustriert, dass ich mir meiner Anima immer noch nicht bewusst geworden war, hat mein Vater es mir immer erzählt. Ich habe es nie gelöst, meine Anima aber schließlich trotzdem gefunden, Ben. Ich weiß nicht, warum ich es dir erzählt habe. Vergiss es einfach. Du brauchst es nicht, um dir deiner Anima bewusst zu werden – ich habe es auch nicht gebraucht.«

»Ich soll es vergessen?«, rief Ben. »Dann … haben Sie es mir nur zum Spaß erzählt? Was haben Sie mir noch zum Spaß erzählt? Dass ich bis zur Wintersonnenwende meine Anima finden würde?«

Tremelo holte tief Luft, um zu antworten, wurde aber von einem lauten Klopfen an der Klassenzimmertür unterbrochen.

»Tremelo?«, flötete eine helle Stimme. Es war Mrs Sucrette. Sie öffnete die Tür und durchschritt das Zimmer.

»Wir beenden diese Diskussion später. Hol deine Sachen und geh zum Training«, sagte Tremelo ruhig zu Ben.

»Ich dachte, du hättest vielleicht Zeit, mir die Unterlagen zu zeigen, von denen du gesprochen hast«, sagte Sucrette liebenswürdig, während sie den Kopf ins Büro steckte. Dann entdeckte sie Ben und winkte ihm. »Hallo, Mr Walker. Ich hoffe, ich störe nicht.«

»Überhaupt nicht«, antwortete Tremelo und ging zu Mrs Sucrette ins Klassenzimmer.

Das ledergebundene Buch lag noch immer auf dem Tisch und ohne nachzudenken steckte Ben es in seinen Rucksack. Mit pochendem Herzen nahm er seinen Wollmantel, verließ das Büro und ging an den beiden ins Gespräch vertieften Lehrern vorbei. Bens und Tremelos Blicke trafen sich und einen Moment lang schnürte ihm das schlechte Gewissen den Brustkorb zusammen. Aber Tremelo winkte nur abweisend und wandte sich ab. Das reichte Ben. Er ging weiter.

Draußen schlug die Turmuhr halb fünf. Ben dachte sich, dass ihm vor dem Scavage-Training noch reichlich Zeit blieb, um die Velyn und den Gegenstand aus Glas zu finden, den Tremelo beschrieben hatte. Wenn er ihn auch nur für ein paar Minuten in die Finger bekam, konnte er das Buch lesen und es danach in Tremelos Büro zurückbringen – vielleicht sogar bevor Tremelo überhaupt bemerkte, dass er es gestohlen hatte.

Er knöpfte seinen Mantel zu und eilte an den Unterrichtsgebäuden und Mrs Copse' Kräutergarten vorbei. Dann ging er den Hang hinunter, der zu einer Lichtung führte.

Tremelo hatte ihm nicht verraten, wo das Lager der Velyn war, aber sein erster Instinkt sagte ihm, dass er an den Ort gehen musste, wo er und Tori dem Wolf begegnet waren. Dort würde er sich hinsetzen und lauschen, so wie Tremelo es ihm beigebracht hatte, und herausfinden, wo er als Nächstes hingehen musste.

Der Waldboden wurde immer felsiger und bald musste Ben über Wurzeln klettern, die aus der Erde hervorragten. Schließlich glaubte er, die Stelle erreicht zu haben, an der der Wolf ihn und Tori angegriffen hatte. Er blieb stehen und hörte das Rauschen des Flusses, konnte aber an nichts erkennen, ob er den richtigen Weg eingeschlagen hatte. Eine einzelne Eule schrie in der Nähe. Überall um ihn herum waren die Geräusche von Tieren, die am späten Nachmittag umherhuschten.

Ben stand reglos da, so wie er es in den letzten Wochen jeden Tag getan hatte. Er wählte eine Stelle in der Nähe einer langen, dünnen Birke aus und schloss die Augen. Inzwischen hatte er gelernt, welche Geräusche und Gerüche im Wald von Fairmount zu finden waren: die übrig gebliebenen Singvögel, die sich noch nicht auf die Reise in den Süden gemacht hatten, das Scharren von Mäusen und Maulwürfen, die über den Waldboden trippelten. Er wusste, dass er das gleiche nasse, verwelkende Laub riechen würde wie in den letzten paar Wochen. Also versuchte er, sich auf das zu konzentrieren, was diesmal um ihn herum anders war als sonst.

Nach einigen Minuten hörte er es. Ein größeres Tier – entweder eine Beutelratte oder ein Waschbär – stolperte in der Nähe durch ein stacheliges Gebüsch und hatte es offensichtlich zu eilig, um leise zu sein. Ben hatte keine Ahnung, was das Tier so erschreckt hatte, aber er wusste, dass es aus südlicher Richtung kam, wo die Felswände waren. Er wanderte tiefer in den Wald hinein, in die gefährlicheren Dunklen Wälder und auf den Fluss zu.

Während er über den felsigen Boden stolperte, bekam er zum ersten Mal Angst. Er war völlig unvorbereitet hergekommen, und falls ihm etwas passierte, würde Tremelo nicht da sein, um ihn zu retten. Er erreichte den Rand der Felswände, wo Licht zwischen den Bäumen hindurchschien, und hörte das Plätschern des Flusses von unten. Unterwegs hatte er weiter nichts Ungewöhnliches gesehen und fragte sich allmählich, ob er der richtigen Spur gefolgt war.

Doch dann wehte ein Geruch von verwesendem Fleisch und Knochen zu ihm herüber. Etwas – etwas Großes – hatte gejagt und seine Beute ganz in der Nähe zurückgelassen. Ben entdeckte einen Baumstamm, der mit langen, frischen Kratzspuren bedeckt war. Sie stammten eindeutig von einem viel größeren Tier als einem Wolf. Er legte einen Finger in eine der länglichen Vertiefungen und dachte an die riesige Kralle, die Carin gefunden hatte, und an die Wunden des Bären, der so nah an der Schule getötet worden war. Aufgeregt erkannte er die Ähnlichkeit: Dasselbe Tier musste hier gewesen sein.

Die Velyn mussten hier irgendwo sein, aber es gab keinerlei Fußabdrücke oder Lücken im Unterholz – nichts, das auf ein Lager in der Nähe schließen ließ. Alles schien ruhig und vollkommen unberührt.

Er wollte schon weiterziehen, als er plötzlich ein Kribbeln im Nacken spürte. Er nahm einen fast unmerklichen Hauch von brennendem Holz wahr. Der Geruch schien von unten, vom Fluss zu kommen – aber das war unmöglich. Ben trat an den Abgrund und blickte hinunter.

Riesige Felsen ragten aus der Steinwand hervor, führten nach unten und bildeten einen Höhleneingang am Fluss. Ben erkannte einen winzigen, kaum genutzten Pfad. Mit angehaltenem Atem wich er zurück, bis er außer Sicht war. Er hatte sie gefunden. Vorsichtig schlich er am Rand der Felswand entlang, bis er genau über der Höhle war.

Jetzt konnte er Stimmen hören, die von den Felsen heraufdrangen. Er legte sich hin und kroch auf einen schmalen Spalt zu, der bis zu dem Höhleneingang durchzugehen schien. Von hier aus konnte er ausschnittweise drei Gestalten um ein Lagerfeuer sitzen sehen. Zwei davon waren Männer, die sich leise miteinander unterhielten. Beide trugen dunkle Kleidung, die zum Jagen geeignet schien – aus dickem Stoff, der an Knien und Armen mit echtem Leder verstärkt war. Die dritte Gestalt war ein mächtiger Puma, der ausgestreckt am Feuer lag. Direkt hinter dem Kreis am Feuer ruhten zwei Wölfe. Ben rührte sich nicht und hielt den Atem an. Eine Brise fuhr über ihn hinweg und wehte seine Fährte vom Lagerfeuer fort.

»Wo ist die Bestie jetzt?«, wollte der dunkelhaarige Mann wissen. Er hatte einen Bart und trug einen gestrickten Schal um den Hals.

»Auf der Jagd«, antwortete der andere, der groß und blond war und dunkle Augenringe hatte. Der Pelzbesatz seiner Kapuze schien die gleiche Farbe wie das Fell des Pumas zu haben. Beide Männer trugen Waffen an der Hüfte, und Ben konnte erkennen, dass der blonde genau so eine Kralle, wie sie Carin gefunden hatte, an einem Band um den Hals trug. »Sie ist rastlos. Sie sucht etwas, das Gleiche wie wir, hier an der Schule.«

»Woher willst du das wissen? Du bist nicht ihr Seelenfreund!«

Der blonde Mann deutete mit dem Kinn auf den Puma, der am Feuer lag.

»*Sie* weiß es. Und deshalb weiß ich es auch.«

Er nahm einen kleinen Beutel ab, den er um den Hals trug, griff hinein und zog einen Gegenstand aus Glas heraus – den Gegenstand, den Tremelo beschrieben hatte.

»Sie hat Angst, und das macht sie gefährlich. Aber wir haben immer noch unseren Auftrag … Wir wissen, wem wir das hier geben müssen. In diesem Punkt sind die Seher eindeutig. Wir können es nicht einfach den RATTEN überlassen; es muss der Mann sein, der dem Kriegskind folgt.«

Der Mann mit dem dunklen Bart nickte bedächtig.

Ben schwirrte der Kopf. Seher, RATTEN, Kriegskind – das alles war überwältigend. Er würde auf jeden Fall Tremelo nachher berichten, was er hier erfahren hatte, falls er es hören wollte.

In diesem Moment ging ein böses Zischen durch die Baumwipfel. Beide Männer blickten auf und der blonde steckte das Glas in den Beutel zurück. Dann stürmten beide aus der Höhle. Ben kletterte auf den Fels zurück, von dem aus er alles ungesehen beobachten konnte. Draußen auf den flachen Felsen nahm der Bärtige Pfeil und Bogen und zielte damit in den Himmel.

»Die Geier wieder«, sagte er.

Ben drückte sich an die Felswand. Er konnte nicht riskieren, dass man ihn sah und einen Pfeil auf ihn abschoss.

Er hörte den Vogel, bevor er ihn sah – ein dunkler Schatten, der aus den Bäumen herabstieß. Er sauste auf die Velyn zu, direkt auf den Beutel, den der blonde Mann in den Händen hielt. Der Bärtige schoss einen Pfeil ab und verfehlte knapp sein Ziel, sorgte aber dafür, dass der Geier abdrehen musste. Ein zweiter Vogel kam aus der entgegengesetzten Richtung dazu und Ben verspürte den Drang, die Männer mit einem Schrei zu warnen. Aber er wusste schließlich nicht, was sie vorhatten. Möglicherweise kamen ihm die Geier gerade recht.

Der Puma, der am Feuer gelegen hatte, sprang knurrend auf. Der zweite Geier flog ihm mit ausgestreckten Krallen ins Gesicht. Der Puma brüllte und schnappte mit den Zähnen nach ihm. Der Vogel schlug ihm mit den Flügeln ins Gesicht, während sich ein dritter Geier auf die zwei Männer stürzte und dem blonden den Beutel aus den Händen riss. Als er davonflog, zielte der Bärtige auf ihn und schoss noch einen Pfeil ab. Er traf ihn am Flügel, doch der Geier verlor zwar kurz an Höhe, verschwand dann aber zwischen den Bäumen.

»Hinterher!«, rief der Mann mit dem Bart. Der Puma machte einen Satz und packte den zweiten Geier mit den Pranken. Ben wandte den Blick ab, als er dem Vogel in den Hals biss, aber er hörte das Knacken, als er ihm das Genick brach. Männer und Wölfe begannen, den gefährlichen Pfad an der Felswand hinaufzuklettern, genau auf die Stelle zu, wo Ben sich versteckt hielt.

Schnell sprang er auf. Er hatte zwei Möglichkeiten: sich zu verstecken und den Velyn zu folgen, wenn sie den Geier aufspürten, oder selbst dem Vogel nachzulaufen. Die Velyn würden bald am oberen Rand der Felswand auftauchen, aber noch hatte er einen guten Vorsprung. Er raste in die Richtung davon, in die der Geier vor den Velyn geflohen war.

Er hatte keine Zeit, um stehen zu bleiben und auf den Geier zu lauschen. Beim Laufen versuchte er, die gleiche Konzentration aufzubringen, die er an den vielen Nachmittagen beim Trainieren und Üben geschärft hatte, und mit allen Sinnen herauszufinden, wo sich der Geier befand. Über ihm schwankte ein Zweig: Der Vogel hatte ihn gerade eben gestreift. Ben hörte, wie Finken plötzlich über ihm auseinanderstoben, als flüchteten sie vor einem Räuber. Er nahm einen Hauch von Aas – totem Fleisch – an den Krallen des Vogels wahr und wusste, dass er nicht weit weg sein konnte. Der Geier war genau nördlich von ihm, was bedeutete, dass er auf die Schule zuflog.

Mit brennenden Lungen rannte er weiter. Wäre er doch nur Anima Falke wie Phia, dachte er. Ein Falke konnte den Geier verfolgen und vom Himmel herunterholen. Ben blickte nach oben und sah den Schatten des riesigen Vogels, der jetzt wegen seines verletzten Flügels und des schweren Glases tiefer flog.

Er wollte ihn aufhalten, bevor er die Schule erreichte. Wenn er ihm das Glas nicht abnehmen konnte, würde er Tremelo alles beichten müssen – und ihm erklären, dass er nicht nur das Buch gestohlen, sondern sich noch dazu wieder in den Wald geschlichen hatte.

Ben warf einen prüfenden Blick auf seine Umgebung. Falls der Geier tatsächlich auf dem Weg zur Schule war, würde er über unebeneres Gelände fliegen, durch hohe Bäume, die ihn vielleicht verlangsamten. Ben wusste, dass die Hügel in der Nähe des Scavage-Feldes sanfter waren, sodass er dort besser laufen und springen konnte. Wenn er diese Route einschlug, konnte er dem Vogel vielleicht den Weg abschneiden, bevor er den Wald verließ. Er musste es versuchen.

Er schwenkte nach links in Richtung des Scavage-Feldes und hörte auch schon die Männer in nicht allzu weiter Entfernung hinter sich. Die Velyn verfolgten den Vogel und hatten zwar schnell aufgeholt, kannten sich aber nicht so gut wie Ben in den Wäldern aus, die näher an der Schule lagen. Während er auf die sanfteren Hügel zulief, stürmten die Velyn weiter vorwärts und folgten dem direkten Weg des Vogels. Ben hörte, wie einer der Männer noch einen Pfeil abschoss und dann fluchte, als er nicht traf.

Ben kam näher an das entfernte Ende des Scavage-Feldes heran, wo er die Königsfingereiche gesehen hatte, als ihm klar wurde, dass er keinen Schimmer hatte, wie er den Geier überhaupt vom Himmel holen sollte. Die Kralle, seine einzige Waffe, lag schwer in seiner Tasche, aber er konnte es nicht riskieren, sie zu verlieren. Er malte sich aus, wie er sich von einem hohen Ast auf den Vogel stürzte, wenn er vorbeiflog, so wie er vom Uhrenturm gesprungen war. Aber er hatte nicht genug Zeit, um so hoch zu klettern. Also musste er einen Weg finden, um den Vogel vom Boden aus aufzuhalten.

Als er an die Stelle gelangte, wo der Wald lichter wurde, lief er langsamer. Über sich nahm er das fast unmerkliche Geräusch von Flügeln wahr, die die Luft durchschnitten. Er blickte auf und sah den Geier genau über sich in Richtung Fairmount fliegen. Der Vogel hatte Mühe, sich oben zu halten, da der Flügel durch den Pfeil verletzt und daher geschwächt war. Er trug den Beutel im Schnabel und Ben wunderte sich erneut, warum er in diese Richtung flog.

Er bereute, dass er nicht seine Scavage-Uniform angezogen

hatte, bevor er aufgebrochen war. Der Wollmantel war schwer und das Fairmount-Halstuch schien ihm plötzlich die Luft abzuschnüren. Als er es abnahm, hatte er eine Idee. Er suchte auf dem Waldboden nach einem schweren Stein, legte ihn in die Mitte des Stoffes und hielt dabei das Tuch an den Enden fest. Mit drei Schwüngen über dem Kopf schleuderte er den Stein direkt auf den Geier, wobei ihm der Stoff fast aus der Hand glitt. Der Stein traf den Vogel am linken Flügel, sodass der Geier ins Taumeln geriet und den Beutel fallen ließ. Ben bekam ein schlechtes Gewissen, weil er jemandes Seelenfreund Schaden zufügte – aber das Glas war einfach zu wichtig. Schnell lief er auf den Vogel zu, doch der war trotz seiner Verletzungen erstaunlich wendig. Er flog kurz tiefer und fing den Beutel mit den Klauen auf.

Ben fand einen neuen Stein, der kleiner, aber glatter als der erste war und auf einer Seite eine scharfe Kante hatte. Er legte ihn in das Tuch und schwang es erneut, so wie er einen mit Farbe beladenen Schnipp schwingen würde, und diesmal traf der Stein den Geier am Kopf. Der Vogel stürzte.

Ben blieb reglos stehen und lauschte. Der Geier war am Boden aufgekommen und Ben konnte hören, wie er sich aufplusterte, schwach krächzte und versuchte, sich aufzurichten. Auch wenn er sonst nichts hörte, war ihm bewusst, dass die Männer und ihre Seelenfreunde nicht weit hinter ihm sein konnten.

Er drängte sich an einer Baumreihe vorbei und fand den verletzten Vogel, der sich am Boden wand. Der Beutel lag neben ihm. Der Geier sah Ben mit seinem Knopfauge durchdringend an, als er sich bückte und den Beutel aufhob. Er war schwer – das Glas war also noch darin. Der Geier kreischte laut und Bens Herz begann zu klopfen. Entsetzt über das, was er getan hatte, wich er zurück, während der Geier weiter krakeelte und schrie, zu verwundet, um sich zu verteidigen. Aber Ben hatte keine Zeit zu verlieren. Er wandte sich ab, rannte auf das Schulgelände zu und hoffte, die Velyn würden ihm dorthin nicht folgen, weil sie nicht entdeckt werden wollten. Er sah sich nicht um.

25

»So sollte kein Mensch oder sein Seelenfreund leben müssen«, sagte der Älteste, als es zwischen einem Terrier und einem Raben brodelte, die sich seit einer Weile um ein Stück tote Maus stritten. In den letzten Tagen war er immer schwächer geworden und Gwen machte sich Sorgen, dass er ohne Grimsen die Hoffnung verlieren würde.

In der Nacht, als sie aus dem Palast geflohen waren, hatte Gwen der Natur für ihre Vergangenheit als Taschendiebin gedankt. Nur weil sie die Bolzen so gut kannte, hatten sie die schummrig beleuchtete Bar finden können, wo die RATTEN ihr Quartier hatten. Damals war es für sie sehr aufregend gewesen, sich ihrem Kreis anzuschließen. Schließlich standen die RATTEN für etwas viel Größeres als jeder Einzelne von ihnen: Rebellen gegen Angst, Tyrannei, Terror, Entmenschlichung und Naturfeindlichkeit. Sie waren König Melore treu und gingen davon aus, dass man bei einer Herrschaft Vivianas das Schlimmste zu befürchten hätte.

Die folgenden Wochen waren jedoch hart gewesen. Vivianas Spione zwangen die RATTEN, ihre Operationen immer wieder zu verlegen. Sie waren durch eine Reihe geheimer Unterschlüpfe gezogen, von Dachstuben bis hin zu verlassenen Luftschiff-Bahnhöfen. Das Einschlafen fiel schwer; Gwen konnte sich des Gefühls nicht erwehren, dass sie jeden Augenblick aufwachen und sich inmitten eines Kriegs wiederfinden könnte. In der ganzen Stadt gab es weitere »RATTEN-Nester«, und als Gerüchte über die wachsenden Truppen der Dominae bei Gwen und den RATTEN eintrafen, trösteten sie sich mit dem Wissen, dass es noch viele andere wie sie selbst gab – wenn sie sich doch nur alle treffen könnten, ohne von Vivianas Furcht einflößenden Vögeln beobachtet zu werden.

Seit ein paar Tagen hausten Gwen und der Älteste mit vielen anderen RATTEN in einem weiten unterirdischen Tunnel. Er gehörte zu den Überresten dessen, was einmal Aldemars erste unterirdische Schienenbahn hatte werden sollen: Melores größtes Werk.

Über der Erde lauerten Vivianas mechanische Vögel in der ganzen Stadt, saßen neben den fratzengesichtigen Wasserspeiern auf den Dächern, auf Laternenpfählen und vor Hauseingängen. Als eines von wenigen Kommunikationsmitteln dienten den RATTEN die echten Ratten, die zwischen den geheimen Unterschlupfen umherhuschten und ihren menschlichen Seelenfreunden Botschaften aus anderen Nestern überbrachten. Um nicht entdeckt zu werden, durften immer nur ein oder zwei RATTEN gleichzeitig das jeweilige Versteck verlassen – Nahrungsmittel wurden von den örtlichen Marktfrauen gebracht, die es wie einen Routinehalt aussehen ließen. Allerdings war der Marktbetrieb durch Vivianas Horden ebenfalls beeinträchtigt: Immer weniger Bauern brachten ihre Ernte in die Stadt, weil sie fürchteten, in die Tumulte der Dominae verwickelt zu werden. Gwen hatte sich schon so an verdünnte Kohlsuppe gewöhnt, dass sie sich fragte, ob sie jemals wieder etwas anderes essen würde. Die Seelenfreunde waren verängstigt und müde und fast jeden Tag brachen Zänkereien zwischen verschiedenen Arten aus.

Gwen tröstete sich damit, das Spielen auf der Mundharmonika zu erlernen, die der Älteste ihr gegeben hatte. Enoch, der Anima Chamäleon war und ihr geholfen hatte, von der Versammlung der Dominae zu fliehen, hatte ihr eines Abends die Grundkenntnisse beigebracht.

»Es ist nicht schwer zu lernen«, hatte Enoch ihr gesagt. »Ein Instrument zu spielen sollte Spaß machen, selbst wenn man am Anfang nicht die richtigen Töne trifft.«

Das Chamäleon, Bill, hatte sich auf Enochs Schulter gerekelt und eine freundliche korallenrote Farbe angenommen, während Enoch eine schnelle Melodie zum Mitwippen spielte.

Unter Enochs Anleitung übte Gwen zu jeder sich bietenden Gelegenheit. Sie spielte nicht gut, aber die Musik beruhigte sie. Inmitten all dieser Unsicherheit würde sie jedes noch so kleine Vergnügen annehmen, das sie bekommen konnte.

Während der Älteste an diesem Abend vor sich hin murrte, spielte Gwen geistesabwesend auf ihrer Mundharmonika, wobei sie zwischen einem Wiegenlied und einem lebhaften Tanz wechselte. Im Laufe der letzten Tage hatte sie gemerkt, dass nicht nur sie selbst durch ihr Spiel ruhiger wurde, sondern dass auch die verschiedenen Arten der Seelenfreunde, die mit ihr in diesem dunklen Eisenbahntunnel hausten, sich entspannten. Erst am Tag zuvor hatte eine magere, zerzauste kleine Eule den Weg unter die Erde gefunden und war zu ihr gehüpft, als sie spielte. Jetzt waren es schon drei, die ihr von einem bröckeligen Betonklotz aus zuhörten, ebenso wie ein Hirtenhund mit Hängeohren, der friedlich gähnte.

Aber nur einen Augenblick später war es mit der Friedlichkeit vorbei.

Gwen hörte Schreie, die von der gewölbten Steindecke über ihnen widerhallten. Der Älteste setzte sich neben ihr in seinem Schlaflager auf. Gwen legte sich eine Decke um die Schultern und half dem Ältesten aufzustehen. Immerhin war es in den Tunneln trocken, aber der nahende Winter kroch langsam unter die Erde. Gwen konnte ihren Atem sehen und den des Ältesten, als sie den Hauptraum betraten.

Enoch kletterte gerade eine Eisenleiter hinunter, die vom ungenutzten Bahnsteig zur Straße hinaufführte. Er hatte in Palastnähe Wache gehalten, da die Aufstände trotz der Kälte draußen immer heftiger und gewalttätiger wurden.

»Jetzt ist es passiert – die Dominae sind dabei, die Stadt zu übernehmen. Das Parlament kann jeden Moment fallen«, verkündete Enoch. »Eine Armee aus Wieseln und Kojoten aus der Staubigen Ebene hat die Parlamentstruppen überfallen – der Palast und das Parlament sind umzingelt! Die Aufrührer haben sich mit der Dominae-Armee vereint. Da draußen wütet ein riesiger Mob.«

Die RATTEN drängten sich im Tunnel zusammen.

»Und was tut das Parlament dagegen?«, rief jemand. »Sitzen die bloß rum? Die müssen doch irgendeinen Plan haben!«

Enoch schüttelte den Kopf.

»Die meisten Mitglieder sind heute Morgen geflohen, und diejenigen, die geblieben sind, haben die Gefechtsbereitschaft der Parlamentstruppen aufgehoben. Die Verräter …«

»Wo ist Viviana?«, fragte jemand.

»Sie hat ihr Hauptquartier in der alten Bücherei in der Stadtmitte aufgeschlagen.«

Im widerhallenden Gewölbe waren Rufe und Gemurmel zu hören.

»Dann schlagen wir jetzt zu! Stürmen die Bücherei, solange sie nichts ahnen!«, brüllte ein Hafenarbeiter.

»Wir haben keine Armee«, entgegnete Digby, der Barkeeper aus dem Weißen Tiger. »Wir können ja nicht mal ein Treffen der Nester auf die Beine stellen, geschweige denn einen Angriff – nicht solange ihre Spione die Stadt überwachen. Es ist zu gefährlich, unsere Botenratten rauszuschicken. Die Dominae würden jede Einzelne von ihnen wittern. Ich weiß, viele von uns sind bereit zu kämpfen, aber wir haben ja nicht mal die Waffen, um uns hier über längere Zeit verteidigen zu können.«

Enoch lehnte am unteren Teil der Leiter und rieb sich die Schläfen. »Es ist zwecklos – wir kriegen keine Armee zusammen, die so groß wie Vivianas ist.« Sein Chamäleon hatte gerade die Farbe des braunen Tweedmantels, auf dem es saß. Es zwinkerte.

»Sag das nicht!«, widersprach Merrit, eine Anima Schäferhund mit einem schiefen weißen Bart. Er trank einen großen Schluck Whisky. Um seine Nerven zu beruhigen, vermutete Gwen.

»Was dann?«, rief Enoch. »Was schlägst du vor?« Er deutete auf einen stämmigen Mann im Mantel, der an der Tunnelwand stand. »Roger – du kommst doch gerade aus dem Tiefland. »Können wir dort auf Unterstützung hoffen?«

Roger Quindley, ein Apotheker aus dem Tiefland, brachte den RATTEN schon seit Wochen Nachrichten aus dem restlichen Königreich. Er trat vor, gefolgt von einem dicken Dachs.

»Im Tiefland herrscht Gleichgültigkeit«, erklärte er. »Was hier in der Stadt passiert, ist für die Leute da draußen nicht von Bedeutung. Wenn sie Vivianas wahre Pläne kennen würden … gäbe es vielleicht Hoffnung, eine Armee aufzustellen.«

»Wir brauchen eine Armee, die genauso *mächtig* wie Vivianas ist, nicht nur genauso groß«, antwortete Digby. »Wir brauchen Kämpfer, die wissen, wie man das Band am besten ausnutzt. Wir brauchen einen *Anführer.*« Der Barkeeper seufzte. »Wenn doch nur Tremelo hier wäre. Nicht nur, um sich ein bisschen Myrgholz abzuholen, sondern um uns hier beizustehen. Seine Kraft könnte uns helfen, eine Armee auszubilden und das Blatt zu wenden, damit wir RATTEN nicht vor Angst davonlaufen.«

Gwen zwirbelte nervös eine rote Haarsträhne zwischen den Fingern. Irgendetwas klingelte bei ihr. Dieser Name – Tremelo. Er kam ihr so bekannt vor.

»Der ist doch völlig übergeschnappt«, sagte Merrit lallend. »Hat sich da in dieser Schule verkrochen und bastelt an irgendwelchen Apparaten rum. Interessiert sich nicht mal mehr für das Werk seines Vaters.«

Auf einmal fiel Gwen wieder ein, wo sie den Namen schon einmal gelesen hatte. Sie wandte der Gruppe den Rücken zu und tappte den dunklen Steintunnel entlang, in dem ihre Sachen lagen. Dort kramte sie in ihrer Tasche nach der Goldmünze mit dem Bild eines schlafenden Fuchses und diesem Namen. Tremelo. Auf dem Rückweg in den Hauptraum entdeckte sie einen Lichtschimmer an der Steinwand. Es war der Älteste, der auf sie zukam.

»Ist alles in Ordnung, Gwendolyn? Wohin bist du auf einmal verschwunden?«, fragte er.

Gwen erwiderte nichts. Stattdessen hielt sie ihm die Kette auf der ausgestreckten Hand hin, sodass der Schein seiner Taschenlampe darauf fiel.

Der Älteste betrachtete den Anhänger und hielt sich die faltige Hand vor den Mund. »Wo hast du den gefunden?«, fragte er mit plötzlicher Eindringlichkeit.

»In der Kapuze meines Mantels. An dem Abend, als Grimsen getötet wurde«, antwortete sie. »Ich bin mit einem Jungen zusammengestoßen. Wir sind beide hingefallen … und ich glaube, dass er ihm gehört hat. Vorher hatte ich ihn nicht.«

»Was für ein Junge? Wie sah er aus?«, wollte der Älteste wissen. Er nahm Gwens Arm und hielt sie fest.

»Keine Ahnung! Noch nicht so alt, vielleicht etwas jünger als ich. Er hatte eine Jacke mit leuchtenden blauen Streifen an«, erklärte sie.

Der Älteste ließ ihren Arm los und eilte in die laute Gruppe zurück. Gwen folgte ihm verwirrt. Sie hatte den Ältesten seit dem Abend, als er fast vergiftet worden wäre, nicht mehr so aufgeregt erlebt. Er ging direkt zu Merrit, packte ihn an der Schulter und versuchte, seinen Rausch wegzuschütteln.

»Tremelo heißt der Mann, der uns anführen soll? Du hast gesagt, er interessiere sich nicht für das Werk seines Vaters. Wer war sein Vater?«

Gwen fühlte sich verunsichert. War mit dem Ältesten noch alles in Ordnung? Er war ziemlich aufgeregt.

»Na, der Verrückte natürlich. Thelonius Loren.« Merrit starrte ihn verständnislos an. »Was soll das Ganze, Ältester?«

Der Älteste hielt inne.

»Der Verrückte – Thelonius. Natürlich«, antwortete er. »Ja, natürlich. Und du sagst, er sei Lehrer oder so was Ähnliches?«

Merrit nickte und war noch immer etwas benommen. Sein Schäferhund spitzte ein Ohr.

»An welcher Schule?«, erkundigte sich der Älteste weiter.

Digby und Merrit tauschten einen nervösen Blick.

»Er macht keine Verschwörungsarbeit mehr, Sir«, antwortete Merrit. »Und er wird uns nicht helfen, eine Armee auszubilden, falls Sie das hoffen. Wir haben ihn in letzter Zeit kaum gesehen … Nur, wenn ihm sein Pfeifenzeug ausgeht.«

»Er will nicht mit den alten Prophezeiungen belästigt werden«, meldete sich Digby traurig zu Wort. »Und wer kann es ihm verdenken, nach dem, was mit seinem Vater passiert ist?«

»Ich wünschte, ich hätte Zeit, es euch zu erklären«, sagte der Älteste, »aber das hier ist auf einmal eine viel größere Aufgabe geworden, als nur einen passenden Befehlshaber auszuwählen. Wir *müssen* Tremelo finden.«

Roger trat an Gwen und den Ältesten heran.

»Ich bin ebenso dafür, ihn in Ruhe zu lassen, wie alle anderen – er ist kein Anführer«, sagte er. »Aber wenn ihr ihn finden müsst, weiß ich, wo. Er unterrichtet an der Fairmount Academy.«

»Natürlich«, antwortete der Älteste. »Wo sonst, wenn nicht am Tor zu den Dunklen Wäldern?«

Damit verschwand er in Richtung seines Schlafplatzes. Gwen eilte ihm nach und stellte mit einem Schulterblick fest, dass die verwirrten Blicke der RATTEN ihnen folgten.

»Worum geht es denn?«, fragte sie. Der Älteste hatte angefangen, seine Sachen zusammenzupacken. »Was hat diese Kette zu bedeuten?«

Der Älteste reichte ihr seine Tasche und drückte liebevoll ihre Schultern.

»Sie bedeutet, dass wir noch einmal reisen müssen.«

26

Als Ben aus dem Wald herauskam, war sein erster Gedanke, Tremelo zu suchen. Obwohl er darauf brannte, das Buch zu lesen, war es wichtiger, Tremelo zu berichten, was er gesehen hatte. Die Schule war in Gefahr und jemand würde sich das Glas holen wollen. Die Turmuhr schlug dröhnend – es war halb sechs, Zeit fürs Scavage-Training. Ben dachte an Finks Drohung, ihn von der Schule zu werfen, wenn er zu spät kam, aber das war ihm jetzt egal – er musste zu Tremelo.

Als er am Scavage-Feld vorbei den Hügel hinaufraste, entdeckte er Taylor. Er grinste niederträchtig und hatte seinen gesprenkelten schwarzen Kater auf der Schulter, dessen grüne Augen im Abendschein funkelten.

»Na, Sitzung bei deinem durchgeknallten Lehrer beendet?«, spottete Taylor.

»Geh mir aus dem Weg, Taylor«, sagte Ben. Er keuchte und sein Körper bebte vor Energie.

»Wieso? Was ist denn so wichtig?«, fragte Taylor und deutete auf den Lederbeutel in Bens Hand. Instinktiv umklammerte Ben ihn fester.

»Was ist das?«, wollte Taylor wissen. »Irgendein verbotenes Zeug von Tremelo?«

»Geht dich nichts an«, entgegnete Ben und steckte das Glas in seinen Rucksack.

»Das war keine höfliche Bitte. Zeig mir, was im Rucksack ist, sonst kannst du was erleben.«

Ben blieb tapfer stehen, als Taylor auf ihn zukam, doch genau in diesem Moment erschien Trainer Banter neben der Tribüne.

»Walker!«, brüllte er und stürmte an Taylor vorbei. »Der Natur sei Dank, dass du da bist. Wir können uns nicht leisten, dass du zu spät kommst, wenn Fink dir so im Nacken sitzt!«

Ben hatte das Gefühl, in der Falle zu sitzen. Er folgte dem Trainer und schoss Taylor einen warnenden Blick zu, bevor er den Platz betrat. Das Buch und das Glas lagen schwer in seinem Rucksack, wie eine böse Vorahnung.

»Zieh dich um und wir legen los«, forderte ihn der Trainer auf.

Ben eilte in den Umkleideraum, während ihn Taylor vom Spielfeldrand aus beobachtete. Schnell zog er seine Scavage-Sachen an und versteckte seinen Rucksack mit dem Glas und dem Buch unter seiner gefalteten Kleidung am Boden seines Spinds. Er machte die Spindtür zu, sicherte sie mit dem Vorhängeschloss und tastete nach dem Schlüssel in seiner Hosentasche. Dann lief er zur übrigen Mannschaft auf das Feld hinaus.

Das Training war bei der kälter werdenden Luft eine Qual. Ben wollte einfach nur gehen und Tremelo suchen. Er konnte kaum abwarten zu erfahren, was im Buch des Verrückten über die Velyn und vielleicht über seine eigene Vergangenheit stehen würde. In Anbetracht dieser neuen Entdeckungen würde Tremelo sicher einsehen, dass Ben richtig gehandelt hatte … Zumindest hoffte er das.

Ben war zu abgelenkt, um gut zu spielen. Er wurde von einem Trainings-Schnipp getroffen und »versehentlich« von Taylor zu Fall gebracht, hatte aber keine Zeit, sich darüber zu ärgern. Als er nach dem letzten Übungsspiel des Tages das Spielfeld verlassen wollte, winkte der Trainer ihn zurück.

»Wo willst du hin? Du bist zu spät zum Training gekommen, Walker. Ich hab nicht vor, dich wegen Fink zu verlieren, aber einen Denkzettel hast du trotzdem verdient. Drei Runden um den Platz!«

Am liebsten wäre Ben an Ort und Stelle zusammengebrochen. Stattdessen sollte er drei Runden um das ganze Scavage-Feld laufen. Die Temperatur sank rasch und er konnte seinen Atem sehen. Er lief so schnell wie noch nie zuvor.

Als er endlich wieder im Umkleideraum war, wollte er nur noch Tremelo suchen, ihm das Glas zeigen und alles in Ordnung bringen.

Doch die Spindtür stand offen und seine Sachen lagen auf dem Fußboden verteilt.

Sein Rucksack mitsamt Buch und Glas war nicht mehr da.

»Nein!«, schrie Ben. Er leerte seine Taschen und fand nichts darin. Taylor musste ihm den Schlüssel stibitzt haben, als er ihm auf dem Platz ein Bein gestellt hatte. Hektisch blickte er sich im Umkleideraum um. Wer immer seinen Spind geöffnet und seine Sachen gestohlen hatte, war längst fort.

Noch in seiner Scavage-Kleidung rannte er durch den Eingang

zum Scavage-Feld hinaus. Draußen lehnte er sich mit dem Rücken an die Wand, um zu Atem zu kommen. Die Wut pulsierte in ihm mit jedem Herzschlag. Er drückte die Handflächen an die Augen und versuchte, einen klaren Kopf zu bekommen, konnte sich aber nicht konzentrieren. Seine einzige Chance, den Inhalt des Buches zu erfahren, war verpufft, und er war sicher, dass Tremelo ihm niemals wieder vertrauen würde. Er stieß einen tiefen, nachhallenden Schrei aus, der einen Schwarm Finken aufschreckte. Sie flogen außer Sichtweite ins Unterholz – alle bis auf einen, der noch im trockenen, winterharten Gras herumhüpfte.

Er begann, zu Ben hinüberzuspringen, und hielt etwas im Schnabel.

Ben sah zu, wie sich der Fink näherte und mit runden schwarzen Augen zu ihm aufblickte. Metallaugen. Der Fink war ein Roboter, wie ein kleines Aufziehspielzeug. In seinem kupfernen Schnabel steckte ein zusammengerolltes Stück Papier, das er vor Bens Füßen fallen ließ. Dann öffnete er seine klirrenden Flügel und flog in Richtung Wald davon.

Ben bückte sich und hob das Papier auf. Mit zitternden Händen rollte er es auseinander.

Es war eine Karte, ungefähr so groß wie sein Handteller, vom Wald, der die Fairmount-Klippe umgab, und den Dunklen Wäldern dahinter. Ein Punkt in den Dunklen Wäldern direkt neben dem unbefestigten Weg war eingekreist. Jemand hatte etwas auf den Rand gekritzelt.

Ich kenne deine Sorgen, stand dort. *Und ich möchte dir helfen. Komm nach Sonnenuntergang hierher und die Seher werden dir helfen, den Weg zu deiner Anima zu finden.*

Die Schrift war klein und sauber und Ben glaubte, sie schon mal irgendwo gesehen zu haben – aber sie gehörte keinem seiner Freunde und auch nicht Tremelo. Er überlegte, ob die Nachricht wohl von den Velyn stammen könnte. Der Metallvogel schien allerdings eher auf eine andere Art von Mensch hinzudeuten, auf jemanden mit mehr Macht.

Ich kenne deine Sorgen …

Ben zermarterte sich den Kopf, wen er kannte, der Anima Fink war, doch ihm fiel niemand ein.

Tremelo würde nie wieder ein Wort mit ihm reden. Seine Extrastunden zur Bewusstwerdung waren vorüber. In diesem Moment wünschte er sich, dass er Tremelos Buch niemals zu Gesicht bekommen oder von den Leuten in den Velyn-Gipfeln gehört hätte. Tremelo hatte recht – seine Neugierde hatte ihn dazu getrieben, etwas Dummes, ja sogar Betrügerisches zu tun, und er hatte genau das verloren, was der Schlüssel zu seiner Bewusstwerdung hätte sein können.

Er blickte auf das Papier hinunter. Er hatte keine Ahnung, wer die Nachricht geschrieben haben konnte, begriff aber, dass es darauf auch nicht ankam. Auf Tremelos Hilfe konnte er nicht mehr zählen und Hal, Tori und Phia konnten ihm nicht helfen – nicht, wenn es um seine Bewusstwerdung ging. Was blieb ihm anderes übrig? Er würde hingehen.

Dicke Schneewolken ballten sich am Himmel zusammen, während das letzte Tageslicht am Horizont verschwand. Ben griff in seine Manteltasche, zog die geschärfte Kralle heraus und hoffte, dass er sie nicht brauchen würde.

27

Viviana stand hinter den riesigen Holztüren der Stadtbibliothek. Sie war zu abgelenkt, um den lauten Jubel ihrer Anhänger von draußen zu genießen; ihre Gedanken überschlugen sich, denn gerade eben war eine Nachricht von Joan gekommen. Sie hatte die Prophezeiung gefunden.

Darin ist tatsächlich die Rede von einem wahren König, der eine Armee anführen wird – mit dem Kriegskind als Fahnenträger; einem besonderen Kind, dessen Anima verloren gegangen ist. Ich habe das Kind im Visier …

In der Prophezeiung war also nicht nur die Rede von einem wahren König, sondern auch von einem »Kriegskind«? Viviana war schwindelig vor Wut und Verwirrung. Es war unmöglich, dass es noch einen anderen Thronerben gab. Sie wusste, dass König Melores einziges anderes Kind tot war. Sie erinnerte sich an die Flammen, die an der Unterseite der verschlossenen Tür leckten, und an die panische Kleinkindstimme – *Vivi, lass mich raus! Lass mich nicht allein!* Aber die Tür hatte geklemmt; sie hatte sie nicht öffnen können. Voller Entsetzen war sie geflohen und hatte den Palast zusammen mit dem Ältesten verlassen, ohne ihren Bruder zu retten. Nein. Es konnte keinen wahren König geben. Wer immer diesem »Kriegskind« folgen würde, war ein Betrüger. Viviana hatte Joan einen neuen Auftrag erteilt – sie würde das Kriegskind töten, und alle Omen, die es verkörperte, würden mit ihm sterben.

»Gnädigste sehen aus, als hätte sie ein Gespenst gesehen«, sagte Clarke, der Tüftler. Er trat aus dem im Dunkeln liegenden Teil der Eingangshalle.

Ein Mann mit einer unangenehm guten Wahrnehmung, dachte Viviana. Aber heute Abend brauchte sie seine Hilfe. Dank Clarkes Fähigkeiten würde sie den Dominae ein Symbol ihrer Macht schenken.

»Ganz im Gegenteil«, antwortete sie lächelnd. Sie hatte ihre Lippen in einem kräftigen malvenfarbenen Ton geschminkt. »Das Parlament ist geflohen und unsere Anhänger sind bereit für ein neues Zeitalter. Ich bin *sehr* zuversichtlich.«

Clarke verbeugte sich leicht.

»Dann ist alles für Ihren großen Auftritt bereit«, sagte er und nickte einer Frau und einem Mann zu, die ein Stück entfernt im Dunkeln standen. Gemeinsam zogen sie ein schweres Tuch von einem großen rechteckigen Käfig. Viviana hörte das Surren und Quietschen von sich bewegendem Metall. Ein wildes Knurren ertönte und aus dem Käfig trat ein massiger Tiger, dessen glutrote Augen von ausgeklügelten Abläufen in seinem Innern zum Leuchten gebracht wurden. Sein Fell bestand aus

Kupfer, das mit gewundenen weißen Streifen bemalt war. Es schien zu glühen.

Clarke griff nach einem breiten Riemen, der am Hals des Tigerroboters befestigt war, und reichte Viviana das Ende.

»Die Bestie steht ganz zu Ihrer Verfügung«, sagte er.

Viviana straffte die Schultern und spürte die Narbung des Riemens in der Hand – es war echtes Leder von außergewöhnlicher Qualität. Der Seelenfreund eines Menschen hatte für die Herstellung sterben müssen.

»Zur richtigen Zeit drücken Sie auf diesen Knopf«, erklärte Clarke. Er zeigte auf einen kleinen goldenen Knopf, der in den Lederriemen eingelassen war. Er war mit einem Draht verbunden, der durch die Naht lief.

Viviana nickte und zwei Diener öffneten die massiven Holztüren der Bibliothek bis zum Anschlag. Ohrenbetäubender Beifall überflutete sie. Sie trug zu diesem Anlass ein langes, wallendes rotes Abendkleid ohne Stickereien oder andere Verzierungen, das ihre Knöchel umspielte, als sie langsam die Marmorstufen hinunterschritt.

Der Platz war voll von Bürgern der Grauen Stadt. Viele von ihnen hatten schon seit Tagen, sogar Wochen hier protestiert – bis der Druck auf das Parlament zu groß geworden war. Ihre Armee saß aufmerksam in Eingängen und auf Fenstersimsen und beobachtete die Menge: Wiesel, Kojoten, Dachse, Hasen und ja, sogar Schakale umgaben die tosende Menge und warteten still und bereit auf den nächsten Befehl ihrer Herrin.

Viviana hielt die Leine ihres Tigerroboters ganz fest, während er brüllte und am Riemen zog. Es war alles Show, aufwendig inszeniert von Clarke. Sie drückte auf den Knopf und der Tiger drehte sich zu ihr um. Er brüllte und entblößte dabei seine messerscharfen Metallzähne. Mit einer einzigen geschmeidigen Bewegung spannte er die Muskeln an und verbeugte sich tief vor Viviana. Sie lächelte und die Menge auf dem Platz jubelte frenetisch.

Viviana winkte. Sie hatte etwas Angst davor gehabt, ihren Anhängern ohne Joan an ihrer Seite entgegenzutreten. Aber wenn Joan heute Abend mit dem Auftrag Erfolg hatte, war Vivianas Macht über die Prophezeiung – und über das Volk – gewiss.

28

Die Glocken im Turm von Fairmount läuteten zur achten Stunde. Tremelo eilte zwischen den Wohnheimen entlang und wich dem Schülerstrom aus, der aus der Mensa kam. Fieberhaft sah er sich nach Ben um, während Fenchel ihm auf dem Fuße folgte.

Er entdeckte Hal und Tori, die nebeneinandergingen. Sie unterhielten sich aufgeregt, doch als er sich ihnen näherte, nahmen ihre Gesichter einen auffallend sorgenvollen Ausdruck an.

»Hey, ihr«, sprach Tremelo sie an und zeigte auf sie. »Wo ist Ben?«

»Keine Ahnung«, antwortete Hal. Der Junge kniff hinter seinen Brillengläsern die Augen zusammen.

»Ich muss ihn finden«, sagte Tremelo. »Er hat mir etwas weggenommen, etwas sehr Wichtiges.«

Tori blickte ihn finster an.

»Sie meinen, Ben hat Ihnen etwas gestohlen?«

»Ich meine, er hat etwas getan, von dem er glaubt, dass es ihm bei seiner Bewusstwerdung hilft. Aber vielleicht hat er sich damit in große Gefahr gebracht.«

»Wovon reden Sie überhaupt?«, wollte Tori wissen. Eine ihrer Schlangen war aus ihrer Tasche gekrochen und hatte sich um ihr schmales Handgelenk gewickelt.

Tremelo sah sich um und trat näher an Tori und Hal heran.

»Victoria, vielleicht erinnerst du dich an ein gewisses Buch in einer Truhe, die sich in meinem Besitz befindet«, antwortete er. »Es ist unlesbar. Es ist in einer unverständlichen Sprache geschrieben – aber Ben glaubt, dass er darin die Antworten auf seine Fragen findet. Leider zieht dieses Buch die falsche Art von Aufmerksamkeit auf sich. Wir müssen Ben finden.«

»Vielleicht ist er mit Phia zusammen«, mutmaßte Hal. »Das Scavage-Training ist vorhin erst zu Ende gegangen.«

Gemeinsam gingen sie zum Scavage-Feld, aber als sie gerade die Hügelkuppe erklommen hatten, hörten sie jemanden entsetzt aufschreien. Tremelo rannte besorgt los, Tori und Hal folgten ihm. Aber es war nicht Ben, der schrie, sondern Taylor. Phias Falke Carin schlug ihm mit den Flügeln um den Kopf und jagte ihn über den Platz.

»Was hast du dem Trainer erzählt?«, brüllte Phia.

»Nimm ihn weg!«, flehte Taylor. Eine schwarze Katze fauchte und schlug nach dem Vogel, sprang aber nicht hoch genug. Fenchel stürzte sich jaulend ins Getümmel und versuchte, Taylors Katze zu verscheuchen.

»Was hast du aus Bens Spind genommen?«, wollte Phia wissen. »Ich hab gehört, wie du damit geprahlt hast!«

»Ich hab nichts genommen! Ameisen! Nimm diesen durchgedrehten Vogel von mir weg!«

Tremelo stürmte vor und schob Carin mit einer kräftigen Armbewegung zur Seite. Fenchel ging sofort auf die Katze los.

»Was ist hier los?«, fragte Tremelo. »Was ist mit Bens Spind?«

»Ich blute«, brüllte Taylor. »Dieser Vogel ist ein ameisenverdammter Quälgeist!«

»Das kann er noch besser, glaub mir!«, entgegnete Phia. »Er hat sich gar nicht richtig bemüht!«

»Schluss jetzt!«, befahl Tremelo. »Phia, halt deinen Seelenfreund zurück. Taylor, hör auf zu jammern und beantworte sofort meine Frage.«

Taylor rieb einen Kratzer an seinem Hals, den Carin ihm mit den Krallen zugefügt hatte, und blickte zu Boden.

»Ist doch nicht meine Schuld, wenn er mit irgendeinem Geheimzeug zu spät kommt. Ich fand nur, dass der Trainer wissen sollte, was er treibt, das ist alles.«

»Du wolltest dafür sorgen, dass er aus der Mannschaft fliegt!«, protestierte Phia. »Du erträgst es nicht, dass er besser Scavage spielt als du!«

»Beruhigt euch!«, brüllte Tremelo. »Was hast du aus seinem Spind genommen und wo ist es jetzt?«

Taylor machte ein finsteres Gesicht.

»Ich hab keine Ahnung, was es war«, erzählte er widerwillig. »Er kam aus dem Wald und benahm sich so komisch. Er hatte einen kleinen Beutel in der Hand. Ich bin nicht dazu gekommen reinzusehen, weil ich dabei erwischt wurde, wie ich seinen Spind aufgemacht habe.«

»Erwischt? Von wem?«, fragte Tremelo.

»Von Sucrette«, antwortete Taylor. »Sie hat mir den Rucksack weggenommen und Nachsitzen aufgebrummt. Dann hat sie ihn mitgenommen, während Ben Runden um den Platz laufen musste.«

»Was hat die denn in der Scavage-Umkleide zu suchen?«, wunderte sich Hal.

»Mrs Sucrette …« Tremelo fasste sich an den Schnurrbart. Fenchel saß mucksmäuschenstill zu seinen Füßen und blickte zu ihm auf.

»Kann ich jetzt gehen?«, fragte Taylor.

Tremelo achtete nicht auf ihn und wandte sich zum Gehen.

»Kommt mit«, forderte er Hal, Tori und Phia auf.

Sie bildeten eine lautlose Parade zum Gebäude für Sprachwissenschaft und zwischenartliche Verständigung. Carin flog tief über ihren Köpfen und setzte sich schließlich auf den Lederflicken an Phias Arm. Als sie vor Sucrettes Klassenzimmer standen, klopfte Tremelo ein Mal und öffnete dann die Tür.

In dem ordentlichen Klassenzimmer war niemand. Die Poster mit den Konjugationstabellen hingen in akkuraten Reihen und die Tische standen kerzengerade nebeneinander.

»Mrs Sucrette?«, rief Tremelo. Die Tür zum Lehrerbüro im hinteren Teil des Raumes war angelehnt. »Joan?«

Tremelos Haut begann zu kribbeln. Irgendetwas stimmte nicht.

Er ging zur Bürotür hinüber und schob sie auf. Drinnen herrschte Chaos: Schreibtischschubladen standen auf und waren leer, lose Zettel und Stifte lagen auf dem Boden verteilt und der Schreibtischstuhl war umgekippt. Tremelo hörte ein leises Scharren – eine Ratte kauerte in einer Ecke und knabberte an etwas aus Sucrettes Bonbonschale.

»Versteh ich nicht«, sagte Hal. »Wo ist Mrs Sucrette?«

Tremelo schüttelte den Kopf.

»Die wichtigere Frage ist vielleicht«, sagte er mit zitternden Händen, »*wer* ist Mrs Sucrette?«

29

Ben eilte über Steine und moosbedeckte, zerklüftete Felsen wieder hinaus in den Wald. Das Atmen schmerzte ihn in den Lungen und er spürte eine schneidende Kälte, die mit dem schwindenden Tageslicht zunahm. Er hatte sich nicht die Mühe gemacht, eine Lampe mitzunehmen, doch die geheimnisvolle Kralle, die er tief in der Tasche umklammerte, gab ihm Sicherheit. Die Schneewolken, die er über dem Schulgelände gesehen hatte, ließen ihre Fracht fallen und weiße Flocken tanzten um ihn herum.

Irgendwo über ihm schrie ein Vogel und Ben musste an den Geier mit seinem verletzten, blutenden Flügel denken. Er fing an zu rennen und sprang ängstlich und freudig zugleich von den Felsbrocken hinunter. Er hatte keine Lust, auf der unbefestigten Straße zu bleiben, auf der die Lehrer in den Wald gelangten, sondern schlug sich gleich zwischen die Bäume. So weit war er noch nie von der Schule entfernt gewesen, doch nach seinem Erlebnis ein paar Stunden zuvor fühlte er sich stärker – oder waghalsiger denn je.

Er wusste, dass das hier gefährlich war, aber da er das Glas und das Buch verloren hatte, blieb ihm nichts anderes übrig. Die Aussicht, endlich etwas über seine Anima zu erfahren, schien ihm das Risiko wert zu sein.

Ben preschte weiter durch das Unterholz. Die Felsen wurden größer und waren mit rutschigem, nassem Laub bedeckt. Schließlich fand er direkt hinter der Bachbiegung einen lichten Hain. Dies war die markierte Stelle auf der Karte der geheimnisvollen Nachricht. Ben stürmte den Hang hinunter und blieb am Waldrand stehen. Der Hain war verlassen und Bens Herz schlug so schnell, dass es ein eigenes Wesen zu sein schien. Er spürte die Kälte in den Fingerspitzen.

Aber außer der Kälte ließ Ben noch etwas anderes innehalten. Eine schlanke Frau in einem maßgeschneiderten Mantel betrat den Hain. Ein schwerfällig tapsendes Rudel Bären und Wölfe folgte ihr auf die Lichtung und stellte sich dann kommandobereit auf. Die Frau nahm ihre Kapuze ab und darunter kam der leuchtend blonde Bob von Mrs Sucrette zum Vorschein.

Ein lautes Brausen erscholl über ihnen und ein ganzer Schwarm von Geiern flog kreisend auf die Lichtung. Sie ließen sich auf den Ästen nieder und blickten kalt und wissend auf Ben herab. Ein junger Geier mit stechenden schwarzen Augen landete auf Mrs Sucrettes schmaler Schulter. Erst jetzt fiel Ben auf, dass ihre üblichen Hüttensänger nirgendwo zu sehen waren.

»Mrs Sucrette?«, fragte er. »Was machen *Sie* denn hier?«

Mrs Sucrette griff in ihre Manteltasche und zog ein blitzblankes Messer heraus.

»Nun, Mr Walker«, sagte sie und ihre Stimme klang selbst jetzt noch heiter und unbekümmert. »Du hast also meine Nachricht erhalten.«

30

Falls jemand mit guten Augen zufällig aus dem Fenster des jetzt verlassenen Lateinklassenzimmers geblickt hätte, hätte er vier verdächtig aussehende Gestalten durch den fallenden Schnee stürmen sehen. Derjenige hätte sich wahrscheinlich nichts weiter dabei gedacht, wenn der hagere Lehrer und drei besorgte Schüler zu den Lehrerunterkünften hinauseilten. Aber in Tremelos Vorstellung waren die Fenster der Unterrichtsgebäude voller wachsamer Augen. Die Verwüstung von Sucrettes Büro hatte einen schweren Stein der Sorge in ihm verankert, den er nicht wieder losrütteln konnte. Er konnte noch nicht alle Puzzleteile zusammensetzen, aber zwei Dinge wusste er: Erstens, er musste Ben finden, bevor ihm etwas zustieß, und zweitens, eine todbringende Nacht stand ihnen bevor.

Tremelo eilte die schmale Treppe zu seinem Quartier hinauf.

Hal, Tori und Phia folgten ihm atemlos. Der Fußboden seiner Wohnung in der Remise war mit wild verstreuten Unterlagen bedeckt und die umgedrehten Bücher hatten geknickte Seiten. Der Lehrer ließ die drei Schüler im Wohnzimmer zurück und riss die Tür eines vollgestopften Schranks auf. Er nahm seinen gefederten Bogen und den Köcher mit Pfeilen heraus, den er an dem Abend dort verstaut hatte, als Tori und Ben von einem Wolf angegriffen worden waren, außerdem noch ein paar andere Gegenstände. Die beiden Mädchen warteten zusammen neben dem Sessel und beobachteten jede von Tremelos Bewegungen. Hal stand steif und wachsam an der Tür.

»Ich kann mir gut denken, wo unser Freund sein könnte«, sagte Tremelo und sah jeden seiner Schüler durchdringend an. »Aber falls einer von euch einen bestimmten Ort *außer* dem Wald weiß, dann sagt er es bitte jetzt.«

Wie er erwartet hatte, sagte niemand etwas Gegenteiliges.

Er stellte Bogen und Köcher ab und gab Hal einen Beutel mit kleinen Gegenständen, die wie angeschlagene Murmeln aus Stein aussahen.

»Du mit deinen guten Ohren kannst die hier gut gebrauchen«, sagte er. »Das sind Blendkugeln. Wenn irgendwas im Dunkeln auf dich zukommt, wirf eine davon. Sie explodieren, sobald sie auf etwas auftreffen, und dein Gegner wird von einem gleißenden Licht geblendet. Pass nur auf, dass sie nicht näher als anderthalb Meter von dir entfernt losgehen, sonst kannst du selbst gute zehn Sekunden lang nichts sehen – weniger, als du sowieso schon siehst, meine ich. Kapiert?«

Hal wog den Beutel in der Hand. »Kapiert.«

Tremelo drehte sich zu den Mädchen um. »Für euch beide müssen wir auch etwas finden«, fuhr er fort. Doch genau in diesem Moment regte sich etwas in seinem Bewusstsein – Fenchel hatte Bens Fährte im Wald aufgespürt.

Es war schwierig, Fenchels Erlebnisse zu kanalisieren, wenn er selbst so aufgeregt war. Dabei kam es genau jetzt am meisten auf seine Konzentration an. Tremelo holte tief Luft und schloss die Augen. Er sah ein grünes Licht, das zu glühen anfing, wie ein Foto, das allmählich entwickelt wurde. Er spürte das nasse Gras unter Fenchels Pfoten und nahm Bens Fährte auf eine Weise wahr, wie es sonst keine menschliche Nase vermocht hätte. Aber wohin lief Fenchel?

Ein lautes Klopfen an der Tür riss Tremelo aus der Konzentration. Phia und Hal blickten erschrocken zur Tür. Tori machte allerdings kein ängstliches, sondern ein entschlossenes Gesicht, wie Tremelo bemerkte.

»Haben Sie was gesehen?«, flüsterte sie drängend.

Bevor er antworten konnte, trat Direktor Fink ein. Mit gerunzelter Stirn ließ er den Blick durchs Zimmer schweifen. Tremelo begriff, dass er eine Reihe von Waffen in den Händen hielt und dass Bogen und Köcher noch an der Wand hinter ihm lehnten. In Zeitlupe bewegte Hal den Beutel mit den Blendkugeln hinter seinen Rücken.

»Ich erwarte eine sofortige Erklärung, Tremelo«, sagte Direktor Fink und schob seine Brille mit Drahtgestell nach oben. »Was geht hier vor sich?«

»Eine Erklärung … Natürlich.« Tremelos Hände zitterten. Irgendwo da draußen befand sich Ben in ernster Gefahr. »Vielleicht bei einem Glas schwarzgebranntem Schnaps aus der Staubigen Ebene? Ich glaube, wir haben gemeinsame Bekannte in der Grauen Stadt, die uns was in der Richtung besorgen könnten.«

»Ich werde mich nicht an derlei unerlaubten Aktivitäten beteiligen und habe auch keine Ahnung, worauf Sie da anspielen –« Fink hätte das sicher weiter ausgeführt, wenn nicht ein Mädchen den Kopf zur Tür hereingesteckt hätte. Sie war ungefähr dreizehn, schätzte Tremelo – und sie hatte kurz geschnittenes leuchtend rotes Haar.

»Entschuldigen Sie die Störung.« Das Mädchen zwängte sich in das volle Zimmer, blickte sich um und sah dann Tremelo an. »Ist das der Lehrer?«, fragte sie Fink.

»So ist es«, antwortete der Direktor. »Tremelo, du hast Besucher, die dich sofort sehen wollten. Sie und der Herr sind gerade mit einer Rigi vom Parlament angekommen.« Fink deutete auf einen alten Mann, der hinter dem Mädchen im Türrahmen erschien. Er wirkte gebrechlich, stand aber aufrecht und konnte allein gehen.

»Ich bin der Älteste Finn«, stellte sich der Mann vor, »und das hier ist mein Lehrling, Gwen.«

»Ich muss mich um andere Dinge kümmern und überlasse dich deinen Gästen«, sagte Fink. »Aber wir werden noch darüber sprechen, warum diese Schüler hier sind und so viele gefährliche Gegenstände zu ihrer Verfügung haben.« Er murmelte etwas in sich hinein, verschwand die Treppe hinunter und ließ die Fremden an Tremelos Wohnzimmertür stehen.

Bevor der alte Mann etwas sagen konnte, schnappte sich Tremelo den Bogen von der Stelle, wo er ihn vorher stehen lassen hatte. Tori und Phia gingen auf die Tür zu.

»Es tut mir leid, meine *riesige* Neugier erst später stillen zu können«, sagte Tremelo und krümmte den Bogen, um die Spannung zu prüfen, »aber diese Schüler und ich haben etwas sehr Dringendes zu erledigen. Wenn Sie also nichts dagegen haben –«

»Ich bin ein Freund Ihres Vaters«, unterbrach ihn der Alte. »Und was ich zu sagen habe, ist von größter Wichtigkeit. Und Vertraulichkeit …« Er zögerte und warf einen Seitenblick auf die Schüler.

»Dann sagen Sie es schnell. Und keine Sorge wegen der drei hier. Sie können ein Geheimnis für sich behalten.«

»Gehört das hier Ihnen?« Der Älteste nickte seiner Begleiterin zu. Sie griff in ihre Manteltasche und zog den goldenen Talisman heraus, den Tremelo vor so vielen Wochen Ben geschenkt hatte. Er erkannte die vertrauten Buchstaben seines Namens und die Form des schlafenden Fuchses darauf.

»Wie kommst du dazu?«, fragte er sie.

»Das war ein Versehen«, antwortete das Mädchen.

Der Älteste machte einen Schritt nach vorn. »Ihre Verwirrung ist verständlich, aber verzeihen Sie – die dringendere Frage ist, wie *Sie* dazu gekommen sind. Hierdurch haben Sie Ihren Namen erhalten, oder?«

»Es *ist* mein Name und war es immer schon«, bestätigte Tremelo. »Genau wie ich immer schon diesen Anhänger hatte.«

Der Älteste lächelte. Er stützte sich auf Gwens Arm und einen Moment lang dachte Tremelo, der alte Mann würde in Ohnmacht fallen.

»Geht es Ihnen gut?«, fragte er ihn.

»Sogar sehr gut.« Der Alte räusperte sich; Tremelo stellte fest, dass in seinen Augen Tränen glänzten. »Ich kannte den Mann, den Sie Ihren Vater nennen, Thelonius Loren, lange bevor er unter dem Namen ›der Verrückte‹ bekannt wurde. Er hatte keine Kinder. Er hatte keinen Sohn.«

»Dann kannten Sie ihn, bevor ich auf die Welt kam.«

Der Älteste schüttelte den Kopf und legte eine Hand auf Tremelos Arm. »Sie können sich an die ersten fünf Jahre Ihres Lebens nicht erinnern, nicht wahr?«, fragte er.

Tremelo zog sich reflexartig der Magen zusammen. »Das können viele Leute nicht.«

»Und das ist bei Ihnen vielleicht auch besser so. Es wäre ein belastendes Wissen gewesen für ein so kleines Kind …« Der Älteste nahm Gwen den Anhänger aus der Hand. »Er muss dich aus dem Palast gerettet haben, so wie ich deine Schwester gerettet habe, bevor sie mir weggenommen worden ist. Er kannte deine wahre Identität und hielt sie geheim. Aber er hinterließ dir Hinweise, damit du zur rechten Zeit dein Schicksal findest. Seine Prophezeiungen – sie haben die ganze Zeit gestimmt, denn er wusste, dass er den Wahren König beschützt.«

Der Älteste legte den Anhänger flach in seine eigene Hand und zeigte mit knochigem Finger auf die weit auseinanderstehenden Buchstaben darauf: TRE MELO.

»Ich kenne diesen Anhänger. Ich erinnere mich noch, wie ich ihn am Abend deiner Geburt beim Juwelier abgeholt habe. Dein Vater wusste aus irgendeinem Grund, dass du Anima Fuchs wie er selbst sein würdest. Aber ein paar von den Buchstaben sind verschwunden – vermutlich beim Feuer, vor dem wir alle in dieser schrecklichen Nacht aus dem Palast fliehen mussten. Sieh her.«

Der Älteste fuhr erneut mit den Fingern über die Buchstaben und hielt diesmal zwischen denen, die zu sehen waren, inne.

»Trent Melore.« Der Älteste hob den Blick zu Tremelo. »Der schlafende Fuchs ist endlich erwacht.«

Tremelo wich vor dem Ältesten zurück. Was der Mann sagte, war purer Wahnsinn. Aber bevor er etwas sagen konnte, sank der Älteste auf ein Knie.

»Was machen Sie da?« Tremelo kam es so vor, als wäre die Luft im Zimmer dünner geworden.

»Mein lieber, verlorener Junge«, sagte der Älteste. »Man hat mich gelehrt, dass man sich vor einem König verbeugen muss.«

31

Eine Gruppe von Bären, Wölfen, Kojoten und Dachsen stand im Halbkreis hinter Sucrette. Ben schwirrte der Kopf vor Angst und Verwirrung. Wie machte sie das? Jetzt war klar, dass die Hüttensänger nie ihre echten Seelenfreunde gewesen waren – aber wie hatte sie die Vögel oder diese Tiere hier unter ihre Kontrolle gebracht? Hinter sich hörte Ben jetzt ein tiefes Knurren aus der Richtung, aus der er gekommen war.

»W-warum verhalten die sich so?«, stotterte Ben und suchte die Baumreihen nach einem Fluchtweg ab.

»Sie gehorchen mir, weil ich etwas Besseres bin als sie«, antwortete Sucrette nüchtern. »Dummer Ben. Du warst viel leichter zu fangen, als ich es mir vorgestellt hatte! Deine Sehnsucht nach einer Anima macht dich schwach.«

»Was wollen Sie von mir?«, fragte Ben. Seine Kehle fühlte sich trocken an. Die Tiere um ihn herum erfüllten ihn mit Schrecken. Sie starrten ihn mit leeren Blicken an, losgelöst von ihrem eigenen Willen. Das konnte nicht das Anima-Band sein, wie Tremelo es beschrieb. Tief in seinem Innern wusste er, dass es etwas anderes, etwas Böses war.

»Ich habe, was ich wollte«, entgegnete Sucrette. Sie zog Tremelos Buch unter dem Mantel hervor und das Glas aus der Manteltasche.

»Nein«, sagte Ben wider besseres Wissen. »Was wollen Sie damit?«

Der Geier auf Sucrettes Schulter öffnete den Schnabel und zischte. Ben war fast sicher, dass auch er ihn auslachte.

»Nicht *ich* wollte sie, sondern Viviana, die rechtmäßige Thronerbin. Meinst du, ich unterrichte gern Latein? Ganze Monate habe ich hier verbracht, bin deinem geliebten Tremelo auf Schritt und Tritt gefolgt, habe nach einem Weg gesucht, ihm das Buch zu stehlen, und schließlich erledigst *du* das für mich! Meine Königin wird alles bekommen, was sie sich wünscht.«

»Sie … Sie gehören zu den Dominae«, stellte Ben atemlos fest. Er erinnerte sich an das ängstliche Getuschel im Weißen Tiger. »Und ich habe Ihnen geholfen.«

Er ließ den Blick über die Schar von Tieren schweifen, die jeden Moment auf Sucrettes Kommando zuschlagen konnte. Ihm fiel wieder ein, was der Barkeeper über Viviana gesagt hatte. In Wirklichkeit geht es darum, das Band für ihre eigenen Zwecke zu verdrehen. Das hatten sie also gemeint. Herrschaft. Die wilden Tiere standen da wie Roboter und nicht wie echte Wesen aus Fleisch und Blut. Ben zitterten die Knie und ihm war schwindelig. Sucrette stand in der Mitte ihrer Schar, reglos und mächtig, die Klinge fest im Griff.

»Es ist wirklich komisch«, zwitscherte sie. »Das Buch und das Glas haben mich nämlich zu einer viel größeren Beute geführt … zu *dir.*«

Ben wich zurück. Er blieb stehen, als er einen knackenden Zweig hörte und ein weiteres Knurren nur ein paar Schritte hinter sich.

»Was meinen Sie damit?«

Sucrette näherte sich ihm und heftete den Blick auf sein Gesicht, als suchte sie darin nach etwas.

»Der Junge mit der verlorenen Anima – du bist das, was die Seher das Kriegskind nannten, den Jungen, der eine Armee anführen und den neuen König ausrufen werde. Meine Aufgabe ist es, das zu verhindern. Es kann keinen neuen König geben – Melores Sohn starb in der Asche des Palastes und seine Tochter überlebte. *Sie* wird Königin werden.«

Ben begriff nicht. Er sollte einen neuen König ausrufen, genau wie die RATTEN gehofft hatten …? Aber in diesem Moment war er alles andere als hoffnungsvoll, eher gelähmt vor Angst unter Sucrettes spöttischem Blick. Und was meinte sie mit »verlorener Anima«? Fragen konnte er schlecht; Sucrette sah nicht so aus, als wollte sie seine Fragen beantworten, während sie Schritt für Schritt, das Messer fest umklammert, auf ihn zukam.

»Ich habe noch nie ein Kind getötet«, murmelte sie. »Wahrscheinlich ist es nicht anders, als dich ins Bett zu bringen, außer dass dein Schlaf ewig dauern wird. Allerdings tut es mir leid, kleiner Ben, dass ich nicht gut im Singen von Wiegenliedern bin.« Einer der über ihnen kreisenden Geier stieß einen gellenden, stockenden Schrei aus und Sucrette lachte. »Wie du hören kannst.«

Und auf einmal fiel es Ben schlagartig wieder ein. Das Wiegenlied, das ihm seine Mutter immer vorgesungen hatte und an das er sich zu erinnern versucht hatte, als Tremelo ihm zum ersten Mal von dem Rätsel erzählt hatte. Fast konnte er sie singen hören:

Der Vater Fuchs singt sein Junges in den Schlaf
Und spricht vom Morgen schon:
»Wenn du erwachst, mein Füchslein brav,
Dann schlägt der Hahn den Ton,
Man hört der Zikaden fröhlichen Klang,
Der Verrückte ruft die Sonn'.
Doch jetzt grüßen die Grillen den Mond mit Gesang,
Denn ein weit'rer Tag ist zerronn'.«

Ben kam es so vor, als würden die vielen Teile des Rätsels in seinen Gedanken miteinander tanzen: ein Wiegenlied über einen schlafenden Fuchs, Bruder und Schwester, die sich aus der Asche erheben, der Verrückte, die Zeile über Heuschrecken aus Melores Rede, die »Königskinder«, die an dem knorrigen Baum wuchsen … Schneeflocken wirbelten um ihn herum und setzten sich lautlos auf seinen Mantel und seine Haare.

Auf einmal fügten sich alle Hinweise des Rätsels zusammen und ergaben einen Sinn: Das Rätsel hatte ihn auf die »Königskinder« gebracht – aber damit waren nicht die Kinder der Natur gemeint, wie er in der Oper angenommen hatte, sondern Melores Kinder. Beide hatten den Palastbrand überlebt und die Sonn' rief nicht den Mond. Es war genau andersherum – und *Sonn'* bedeutete *Sohn*! Der Verrückte rief den Sohn, Melores Sohn, der lebte und nicht in der Asche umgekommen war!

Ben duckte sich, als einer von Sucrettes Geiern auf ihn hinabstieß. Er schnappte mit dem Schnabel nach seinem Haar und Ben schwang instinktiv den Arm, um ihn zu vertreiben. Der Geier kreiste weiter über ihm, während Sucrette lachte und seine Angst genoss.

Doch er empfand nicht nur Angst – Erkenntnisse schwirrten ihm durch den Kopf, Fetzen aus Prophezeiung und Lied, die sich ineinander verwoben. *Die Seelenfreunde erheben sich aus der Asche, Hand über Pfote … Vater Fuchs singt sein Junges in den Schlaf …*

Er konzentrierte sich auf die Wörter *Asche, Hand, Pfote – Vater, Fuchs, Junges, Schlaf …*

Ben wiederholte sie in Gedanken, bis er den Zusammenhang erkannte.

Vater – Sohn. Der Sohn, der sich aus der Asche des Palasts erhob und den der Verrückte ruft. Der schlafende Fuchs. Woher kannte er den schlafenden Fuchs? Von Tremelos Anhänger.

Im Rätsel ging es gar nicht um die Bewusstwerdung – sondern um den verlorenen König, den schlafenden Fuchs, der wieder erwachen würde.

»Tremelo ist der schlafende Fuchs«, flüsterte Ben. Kein Wunder, dass der Verrückte dem kleinen Tremelo das Rätsel immer wieder vorgesagt hatte. *Er war Melores Sohn.*

»Was hast du gesagt?«, fragte Sucrette unwirsch. Ben bemühte sich, trotz seiner plötzlichen Erkenntnis ruhig zu bleiben. War er der Einzige, der das wusste?

»Warum wollen Sie mich umbringen?«, fragte er, um Zeit zu schinden. »Mir ist die Dominae-Bewegung egal. Ich … Ich bin nur ein Junge.«

»Spiel nicht den Dummen, Ben. Ich weiß, dass dich Tremelo darauf vorbereitet hat, einer seiner Spione zu werden.«

»Was meinen Sie damit?«

Sucrette zögerte. Ihr sonst so ordentliches blondes Haar war zerzaust, ihre blauen Augen bedrohlich zusammengekniffen.

»Dein kauziger Privatlehrer hat dich benutzt, Ben. Ich habe ihn genau beobachtet.«

»Das stimmt nicht«, entgegnete Ben.

»O doch«, beharrte Sucrette. »Er ist ein politischer Radikaler – und du warst nur eine Schachfigur für ihn. Du hast für ihn herumspioniert und dabei meine Karte gefunden, was mir ganz und gar nicht gefällt. Aber jetzt habe ich das hier gelesen – die Prophezeiungen des Verrückten über die Rückkehr des Wahren Königs.« Sie deutete auf das Buch. »Und ich habe vor, das zu vollenden, was der Schakal begonnen hat.«

Sie stürzte sich auf ihn und Ben wich ihr aus, aber Sucrette schnippte mit den Fingern, worauf ein Brüllen die Luft zerriss und Ben von einem riesigen Wolf mit verfilztem Fell grob zu Boden geworfen wurde. Das Tier machte einen Satz von ihm weg, lief dann aber hechelnd vor ihm auf und ab, bereit für einen weiteren Angriff.

»Aber warum ich?«, fragte Ben. »Was steht denn über das Kriegskind drin? Und über meine Anima?« Alles tat ihm weh und er konnte sich kaum aufrecht hinsetzen. Der Wald um ihn herum drehte sich. Warmes Blut sammelte sich an seinem Hinterkopf und jedes entblößte Stück Haut brannte in der Kälte.

Diesmal näherte sich Sucrette langsam, das Messer gezückt. Ben steckte heimlich die Hand in die Manteltasche und umklammerte die geschärfte Kralle.

»Im Buch steht, dass du doch eine Anima hast, Ben Walker«, gurrte Sucrette. »Vielleicht ist dir das ein Trost, bevor du stirbst.«

Sie stürzte sich auf ihn. Im selben Moment zog Ben die Kralle aus der Tasche, schlug damit nach Sucrette und streifte ihre

Wange. Sie wehrte ihn mit dem Messer ab. Ein heftiger Schmerz schoss durch Bens Arm, er schrie auf und ließ die Kralle fallen. Der Wolf machte einen Satz, warf Ben auf den Rücken und fletschte die Zähne.

»Bravo, Ben. Das hätte ich dir gar nicht zugetraut.« Sucrette taumelte ein paar Schritte zurück und hielt sich mit einer Hand die blutende Wange. Dann kniete sie sich hin und hob die Kralle auf. »Oh, wie perfekt«, sagte sie grinsend. »Welche Ironie! Eine Eins plus für Kreativität, Ben.«

Sie hielt sich immer noch die Wange, während sie sich über ihn beugte. Ein Blutstropfen von ihr fiel auf sein Gesicht. Ben versuchte, sich wegzudrehen, doch der Wolf drückte ihn mit kräftiger Pfote zu Boden.

»Ein passendes Ende«, sagte Sucrette und hob die Kralle hoch in die frostige Winterluft, »für das Kriegskind.«

Ben schloss die Augen, als sie die Kralle zischend auf seine Brust hinuntersausen ließ. Aber der Stich kam nicht. Stattdessen hörte er, wie Sucrette einen gequälten Schrei ausstieß.

Er öffnete die Augen gerade rechtzeitig, um ein Tier von den Felsen hinter sich herunterspringen zu sehen – es flog durch die Luft, den massigen schneeweißen Körper völlig gestreckt.

32

Mit gefletschten Zähnen stürzte sich die Bestie direkt auf Sucrette. Das Tier schlug mit der riesigen Pfote nach ihrer Schulter und grub die scharfen Krallen in ihre Haut. Sucrette taumelte kreischend nach hinten. Ben bekam keine Luft. Er hatte das Gefühl, aus großer Höhe zu fallen, so wie damals, als er vom Uhrenturm gesprungen war. Das riesige Tier, das er von der Rigimotive aus gesehen hatte, gab es also wirklich. Sein Fell war leuchtend weiß und hatte hellgraue Streifen. Und es war kein Gespenst, sondern ein wunderschöner weißer Tiger.

Der Tiger duckte sich tief und bereitete sich darauf vor, noch einmal zuzuschlagen, aber da warf sich der Wolf auf seinen Rücken und im Nu waren die beiden Tiere eine einzige fauchende Masse aus Blut und Fell. Der Tiger stellte sich auf die Hinterbeine, schwang den Kopf zurück, schlug seine Fänge in den

Wolf und schleuderte ihn von sich. Er landete ein paar Meter entfernt jaulend im Schnee.

Nun drehte sich der Tiger zu Ben um. Er knurrte, aber nur leise – ein tödliches Grollen, das in Bens Innern widerhallte. Langsam rappelte er sich zum Sitzen auf. Sein Kopf und sein Arm pochten.

»Haltet sie auf!«, brüllte Sucrette den Bestien hinter sich zu. Ben bekam ihr Geschrei kaum mit, da der Tiger mit peitschendem Schwanz vor ihm auf- und abschritt.

Zwei Bären rannten über die Lichtung und stürzten sich auf den Tiger. Ben wich auf allen vieren zurück, als die drei Tiere zu Boden gingen. Die übrigen Tiere drangen in die Lichtung vor und umzingelten den Tiger. Ihr warmer Atem stieg als Nebelfetzen in die kalte Luft auf.

»Bringt es zu Ende!«, rief Sucrette. Doch der Tiger versetzte erst dem einen, dann dem anderen Bären einen vernichtenden Schlag und beide fielen als leblose Pelzhaufen in den Schnee. Sie wurden durch eine Handvoll Wölfe ersetzt, die sich bellend in den Kampf stürzten. Der Tiger wehrte sie schnaubend und knurrend ab – und hielt sie von Ben fern.

Ben kauerte am Boden und versuchte, alles zu verstehen. Sein Herz klopfte und er hatte einen metallischen Geschmack im Mund – Blut. Bei jedem Schlag, den der Tiger erlitt, bekam er Panik und ihm wurde schlecht. Er suchte nach einer Lücke zwischen den Felsen hinter ihm, aber es gab kein Entkommen.

Sucrette stand am anderen Ende der Lichtung und zwischen ihnen tobte die Schlacht. Zähne und Krallen und Blut. Der weiße Tiger bäumte sich auf, schien sich in der Luft zu drehen und versetzte mehreren Wölfen auf einmal mit einer einzigen schwungvollen Bewegung seiner mächtigen Pfote einen solchen Schlag, dass ihnen die Luft wegblieb. Er landete in Bens Nähe und zum ersten Mal blickten sie einander in die Augen.

Ben hätte schwören können, dass in diesem Moment die Zeit stillstand. Alles war ruhig und reglos und selbst die knurrende Meute verschwand aus seinem Bewusstsein. Er sah nichts als das Gesicht des Tigers. Ihrer beider Atem erschien in der Luft zwischen ihnen, stieg langsam nach oben und löste sich im Dunkeln auf.

Ben hielt den Blick fest auf die Augen des Tigers gerichtet – seine Regenbogenhaut hatte blaue und graue Farbschattierungen.

Er zwinkerte nicht und wandte den Blick auch nicht ab. Der Tiger genauso wenig.

Und dann sah Ben auf einmal wie durch einen Zaubertrick den Wald von der anderen Seite. Dieselben Bäume, denselben Hain – aber die Gestalt vor ihm war nicht der riesige Tiger.

Sondern er selbst.

Sein neuer Wollmantel war an der einen Schulter zerrissen und er hielt sich den rechten Arm, der schlaff und nutzlos an seiner Brust lag. Er roch stark nach der Linsensuppe, die er zu Mittag gegessen hatte, und nach gesundem, pulsierendem Blut. Ben sah zu, wie sich seine eigenen Augen mit Erkenntnis füllten. Er sah sich selbst aus der Perspektive des Tigers.

Er wusste es – natürlich wusste er es. Es fühlte sich so unleugbar wahr an, dass er lachte, als hätte er gerade erst begriffen, dass der Himmel über ihm war.

Er war Anima Weißer Tiger. Er war sich seiner Anima bewusst geworden und hier stand sein einziger Seelenfreund auf der Welt.

Seine Sicht schien wie die Einstellungen in einem Film zwischen der Perspektive des Tigers und seiner eigenen hin- und herzuspringen. Der Blick des Tigers wurde sanfter und seine Schnurrhaare zuckten. Ben begriff, dass der Tiger – ein Weibchen mit Namen Taleth, auch das wusste Ben einfach – die gleiche plötzliche Erkenntnis hatte wie er, nachdem er sich jahrelang unvollständig gefühlt hatte. Taleth hatte sich zu den Wäldern draußen vor Fairmount hingezogen gefühlt, ohne zu wissen, dass es ihr Bedürfnis war, in der Nähe ihres Seelenfreunds zu sein. Bis jetzt.

Ben empfand nichts als Ehrfurcht und Freude. Ihre beiden Perspektiven wechselten hin und her, während sie sich anstarrten.

Doch plötzlich zerriss ein heiserer, wütender Schrei die Stille: »Tötet sie beide, ihr scheußlichen Biester!«

33

Auf Sucrettes Befehl warf sich ein mächtiger Bär von hinten auf Taleths Fell. Der Tiger brüllte und sein Schmerz zerschmetterte Bens Trance.

Taleth schüttelte den Bären ab und Ben lief zu ihr. Die Risswunden in ihrem Fell waren tief, doch sie kämpfte weiter. Ben packte mit seinem gesunden Arm ihre Seite und hievte sich auf ihren Rücken. Obwohl sein Arm dabei vor Anstrengung pochte, klammerte er sich mit beiden Händen an das Fell des Tigers. Ihm schwirrte der Kopf.

Sucrette stand auf einem hohen Felsen außerhalb der Lichtung, in der Nähe der Stelle, von wo Ben zuerst gekommen war. Sie hielt sich die Seite und blutete stark an der Wange. Aber sie lebte. Die unter ihrer Kontrolle stehenden Tiere kamen weiter kampfbereit auf Ben und Taleth zu.

Der Tiger stellte sich auf die Hinterbeine und schüttelte den gestreiften Kopf, die Zähne entblößt und glänzend. Ben umklammerte fest Taleths Hals und versuchte, einen klaren Kopf zu bekommen.

Taleth sprang nach vorn und stürmte durch das Getümmel auf die Felswand zu. Ein Wolf biss ihr ins Hinterbein, aber Ben trat nach seiner Schnauze, bis er knurrend losließ. Mit einer einzigen bebenden Bewegung zog sich der Tiger auf den Felsen, während sich Ben mit aller Kraft an ihm festhielt. Oben stellte sich Taleth in voller Größe vor Sucrette, die jedoch nicht zurückwich.

»Wie mutig«, zischte sie, als der Tiger vor ihr in Angriffsstellung ging. »Und wie zuvorkommend, euch gleich selbst auszuliefern. Zwei Teile einer Prophezeiung mit einem Schlag erwischt.«

Das Knattern eines Motors und ein seltsames Rattern schallten durch die Luft. Außerdem hörte Ben das Schlagen Hunderter Flügel, deshalb wandte er den Blick von Sucrette ab und sah nach oben. Am grauen Abendhimmel über der Lichtung wimmelte es von Vögeln – Falken und Eulen –, die durch den fallenden Schnee kreisten.

Ein grelles Licht huschte zwischen den Bäumen umher. Ben hielt sich die Hand über die Augen, als das mechanische Knattern und Rattern unerträglich laut wurde und irgendetwas mit Getöse auf die breite, flache Felsoberfläche krachte. Der Tiger bäumte sich auf und Sucrette wich erschrocken nach hinten. Als sich Bens Augen an das Licht gewöhnt hatten, erkannte er Tremelos Motorbuggy. Tremelo selbst balancierte auf dem hinteren Kotflügel und zielte mit seinem Bogen direkt auf Sucrettes Herz. Im Beiwagen saß ein alter Mann, der hinter Tremelos

Ersatzbrille sehr entschlossen aussah, sich aber auch sehr unwohl zu fühlen schien. Hinter dem Lenkrad saß Tori mit einem Gesichtsausdruck, der ängstlich, aber auch etwas selbstgefällig wirkte.

Tremelo erfasste die Szene auf der Lichtung mit einem einzigen Blick und spannte den Bogen.

»Wo ist das Glas?«, brüllte er.

Ben wollte ihm gerade zurufen, dass Sucrette es in der Manteltasche hatte, aber als er zu ihr hinübersah, stellte er fest, dass es herausgerollt sein musste, denn es lag ein Stück entfernt im Schnee. Im selben Moment entdeckte es auch Sucrette.

»Da! Da ist es!«, schrie Ben und zeigte mit seinem verletzten Arm über den Rücken des Tigers hinweg.

Zwei von Sucrettes Geier-Seelenfreunden sausten im Sturzflug auf das Glas zu.

»Phia!«, brüllte Tremelo und ein riesiger Vogel stürzte sich zwischen die Geier und das Glas, um ihnen den Weg zu ihrer funkelnden Beute abzuschneiden. Der Vogel wurde langsamer und Ben merkte staunend, dass es gar kein Vogel war, sondern Phia selbst. Mit ihren gigantischen reparierten Flügeln konnte sie sich immer wieder in die Geierformation drängen, die Sucrette nun zum Motorbuggy schickte. An den Stiefeln trug Phia Metallstacheln in der gekrümmten Form von Vogelkrallen. Sie trat und ließ sich fallen und lenkte die Tiere damit genügend ab, dass Ben sich orientieren konnte. Mehrere Wölfe schnappten nach ihr und Ben bekam einen Schreck bei dem Gedanken, dass sie Phia herunterziehen könnten. Der Tiger spürte Bens Wut darüber, dass seine Freunde angegriffen wurden, und sprang auf Sucrette zu. Doch bevor die beiden sie erreichen konnten, griff ein Wolf von hinten an. Taleth wirbelte herum, um ihn abzuwehren, und nahm dabei wahr, dass ein riesiger Nachschub von Tieren, die vorher auf der Lichtung gewesen waren, nun die Felsen hinauf- und auf sie zukletterten.

Plötzlich hörte Ben ein krachendes Geräusch und nicht weit von ihm entfernt wurde ein grelles Licht sichtbar, das den Wolf ebenso wie mehrere dicht über ihnen kreisende Geier erschreckte. Als sich Bens Augen an das Licht gewöhnt hatten, sah er Hal aus dem Wald und am ratternden Motorbuggy vorbeilaufen. Tori war herausgesprungen und schützte die Augen genügend vor dem Licht, um das Glas zu erreichen, bevor Sucrette es sich schnappen konnte. Sie steckte es in ihre Perlentasche und zog dann, während Ben noch jubelte, ein riesiges Schwert aus einer Metallscheide an ihrer Hüfte. Damit schlug sie auf die Geier ein, die inzwischen wieder sehen konnten. Tremelo hatte den Buggy zurückgelassen, sich den Bogen auf den Rücken geschwungen und wehrte gerade mit einer kleinen Axt einen Bären ab.

»Ben! Bist du verletzt?«, fragte Hal im Vorbeirennen. Er machte große Augen, als er begriff, dass Ben auf dem Rücken eines wilden, kämpfenden Tigers saß. Ben hatte keine Zeit, darauf einzugehen, denn er streckte gerade den unverletzten Arm aus und schlug mit der Faust einen Dachs weg, der versucht hatte, auf Taleths Schulter zu klettern. Die Waldtiere wurden ihnen allmählich zu viel. So verletzt die Wölfe, Bären und Dachse auch sein mochten, sie kamen immer wieder. Sie waren so sehr von außen kontrolliert, dass sie nicht aufzuhalten waren und ihren eigenen Schmerz gar nicht zu bemerken schienen. Zum ersten Mal begriff Ben wirklich, warum das so schrecklich war.

Ben war klar, dass sie durch die Tiere zu Sucrette vorstoßen mussten, wenn sie jemals aus dem Wald herauskommen wollten. Erschöpft klammerte er sich an Taleths Rücken, als plötzlich ein Geier mit ausgestreckten Krallen auf ihn zusauste und auf seine Augen zielte. Er flog ihm direkt ins Gesicht, sodass er das Gleichgewicht verlor und nach hinten kippte.

Als er auf dem Boden aufkam, glaubte er zuerst, blind geworden zu sein, denn er konnte über sich nichts sehen außer einer schwarzen Wolke. Doch dann kam er wieder zu sich und merkte, dass die Wolke echt war. Fledermäuse, Hunderte davon, schwärmten auf die Lichtung und umgaben Sucrette mit einem Turm aus schlagenden Flügeln.

Sucrette hechtete nach vorn und durchbrach die Wolke aus Flügeln mit dem Messer in der erhobenen Hand. Ben wich ihrem Arm aus, den sie vor sich schwenkte, und der Tiger schob sich zwischen ihn und Sucrette.

Ein hartes Geräusch wie ein Zupfen, ein Schwirren hinter Ben und plötzlich hielt sich Sucrette kreischend den Arm. Ein Metallpfeil hatte den Baum hinter ihr durchbohrt, vorher aber ihren Arm gestreift.

»Joan!«, rief Tremelo. »Mach dem Irrsinn hier ein Ende oder ich ziele als Nächstes auf dein Herz!«

Tremelo stand am Rand der Lichtung und hatte seinen gefiederten Bogen direkt auf Joan Sucrette gerichtet.

Sucrette umklammerte ihren blutenden Arm und lächelte nur.

»Das Parlament ist gestürzt und das Königreich gehört den Dominae. Dem Irrsinn ein Ende machen? Der Irrsinn ist überall.« Sucrette schloss die Augen. Die Waldtiere stampften gehorsam auf Ben und die anderen zu. Sucrette war geschwächt, aber ihre Macht war noch lange nicht gebrochen.

»Jetzt, Gwen!«, rief Tremelo.

In diesem Moment kam ein seltsames Summen aus den Bäumen. Ein vertraut aussehendes rothaariges Mädchen stellte sich neben Tremelo auf den Felsen und hielt sich ein Instrument – eine Mundharmonika – an die Lippen. Sie spielte eine leise, traurige Melodie, während Tremelo immer noch zielte.

»Was soll das?«, spottete Sucrette.

Gwen trat vor und schirmte Tremelo vor Sucrette ab. Ohne mit dem Spielen aufzuhören, streckte sie die andere Hand aus, als könnte sie Tremelo dadurch vor Schaden bewahren. Tremelos Anhänger baumelte an seinem Hals und war im Licht gut zu erkennen. Sucrette blickte von Gwen zu Tremelo, dann zu Ben und wieder zu Tremelo. Dann lachte sie ungläubig.

»*Du* bist es! Natürlich!« Ihre Stimme klang beinahe aufgeregt, so als hätte sie das letzte Teil eines unlösbaren Puzzles gefunden. Doch dann machte sie ein finsteres Gesicht und riss die Augen auf. »Ich komme zu spät«, sagte sie. »Zu spät, um den Jungen umzubringen ... Ich muss euch einfach alle umbringen.« Sie richtete sich zu voller Höhe auf und holte tief Luft. Ben wusste, dass sie sich darauf vorbereitete, den wie Zombies wirkenden Tieren auf der Lichtung einen Befehl zu geben, und ihr starrer Blick war direkt auf Tremelo gerichtet.

»Achtung!«, sagte er leise.

Gwens Spiel wurde schneller und lauter. Die traurige Melodie verwandelte sich in einen flotten, lebhaften Volkstanz, und während die Musik anschwoll, füllte sich die Luft mit dem Klang schlagender Flügel. Ein riesiger Eulenschwarm flog auf die Lichtung und ließ sich nach und nach in den Baumwipfeln nieder. Gwen spielte weiter und Ben beobachtete, wie die näher kommende Horde wütender Tiere langsamer und zögerlicher wurde.

»Was macht ihr denn?«, schrie Sucrette. »Auf sie!«

Aber die Tiere wirkten verwirrt und verängstigt. Einige von ihnen stahlen sich in die Bäume davon. Andere wichen wimmernd und in Zeitlupe zurück. Die Musik, so begriff Ben, befreite sie – sie heilte das Band, verwandelte es wieder in etwas Gutes und befreite die Tiere aus Sucrettes Herrschaft.

Sucrette fuhr Gwen an. »Was soll das? Was hast du angerichtet?« Sie machte zwei Schritte, als wollte sie Gwen vom Spielen abhalten, war aber zu schwach. Sie sank auf die Knie. Ihr Blut tropfte auf den Schnee.

Gwen spielte weiter.

Die Wölfe, die Ben vorher angegriffen hatten, begannen, um die Lichtung herumzuschleichen, diesmal mit Sucrette im Visier.

»Ich bitte dich noch mal, Joan«, sagte Tremelo, »mach dem hier ein Ende. Komm mit uns zur Schule zurück und wir entscheiden dort, was mit dir geschehen soll.«

Ben sah sie sich an – Joan Sucrette. Heute Morgen im Unterricht war sie noch munter und bunt gekleidet gewesen und hatte Verbformen wiederholt. Und so sah sie jetzt aus: gebrochen, und der Wahnsinn in ihrem Blick war ebenso gut zu erkennen wie das Blut auf ihrem Gesicht und ihrem Kleid. Ihr blondes Haar war blut- und schmutzverkrustet. Ben spürte einen Anflug von Mitleid.

Sucrette richtete ihren starren Blick auf ihn. Schauder liefen ihm über den Rücken. Sie hob ihren unverletzten Arm und machte sich bereit, das Messer direkt auf Ben zu schleudern.

Ein Brüllen, das Aufblitzen von Fell und Zähnen, ein Schrei – Joan Sucrette lag im Schnee, und die Wölfe, die zuvor ihre Gefangenen gewesen waren, hatten sich auf sie gestürzt. Als es Tremelo schließlich gelang, die Raubtiere mit einem Pfeilhagel zu vertreiben, war es schon zu spät.

Sucrette hatte klaffende Wunden an Brust und Hals, atmete aber noch. Sie lächelte sogar noch.

Schwer atmend sah sie Ben an.

»Ihr werdet die Dominae nicht aufhalten können«, röchelte sie. »Die alten Bräuche sind vorbei und die Menschen werden die Herren dieser Welt sein. Bald werdet ihr alle meine Gebieterin kennenlernen. Sie wird euch finden.« Sie lachte – ein leiser, gurgelnder Ton, der aus ihrer verstümmelten Kehle kam und in der verschneiten Luft der Lichtung widerhallte. »Bald werdet ihr alle Viviana gehören.«

Sie rang noch einmal nach Atem und war dann still.

Die Geier, die beim Kampf unverletzt geblieben waren, standen überall auf den Ästen verteilt. Einer von ihnen gab ein lang gezogenes, wehklagendes Kreischen von sich und dann erhoben sie sich nacheinander in die Lüfte. Sie schraubten sich in die Wolken hinauf und verschwanden. Auf der Lichtung war es plötzlich still und die einzige Bewegung kam vom noch immer fallenden ersten Schnee in diesem Jahr.

34

Die Erste, die sich rührte, war Gwen. Sie drehte sich um und blickte durch die Bäume hinter dem Felsen zurück, wo sie und Tremelo sich in den Kampf gestürzt hatten. Ihr Blick fiel auf etwas, das weiter entfernt im Wald war, und sie stürmte schreiend davon. Tori, Hal, Phia und Ben rannten ihr nach.

Hinter dem Felsen und im Schatten der Bäume lag der alte Mann, der mit Tremelo gekommen war, zusammengekrümmt im Beiwagen und blutete stark am Kopf und an der Brust. Gwen kniete sich neben ihn. Als Ben näher kam, blickte er fragend zu Hal und Tori, die dicht nebeneinanderstanden.

»Das ist der Älteste«, flüsterte Tori. »Er ist heute gekommen, um uns zu sagen –« Sie hielt inne und schüttelte den Kopf. »Es gibt zu viel zu erzählen.«

Der Älteste hustete und zitterte, als Gwen seine Hand nahm.

Ben stellte fest, dass die Wunde in seiner Brust, direkt unter dem Herzen, nicht groß war – aber tief.

Schnell wandte er sich an Tremelo.

»Wir sind nicht weit vom Lager der Velyn entfernt«, flüsterte Ben. »Sie waren Heiler – ich meine, sie sind es noch. Vielleicht können sie uns helfen?«

Tremelo schien unsicher, nickte aber.

»Wir müssen es versuchen. Aber mit dem Motorbuggy kommen wir über diese Felsen nicht weiter.«

Ben spürte etwas Schweres und Weiches, das ihn an der unverletzten Schulter streifte. Der weiße Tiger hatte sich von hinten angeschlichen und liebkoste ihn sanft mit der Schnauze. Ben legte eine Hand auf das struppige Fell in seinem Nacken. Ohne ein Wort oder eine Geste spürte Ben, dass Taleth ihre Hilfe anbot.

»Danke«, flüsterte er, auch wenn er wusste, dass sie seine Gefühle auch kannte, wenn er nichts sagte.

Zusammen hoben er, Tremelo, Hal und Gwen den Ältesten vorsichtig auf Taleths Rücken. Phia flog voraus, um die Velyn zu informieren, dass sie unterwegs waren.

»Gib ihnen das hier«, sagte Ben und legte das Glas der Seher bedächtig auf Phias Handteller. »Es gehört ihnen.«

Hal und Tori gingen rechts und links vom Tiger, als sie sich mit Ben an der Spitze über die Felsen aufmachten. Der Älteste stöhnte leise. Gwen ging neben ihm, als Taleth vorsichtig durch die Dunklen Wälder tappte. Nur ein einziges Mal drehte sich Ben zu Tremelo um. Sein Lehrer hatte die Zähne zusammengebissen und seine Augen waren rot. Er sah aus, als trüge er das Gewicht des Ältesten auf den eigenen Schultern.

Es war ein langsamer und schweigsamer Marsch durch den

Schnee und die Dunkelheit. Schließlich erreichte die Gruppe das Lager der Velyn. Am Höhleneingang in der Felswand prasselte ein Feuer und erhellte die riesigen weißen Flügel, die sich Phia an den Rücken geschnallt hatte. Sie stand da und wartete auf sie mit dem großen blonden Mann, den Ben gesehen hatte, als er das Glas gestohlen hatte. Tiefe Schuldgefühle überkamen ihn, als der Blick des Mannes ihn traf. Ein paar andere, auch der Mann mit dem dunklen Bart, standen auf der anderen Seite des Wäldchens und beobachteten, wie sich die Gruppe näherte. Schon jetzt hatten viele der Tiere, die Sucrette unter ihre Herrschaft gebracht hatte, den Weg hierher zurückgefunden, und so waren auf der Lichtung überall Aufstöhnen und leises Schimpfen zu hören, wo sich die Velyn um ihre verwundeten Seelenfreunde kümmerten.

Tremelo trat vor und hielt dem blonden Mann die Hand hin.

»Ich bin …« Er zögerte. »Ich bin Trent Melore.«

Der Mann umfasste Tremelos Hand und neigte den Kopf.

»Wo ist der Mann, der unsere Hilfe braucht?«, fragte er.

Der Tiger schritt langsam zum Lager. Mit Gwens und Tremelos Hilfe hoben zwei Velyn-Männer den Ältesten von Taleths Rücken und legten ihn vorsichtig am Feuer ab. Ben blieb in der Nähe des Tigers. Taleths weißes Fell war blutverschmiert – es war das Blut des Ältesten und ihr eigenes.

Der blonde Mann und eine Velyn-Frau mit langem rötlich braunem Haar und Sommersprossen knieten sich neben den Ältesten und sahen sich seine Wunden an. Eine andere Frau brachte eine Schale mit einer klebrigen Masse, die der Salbe ähnelte, mit der Tremelo Bens Arm geheilt hatte. Er erkannte den süßlichen, pflanzenartigen Duft.

»Was ist das für ein Zeug?«, fragte Ben denjenigen, der neben ihm stand – den Velyn mit dem dunklen Bart, den er dabei beobachtet hatte, wie er das Glas vor den Geiern beschützt hatte.

Der Bärtige betrachtete ihn argwöhnisch.

»Eine Paste aus den Blüten der Königsfinger«, antwortete er schroff. »Die Samen erblühen im Winter zu einer kleinen schwarzen Blüte, die äußerst wirksam ist, wenn man sie zerdrückt.«

Ben nickte und dachte an die gemalten schwarzen Blumen auf Lorens Karte.

Der Älteste schrie auf, als die Velyn die Salbe auf seinem Kopf und seiner Brust auftrugen. Kurz darauf stand der Blonde auf und die zwei Frauen wichen zurück.

Der Mann schüttelte den Kopf.

»Ihm wurde eine zu große Wunde zugefügt«, erklärte er. »Das Fleisch könnte heilen, aber ohne seinen lebenslangen Seelenfreund ist er zu schwach, um es zu überstehen.«

Gwen gab einen leisen Schrei von sich und legte sich die Hände über die Augen.

Der Älteste streckte die Hand aus und zeigte auf Tremelo. Der Lehrer hockte sich neben ihn. Der Älteste berührte Tremelos Gesicht und legte die Hand dann auf seine Brust zurück.

»Ich sehe ihn in dir«, sagte er. »Nie hätte ich gedacht, dass ich das Gesicht noch einmal sehen würde. Es gibt so wenig Fotos …«

Tremelo nahm die Hand des alten Mannes und hielt sie fest.

»Ich habe versucht, dich zu retten«, sagte der Älteste. »Ich dachte, ich hätte dich in der Nacht verloren, als der Palast brannte. Ich habe deine Schwester gerettet und sie dann an die Horden auf den Straßen verloren. Ich hatte vorgehabt, euch beide zu retten, und habe es nicht geschafft. Sie hat mir erzählt« – der alte Mann schloss die Augen und erlebte es in Gedanken noch einmal –, »sie hat mir erzählt, dass du sicher tot seist, und ich glaubte ihr. Ich brachte sie in Sicherheit und lebte seitdem jeden Tag mit der Schuld, dass ich dich nicht habe retten können. Und jetzt bist du da. Endlich bist du gefunden.«

Gwen schluchzte auf, als der Kopf des Ältesten auf den Stein zurücksank. Seine Augen wanderten in ihre Richtung.

»Bitte gehen Sie nicht«, flüsterte Gwen. »Was soll ich dann anfangen?«

»Kind«, antwortete der Älteste so leise, dass Ben nur sehen konnte, wie sich seine Lippen bewegten. »Weine nicht. Ich bin stolz auf dich. Du bist so stark und so gut. Das Königreich … es braucht dich. Dein Platz ist bei deinem König.« Er deutete schwach auf Tremelo. »Sein Glaube reicht nicht aus, noch nicht. Deine Aufgabe ist es, ihm beim Wachsen zu helfen. Ohne Glauben kann er kein König sein …« Die Stimme des Ältesten versagte und seine trüb gewordenen grauen Augen betrachteten die Schüler, die vor ihm standen. »Das Königreich …« Der alte Mann stöhnte auf und blickte zum Himmel hinauf.

»Grimsen«, flüsterte er lächelnd. Dann war alles still.

35

Gwen weinte und war untröstlich, als die Gruppe den Wald verließ und sich heimlich zu Tremelos Quartier aufmachte. Sie ließ sich nicht beruhigen. Ihr Kummer und ihre Erschöpfung waren überwältigend, aber sie konnte die ganze Nacht nicht schlafen. Sie hatte keine Ahnung, ob sie jemals wieder würde schlafen können.

Sie war allein. Vollkommen und total allein.

Jetzt, in den frühen Morgenstunden, bevor das erste diesige Tageslicht über den Klippen und Wäldern von Fairmount aufging, saßen die Schüler, Tremelo und Gwen in Tremelos kleiner Wohnung in den Lehrerunterkünften zusammen. Sie tranken aus Tassen mit dampfender Pflanzensaftmilch.

»Niemand hier an der Schule wird darauf kommen, dass ihr etwas mit Sucrettes Tod zu tun habt«, versicherte ihnen Tremelo. »Soweit alle anderen wissen, wart ihr Schüler – und du auch, Gwen – nirgendwo in der Nähe des Hains. Falls es irgendjemand herausfindet, würden die Dominae sofort nach euch allen suchen.«

Die Schüler nickten und Gwen starrte in den sich drehenden Milchschaum. Sie würde zu gern glauben, dass sie in Sicherheit war – aber jetzt, wo der Älteste tot war, wusste sie nicht mehr, wo sie überhaupt hingehörte, und Sicherheit kam ihr vor wie etwas, von dem sie nur geträumt hatte.

»Sie werden trotzdem herkommen«, sagte sie. »Eine von ihnen ist tot. Sie werden wissen wollen, warum.«

Sie sah den anderen in die Augen, als sie sich zu ihr umwandten.

»Der Älteste hat gesagt, dass uns gefährliche Zeiten bevorstehen«, fuhr sie fort. »Ich habe ihm geglaubt – aber ich ahnte nicht, *wie* gefährlich sie sein würden. Ihr könnt froh sein, dass ihr euch habt.«

Es war Ben, der rotblonde Junge mit dem verletzten Arm – das Kriegskind –, der als Erster sprach.

»Wir haben dich doch auch, oder, Gwen?«

Phia, deren Falke auf ihrer Schulter saß, legte Gwen eine Hand aufs Knie.

»Ja, du bleibst doch, nicht wahr? Bei uns?«

Gwen sah den Lehrer Tremelo – den König – an. Sie erinnerte sich an die Worte des Ältesten: *Dein Platz ist bei deinem König. Sein Glaube reicht nicht aus … Hilf ihm zu wachsen*. Sie erkannte, dass der Älteste recht hatte. Tremelo – Trent Melore – sah besorgt aus. Er ließ die Schultern hängen, als spürte er schon jetzt die Augen des Königreiches auf sich und schreckte davor zurück.

»Natürlich musst du hier bei uns bleiben«, bestätigte er. »Es ist viel zu gefährlich, dich allein in die Stadt zurückgehen zu lassen. Außerdem weißt du über alles Bescheid, was wir über die Ereignisse in der Grauen Stadt wissen müssen. Wir brauchen dich.«

Bei diesen Worten musste Gwen an die RATTEN denken und daran, wie dringend sie einen Anführer brauchten. Dieser Anführer saß vor ihr, und da es den Ältesten nun nicht mehr gab, war sie der einzige Mensch, der Tremelos wahre Identität kannte und dem die RATTEN trauen würden. Der Älteste hatte ihr einen letzten Auftrag gegeben: Trent Melore und sein Volk zusammenzubringen.

Gwen brachte ein schwaches Lächeln zustande. Sie nickte Tremelo zu. Ja, dachte sie. Ich glaube, du brauchst mich tatsächlich.

36

Am nächsten Abend stand eine schwermütige Gruppe auf der höchsten Hügelkuppe des Fairmount-Geländes und blickte auf den schneebedeckten Campus und den Fluvian dahinter hinab.

Tremelo, Ben, Gwen, Hal, Tori und Phia wurden von ein paar Lehrern begleitet, die ihre Hilfe angeboten hatten, um den Ältesten in die Natur zurückzuschicken. Früher am Tag hatten Mrs Copse und ihre Helfer einen Scheiterhaufen für den Ältesten errichtet. Jetzt standen sie alle neben ihr, als sie ihn anzündete. Mit der untergehenden Sonne als Hintergrund für die Bestattung kam es Ben so vor, als stünde der ganze Himmel in Flammen. Frisch geschlagenes Zedernholz war aus dem tiefen Wald hergebracht worden und die Luft roch nach Gewürzen und Waldland. Ben trug den Arm in einer Schlinge. Gwen stand neben ihm. Sie spielte ein leises, trauriges Wiegenlied auf ihrer Mundharmonika.

»Es tut mir leid, dass wir ihn nicht in die Graue Stadt zurückbringen konnten«, sagte Ben.

Gwen schüttelte den Kopf und hörte auf zu spielen. »Hier ist er näher an den Bergen«, antwortete sie. »Das hätte ihm bestimmt gefallen.«

Niemand sagte etwas. Auf dem Weg zum Hügel hinauf hatte Direktor Fink gemurmelt, dass in Fairmount noch nie ein Parlamentsmitglied beerdigt worden sei, und darauf hatte niemand etwas zu erwidern gewusst. Aber das Parlament, musste sich Ben in Erinnerung rufen, war gestürzt worden. Die Dominae hatten die Stadt erobert und Viviana hatte eine Armee, die vor Aufständen von Königstreuen im Land gewarnt sein würde. Wie die Bestattung eines Parlamentsmitglieds richtig oder offiziell auszusehen hatte, zählte jetzt nicht. Stattdessen lauschten die Versammelten den Klängen von Gwens Mundharmonika, während der Körper des Ältesten unter dem Totenhemd aus Segeltuch langsam zu Asche wurde. Ben und Hal standen bei Tori, Phia und Gwen. Tremelo hatte einen wachen Blick und stand vor der Gruppe.

Als sich die Trauernden abzuwenden begannen, kreiste ein Schwarm Eulen über ihnen. Sie sagten der Gruppe unten mit ihren Schreien Auf Wiedersehen und flogen dann in weitem Bogen zum Wald zurück.

Ben und Tremelo gingen schweigend den Hügel hinunter und zum Schulgelände zurück. Die anderen blieben oben bei Gwen, die warten wollte, bis das Feuer ganz ausgegangen war. Als Ben den Weg zu den Wohnheimen erreichte, blieb er stehen. Ein warmer Schauer lief ihm über den Rücken. Er drehte sich um und wusste, er würde seinen Seelenfreund direkt hinter dem Hügel sehen. Der Tiger war im Kampf verwundet worden und Ben fühlte den Schmerz in seinen eigenen Muskeln, so als könnte er ihrer beider Verletzungen spüren. Aber sein Staunen war größer als sein Schmerz.

Taleth stand stolz auf dem Felsendamm hinter dem Hügel. Sie sahen sich an und Ben überkam eine Welle der Zuversicht, vermischt mit Sehnsucht. Der Tiger hatte miterleben müssen, wie seine Art fast vollständig ausgelöscht worden war, und seine Einsamkeit hallte in Ben nach – eine so tiefe Traurigkeit, dass er das Gefühl kaum ertragen konnte, und auch die Schönheit, etwas so Vertrauliches mit einem anderen Wesen teilen zu dürfen, hatte etwas Schmerzliches.

Tremelo hatte die Velyn zur Beerdigung eingeladen, aber sie hatten abgelehnt. Es war für sie noch nicht an der Zeit, sich zu zeigen. Doch Ben war dankbar, dass *er* von ihnen wusste. Schließlich waren sie sein Volk. Nach dem Kampf hatte sich der große Mann mit dem hellen Haar, das seinem eigenen ähnelte, vor ihn gekniet.

»Du weißt, was das bedeutet, oder? Dass der Tiger dein Seelenfreund ist? Es bedeutet, dass auch wir deine Seelenfreunde sind.« Normalerweise sprachen Menschen nicht von anderen Menschen als ihren Seelenfreunden, aber Ben hörte das sehr gerne. »Wir können deine Eltern nicht ersetzen«, fuhr der Mann fort. »Sie sind fort wie so viele unserer Art. Aber du bist einer von uns, Ben Walker.«

Der Mann legte Ben eine starke Hand auf die Schulter und drückte sie.

»Taleth ist hier bei uns im Wald sicher«, sagte er. »Es ist zu riskant, wenn sie dich in die Schule begleitet – sie ist die Letzte ihrer Art.«

Da empfand Ben eine tiefe Sehnsucht, die noch stärker war als sein früheres Bedürfnis, seine Anima zu finden. Am liebsten hätte er die Velyn begleitet, von ihnen gelernt und etwas über seine wahre Familie erfahren. Er wollte bei Taleth bleiben, wo sie auch war, damit sie einander beschützen konnten. Aber er hatte Tremelo bei Gwen und seinen Freunden stehen sehen und wusste, wo er am meisten gebraucht wurde.

»Ich weiß«, antwortete er. »Danke.«

Der Velyn-Krieger stand auf und wandte sich zum Gehen. Ben konnte es nicht ertragen, ihn verschwinden zu sehen.

»Warte«, hatte er ihm nachgerufen. All seine Fragen brannten in ihm wie ein flackerndes Lagerfeuer, aber er konnte sie kaum in Worte fassen. Er entschied sich für eine. »Wie heißt du?«

»Äneas Vierkrall von den Velyn. Falls du mich jemals brauchst, bin ich für dich da.«

Damit hatten sich die Velyn in den Wald zurückgezogen, um sich um ihre verwundeten, blutenden Seelenfreunde zu kümmern.

Als Ben jetzt mit Tremelo und Fenchel zum Schulgelände zurückwanderte, fühlte er sich zum Wald hingezogen. Zwar hatte er sich entschieden, bei Tremelo zu bleiben und ihm dabei zu helfen, dass er König wurde – aber er wusste, dass er diese Sehnsucht immer haben würde. Sie würde ein Teil von ihm sein, so sicher wie er Anima Weißer Tiger war.

»Ich wollte Sie schon vorher etwas fragen«, sagte Ben. »Als Mrs Sucrette versucht hat –« Er schluckte. Es kam ihm zu seltsam vor, dass jemand versucht hatte, ihn umzubringen. »Im Wald hat sie etwas darüber gesagt, dass sie zu Ende bringen will, was der Schakal angefangen hat. Es hat mit dem Weißen Tiger und meiner Bewusstwerdung zu tun.« Ben zeigte auf Taleth.

Tremelo nickte. Sein Lehrer roch ausnahmsweise mal nicht nach Kräutern, stellte Ben fest. »Du wusstest ja schon, dass die Velyn verschwunden waren und der Weiße Tiger als ausgestorben galt. Aber der Verrückte wusste, dass die Weißen Tiger nicht aus natürlichen Gründen gestorben sind – sie wurden gejagt. Niedergemetzelt, zusammen mit ihren Seelenfreunden, den Velyn. Sie waren nicht mehr vogelfrei als du oder ich.«

»Sie sind Krieger«, sagte Ben.

»Genau wie du«, antwortete Tremelo.

»Ich kapiere es trotzdem nicht«, sagte Ben. »Was habe ich mit dem Wahren König zu tun? Mit Ihnen?«

Tremelo blickte starr geradeaus. Hinter seinen Augen schienen hundert Fragen unbeantwortet vorbeizuschweben. Ben kannte das Gefühl. Sie waren beide überrumpelt worden und sie beide standen vor einem Königreich voller Unsicherheit. Tremelo griff in seine Tasche und zog das Glas der Seher heraus.

»Äneas hat mir das hier nach dem Kampf gegeben. Er behauptet, es gehört dem König.« Er sah Ben mit einem Blick an, der halb Aufregung, halb Ehrfurcht ausdrückte. »Wir haben einiges an Lektüre nachzuholen.«

Die Silhouetten von Tori, Hal und Phia kamen den Hügel herunter. Gwen folgte dicht dahinter. Als sie bei ihnen waren, lächelte Hal Ben zu und Phia legte ihm sanft die Hand auf den verletzten Arm.

»Ich dachte die ganze Zeit, es wäre eine Abwesenheit«, sagte

Tori. »Aber du bist Anima Weißer Tiger. Ich bin … beeindruckt.«

Ben grinste. »*Du* bist von irgendwas beeindruckt? Ich fühle mich geehrt.«

»Das solltest du auch«, antwortete sie bestimmt.

»Bist du der Einzige?«, fragte Phia.

»Keine Ahnung«, antwortete Ben und blickte von Phia zu Tremelo. »Wahrscheinlich schon.«

»Aber du bist trotzdem nicht allein«, sagte Gwen. »Du und der Tiger, ihr habt euch jetzt gegenseitig.«

»Stimmt«, antwortete Ben und der Gedanke wärmte ihm das Herz.

Die Sonne sank hinter den Horizont und tauchte die Klippen von Fairmount in ein orangefarbenes Licht. Ben zitterte, aber nicht vor Kälte. Zum ersten Mal wusste er, wo er herkam und wo er hingehörte. Tremelo, der Wahre König, stand neben ihm – und bald würden sie sich darauf vorbereiten, eine Armee anzuführen. Ben mochte zwar klein und jung sein, aber er fühlte sich stark genug, um zu kämpfen. Tremelo berührte ihn am Arm und zeigte auf die Felsen, wo der Tiger noch einen Augenblick zuvor gesessen hatte.

»Wo ist sie hin?«, fragte er.

Ben schüttelte den Kopf. Der Tiger war nicht mehr zu sehen, aber ihre Kraft blieb und lief durch seine Adern.

»Sie ist ganz in der Nähe«, antwortete er. Doch diese Worte konnten die Seelenfreundschaft, die er endlich spürte – mit Taleth und seinen Freunden – nicht annähernd ausdrücken. Seine Sinne verrieten ihm, dass seine Seelenfreundin gleich hinter den Bäumen war. Mehr als das, seine Sinne verrieten ihm, dass es stimmte, was Gwen gesagt hatte: Er war nicht allein und selbst in den schlimmsten Zeiten war er es nie gewesen.

Er lächelte seine guten Freunde und seinen König an und gemeinsam gingen sie den schneebedeckten Weg nach Hause.

Danksagung

Ich möchte mich beim Lektorinnenteam von Paper Lantern Lit bedanken: Lauren Oliver, Lexa Hillyer, Beth Scorzato und besonders bei Rhoda Belleza. Eure Ermutigung, euer Rat und eure aktive Hilfe haben die Welt von Aldemar und all seiner Bewohner auf Weisen erschaffen, wie ich sie allein nicht hinbekommen hätte. Dank geht auch an Stephen Barbara von Foundry Literary + Media sowie Rotem Moscovich und Julie Moody bei Disney • Hyperion für ihre Hingabe und Unterstützung. Den Autorinnen Aine Ni Cheallaigh, Nora Olsen und Kelly Kingman gilt neben Michele McNally und Jen Whitton meine Dankbarkeit für ihre klugen Ratschläge, und natürlich meiner Familie, weil sie für meine Überlegungen immer ein offenes Ohr hatte. Außerdem möchte ich dem Genealogy Room in der Adriance Memorial Library in Poughkeepsie, New York, danken, weil er gleichzeitig gemütlich und prachtvoll ist – der perfekte Ort, um ein Buch zu schreiben.

dtv junior

Chris Lane –
sympathisch wie Harry Potter, cool wie James Bond

Monica M. Vaughan
Die Spione von Myers Holt

Eine gefährliche Gabe
ISBN 978-3-423-**71636**-9

Rache Undercover
ISBN 978-3-423-**71655**-0

Das dreizehnte Jahr
ISBN 978-3-423-**71692**-5

Alle Bücher auch als **eBook**

www.dtv.de